O pequeno café de Copenhague

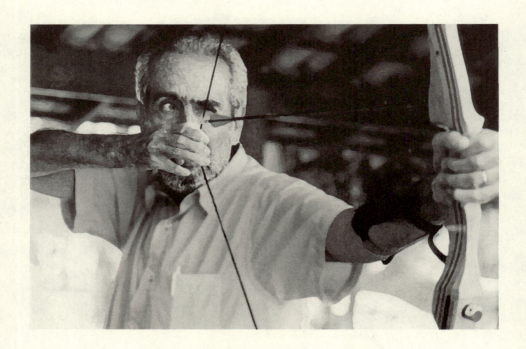

O Arqueiro

GERALDO JORDÃO PEREIRA (1938-2008) começou sua carreira aos 17 anos, quando foi trabalhar com seu pai, o célebre editor José Olympio, publicando obras marcantes como *O menino do dedo verde*, de Maurice Druon, e *Minha vida*, de Charles Chaplin.

Em 1976, fundou a Editora Salamandra com o propósito de formar uma nova geração de leitores e acabou criando um dos catálogos infantis mais premiados do Brasil. Em 1992, fugindo de sua linha editorial, lançou *Muitas vidas, muitos mestres*, de Brian Weiss, livro que deu origem à Editora Sextante.

Fã de histórias de suspense, Geraldo descobriu *O Código Da Vinci* antes mesmo de ele ser lançado nos Estados Unidos. A aposta em ficção, que não era o foco da Sextante, foi certeira: o título se transformou em um dos maiores fenômenos editoriais de todos os tempos.

Mas não foi só aos livros que se dedicou. Com seu desejo de ajudar o próximo, Geraldo desenvolveu diversos projetos sociais que se tornaram sua grande paixão.

Com a missão de publicar histórias empolgantes, tornar os livros cada vez mais acessíveis e despertar o amor pela leitura, a Editora Arqueiro é uma homenagem a esta figura extraordinária, capaz de enxergar mais além, mirar nas coisas verdadeiramente importantes e não perder o idealismo e a esperança diante dos desafios e contratempos da vida.

Julie Caplin

O pequeno café de Copenhague

DESTINOS ♥ ROMÂNTICOS

ARQUEIRO

Título original: *The Little Café in Copenhagen*

Copyright © 2018 por Julie Caplin
Copyright da tradução © 2022 por Editora Arqueiro Ltda.

Todos os direitos reservados. Nenhuma parte deste livro
pode ser utilizada ou reproduzida sob quaisquer meios existentes
sem autorização por escrito dos editores.

tradução: Carolina Rodrigues
preparo de originais: Marina Góes
revisão: Camila Figueiredo e Suelen Lopes
diagramação e adaptação de capa: Miriam Lerner | Equatorium Design
capa: © HarperCollinsPublishers Ltd 2018
imagem de capa: © Shutterstock.com
impressão e acabamento: Lis Gráfica e Editora Ltda.

CIP-BRASIL. CATALOGAÇÃO NA PUBLICAÇÃO
SINDICATO NACIONAL DOS EDITORES DE LIVROS, RJ

C242p

    Caplin, Julie
      O pequeno café de Copenhague / Julie Caplin ; tradução Carolina
Rodrigues. - 1. ed. - São Paulo : Arqueiro, 2022.
      352 p. ; 23 cm   (Destinos românticos ; 1)

      Tradução de: The little café in Copenhagen
      ISBN 978-65-5565-252-9

      1. Romance inglês. I. Rodrigues, Carolina. II. Título. III. Série.

21-74647
                                        CDD: 823
                                        CDU: 82-31(410.1)

Meri Gleice Rodrigues de Souza - Bibliotecária - CRB-7/6439

Todos os direitos reservados, no Brasil, por
Editora Arqueiro Ltda.
Rua Artur de Azevedo, 1.767 – Conj. 177 – Pinheiros
05404-014 – São Paulo – SP
Tel.: (11) 2894-4987
E-mail: atendimento@editoraarqueiro.com.br
www.editoraarqueiro.com.br

Para a Equipe Copenhague, Alison Cyster-White e Jan Lee-Kelly, meus queridos amigos, comparsas e elfos viajantes maravilhosos.
#companheirosdeviagemaltamenterecomendaveis

PARTE UM

Londres

Capítulo 1

— Vejo você mais tarde.

Dei um beijo rápido na boca de Josh e trocamos um sorriso cúmplice. Ele me puxou em busca de um segundo beijo mais demorado, enfiou as mãos por dentro do meu casaco e as deslizou pelo meu corpo, enquanto levantava meu vestido.

— Tem certeza que não quer ficar mais um pouco?

A voz dele soou meio rouca, sugestiva.

— Tenho, eu não posso. Você vai se atrasar, e...

Olhei por cima do ombro.

— E o Dan pode chegar a qualquer momento — acrescentei.

O cara com quem ele dividia o apartamento tinha um faro infalível para interromper no momento mais inoportuno, feito um labrador no meio das pernas da gente. Connie, que dividia o apartamento comigo, era bem mais diplomática. Na verdade, ela sabia viver em sociedade.

Josh me soltou, pegou a tigela de cereal e se recostou no balcão da cozinha. Comeu lentamente, como se tivesse todo o tempo do mundo.

— Te vejo mais tarde — disse ele, e deu uma piscadela.

Peguei a bolsa com o notebook, fechei a porta do apartamento dele — bem mais legal que o meu — e desci a rua correndo até o metrô, repassando mentalmente tudo que eu precisava fazer naquele dia.

Depois de dois anos seguindo o mesmo trajeto até o trabalho, sempre suada, sem fôlego e frustradíssima com os atrasos e pausas na linha, passei da estação. Pela primeira vez na vida. Um contratempo que merecia ser registrado. Em Londres, você precisa estar alerta o tempo todo. Checar e-mails, mensagens, *threads* nas redes sociais, a coisa não tem fim. Passei da estação simplesmente porque estava absorta pensando "Quanta baboseira!" enquanto lia por cima do ombro de alguém uma matéria sobre a última tendência de estilo de vida. *Hygge*, um conceito dinamarquês. Connie tinha resmungado alguma coisa sobre isso outra noite, enquanto segurava um livro sobre o assunto e acendia velas por todo lado em uma tentativa infeliz de tornar mais aconchegante nosso melancólico apartamento. Até onde sei, algumas velas jamais poderiam compensar o péssimo gosto do nosso locatário e, quando me dei conta, as portas se fecharam em Oxford Circus.

Saltar na estação seguinte e pegar outra composição voltando não me atrasaria, eu só chegaria um pouco mais tarde do que o habitual. Sempre chego ao trabalho supercedo. Para demonstrar comprometimento. Não que eu me importe ou esteja tentando ganhar pontos. Bem, talvez alguns. Mal posso esperar para subir na vida e... Ai, nossa! Parece muita babação de ovo e perfeccionismo, mas juro que não é nada disso. Eu amo ser diretora de contas de uma das maiores agências de relações públicas em Londres. Quando digo que amo, me refiro à maior parte do que envolve o trabalho. Eu dispensaria a política de escritório e as manobras internas para conseguir uma promoção, e o salário também poderia ser melhor. Mas, se tudo desse certo, isso estava prestes a mudar; minha ascensão profissional já tinha passado da hora. Quando acontecesse, eu ganharia um pouco mais e poderia arcar com uma mudança para algum lugar que não tivesse uma infiltração de 25 centímetros e em forma de moicano se alastrando pela parede da sala de estar.

Mesmo tendo perdido a estação, havia tempo para me fazer um agrado com um Butterscotch Brulée Latte. Só quando parei na fila vi a mensagem da Megan, minha chefe, perguntando se eu poderia ir direto até a sala dela quando chegasse.

Com um sorrisinho, enfiei o celular na bolsa. Não daria tempo de encontrá-la antes de ir para a sala da diretoria, onde, sempre em uma sexta-feira, todos os 55 colaboradores da agência se encontravam para a reunião bimestral de comunicação interna. Nessa ocasião, os casos de sucesso e as grandes novidades gerais – como as promoções – eram anunciados. Eu tinha uma boa ideia do motivo pelo qual Megan havia me chamado. Vinha esperando por esse momento fazia tempo. Duas semanas antes, eu tivera a brilhante ideia – sim, meu timing é maravilhoso – de defender minha promoção para o cargo de diretora de contas sênior, e estava razoavelmente, quer dizer, não muito, confiante de que a sugestão tinha sido bem recebida. Megan vinha insinuando que, em breve, poderia chegar uma boa notícia.

Apesar de querer pular de ansiedade enquanto subia a escada até o terceiro andar, meus saltos batiam de leve no chão, com dignidade e profissionalismo, em passos elegantes como exigia o vestido preto feito sob medida que Connie insistia em descrever como meu look para o funeral da Hillary Clinton.

Ocupei uma das cadeiras ergonômicas às quais minha postura se recusava terminantemente a se adaptar. O formato ondulado do plástico verde-limão deveria, em tese, fazer a pessoa se sentar de maneira adequada, mas minha coluna deixava bem claro que estava mais do que satisfeita em continuar do jeito errado.

Tentando arrumar uma posição confortável, dei uma olhada na sala enquanto as pessoas iam chegando aos poucos. Recém-redecorada, a sala de reunião agora ostentava um look Mãe Terra, contando com uma parede de uns 3 metros quadrados coberta de plantas. Eu não estava muito convencida de que não abrigasse também uma imensa variedade de insetos. Em tese, era algo inspirador e ao mesmo tempo prático: aparentemente, a parede produzia oxigênio fresco (por acaso existe oxigênio passado?) para ajudar a estimular a criatividade. Uma pequena cascata zen também tinha sido instalada para promover tranquilidade e clareza mental, embora eu tenha descoberto que, se estivesse com vontade de ir ao banheiro, o som me tornava incapaz de pensar em qualquer outra coisa.

Apesar da decoração presunçosa, sempre que eu olhava em volta gostava do que via. Eu tinha conseguido. Eu trabalhava para a The Machin Agency, uma das maiores empresas de relações públicas de Londres. Bem no caminho da próxima etapa do meu plano de cinco anos. Nada mau para uma garota de Hemel Hempstead, a cidade mais feia do Reino Unido, segundo dizem. Naquele dia, eu daria mais um passo.

Ed, o diretor administrativo, entrou na sala e, dois segundos depois, Josh se esgueirou porta adentro. No último segundo possível ele conseguiu um assento na fileira da frente e nossos olhares se cruzaram quando Josh passou por mim. Eu não tinha guardado um lugar para ele, nem ele esperava que eu fizesse isso. Tínhamos combinado que ninguém do trabalho precisava saber que Josh Delaney e Kate Sinclair estavam saindo, principalmente por trabalharmos na mesma equipe, no departamento de atendimento.

Ed tinha um monte de comunicados a fazer e fiquei ali ansiosa, esperando.

– E gostaria de falar sobre a nossa mais recente promoção.

Endireitei um pouco mais a postura e descruzei as pernas, tentando exibir uma expressão de humildade, mas também de merecimento. Tinha chegado a hora.

– Gostaria que todos parabenizassem Josh Delaney pela promoção a diretor de contas sênior.

– Kate.

Olhei para cima ao ouvir o tom brusco da minha chefe. Como sempre, ela estava perfeita. Seu cabelo castanho-avermelhado, cheio e levemente ondulado; um ar romântico, mas não em excesso; usando um vestido feito sob medida, justo mas não muito revelador; alta e esguia em seus saltos. Arrasadora e incrível.

– Podemos dar uma palavrinha?

Assenti, de repente sem confiar na minha voz. Eu já tinha visto um quê de empatia nos olhos dela.

Segui Megan até sua sala e fechei a porta quando ela assentiu, sentando com cuidado no sofá retrô cinza-escuro que sempre parecia mais convidativo do que era.

– Eu queria ter falado com você antes da reunião. Você costuma estar aqui a essa hora.

Dei de ombros.

– Um problema no metrô.

De jeito nenhum eu admitiria para ela que passei da estação. Não era o tipo de coisa que eu fazia.

Ela cruzou os braços e começou a andar.

– Eu sinto muito que você tenha descoberto desse jeito. Sei que estava ansiosa por essa promoção, mas... considerando tudo, a diretoria achou que você precisava de um pouco mais de experiência. Um pouco mais de *gravitas*.

Assenti. A Srta. Doida-para-agradar, a "minha chefe tem sempre razão", essa porcaria. *Gravitas?* Mas que m... o que significava isso?

– Além do mais...

Os lábios pintados de Megan se curvaram em um biquinho enojado.

– Você ainda é nova.

Eu tinha exatamente a mesma idade que Josh. Eu sabia aonde ela queria chegar.

– Eles queriam um homem.

Megan não respondeu. Interpretei o silêncio como um "sim".

– Eles ficaram muito impressionados com as ideias do Josh para a marca de produtos para a pele. Acho que foi isso que pesou a favor dele. Ele é criativo e tem... *gravitas*.

Assenti de novo, automaticamente. Criativo o cacete. Só bom à beça em usar as minhas ideias como se fossem dele.

Eu ainda estava fervendo de raiva. Completamente frustrada. Parecendo despreocupada, consegui tomar o café ridiculamente caro e ostensivo, mesmo arrependida de ter comprado aquela porcaria. Acima de tudo, estava arrependida por não ter conseguido encenar o papel digno de Oscar da perdedora graciosa, porque transpareci estar um pouquinho decepcionada. Duas coisas ficaram presas na minha garganta: primeiro que Josh nem sequer mencionara estar tentando uma promoção, e segundo que "a ideia genial de um aplicativo para a nova campanha de produtos para a pele" por acaso era minha.

– Kate, nós temos você em altíssima conta e tenho certeza de que em alguns meses poderemos rever a sua situação.

Ergui o queixo e assenti, mas ainda assim Megan viu meus lábios tremendo de leve. Bem, ao menos ela não devia fazer ideia de que, enquanto olhava para o bico fino dos meus saltos pretos estilo "estou prestes a ser promovida", eu estava ocupada imaginando o momento em que eles fariam contato com a genitália macia e sensível de certa pessoa.

Ela suspirou e remexeu em alguns papéis em sua mesa.

– Tem uma coisa que... Isso aqui acabou de chegar. Acho que você pode dar uma olhada. A gente não ia se dar ao trabalho, mas... Bem, você não tem nada a perder se quiser tentar.

Não era a migalha mais instigante do mundo, mas era melhor do que nada.

Inclinei a cabeça, fingindo interesse enquanto tentava esconder a decepção que fervilhava dentro de mim.

– Lars Wilder nos procurou.

– Sério?

Franzi a testa. Três meses antes, o empresário dinamarquês Lars Wilder tinha deixado em polvorosa o cenário da publicidade em Londres. As agências pareciam um bando de *groupies* apaixonadas, desesperadas para conseguir a conta dele.

– Ele se encontrou com... – ela citou nossos maiores concorrentes –, discutiu com todo mundo e ainda não fechou contrato com ninguém para lançar sua nova loja de departamentos. O cara não gostou de nenhuma ideia, está buscando algo novo. Acho que pode ser uma ótima oportunidade para você mostrar seu valor.

– Mas? – perguntei, sentindo o desconforto dela.

– Ele quer uma apresentação depois de amanhã.

– Em dois dias?

Megan estava dando risada, mas por dentro se mantinha extremamente séria. Em geral, passamos semanas nos preparando para apresentações assim, que envolvem sofisticados slides de PowerPoint, imagens supercoloridas e muita pesquisa de mercado.

– O voo de volta para a Dinamarca é na hora do almoço e ele quer passar aqui antes. Eu estava prestes a ligar e dizer que não conseguimos preparar nada, mas...

– Eu faço.

Josh Delaney e os chefes da agência veriam do que eu sou capaz.

– Tem certeza?

– Tenho.

Eu estava com muita raiva, assumo, mas ninguém poderia dizer que não tentei.

– Ninguém espera que você feche negócio, é claro, mas vai ser de bom-tom mostrar que não dissemos "não" ao Wilder. Você vai ganhar muitos pontos por tentar. É um tiro no escuro, mas vão gostar de saber que fizemos alguma coisa.

– Qual é o briefing? – perguntei, endireitando os ombros.

Nada a perder e tudo a ganhar.

Megan me estendeu uma única folha de papel. Olhei duas vezes. Onde estava o documento que costumávamos receber, com páginas e mais páginas de estatísticas e fontes elegantes, títulos e subtítulos sobre *ethos*, valores e a medida da panturrilha do diretor administrativo?

Hjem
Trazendo a essência do Hygge para o Reino Unido
na Marylebone High Street

– É isso?
Encarei com descrença a fonte simples que marcava o papel branco, como pegadas na neve. Essa era minha *grande oportunidade*. Só podia ser brincadeira. Era como se me dessem uma tesourinha de unha e me pedissem para deixar o campo de Wembley pronto para a final da Copa da Inglaterra. Minha carreira e a chance de mostrar a Josh Delaney que eu estava de volta ao jogo se resumiam àquilo?

Capítulo 2

– Connie! – chamei, entrando em casa às pressas, largando a bolsa e tirando os sapatos enquanto corria até a cozinha. – Preciso da sua ajuda. E podemos muito bem usar isso aqui.

Ela pulou da cadeira e saiu de trás da eterna pilha de cadernos, olhando a garrafa de prosecco que eu segurava.

Nosso apartamento tinha sido um belo achado, simplesmente pelo fato de que era algo pelo qual podíamos pagar. O loft sem paredes e divisórias tinha pouca mobília – o que o impedia de ser totalmente sem graça, mas ainda assim o espaço era apertado. O piso era coberto por um daqueles carpetes finos que deixam a gente sentir cada prego nas tábuas. As atrações principais eram a TV de tela plana e o aparelho de DVD, nossa maior fonte de entretenimento, já que estávamos sempre duras. Por esse motivo, passávamos muitas noites em casa assistindo a comédias românticas, acompanhadas de uma garrafa de vinho e enroladas no edredom, já que o apartamento estava sempre congelante.

O sistema de aquecimento dependia de um boiler que era um tanto temperamental para a função. O proprietário não parecia nem um pouco interessado em mandar consertar e tínhamos cansado de reclamar.

– Uuuh, prosecco! E de boa safra... Um Co-op, de 26,95, acho.

Os olhos de Connie brilharam como era de costume quando havia álcool na jogada.

– Não, é da Marks e Sparks na Victoria Station. Foi 29,99. Comprei ontem quando *achava* que seria promovida.

– Putz, que merda! Não rolou? O que aconteceu?

– O desgraçado do Josh Delaney.

– O que ele fez?

Connie não tinha conhecido Josh, já que ele sempre preferia que eu fosse para a casa dele.

– Quer saber o que ele fez? Roubou a minha promoção. E tem mais! – exclamei, minha voz alcançando um agudo de dar inveja a qualquer corista. – Roubou minha ideia e fingiu que era dele.

– Você não pode contar isso para alguém?

– Não. Fica um pouco difícil explicar para o diretor administrativo a conversinha pós-sexo em que eu compartilhei uma estratégia de marca e a ideia de criar um aplicativo.

Connie ergueu a mão.

– Amiga, estou ficando confusa com esses termos todos, e, juro, se é sobre isso que você fala depois de transar, está precisando sair mais.

– Você tinha que ter visto como foi.

– Fico feliz por não ter visto. O que ele disse?

Fechei os olhos e balancei a cabeça.

As mensagens insistentes de Josh só pararam quando concordei em encontrá-lo na escada. Ninguém da agência costumava usá-la.

Josh pelo menos tinha tido a decência de se desculpar.

– Olha, Kate, eu entendo que esteja decepcionada, mas me deixa explicar o contexto. Eu mencionei brevemente a coisa do aplicativo. Não reivindiquei a ideia de forma alguma e nunca, em momento algum, falei que tinha sido minha. Eu ia dizer que era sua, mas quando vi eles já tinham gostado e colocado em prática.

– Mas você podia ter me contado que estava querendo a promoção. Por que não disse nada?

– Eu não levei muito a sério no começo. Mas aí... bem, a gente faz 30 anos e começa a pensar no futuro. Para você está tudo certo, mas eu vou ter que ser chefe de família um dia. Preciso subir na carreira.

– Como é? Você vai ser chefe de família um dia? – repeti, usando o tom mais duro que consegui diante da mais absoluta incredulidade.

Levei as mãos ao rosto em descrença. Ele não podia estar falando sério.

– Kate, um dia você vai estar casada, com filhos. Não vai precisar de uma renda.

– E-eu...

Gaguejar foi a única coisa que consegui fazer.

– Ah, qual é. Seu pai vai te bancar quando você cansar de brincar de ter uma carreira.

– É sério isso?!

Encarei aquele rosto bonito e de repente me dei conta do queixo franzino, com um princípio de papada, do cabelo bagunçado de adolescente que escondia estrategicamente as entradas, do terno bem cortado disfarçando uma leve barriguinha.

– A pessoa que falou que o homem de Neandertal morreu há 40 mil anos era muito otimista.

Ao terminar minha história, bebi um gole do prosecco e, amarga, ergui a taça para Connie em um brinde.

Ela riu tanto que deixou sair bebida pelo nariz. O que me deixou furiosa.

– Você está brincando...

Tendo morado a vida toda a duas portas de mim, Connie era quase da família. Minha mãe e a mãe dela se conheceram no pré-natal e, quando nós duas nos mudamos para Londres, nem por um segundo cogitamos morar com qualquer outra pessoa. Tínhamos passado por muita coisa juntas. A mãe de Connie tinha fugido com o leiteiro – é sério –, e a minha teve um aneurisma que logo a levou à morte. Em um minuto ela estava aqui e, no outro, havia esse enorme vazio na nossa família que, sendo sincera, nunca foi preenchido.

Balancei a cabeça, mordendo os lábios e rindo com ela.

– Melhor avisar seu pai, pra ele começar a polir o Rolls-Royce.

Balancei a cabeça e nossa risada foi perdendo a força.

– Eu sinto muito, Kate. Que cara babaca.

Connie sabia que eu tinha ajudado meu pai a quitar a hipoteca.

– Completa pra mim – pediu ela, esticando a taça. – Você deu um pé na bunda dele, né?

– Com certeza.

– Boa garota. E depois cortou as bolas dele, certo?

– Droga, sabia que eu tinha me esquecido de alguma coisa.

Brindamos outra vez. Connie apoiou o queixo em uma das mãos e ficamos em um silêncio contemplativo. Eu estava fazendo piada da traição de

Josh, mas tinha doído. Não fazia muito tempo que estávamos saindo, mas eu gostara de ser um casal para variar. Londres pode ser bem solitária para os solteiros, era legal ter alguém com quem fazer as coisas. Nós dois trabalhávamos muito e por isso tinha dado certo. Tínhamos muito em comum.

– Katie, vale a pena? – perguntou Connie num tom mais suave.

Engoli em seco. Connie e eu não tínhamos conversas sérias.

– O quê? – perguntei, bebendo o que restava do meu prosecco e sentindo os ombros ficarem tensos.

– Você sabe. Seu emprego. Parece que ultimamente é só isso que você faz. Trabalhar. Até o Josh tem a ver com o trabalho. Você não acha que precisa se divertir um pouco?

– Eu me divirto muito – respondi, mas senti um incômodo. – Na verdade, vai ter uma festa em breve. Embora, em tese, fosse para eu ir com o Josh. Alguma chance de você me emprestar o vestido azul?

– Empresto, claro. Onde vai ser?

– Er... é, ah... uma coisa black tie.

Connie gemeu.

– É a trabalho, não é?

– É um evento de premiação da área. O Newspaper Circulation Awards. Mas vai ser legal e eu amo o que faço, Connie.

– Incrível, só que não.

Ela baixou a taça e empurrou os cadernos para o lado.

– Sério, Katie, estou preocupada. Você está parecendo um hamster na rodinha, correndo sem parar. De vez em quando você até para, pega uma sementinha de girassol, mas enfia na boca só para guardar e comer depois. Eu sei que também trabalho muito, mas pelo menos tenho os feriados escolares para descansar. Quando é que você tira um tempo para você? Quando vou para a casa dos meus pais nos fins de semana, meu pai faz um esforço, entende? Já você limpa a casa do seu pai, organiza a bagunça dele e dos seus irmãos e abastece a despensa. Você não pode substituir sua mãe para sempre, sabia? Em algum momento eles vão ter que se virar.

– Eu me preocupo com eles. Me preocupa o papai não estar comendo direito.

– E você acha que isso vai ajudar?

Com certeza ajudava a diminuir a culpa que eu sentia por ter abandonado os três.

– É a minha família, Connie. Eu tenho que ajudar. E eu ganho bem mais que eles.

– Eu sei, mas convenhamos. O John podia muito bem fazer a parte dele. Quantos empregos ele já teve? Toda vez ele tem que sair antes de ser mandado embora por ser um idiota preguiçoso. Já o Brandon...

Connie esboçava um leve sorriso sempre que falava do meu irmão mais novo.

– Bem, é uma situação diferente. Mas ele não é um idiota. A réplica da Tardis ficou incrível. Aquele tonto.

Meu irmão era fã de ficção científica e, nas horas vagas, gostava de construir réplicas em tamanho real de itens de seus filmes e séries de TV favoritos.

Connie tamborilou na taça e se endireitou.

– Se parasse de jogar aquela porcaria de *Fifa*, ele conseguiria algo muito melhor do que esse emprego desprezível de meio período no ferro-velho. E seu pai não é tão inútil quanto gosta de fazer parecer.

A boca de Connie se fechou em uma linha firme, como se ela tivesse dito tudo o que tinha para dizer sobre o assunto.

Um silêncio desconfortável ameaçou se instalar. Eu a amava muito e ela com certeza me entendia melhor do que meu pai e meus irmãos. Mas eles eram minha família, só eu podia falar mal deles.

– Você disse que precisava da minha ajuda. Mas, se não é para caçar o desgraçado do Josh com uma faca bem afiada, o que provavelmente não pegaria bem no meu trabalho se fôssemos pegas, o que você quer?

– Aquele seu livro. Sobre velas.

– *A arte do* Hygge.

– Eita, engasgou com a bebida?

– Não, idiota. É uma palavra dinamarquesa.

Ela me deu um sorrisinho torto e bastou isso para voltarmos ao normal. Connie repetiu a palavra, que soava como "riu-gá", mas ainda assim achei que parecia tipo uma prece para o grande deus da privada branca.

– Soletra-se agá-ípsilon-gê-gê-e.

– Imaginei. Mas, então, do que se trata? Design de interiores dinamarquês?

O olhar que ela me lançou era de puro horror.

– Nããão, é muito mais do que isso. É uma atitude. Uma abordagem para a vida.

Connie remexeu no carrinho de compras que parecia estar sempre ao seu alcance. Ser professora aparentemente envolvia carregar um montão de coisas por aí.

– Foi criada por algum dinamarquês bonitão, primo de segundo grau do Viggo Mortensen. Ele criou o Instituto da Felicidade ou coisa assim.

Eu fiquei atenta à menção do nome Viggo. Nós duas ficamos caidinhas por ele quando vimos *O Senhor dos Anéis*.

– Eu tenho lido tudo sobre o assunto. Você sabia que a Dinamarca é o país mais feliz do mundo?

– Eu li uma matéria sobre isso no metrô hoje de manhã, mas não fiquei convencida. Parece que eles têm uma taxa alta de mortes, detetives mulheres obsessivas e uma chuva eterna, de acordo com todos os thrillers escandinavos a que assisti. Não parece muito feliz para mim.

– Não, é sério. Isso tem a ver com melhorar a qualidade de vida através das pequenas coisas.

A expressão sincera dela me impediu de fazer piada.

– Por isso as velas – disse Connie, apontando para as três em cima da cornija da lareira e fazendo uma careta. – Em tese, elas ajudam a deixar o lugar mais aconchegante.

– Não está funcionando.

– Eu sei. O mofo na parede não ajuda.

– A gente devia falar com o proprietário de novo. Embora, depois da casa do meu pai, minha expectativa esteja bem baixa nos últimos dias.

Esfreguei os olhos. Ela estava certa sobre a coisa do hamster na rodinha. O dia não tinha horas suficientes.

– Preciso de um intensivão em *hy*... seja lá como se fala. Tenho uma apresentação depois de amanhã. Posso pegar seu livro emprestado?

Capítulo 3

Eu estava reconsiderando. O dia da apresentação tinha chegado. A maior da minha carreira e minha única chance de mostrar a Josh e à diretoria do que eu era capaz. Por que diabos eu estava botando tanta fé em velas, alguns galhos de bétula, uma luminária cara e no talento da equipe de mudanças da agência? Quando Megan prometeu que arcaria com minhas despesas, acho que uma luminária de duzentas libras não era bem o que tinha em mente, mas o efeito daquela luz dourada suave era exatamente como na foto do livro de Connie.

Eu não podia me dar o luxo de pensar em como estava cansada. Na noite anterior, eu tinha chegado em casa depois das dez, após vasculhar a Oxford Street inteira. E então segui pela madrugada aperfeiçoando meus tradicionais biscoitos de aveia dinamarqueses que Connie tinha jurado serem muito *hygge*.

A preparação da véspera para minha grande apresentação também contou com a leitura do livro de Connie do início ao fim, pesquisa de imagem na internet sobre o tema – meias, velas, casais apaixonados embaixo de mantas de caxemira, mãos enluvadas segurando xícaras de chocolate fumegante –, e em seguida uma maratona de compras on-line.

Aparentemente, o caso de amor dinamarquês com velas se estendeu até meu local de trabalho, o principal ponto de partida da minha estratégia para conseguir ficar com a conta de Lars. Cheguei ao escritório às sete da manhã com um único objetivo: *hyggificar* – um novo verbo no meu vocabulário – a menor sala de reunião do prédio. Eu sabia que seria um desafio torná-la aconchegante, mas tinha muita fé nas velas e na luminária cara.

Também providenciei chá, duas canecas bem coloridas da Anthropologie – uma com um L e outra com um K – e um prato para colocar os biscoitos caseiros. Embora estivessem feios mesmo sendo o resultado da terceira fornada, eu tinha feito um bom trabalho arrumando direitinho o espaço onde ficariam expostos.

O cenário estava pronto, ou o mais perto disso que eu poderia esperar. Depois de um tour pelas salas do prédio, bem no estilo Cachinhos Dourados, eu tinha reunido ali o seguinte: duas cadeiras (que não combinavam, mas que eram as mais confortáveis que encontrei) colocadas ao redor de uma adorável mesa de madeira de bétula (uma peça de mostruário esquecida da Ercol que fora usada em uma sessão de fotos). Na estante de livros que mandei trazer de outro andar, substituí todos os que estavam nela por outros com lombadas coloridas para uma bela composição.

Não exagerei nas velas: apenas cinco. Um conjunto de bom gosto com três na mesa e duas em cima da estante, onde também coloquei uma chaleira, um pote com café, outro com chá, leite, açúcar etc. Ao que parecia, era bem dinamarquês seguir todo um ritual para preparar chá e café.

Tentei dar um jeito nos galhos de bétula, que coloquei em um vaso amarelo radiante, até que veio a ligação da recepção avisando que ele chegara. Os galhos não pareciam acolhedores. Não importava o que eu fizesse, ainda eram dois galhos presos com um laço de fita enfiados em um vaso.

Louro, é claro, e charmoso, Lars Wilder, CEO da loja de departamentos dinamarquesa Hjem, também era alto e ostentava aquela aparência saudável de outdoor que as pessoas associam ao norte europeu. Ou ao menos era a imagem que eu tinha depois de tantas leituras e pesquisas na véspera. Com mais de 1,80 metro, ele de fato tinha um ar meio viking.

– Bom dia, sou Kate Sinclair – falei, estendendo a mão.

Tentei ler a linguagem corporal dele. O homem exalava tranquilidade, diferentemente de mim, que estava com um frio absurdo na barriga.

– Bom dia, Kate. Lars Wilder. Muito obrigado por ter concordado em me receber esta manhã.

Examinei o rosto dele em busca de alguma ironia. Clientes que pagavam nossos valores em geral esperavam que a gente fizesse o possível e o impossível por eles.

A iluminação sutil contrastava com as luzes brilhantes do corredor externo e percebi Lars lançando um olhar de aprovação para a sala.

– Por favor, sente-se.

Indiquei a poltrona de couro craquelado. Havia um xale dobrado em um dos braços e ela estava posicionada de frente para uma engenhoca da década de 1980, uma espécie de poltrona com tiras de couro sobre uma armação de metal, bem mais confortável do que parecia.

Comecei a preparar o chá. Estranhamente, a atividade fez a conversa fluir com mais facilidade. Perguntei a ele como havia sido a viagem.

Quando enfim nos sentamos, eu tinha desperdiçado uns bons dez minutos da reunião aguardando a chaleira ferver.

– Os biscoitos estão ótimos – comentou Lars, assentindo e estendendo a mão para pegar um segundo.

– Obrigada.

– Você que fez?

Ergui as mãos em um gesto de quem diz "não foi nada de mais", mas pensei no estado da cozinha e no pote de plástico com os biscoitos intragáveis das outras fornadas. Connie e eu passaríamos semanas comendo aquilo.

Ele mordeu um pedaço.

– Muito bom.

– Receita de família – menti.

Minha mãe fazia um bolo vitoriano sensacional, mas nunca tinha feito um biscoito de aveia na vida.

– Ah, família...

Ele abriu um grande sorriso e esticou as mãos de modo expansivo para os lados a fim de dar ênfase às suas palavras.

– É algo tão importante, não é? E as receitas de família, então? Minha mãe é famosa por seu *kanelsnegle*.

Inclinei a cabeça e sorri como se tivesse aprendido com a minha própria família o que era *kanelsnegle*.

– Ela acha que dá para resolver todos os problemas fazendo torta.

A mãe dele me pareceu um pouco esquisita, mas sustentei o olhar de Lars como se fosse algo normal. Ele claramente gostava muito dela.

– Ela é dona de um café chamado Varme, que significa "calor" em dinamarquês. É um lugar bem especial. Minha mãe ama cuidar das pessoas.

Quase suspirei alto. Mas devia ser legal ter alguém cuidando da gente, né? Nos últimos anos era como se eu estivesse por conta própria, me esforçando para remar contra a maré.

– São esse calor e essa atmosfera caseira que eu quero trazer para o Reino Unido.

Quando Lars pigarreou, levei um susto e me dei conta de que eu estava com o pensamento longe.

– Minha mãe aprovaria – disse ele, olhando ao redor. – É tudo muito *hygglich*, muito dinamarquês. Você se saiu bem, vejo que é criativa e observadora e que já tem certo entendimento sobre o *hygge*. Gostei das xícaras.

– Obrigada. Fiquei feliz por ter vindo hoje e por ter me dado a chance de conversar com você.

Minhas palavras formais secaram na língua quando Lars deu uma gargalhada.

– Não, você não ficou. Por dentro está me xingando por ter marcado em cima da hora e pela pouca informação que passei.

O sotaque dinamarquês, de vogais curtas e pronúncia clara, era encantador e amenizava a franqueza das palavras.

Por um momento, diplomacia e franqueza travaram uma guerra.

Sorri.

– Bem, não é a abordagem mais ortodoxa, mas ficamos intrigados.

– Tão intrigados que resolveram sacar os figurões para essa reunião.

O sotaque não disfarçava *tanto* a franqueza. Talvez eu não fosse uma figurona, mas era uma figurinha importante.

– E os biscoitos caseiros – acrescentou ele, com um sorriso encantador.

– Fiquei intrigada e não tenho medo de desafios. Como você disse, essa reunião foi marcada em cima da hora, mas eu trabalho no departamento de estilo de vida. Na minha carteira de clientes há uma empresa de móveis, uma de café, uma rede de lojas de queijo e uma de hotéis de luxo. Estou mais do que qualificada para cuidar da sua conta. Minha chefe está fora hoje o dia todo em reunião – prossegui, e cruzei os dedos mentalmente, torcendo para

25

estar falando a coisa certa –, mas ela achou que eu seria a melhor pessoa para conversar com você.

E não a mais desesperada por uma promoção, pensei.

– Não dei muito tempo para você se preparar, mas estou vendo que se saiu bem. E também não me bombardeou com e-mails cheios de perguntas.

Ele olhou ao redor. Eu sabia que estava procurando o projetor e o laptop. Ergui a mão como se fosse detê-lo.

– Olha, eu vou ser sincera. Não preparei nada para hoje. Não por falta de tempo, mas porque pensei "ele é o especialista no assunto, ele vai saber dizer o que quer". Sei que você esteve nas melhores agências e que todas ofereceram ideias brilhantes, mas você claramente não gostou de nenhuma. Achei que seria mais fácil conversar com você e descobrir o que realmente quer. Achei que oferecer a resposta padrão não ajudaria.

Lars deu um sorrisinho, ficou de pé e caminhou pela sala, as mãos às costas.

– Gostei de você, Kate Sinclair, e gostei da sua forma de pensar. Nós, dinamarqueses, preferimos uma abordagem mais suave, e já vi que você entendeu um pouco a mentalidade do *hygge*.

Na pronúncia dele, *hygge* pareceu bem menos ameaçador que o *haka* neozelandês, e bem mais simpático.

– É muito gentil da sua parte, mas acho que tenho um longo caminho a percorrer. Você devia ver como é o meu apartamento.

– Exatamente – interrompeu Lars. – Todas as agências quiseram me dizer o que é o *hygge*. Mas o *hygge* é uma coisa indefinível, que tem um significado diferente para cada pessoa. Quando é certo, é certo, entende? Eu assisti a um milhão de apresentações... Se ouvir falar em mais uma promoção oferecendo *hygge* imediato, reforme sua casa com *hygge* e destinos de férias ao estilo *hygge*, juro que vou derreter até a última vela do Reino Unido. Todas as agências que visitei foram muito... É difícil explicar. Elas eram muito...

Ele deu de ombros. Olhou ao redor, sorrindo e assentindo para as velas.

– Frias e profissionais demais. Mas isso... Tudo isso aqui... Você entendeu exatamente o espírito.

Assenti e deixei que ele continuasse.

– Nossa loja, a Hjem, vai ser muito, muito mais do que um lugar para comprar velas, cobertores e produtos para casa, o que parece ser o senso comum daqui em relação ao *hygge*. Eu quero que as pessoas sintam o *hygge* em cada pedaço da loja, quero que elas passem tempo lá dentro, na seção de livros, na seção de artigos para cozinha. Teremos mostruários, lugares para as pessoas se sentarem, aulas de arranjos de flores, de culinária, de confecção de cartões, de tricô, de produção de enfeites de Natal. Seremos uma comunidade animada e também uma loja de departamentos.

– Parece interessante – comentei, me perguntando como isso tudo poderia ser traduzido em uma campanha.

– Mas é importante que as pessoas entendam o *hygge*.

Assenti. Para mim, parecia pouco palpável.

– Eu gostaria então de levar algumas pessoas a Copenhague e oferecer uma amostra de como vivemos e de como nossa sociedade funciona. Quero que elas possam apreciar de verdade o *hygge*.

– É uma ótima ideia – falei.

Uma viagem para a Dinamarca realmente seria bem legal, e Lars era um homem encantador e caloroso.

– Está vendo, Kate? Foi por isso que eu soube que você era a pessoa certa para o trabalho. As outras agências disseram que seria muito difícil, que ninguém iria para a Dinamarca nem ficaria mais de uma noite. Acho que vamos trabalhar bem juntos.

– Vamos?

Então estávamos fechando negócio?

– Vamos. O que eu estava procurando em todas as agências era o encaixe perfeito. E esse encaixe é você. Gosto do seu jeito de pensar – disse ele, e depois foi direto ao ponto. – Queria começar agora mesmo. Acha que consegue montar uma lista com seis jornalistas?

– Seis jornalistas?

– Isso, que irão à Dinamarca. Acho que cinco dias é o suficiente.

Quando falou "pessoas", Lars não tinha dito que precisavam ser jornalistas.

– Seis jornalistas, cinco dias – repeti.

Ele assentiu.

– Perfeito. Em cinco dias podemos mostrar a eles o melhor que Copenhague tem a oferecer e ensinar sobre o *hygge*. Conheço a pessoa certa para ajudar.

Putz...

Não é de admirar que as outras agências tenham decepcionado Lars. Eu sabia, por experiência própria, que, se persuadir jornalistas a comparecer a eventos em Londres por uma noite já era difícil, que dirá convencê-los a fazer uma *press trip* de cinco dias para o exterior. Seria um milagre. No que eu tinha me metido?

Capítulo 4

Sua vaca sortuda.

A mensagem de Connie chegou enquanto eu fazia os últimos ajustes em uma lista de imprensa, uma semana depois da reunião com Lars. Rabisquei mais algumas observações antes de pegar o celular e responder.

Eu: Vou trazer um kit de Lego pra você.

Connie: Ou você pode me levar junto. Eu posso fingir ser correspondente de viagens do Gazette. Quem iria saber?

Eu: Se ficar desesperada de verdade, eu te aviso.

Eu ainda estava muito animada por ter superado as expectativas e garantido a conta da Hjem. Agora tudo que eu precisava fazer era encontrar seis jornalistas que topassem fazer a viagem. Mais fácil na teoria do que na prática. Recebi os devidos créditos nos comunicados da reunião de sexta-feira e, dessa vez, consegui praticar meu semblante modesto e digno de Oscar "ah-imagina-não-foi-nada-de-mais", com uma pitadinha extra de *toma essa, Josh Delaney*.

O desgraçado me disse um "bom trabalho" que poderia ter até um quê de admiração, mas, na verdade, fora irônico. E logo na primeira reunião com Lars ele aproveitou a oportunidade para se vingar. Quando eu estava citando os possíveis jornalistas, ele abriu a boca, incapaz de resistir à oportunidade de se exibir.

– Já pensou em falar com o *Sunday Inquirer*, Kate? Eles têm circulação dupla no *Courier*. Benedict Johnson é o novo editor de comportamento.

Em geral, jornalistas vivem pulando de jornal em jornal, de revista em revista, e eu já havia falado com a maioria deles em algum momento. Mas aquele era de fato um nome novo. O desgraçado estava um passo à frente.

– Vou falar com ele e ver o que diz – respondi e dei um sorriso encantador para Josh.

Como sempre, um sujeitinho traiçoeiro.

– Poderia falar com Benedict Johnson, por favor? – pedi, usando minha voz mais amistosa e alegre.

– Ele mesmo.

Benedict me pareceu um pouco conciso, mas era difícil afirmar com apenas duas palavras.

– Benedict, oi. Aqui é Kate Sinclair, da The Machin Agency. Eu...

– Você tem cinco segundos.

A hostilidade cínica das palavras era inconfundível.

– Como?

Eu estava chocada, sem acreditar que ele tinha dito mesmo aquilo.

– Quatro.

Minha vontade era dizer a ele para fazer uma coisa anatomicamente impossível, mas fiquei tão abismada, tão desconcertada, que acabei optando pela apresentação em quatro segundos.

– Estou ligando para saber se você teria interesse em participar de uma *press trip* a Copenhague para descobrir por que a Dinamarca é considerada o país mais feliz do mundo. Será uma viagem de uma semana, com vários destinos, um deles o Instituto para a Pesquisa da Felicidade.

– Não.

E então ele desligou na minha cara. Afastei o aparelho do ouvido e fiquei olhando para ele sem acreditar. Que babaca.

Bati com o telefone no gancho. Que canalha arrogante! Quem ele achava que era? De onde tinha saído um cara tão grosseiro?

Liguei de novo.

– Você é sempre grosso assim? – perguntei.

– Não, só com RPs, pessoal de telemarketing oferecendo apólices de seguro e gente que me faz perder tempo. Vocês são todos da mesma laia.

– Você sequer considerou a proposta. Nem sabe para quem eu trabalho.

– Não sei e não daria a mínima nem se fosse o príncipe herdeiro da Dinamarca em pessoa.

É maravilhosamente libertador quando uma pessoa é grosseira com a gente. Isso nos permite ser grosseiros com ela também.

– Você é sempre tão tacanho assim?

– Tacanho? Eu sou jornalista.

– Bem, parece tacanho para mim.

– Ora, só... Só porque eu não escrevo peças promocionais nem matérias contratadas pelo pessoal de RP?

– Não estou pedindo para você escrever nem uma coisa nem outra. Estou oferecendo uma oportunidade de conhecer melhor o estilo de vida dinamarquês e o que podemos aprender com ele.

– O que por acaso incluiria escrever sobre o produto do seu cliente, é claro.

– Sim, de um modo geral, mas é diferente.

– Se eu ganhasse uma libra por cada RP que já me disse isso...

– Eu não sou relações-públicas e ser relações-públicas não tem nada a ver com isso, ok? Meu nome é Kate e estou aqui fazendo um trabalho da mesma forma que você. Se me der a chance de explicar em vez de ficar grasnando feito uma raposa enlouquecida, vai ver que meus clientes estão mais interessados em promover um conceito do que a loja em si.

– Raposa enlouquecida? – repetiu ele, e ouvi uma risada abafada. – Nunca me chamaram disso. Já fui tachado de muita coisa, mas com certeza nunca de raposa enlouquecida.

– Sendo tão direto assim, não me surpreende que tenha sido chamado de muita coisa. Talvez eu devesse oferecer a você uma semana em uma escola de etiqueta – falei, começando a me divertir.

– Essas coisas ainda existem? Daria uma boa matéria...

– Você está procurando no Google? – perguntei, o som do teclado denunciando a ação do outro lado da linha.

– Talvez. Ou talvez eu esteja trabalhando, coisa que eu planejava fazer até você me interromper.

– Olha, eu liguei para você porque achei que poderia se interessar.

– Você nem me conhece.

– Conheço o jornal e a linha da editoria de comportamento. Não estou aqui pedindo publicidade indireta para vender um produto.

– Ah, então existe um produto.

Eu parei.

– Arrá! Sabia – disse ele.

– Uma nova loja de departamentos, mas é um conceito.

– Um conceito que me parece meio idiota.

Fiquei tensa. Colocando em palavras, de fato parecia. Mas quando Lars explicou o que tinha em mente, tudo fez sentido.

– Chama-se Hjem. Vai ser inaugurada no fim do ano, mas antes disso os donos querem levar um grupo seleto a Copenhague para explorar a noção de *hygge* mais profundamente.

– Velas e cobertores. O tema já está batido.

– Chegamos exatamente ao ponto: você já descartou o conceito antes mesmo de entender tudo que ele engloba.

– Eu não preciso entender nada. Não estou interessado. Nem agora. Nem nunca.

– E você não acha que essa atitude talvez seja um tantinho tacanha?

– Não, isso se chama ter opinião e não se deixar influenciar.

– Posso pelo menos mandar um e-mail com mais informações e o itinerário?

– Não.

– Você não pode nem olhar um mísero e-mail?

– Você tem ideia de quantos e-mails eu recebo todos os dias de pessoal de RP?

Ele grunhiu o R e cuspiu o P.

– Você é bem rabugento, hein?

– Aham, porque gente como você fica me perturbando o tempo todo.

– Acho que uma viagem para a Dinamarca te faria bem. Quem sabe você aprenderia uma ou outra coisinha.

Houve uma pausa e esperei, preparada para ouvi-lo desligar na minha cara outra vez. Mas quando ele voltou a falar, havia certo divertimento em sua voz.

– Você não desiste?

– Não se estou trabalhando por uma coisa na qual acredito – falei, forçando um pouco a barra em relação à verdade.

Eu acreditava na visão de Lars e aonde ele queria chegar. Mas, para ser bem sincera, eu provavelmente ficaria no time desse jornalista que diz "desde quando o combo cobertor e vela resolveu algum problema?".

– Lamento, não mordi a isca, mas foi legal falar com você, Kate ou qualquer que seja o seu nome. Você alegrou uma tarde que seria monótona.

– Fico feliz por ser útil – retruquei, categórica, olhando para o aplicativo de cronômetro do celular. – E dessa vez você me deu dois minutos e quatro segundos do seu tempo. Talvez esteja na hora de rever a estratégia dos cinco segundos.

Ele começou a rir.

– Para uma RP, Kate Sinclair, você até que me conquistou.

– Pena que não tenha sido recíproco – falei em tom amável, e desliguei.

Risquei o nome dele e decidi tentar os outros jornalistas da relação, torcendo para que fossem mais receptivos a uma viagem para Copenhague do que Benedict "Raposa Enlouquecida" Johnson.

– Parece maravilhoso, querida – disse o editor de comportamento no *Courier* –, mas já fui convidado para uma *press trip* para Doncaster. Quem diria, Doncaster ou Dinamarca?

– Tenho certeza que posso persuadir você a ir para Copenhague.

– Infelizmente, querida, você poderia me persuadir com muita facilidade. O problema é que a pessoa que você teria que persuadir é Aquela-Que-Deve-Ser-Obedecida, aquela megera que coordena a publicidade. Um cara com muita grana e um orçamento gigantesco está bancando essa *press trip*. A menos que você possa prometer a ela que seu cliente tem dinheiro para anunciar, estou fadado a ir para o norte congelante.

Felizmente, depois de infinitas trocas de e-mail, para meu alívio Fiona Hanning, uma blogueira de *lifestyle*, Avril Baines-Hamilton do *This Morning* e David Ruddings do *Evening Standard* toparam. Conrad Fletcher – de forma um tanto surpreendente, sendo o demônio cínico da velha guarda das revistas de decoração que ele era – respondeu:

– Por que não? Faz tempo que não vou a Copenhague, desde quando o orçamento permitia esses gastos. Meu Deus, você não tem ideia de como eles estão sovinas hoje em dia.

– Deve ser porque você sempre gasta 300 libras em vinho no almoço e manda a conta para eles – provoquei.

Ele chamava o restaurante absurdamente extravagante perto do escritório da revista de seu quartel-general. Almoçamos muitas vezes lá. Conrad não agradava muita gente, mas sempre gostei da companhia dele, e seu conhecimento sobre decoração de interiores era imenso, já que ele era um poço sem fim de fofocas sobre várias pessoas do ramo.

– Kate, querida, você me conhece tão bem.

Deixei Sophie, do *CityZen*, por último, com a certeza de que ela seria fácil de convencer. Sophie era amiga de faculdade da Connie. Estivemos juntas algumas vezes e eu gostava bastante dela. Dei uma olhada rápida nas horas quando peguei o celular. Tempo suficiente antes de correr para casa e me arrumar para o evento. Agora que eu ia sozinha, era obrigatório que Josh soubesse o que estava perdendo.

– Oi, Sophie, aqui é Kate Sinclair, tudo bem? Estou ligando porque estou em busca de jornalistas que possam ter interesse em participar de uma *press trip* para Copenhague.

– Oi, Kate! Nossa! Me escolhe, me escolhe!

– Ok, então!

Houve um silêncio atordoante.

– Espera, você está me convidando mesmo?

– Estou. Para passar uma semana na maravilhosa Copenhague.

Sophie fez um barulho engraçado, um gritinho abafado, aceitável em um ambiente de escritório, antes de dizer:

– Hum, me deixa pensar... por um nanossegundo.

Outro gritinho engraçado.

– Ai, sim. Sim! Tô dentro. Que legal! Vai ser incrível.

Ela estava superanimada.

– Mas eu ainda nem disse qual é o itinerário... – falei, rindo. – E se for uma excursão a uma mina de carvão, uma siderúrgica e uma fábrica de plástico?

– Quem liga? Vai ter comida, já é o suficiente pra mim. Ai, que máximo!

– Vou mandar um e-mail com mais detalhes, então.

– Mal posso esperar. Nunca estive na Escandinávia. Vou ter que comprar um daqueles casacos acolchoados que todos usam por lá. Aqueles com pelinho branco nas bordas do capuz. E umas luvas térmicas.

– Hum, Sophie, a viagem vai ser no fim de abril, então vai estar um pouco mais quente. Acho que você pode deixar o traje Barbie Exploradora do Ártico no armário. Falando nisso, preciso ir. Vou surrupiar um vestido do armário da Connie.

– Como ela está? E para onde você vai?

– Ela está bem. Ainda cheia de crianças no trabalho. E eu vou ao evento do National Newspaper Circulation Awards.

– Tirando a bebida de graça, parece chato.

– É no Grosvenor House, jantar incluso.

– Saquei.

– A agência vai patrocinar um prêmio, então temos uma mesa só nossa. Mas infelizmente meu ex vai estar lá.

– Ui, que azar!

– É, a Connie bem que se ofereceu para me apresentar a um dos colegas professores dela.

– Legal da parte dela.

– O nome dele é Crispin – falei com indignação.

– Hum, isso é um problema?

– Não sei se consigo levar a sério um cara chamado Crispin. Parece nome de cavalo.

Sophie deu uma risadinha.

– Você não pode desgostar de alguém só por causa do nome.

– Verdade, mas falei com um Benedict mais cedo e sempre achei que Benedicts seriam bonitões.

– Não era o Cumberbatch, era?

– Não, o Benedict de hoje não pareceu nem um pouco legal. Mas como felizmente ele não quis participar da viagem, nunca vou ter que descobrir.

Capítulo 5

Quando o carro parou na entrada do hotel e o recepcionista de cartola abriu a porta do carro, me senti levemente uma fraude em meu vestido emprestado. Aquele era um dos hotéis mais luxuosos de Londres, bem distante do hotel econômico em Hemel onde trabalhei como camareira na minha época de estudante. Homens usando ternos chiques e mulheres vestidas com elegância perambulavam pela entrada do salão de festas.

O vestido de Connie era fabuloso. E graças à maquiagem que ela fizera em mim, meus olhos exibiam uma sombra cinza esfumada e mais delineador do que eu jamais ousaria usar.

Só ela para encontrar um Vera Wang em um brechó quando tinha ido procurar fantasias para a escola. O design enxuto, sem mangas e com decote canoa, sem muitos detalhes, fazia com que ninguém desse nada por ele ao vê-lo no cabide. No corpo, o cetim pesado se encaixava no torso e descia pelos quadris, a saia esvoaçando sinuosa, como ondas batendo aos pés. Era bem simples, a não ser por um detalhe matador: o decote nas costas, que se desenrolava em dobras sinuosas até pouco abaixo da cintura. Requeria uma escolha muito cautelosa em relação à roupa de baixo.

Com um sorriso, corri os dedos pelo tecido sedoso enquanto descia do táxi, maravilhada em como por pouco ele não tinha sido retalhado para se tornar as capas dos três reis magos na peça de natal da Ashton Lynne Primary School.

Ao descer os degraus segurando a *clutch* de contas prateadas de Connie, algumas cabeças se viraram, o que foi bem legal.

Felizmente, nosso grupo já estava reunido em um canto do bar, ao redor de uma mesa com um balde de champanhe e várias taças, uma delas com o meu nome. Ao me aproximar, a primeira pessoa que vi foi Josh, bonito em seu terno, lembrando-me vagamente do que eu tinha visto nele.

Josh abriu um sorriso lento e vi uma fagulha de interesse em seu olhar.

– Uau, você está...

– Obrigada – falei, esnobe e interrompendo-o logo de cara. – Você viu a Megan? Ela já chegou?

– Sim – disse ele, com um sorriso pesaroso. – Você não vai me perdoar, né?

– Não há o que perdoar.

Sorri e me virei para checar o planejamento da mesa.

Josh me pegou pelo braço.

– Kate, você está sendo cabeça-dura. Ainda podemos ser amigos.

Me soltei do toque dele.

– Acho melhor não. O trabalho é a coisa mais importante da minha vida no momento. Não vou deixar que você nem nada atrapalhem meu caminho outra vez.

Avistei Megan com outros colegas de trabalho e abri caminho em meio à multidão até lá.

– Ah, oi, Kate – disse ela quando me aproximei. – Gostaria de uma taça de champanhe? E este é Andrew.

Ela me apresentou ao homem baixo e careca a seu lado.

Antes que eu pudesse cumprimentá-lo, ela enfiou uma taça cheia na minha mão.

– Ele está na nossa mesa.

O que significava que era um dos convidados à mesa pela qual a agência havia pagado uma boa quantia para patrocinar, então o recado era *seja legal*.

– Ele trabalha para o *Inquirer* – contou ela, um pouquinho empolgada demais. – Perdão, o que você faz mesmo? Esqueci.

Andrew se virou e estendeu uma de suas mãozinhas pegajosas em minha direção.

– Prazer em conhecê-la – disse ele, o tom de voz tão suntuoso e requintado que era quase caricato. – Andrew Dawkins, gerente de vendas. *The Sunday Inquirer*. E você é...?

– Kate. Trabalho com Megan na Machin Agency.

– Outra RP?

Andrew literalmente gritou as palavras, a boca se enrugando em uma expressão sutil de "bem, você não tem utilidade nenhuma para mim", mas resistiu bem à decepção e agiu com a mais absoluta educação.

– E há quanto tempo trabalha lá?

– Cinco anos.

Andrew acenou com a taça em minha direção.

– Hora de partir para outra, então. Meu lema é: sempre em movimento. Nunca fique em um lugar por mais de dois anos – disse ele, e, com uma gargalhada, acrescentou: – Caso contrário você vai ser encontrada. Foi assim que virei gerente de vendas.

Ele continuou:

– É tudo uma questão de networking, entendeu? Conhecer as pessoas certas. Posso apresentar você a um monte de gente. Diretores de agências.

Ele deslizou o braço pelo meu, terrivelmente íntimo e empolgado. Difícil distinguir se a mão roçando na curva externa do meu seio tinha sido sem querer ou não.

Tomei um bom gole de champanhe e me afastei, para não ter que me preocupar mais com esse tipo de dúvida.

– Você trabalha no *Inquirer*. Conhece Benedict Johnson?

A testa brilhosa de suor enrugou de aversão.

– Eu estava falando de contatos de verdade, não charlatões. Posso dar um bom empurrão na sua carreira.

Andrew gesticulou com a taça na direção de vários homens, mirando-os como se fossem alvos.

– CEO do Magna Group, diretor financeiro da Workwell Industries. É só falar o nome de quem você quer conhecer.

– Estou bem, obrigada.

– Então por que quer conhecer o Johnson?

– Não quero conhecê-lo, só fiquei curiosa em relação a ele.

– Hum, está a fim dele, é?

– Não.

Lancei o olhar de desdém que o comentário merecia.

– Não o conheço pessoalmente – esclareci, franzindo a testa ao lembrar da nossa conversa. – Falei com ele mais cedo hoje. Um cara bem hostil com RPs.

– É porque ele se acha um jornalista sério. Ou pelo menos se achava – disse Andrew, com um sorriso cheio de malícia. – Ele foi expulso da mesa diretora. Bom demais para a editoria de comportamento, ou era o que ele achava – explicou o homem com um brilho maléfico no olhar.

– Eu, ah...

Quase senti pena de Benedict Johnson.

Andrew sorriu.

– Benedict é um dos poderosos decadentes, o clássico jornalista sério. Se acha o alecrim dourado prestes a desvendar o próximo Watergate. O que esses caras não entendem é que sem o dinheiro da publicidade – nesse momento ele fez o sinal clássico de dinheiro com a mão – eles não teriam emprego. Então o que você quer com ele?

– Convidei ele para uma *press trip*. Ele não se interessou.

– Eu iria a uma *press trip* com você.

– Muito gentil da sua parte, mas não sei se o cliente aceitaria.

– Quem é o cliente?

– Uma nova loja de departamentos que vai ser inaugurada em Londres. Vamos levar um pequeno grupo de imprensa a Copenhague.

– Vai ser legal se você conseguir. Benedict recusou?

– Tenho certeza que ele tinha seus motivos – respondi, dando de ombros.

Eu podia não gostar de Benedict Johnson, mas gostava menos ainda de Andrew Dawkins.

O homem ficou perdido em pensamentos, os olhinhos cinzentos estreitados de concentração.

– Muitos anunciantes em potencial podem se interessar. Vou ver o que consigo fazer.

Me debati com minha consciência por menos de um nanossegundo e me impedi de dizer "seria ótimo", mas também não falei "não se preocupe, já convidei outra pessoa". Era minha carreira que estava em jogo.

Um homem em traje de gala com bordados vermelhos, muito formal, pediu silêncio para um brinde, mas nem isso salvou minha pele. Logo me vi sentada ao lado de Andrew e suas mãos bobas. Não havia nada a fazer além de me concentrar no champanhe e me armar com um garfo.

A premiação, por mais ingrato que pareça, não era nem um pouco diferente de todas aquelas a que eu já tinha ido. A mesma trilha sonora apoteótica. O mesmo roteiro engraçadinho escrito por algum humorista de stand-up da moda, e muitos homens de meia-idade excessivamente tolos e gratos indo ao palco receber seus troféus de vidro entalhado.

A festa era regada a vinho e a comida não era ruim, considerando a quantidade de gente a ser servida e agradada. Frango sempre é o denominador comum dos menus corporativos.

O exército de funcionários bem treinados que aguardava alinhado à parede logo se pôs em ação. Quando começaram a servir o primeiro prato, percebi o pé de Andrew roçando excessivamente na minha panturrilha.

Estavam retirando o prato principal quando minha paciência se esgotou. A mão dele resvalou na minha coxa outra vez e eu ataquei, cravando meu garfo nela.

– Sinto muito, não vi que era você. Achei que fosse uma aranha subindo pela minha perna. Tenho pavor de aranhas.

Andrew deu um sorriso forçado enquanto apertava a mão contra o peito.

Uma garçonete deslizou uma sobremesa cor-de-rosa e branca entre nós.

– Não, obrigada – recusei. – Preciso ir ao toalete.

Pedi licença a Andrew, que se levantou no mesmo instante, um perfeito cavalheiro exceto pela mão firme no meu quadril, um pouquinho íntima demais.

Dei um sorriso frio e fugi, levando minha taça de champanhe. Contornei as mesas cobertas com linho branco, a pele arrepiada por saber que ele me observava por trás. Lamentei que a última visão que teria de mim fosse a fenda dramática do meu vestido encurvando-se em dobras suaves na base da minha cintura. A frente do vestido podia ser bem reservada, mas as costas com certeza não eram.

Subindo a escada, caminhei pela extensão da sacada até um lugar tranquilo e então parei para apreciar a vista impressionante do grande salão, com suas fileiras de mesas ordenadas em linhas uniformes, dispostas à perfeição com toalhas de linho branco e arranjos florais. Olhar diretamente para baixo me deixaria tonta, então me mantive a um braço de distância e bebi um gole de champanhe. Percebi com tristeza que a taça estava quase vazia, mas, mesmo assim, fiz um brinde silencioso na direção dos enormes, reluzentes e extravagantes candelabros de diamantes. Minha mãe teria ficado muito orgulhosa por eu estar aqui. Eu ouvia a voz dela na minha cabeça.

Você conseguiu ser alguém na vida, meu amor. Trabalha muito, é boa no que faz. Era só o que ela queria de nós, que nos saíssemos melhor do que a geração anterior. Minha mãe tinha três empregos: trabalhava em uma creche pela manhã, depois assumia o posto de merendeira na escola local, onde também trabalhava como faxineira à noite. Nenhum desses empregos pagava muito bem e o dinheiro era curto.

Agarrando com força o guarda-corpo com uma das mãos, ciente do vozerio lá embaixo, olhei para o fluxo de convidados bem-vestidos e engoli o nó na garganta para dar um sorriso sombrio. Aquele mundo era muito distante do mundo em que eu tinha crescido. Minha mãe com certeza acharia que estou no caminho certo.

– Gostaria de dizer que daria um centavo por eles, mas acho que devem valer muito mais.

O timbre rouco e grave da voz, levemente sedutor, ostentava um quê evidente de flerte.

Enrijeci por um segundo, querendo preservar o momento. Não queria me decepcionar ao me virar, nem ser motivo de decepção. Mas meu bom senso já meio enevoado pelo champanhe desapareceu e, em vez de me virar, respondi:

– Provavelmente sim.

Houve um breve silêncio enquanto continuei olhando para o enorme salão, para o mar de gente sob os candelabros em forma de tulipa.

– Sabia que há mais de quinhentos mil cristais em cada um deles?

Gostei bastante do comentário inicial e da ligeira cadência da fala, como se ele tivesse aceitado o desafio de tentar me impressionar a ponto de me fazer virar.

– Não.

Sorri e tomei um golinho de champanhe. Tentei parecer indiferente e ergui a cabeça para que meu cabelo descesse pelas costas, majestoso, misterioso, virando o jogo.

– Ou que pesam uma tonelada cada um e foram projetados nos anos 1960?

Ele se aproximou um pouco mais e percebi que tinha baixado a voz de tal forma que só eu o ouvisse.

– Impressionante – murmurei, porque o momento pareceu pedir.

Eu não era nem um pouco do tipo que murmurava na vida real, mas aquele era um momento Cinderela, em um cenário fabuloso, somado ao completo anonimato e à falsa confiança que um vestido caro evocava.

– Sabia que aqui costumava ser uma pista de patinação? A rainha Elizabeth aprendeu a patinar aqui.

Minha pele formigou em um convite silencioso, e quase sem querer arqueei as costas sutilmente.

– Sério? – falei, sorrindo mais ainda.

– A tricampeã olímpica, Sonja Henje, patinou aqui nos anos 1930 – sussurrou ele em meu ouvido.

– Mentira.

A risada que contive transpareceu em minha voz.

– E costumava-se jogar partidas de hóquei internacionais aqui.

– Quem diria...

– Grande parte do maquinário ainda está sob o piso.

– Bom saber.

– E um último fato: os Beatles tocaram aqui uma vez.

Inclinei-me um pouco para a frente sobre o balcão, imaginando a cena.

– E este foi meu último fato – disse ele, como um mágico fazendo um floreio ao final da apresentação.

Hesitei, relutante em interromper o momento. Em vez de me virar para encará-lo, me contorci ligeiramente, sem encostar o queixo no ombro. Ele podia ver meu perfil, mas eu ainda não o via.

– Foram todos muito interessantes. Você é guia turístico? Historiador?

– Não, só estava conversando com um barman tagarela. Falando nisso, posso pegar outra taça de champanhe para você? A sua parece ter acabado.

– Observador, também. Eu adoraria, obrigada.

– E você vai estar aqui quando eu voltar? Ou vou encontrar um sapatinho solitário?

Olhei para o fino relógio dourado em meu pulso, um modelo barato, que um dia tinha sido da minha mãe. Com uma risada súbita, falei:

– Ainda temos um tempinho até meia-noite. Estarei aqui.

Com uma graça atenciosa, ele pegou a taça da minha mão sem tocar em qualquer outra parte do meu corpo. Senti um frio na barriga.

E sorri. Eu não fazia ideia de como ele era fisicamente, mas senti seu perfume delicioso, um misto de loção pós-barba suave e cara e um bom sabão em pó.

Apesar das minhas melhores intenções, não resisti e dei uma olhadinha rápida por cima do ombro depois de alguns segundos. Ele abriu caminho com confiança pela aglomeração ao redor do bar, um homem que sabia o que queria e aonde ia. Acho que mais do que o porte alto e esguio, o cabelo cheio e o terno extremamente bem cortado, foi aquele movimento resoluto que me ganhou.

Segui observando o salão enquanto o esperava voltar, sorrindo, tentando imaginar como ele era.

– Então ainda está aqui?

Assenti, o coração acelerando de repente ao perceber que teria que me virar para encará-lo.

Senti o toque frio da ponta da taça em minhas costas. A intimidade inesperada era excitante e desafiadora. Eu deveria me virar e encará-lo? Ou deveria fazê-lo continuar se esforçando?

O vidro frio deslizou pela minha coluna. Sugestivo e sutil ao mesmo tempo, despertando todas as minhas terminações nervosas.

Nenhum de nós disse uma palavra.

A taça continuou seu caminho descendente e então foi substituída pelo toque provocante de um dedo, traçando com delicadeza o mesmo caminho. Fiquei ofegante e senti o rosto quente. A taça parou bem em cima das dobras do vestido. Pequenas faíscas de eletricidade percorreram minha pele.

Ele afastou a taça. A marca fria que ainda formigava em minhas costas foi ficando quase quente.

Respirei fundo e prendi o ar por alguns segundos antes de me virar bem lentamente e pegar a taça que ele me estendia.

Nossos dedos se roçaram enquanto ele segurava a bebida, até que ergui a cabeça sorrindo com timidez e me sentindo bem sedutora ao menos uma vez.

Um sorriso surgiu nos lábios dele. Uma covinha leve, quase impercep-tível, se anunciou em sua bochecha esquerda coberta pela barba por fazer. O tom das cerdas era de um dourado-escuro, meio âmbar, combinando com o cabelo castanho-avermelhado. Pensei que aquele era o momento em que a realidade deveria se impor. Ele não deveria ser assim, lindo de morrer, com maçãs do rosto bem delineadas e aqueles lábios carnudos que eu tinha que parar de encarar imediatamente! Esperei que a névoa etílica cessasse naquele momento, que ele desse uma piscadela e fosse embora. Ele com certeza não precisava ter aquele tipo de ombro esculpido pelo rúgbi ou pela natação, nem ser tão alto a ponto de, mesmo de salto, eu ainda ter que levantar a cabeça para fitá-lo. Ele era lindo, mas foram a autoconfiança serena e a perspicácia nos olhos azul-acinzentados que me causaram frio na barriga.

– Oi – disse ele.

Seu tom de voz baixo, carregado de muito mais do que um simples "oi", me fez sentir um raio de alerta bem no meio das pernas.

– Oi – falei, um pouco ofegante.

Aquela ali não era eu. Toda insinuante e tomada de atração sexual por um completo estranho. Eu não era do tipo que agia assim, mas parecia impossível evitar. Era tão difícil conhecer gente em Londres, que dirá homens lindos de morrer que pareciam corresponder à sua atração.

– Ben.

– Kat... tie – emendei.

Evitei as sílabas bruscas do meu nome sério e usado no trabalho. Katie era como me chamavam em casa. Era como minha mãe me chamava. Eu queria ser aquela Katie, a que estava em contato com seu lado poderoso. Aquela que não tinha que lutar o tempo inteiro para ser alguém.

– Um brinde – propôs ele, encostando sua taça na minha. – Aos encontros casuais.

– Aos encontros casuais – brindei.

Sorrimos outra vez e bebemos um gole. Ele parou ao meu lado e se inclinou sobre o guarda-corpo.

– Fiquei imaginando quantas pessoas sabem que aqui costumava ser uma pista de patinação – falei, olhando para baixo. – Deve ter sido enorme.

Era muito difícil imaginar o som dos patins no gelo e o ar frio suspenso naquele salão *art déco*.

– Tem uma foto em algum lugar no hotel – disse ele.

– Vamos ter que procurar algum dia.

As palavras saíram com facilidade. Alguma coisa nele e na situação atípica me deixou corajosa.

– Está me convidando para um encontro? – perguntou ele, com um tom provocante.

Ergui a sobrancelha, arrogante.

– Não.

– Que pena, eu teria aceitado.

– Como você sabe que não tenho um namorado escondido em algum lugar?

Os olhos dele se estreitaram e ele me analisou de um jeito possessivo.

– Porque nenhum homem em seu juízo perfeito deixaria você sozinha por aí nesse vestido.

– Qual é o problema do vestido? – perguntei, subitamente preocupada que ele o achasse muito vulgar e convidativo demais.

O breve sorriso foi reconfortante. Ele pareceu achar graça, além de algo mais que fez meu coração bater em descompasso.

– Não tem problema nenhum. Eu diria que é perfeito. Insinua bem mais do que revela. É de bom gosto, estiloso e sofisticado. – Ele curvou a boca, um gesto cínico de autodepreciação. – Tudo que está faltando nessa noite... E me refiro só aos homens.

– Concordo – falei, pensando nas mãos suadas de Andrew.

– Quer que eu proteja sua honra e desafie o canalha?

– Não precisa. Posso combater até o mais ousado dos homens com um garfo em mãos.

– Você apunhalou alguém?

Ele arregalou os olhos fingindo estar horrorizado e, ao mesmo tempo, admirado.

Dei de ombros e deixei um sorrisinho surgir em meus lábios.

– Não arranquei sangue, pelo menos não da primeira vez.

– Nossa! Me lembre de não mexer com você.

– Achei que tínhamos concordado que não sairíamos em um encontro, então isso parece improvável.

– Bem, seguindo essa linha, fiquei curioso com qual tipo de encontro não teríamos.

Reclinei-me contra a balaustrada.

– Não sairíamos vagando pelo hotel em busca de fotos históricas. Nem deixaríamos essa ocasião esplendorosa a todo vapor para ir andando até as margens do Serpentine.

Ele considerou por um momento e se virou para revelar uma garrafa despontando do bolso.

– E não levaríamos uma garrafa de champanhe.

O convite implícito crepitou entre nós. Sorri e me afastei da balaustrada.

– Bem, por que não me mostra essa tal foto?

Assim que ele entrelaçou os dedos nos meus, um celular tocou e paramos de repente. Como caubóis buscando as armas, nós dois fomos em busca de nossos aparelhos, ele enfiando a mão no bolso interno e eu tirando a *clutch* de debaixo do braço.

Ele franziu a testa quando viu a tela e então olhou para mim como se pedisse desculpas ao atender.

Salva pelo gongo. O som familiar de nós dois tateando em busca do celular me fez lembrar da vida real. O que eu estava fazendo? Sendo levada pelo momento, bancando a mulher dona de si em um vestido chique. Eu não era do tipo que saía com um completo estranho, principalmente um estranho lindo, tipo Príncipe Encantado, que achava ser muita areia para o meu caminhãozinho. Além do mais, minha vida não tinha espaço para um relacionamento. Eu tinha objetivos, coisas a fazer. Meu instinto me disse que aquele estranho misterioso representava um risco grande demais. Josh já havia me magoado e eu não sentira por ele nem um décimo da atração que tinha por esse homem. Esse desconhecido claramente era capaz de roubar corações.

Confiante de que as duas mil pessoas no salão me ocultariam facilmente, murmurei qualquer coisa sobre ir ao banheiro e desci as escadas, fugindo.

Capítulo 6

– Kate Sinclair, bom dia.

Atendi sem pensar, a atenção na tela do computador enquanto tentava ser sensata e escrever um release em vez de repassar meu momento Cinderela pela milésima vez. Infelizmente, eu tinha saído correndo sem deixar um sapatinho de cristal ou um número de telefone, então nunca daria em nada e eu não sabia dizer se achava isso bom ou ruim.

– Deve estar bastante satisfeita consigo mesma, não é? – rosnou uma voz ao telefone.

Endireitei a postura e afastei o olhar da tela.

– Como é?

Franzi a testa na mesma hora, pensando que ele devia ter ligado para a pessoa errada.

– Você é Kate Sinclair, certo?

Ok, ele ligou para a pessoa certa.

– Sou – falei devagar, tentando reconhecer a voz furiosa. – Eu conheço você?

– Infelizmente você está prestes a conhecer. Benedict Johnson, cachorrinho de madame – cuspiu ele.

Ah, o jornalista furioso. Por que ele estava me ligando? Eu não fazia ideia, mas, dada a grosseria inicial do dia anterior, a oportunidade de provocá-lo era boa demais para deixar passar.

– Ah, a decadência dos poderosos. Ontem mesmo você era a raposa enlouquecida – observei, pegando uma caneta e rabiscando em meu bloquinho.

– Eu não estava dançando conforme a sua música na ocasião.

– Seria bom ter algumas pistas nesse momento...

– Ah, vai bancar a inocente?

– Seria difícil bancar outra coisa, já que eu não faço a menor ideia do motivo pelo qual está me ligando.

– Não soube da novidade? – perguntou com sarcasmo.

– Han Solo não morreu em *O despertar da força*? Douglas Adams entendeu errado e o sentido da vida é 43? O Take That vai voltar com os cinco integrantes?

– Estou com muita raiva de você para achar graça.

– Se abrir faz bem, os psicólogos recomendam.

– Copenhague. *Press trip.*

Ele parecia morder as palavras ao enunciá-las com precisão.

– Jornalista. Disse não.

– Jornalista obrigado a dizer sim.

– Não sou do tipo que coloca as pessoas contra a parede, não sei bem como você chegou a essa conclusão. Não obriguei ninguém a nada.

– Não diretamente. Não gosto de gente sorrateira e desonesta. No futuro você deveria prestar mais atenção nas pessoas com quem faz acordos.

– Fechei acordo com cinco pessoas perfeitamente razoáveis que concordaram em ir para Copenhague e estão bem felizes. Não tenho certeza se quero que você vá também.

– Que pena. Porque agora, graças à sua conspiração, você vai ter que me aturar.

– Você sempre fala assim, em charadas?

Não estávamos chegando a lugar algum com aquela conversa e, por mais que eu estivesse me divertindo, tinha outras coisas a fazer.

– Sério. Você pode até continuar com esse joguinho, mas eu não faço a menor ideia do que você está falando. Convidei outros jornalistas para a viagem.

Eles também tinham recusado, mas ele não precisava saber disso.

– O diretor de publicidade disse ter ouvido de você que a viagem daria uma ótima matéria e que ele poderia vender muita propaganda em cima disso. Ele foi até o chefe dele, que foi até o meu e de repente... parece uma ótima ideia eu participar de uma excursão para Copenhague.

– Perdão, ainda não faço ideia do que você está falando. Eu não sugeri nada disso. Você está falando com a pessoa errada – afirmei, confiante.

– Não de acordo com Andrew Dawkins.

– Andr...

Minha voz desapareceu, culpada.

– Ah, agora está vindo tudo na sua cabeça, não é?

– Eu... ah, eu... não falei isso para ele. Eu não...

Gaguejei. Estava vasculhando desesperadamente meu cérebro em busca do que eu tinha dito duas noites antes.

– Não, é claro que não. Porque ele não tinha como saber que eu havia sido convidado para uma viagem, a menos que tenha falado com você.

– Olha, eu sinto muito...

– Tarde demais. Manda o itinerário. Vejo você em Copenhague.

E, assim, ele desligou na minha cara antes que eu tivesse a chance de dizer que com certeza eu não tinha convencido Andrew a fazer isso e que o voo saía do Heathrow.

Capítulo 7

Mesmo com a vista embaçada, percebi que o Heathrow, inclusive no horário insano de cinco da manhã, estava surpreendentemente movimentado. Faxineiros levando carrinhos imensos com esfregões posicionados em ângulos estranhos perambulavam pelo amplo terminal, vendedores sonolentos lutavam com as grades das lojas, abrindo-as com débil determinação, indiferentes aos passageiros que circulavam com as onipresentes malas pretas.

Enquanto aguardava perto do guichê de check-in, olhei para toda a papelada pela quinta vez. Passaporte. Telefones de contato. Notebook. Bagagem. Eu estava trêmula. Que ridículo. A conversa de última hora com Megan na noite anterior tinha me deixado morrendo de medo.

– Tem certeza que consegue lidar com seis? – perguntou ela. – *Press trips* não são nada fáceis.

– Eu sei – respondi.

Imaginei o que poderia ser tão difícil. O que poderia dar errado? Tínhamos um itinerário. Um guia.

– As pessoas acham que é uma viagenzinha tranquila, mas jornalistas têm o hábito de sair do roteiro e fazer coisas por conta própria. Você vai precisar mantê-los nas rédeas o tempo todo. Nada de dar um pulinho ali, fugir daquele passeio. Se você perder um, perde todos.

Assenti outra vez, tentando parecer séria e atenta.

– Tudo bem.

– Há muita coisa em jogo.

Entendi muito bem essa parte.

– E não deixe eles surtarem nos gastos. Temos um orçamento.

Megan fez uma pausa e me lançou um olhar minucioso antes de acrescentar:

– Não seria melhor se você tivesse um reforço?

– Reforço? – repeti.

Era uma *press trip*, não uma incursão às drogas.

– Estou pensando se a gente não deveria mandar o Josh também…

Reiterei com firmeza quão confiante eu estava. Megan não fazia a menor ideia de que essa viagem era um grande momento se comparado às minhas experiências anteriores: algumas idas a Ayia Napa com Connie e amigos da escola e um fim de semana prolongado em Barcelona, que fora basicamente só sol, mar, sangria e compras.

Mas daria tudo certo. Uma pessoa buscaria nosso grupo no aeroporto, embora seu nome não passasse muita confiança: Mads.

Isso tinha sido na véspera. No momento, a realidade fria de ser responsável por seis adultos – alguns mais velhos, mais sofisticados e muito mais experientes em viagens do que eu – havia drenado toda a minha autoconfiança como um Dementador. E se alguém perdesse o passaporte? Ficasse doente na viagem? Não gostasse do hotel? Quanto mais eu me preocupava, mais achava coisas com as quais me preocupar.

Do outro lado do terminal, vi uma garota usando um casaco fascinante. Longo e muito peludo, me fez lembrar um orangotango. Ela passou a mala de lona de um ombro para outro antes de se levantar, esfregando com o pé a panturrilha oposta.

O movimento sem jeito me fez pensar em uma cegonha refletindo se deveria levantar voo ou não.

Era um zoológico ambulante ou Fiona? Estreitei os olhos para observá-la outra vez. A foto de passaporte de todos os jornalistas os fazia parecer um bando de presidiários. Quando tentei chamar a atenção, ela se distraiu com o celular. Concluí que não era a minha blogueira. Dei mais uma olhada nas fotos e, quando ergui os olhos, bem ao estilo anjos lamentadores de *Doctor Who*, a menina tinha se aproximado mais.

Olhei meu relógio, embora não houvesse como ter se passado mais do que três minutos desde a última vez que eu olhara.

– Kate, querida, que nome se dá para esse horário lamentável?

Dei meia-volta e ali estava o sexagenário Conrad Fletcher, da revista *Interiors of the World*. Se aquele homem não conhecesse alguma coisa ou pessoa no ramo do design de interiores, seriam coisas ou pessoas que não valiam a pena conhecer.

– Bom dia, Conrad, como vai?

– Exausto. Ainda bem que gosto de você, senão teria desligado o alarme e voltado a dormir. E ainda peguei um motorista de táxi mal-humorado. Ah, aliás, aqui está a nota. Pode me dar em dinheiro, vai nos poupar o trabalho de ter que preencher a papelada – disse ele, enfiando o papel na minha mão. – E um café não cairia mal, estou morrendo de sede.

– Vamos tomar um café assim que estiverem todos aqui.

A garota, agora à nossa esquerda de tocaia em frente ao guichê de check--in, ficava na ponta dos pés como uma criança tentando chamar a atenção do professor sem ser muito intrometida. Suspeitei que talvez fosse a minha blogueira de *lifestyle*, Fiona Hanning.

– Oi! Fiona?

O rosto dela ficou escarlate e ela assentiu com movimentos repentinos bem rápidos, curtos e incisivos. Só depois fez contato visual, com tanta cautela quanto um cervo pisando na clareira de uma floresta.

– Oi, eu sou a Kate. Prazer em conhecê-la.

Estendi a mão. A dela surgiu rapidamente de dentro da manga do casaco de pelo de macaco. Fiona me cumprimentou e puxou a mão de volta em um piscar de olhos.

– Esse é Conrad Fletcher, ele escreve sobre design de interiores. Conrad, esta é Fiona Hanning, autora do blog *Hanning's Half Hour*.

Um breve pânico tomou o rosto de Fiona, mas felizmente Conrad não sabia o que era timidez.

– Adoro seu blog, querida. Que ideia engenhosa.

Nunca dava para saber quando Conrad estava blefando. Ele gostava de se gabar por conhecer tudo e todos, e, embora nunca o tenha visto dar uma bola fora, de vez em quando eu me perguntava se aquilo era tudo fachada. Para minha surpresa, ele começou a falar de um post recente do blog, sobre estofar tudo, e depois fez sugestões para um post complementar, passando nomes e contatos que Fiona deveria procurar.

Ela não disse quase nada e pareceu bem mais capaz de lidar com esse tipo de interação humana, em que alguém falava com ela em vez de ser requisitada a contribuir.

– Conrad. Ora, se você está aqui, então devo estar no lugar certo.

Avril Baines-Hamilton, apresentadora do *This Morning*, tinha chegado usando um enorme chapéu de pele, óculos escuros extragrandes e um sobretudo cinturado. Depois de fazer sua entrada triunfal, ela parou e soltou as alças de suas duas malas de rodinha. Uma era uma bagagem de mão Gucci – que reconheci como a edição tigre-de-bengala, que recebeu muito destaque nas revistas e custava a bagatela de 1.800 libras – e a outra era uma mala maior e mais comum, também da Gucci.

– Oi, Avril. Kate Sinclair. Já fomos apresentadas.

Ela não deu o menor sinal de reconhecimento e não tirou os óculos escuros, o que sempre acho uma tremenda falta de educação.

– Já?

A expressão dela ficou oculta por motivos óbvios, mas o tom um tanto indiferente e entediado me chateou. Passaríamos os próximos cinco dias juntas e uma pequena fortuna seria gasta para mostrar a ela o que havia de mais requintado em Copenhague. Ela podia pelo menos demonstrar um pouco de entusiasmo.

Recusando-me a transparecer minha irritação, estampei no rosto um sorriso meio RP, meio comissária de bordo.

– Sim. Diversas vezes, mas imagino que você conheça muitas pessoas. É difícil se lembrar de todo mundo. Agora, sei que é óbvio, mas todos estão com os passaportes?

No mesmo instante, Fiona começou a vasculhar seu bolso e puxou o documento.

Conrad revirou os olhos brincando e mergulhou a mão dentro do casaco de caxemira marrom-claro levemente surrado. E então começou a franzir a testa, consternado.

– Nem brinca, Conrad – falei. – Conheço você e isso não tem graça.

– Você não tem senso de humor – disse ele, dando um sorriso torto e travesso.

– Não, deixei o meu em casa – retruquei em um tom professoral apropriado, torcendo para que ele tivesse compaixão por mim.

Quando Conrad aceitou o convite, fiquei surpresa por ele já não ter nada marcado. Naquele momento, tarde demais, me dei conta de que ele poderia ser um problema. Conrad era famoso por ser um tanto rebelde e por ignorar orçamentos. Eu precisaria ser firme porque, se ele decidisse incentivar os outros a agir da mesma forma, seria o fim. Avril iria atrás dele sem dúvida. Fiona eu não tinha como saber.

– Bom dia – disse uma voz baixa junto ao meu ouvido.

David Ruddings, repórter freelancer do *Evening Standard*, estava parado atrás de mim com seu usual sorriso gentil.

– Oi, David, como vai?

– Empolgado.

Seu rosto se contorceu em um sorriso. Se não fosse gay, teria sido perfeito para Sophie. Os dois tinham um jeito alegre de levar a vida; ela mais animada, ele mais calmo, mas ambos radiantes.

Com um suspiro silencioso, fiquei um pouco mais tranquila. Sophie e David seriam uma boa influência, eram duas pessoas com quem eu poderia contar. É claro que ainda teríamos o desconhecido Benedict Johnson, que provavelmente estaria à frente do ataque se Conrad decidisse se comportar mal. Onde raios estava ele? Chequei o horário novamente.

Cinco minutos antes da hora marcada.

– Bom dia – disse uma voz feminina suave.

Ali estava Sophie, exalando esplendor e alegria como um melro que acabara de participar do coro do amanhecer. Eu tinha conhecido Sophie através de Connie e era muito bom ver um rosto amigo.

Eu a apresentei ao restante do grupo, deixando que conversassem entre si. Havia um bom tempo antes da partida, mas eu sabia que provavelmente todos gostariam de tomar um café. Eu mesma poderia matar alguém para conseguir um.

A voz baixa de Sophie interrompeu meus pensamentos.

– Está tudo bem, Kate?

– Sim, tudo certo. Falta só mais um.

Olhei ao redor pelo aeroporto, torcendo para que Benedict Johnson se materializasse a qualquer momento. Com certeza ele não me daria um bolo. Isso seria muito rude, embora eu não duvidasse que ele pudesse perder o voo de propósito. Rude era o normal dele.

– Bem, melhor irmos andando, não? Daria tudo por um café – murmurou Avril.

– Mais cinco minutos. Tenho certeza de que ele já vai chegar.

– Quero passar no Duty Free. Vamos ter que tomar café na sala de embarque.

Os cinco minutos passaram bem devagar e me obriguei a jogar conversa fora e parecer totalmente despreocupada. Era melhor deixar todo mundo passar pelos procedimentos de segurança e esperar na sala de embarque, ou esperarmos todos juntos por Benedict? A fila para o check-in já começava a se formar.

– Kate, olha, eu preciso desesperadamente pegar umas coisinhas de primeira necessidade no Duty Free. Não dá mais para esperar aqui. Não está dando certo.

– E eu estou realmente precisando de uma xícara de café, querida. Na verdade, não seria ruim comer alguma coisa também – acrescentou Conrad.

Note que, exatamente como eu tinha previsto, Avril e Conrad já tinham se unido, os gêmeos de temperamento difícil. Os dois me olhavam em expectativa.

Atrás deles, Sophie deu um sorriso solidário.

Eu estava relutante em perdê-los de vista. Aquilo era pior do que ser professora em uma excursão. Connie tinha me contado um monte de histórias de terror. Se eu os deixasse se separarem, talvez nunca mais conseguisse reuni-los de novo.

Avril suspirou alto e fez biquinho. Mesmo por baixo do combo chapéu de celebridade e óculos escuros, dava para dizer que ela estava nadando em petulância.

– Vamos fazer o seguinte – falei, tomando uma decisão rápida. – Vamos pegar nossas malas e entrar na fila do check-in. Com sorte, quando estivermos lá na frente, ele vai ter chegado.

Todos pegaram suas bagagens, e, quando entramos na fila, um jovem prestativo abriu um novo guichê de check-in e chamou nosso grupo.

Um por um, todos passaram pela inspeção das malas enquanto eu esquadrinhava o local. Onde raios estava ele?

Quando todas as malas tinham sido despachadas, os cinco me olharam, aguardando que eu decidisse o que faríamos a seguir. Suspirei, sabendo que precisava tomar uma decisão. Deixar que passassem pelo controle de passaporte sem mim me fazia parecer uma mãe irresponsável se afastando dos bebês, mas a coisa ficaria feia se eu não deixasse.

– Podem ir. E eu encontro vocês...

Lá dentro. Porque no portão já era tarde demais.

– Tem um Café Nero ali – sugeriu Sophie.

– Encontro vocês lá, então.

– Graças a Deus – falou Avril. – E é melhor entregar os cartões de embarque. Vamos precisar deles no Duty Free e no caso de você não aparecer.

– Tenho certeza de que Benedict já está chegando – falei, querendo poder ter certeza disso.

Entreguei os cartões de embarque.

Avril agarrou as alças das malas e ficou que nem um cavalo de corrida aguardando o som da largada.

– Se eu não comprar meus produtos, essa viagem vai ter sido pura perda de tempo.

Conrad olhou para mim e não se mexeu. Percebi de repente que ele esperava que eu pagasse pelo café da manhã. É claro que sim. Olhei para o grupo e notei que todos aguardavam o mesmo. Sophie atraiu meu olhar e assentiu quase imperceptivelmente. A aliada perfeita. Peguei a carteira, lotada de libras e coroas dinamarquesas.

– Sophie, pode fazer as honras para mim? – pedi, colocando algumas notas na mão dela. – Pode pagar o café e me trazer a nota fiscal?

– Sem problema – disse ela, dando uma piscadela e pegando o dinheiro. – Vamos lá, soldados.

Ela se virou e os conduziu, sincronizando os passos com Fiona e David enquanto Conrad e Avril seguiam logo atrás. À medida que o grupo se afastava pelo saguão, tive uma premonição terrível: a sensação de que era assim que o grupo ficaria dividido por toda a viagem.

Olhei de novo para o relógio. Pelo menos, minha mala já tinha sido despachada, eles não iriam embora sem mim. Não a princípio, ao menos. O guichê de check-in fecharia em quinze minutos. Será que eu deveria ligar para Benedict?

Como parte dos preparativos, pedi o número de todos e, bancando a supereficiente, salvei tudo em meus contatos na noite anterior.

Fiquei andando em círculos diante do guichê de check-in. Quando liguei para o número de Benedict, meu coração afundou ao ouvir: "Este número está fora de área." Isso queria dizer que ele estava no metrô, a caminho? Ainda sonolento com o celular desligado à noite?

Impaciente, liguei outra vez, para o caso de ter pegado uma área com sinal ruim, ou ele estar saindo do metrô. Enquanto isso, olhava sem parar o cara com um leve topete, que era tudo o que eu podia deduzir da cópia turva da foto do passaporte de Benedict. Cada vez que eu olhava para o relógio digital no alto, mais dois minutos tinham se passado. Era como um truque de mágica horrível em que o tempo acelerava de forma diretamente proporcional ao meu nível de estresse.

Olhei para o guichê de check-in. Mais sete minutos para fechar. Restavam apenas três pessoas na fila. Um guichê já tinha fechado. Olhei meu celular. Nenhuma mensagem. Cinquenta e três minutos até o avião decolar. Olhei para o saguão. Ele estava a caminho? A sensação familiar de queimação no estômago me fez parar de andar. Respirei bem fundo. Eu precisava de um café e de algo para comer.

Em que momento eu iria desistir? Depois que os guichês de check-in fechassem? O que eu faria se ele aparecesse depois? Colocaria em outro voo? O aperto no estômago aumentou.

Dois minutos e contando. Olhei meu celular. Ainda nada. Aquilo era ridículo. Eu deveria estar com o restante do grupo, aquelas pessoas estavam sob minha responsabilidade. Benedict Johnson agora estava 45 minutos atrasado. Eu já tinha dado a ele o benefício da dúvida até demais.

Com uma última olhada para o guichê de check-in, cruzando o olhar com o do supervisor que parecia devidamente compadecido pela minha aparência abatida, eu me virei para ir até o controle de passaporte.

Então avistei, de esguelha, o movimento de um tornado a distância. Um homem corria afobado pelo saguão, arrastando uma mala.

O funcionário no guichê se levantou.

– Espere – chamei, correndo até ele. – Acho que meu colega chegou.

O homem contraiu os lábios.

– Você pode ir começando com isso, não pode?

Estendi a documentação e a cópia do passaporte de Benedict.

O homem, em sua jaqueta de couro e jeans, veio voando até o começo da fila e bateu no guichê com o passaporte. O pobre sujeito estava curvado, tentando recuperar o fôlego, quase prostrado aos meus pés, enquanto eu estava ali tentando esconder meu alívio por vê-lo.

– Benedict Johnson, presumo – rosnei, sem nenhuma pena dele.

A foto do passaporte não fazia jus à figura. Não que desse para ver muita coisa além de sua nuca. A imagem difusa no passaporte sugeria um *serial killer* chapado, não esse homem agitado, com jaqueta de couro.

– Eu... consegui... chegar... do metrô... em 97... segundos – disse ele, arfando.

O funcionário no guichê tentava espiar pelos lados para olhar o rosto dele.

Então reparei no cabelo cheio, bem cortado e em um tom incomum de... meu Deus... de castanho-avermelhado.

Entrei em pânico. Não sabia se corria ou ficava ali enquanto ele se endireitava lentamente. Pelo menos tive uma ínfima vantagem ao perceber antes dele e assumi uma expressão de indiferença educada. Por dentro, meu coração martelava com a alegria inadequada de um bumbo enorme.

– Cinderela! – exclamou ele. – O que você está fazendo aqui?

Ele arrastou sua mala para a esteira de bagagem enquanto o homem colocava uma etiqueta nela e devolvia seu passaporte.

– Benedict Johnson. Ben.

Meus olhos encontraram os dele e, por um segundo, nos encaramos. Alguns instantes se passaram até que o olhar zombeteiro denunciou que a ficha havia caído.

– Você é ela. A RP. Puta merda!

As palavras rosnadas eram tudo de que eu precisava para acalmar minha tolice interna.

– É, puta merda.

De repente, tinha ficado muito mais fácil me lembrar da raposa enlouquecida e não da breve conexão que tivemos na noite do prêmio. Era evidente que eu havia bebido champanhe demais naquela noite.

– E você está atrasado. Precisamos ir agora.

Virei-me, colocando no ombro a bolsa com meu notebook.

Benedict ficou tenso.

– Mandona, não? Você deveria agradecer por eu estar aqui, porque, sinceramente, eu preferia estar em muitos outros lugares.

– E a raposa enlouquecida volta a grasnar...

Agora que eu sabia qual era a cor do cabelo dele, fiquei fascinada com a perspicácia do apelido que dei.

– Eu ajo assim especialmente com relações-públicas manipuladoras e mandonas.

Fiz uma careta e suspirei.

– O voo sai em quinze minutos. Precisamos passar pela segurança e encontrar com as outras pessoas que chegaram no horário.

Aquela era a hora em que ele deveria pedir mil desculpas efusivamente. Porém ele só deu de ombros e pegou a mala.

– Vamos, então.

Caminhamos juntos mantendo alguns metros de distância entre nós, como um muro da inimizade invisível. Foi difícil acompanhar o ritmo das pernas compridas dele, o que eu tinha muita certeza de que ele fazia de propósito. Por dentro, eu estava muito chateada. Meu momento de contos de fada com o Príncipe Encantando mais lindo do mundo fora destruído de vez. Como aquele homem e Benedict Johnson podiam ser a mesma pessoa?

Capítulo 8

Quando conseguimos passar pelo controle de passaporte e chegar ao Café Nero, nosso voo estava sendo chamado e era hora de ir para o portão de embarque. Assim que chegamos, todos começaram a reunir seus pertences. Fiz uma rápida apresentação de Benedict. Não conseguia me forçar a chamá-lo de Ben.

– Oi, pessoal, desculpem o atraso. Tive uma pequena emergência doméstica.

Que engraçado, com os outros ele conseguiu se desculpar.

Notei que havia uma xícara de café solitária na mesa e percebi que faltava uma pessoa.

– Cadê a Avril? – perguntei.

Meu Deus, era como tentar adestrar gatos. Seria assim a semana toda? Eu mal tinha encontrado o jornalista que faltava e já havia perdido outro.

Sophie franziu a testa e olhou para o relógio.

– Ela ainda deve estar no Duty Free. Quer que eu vá atrás dela? Ah, aliás, aqui está a nota.

– Obrigada.

Peguei o papel da mão dela com um sorriso distraído. Eu tinha que ir procurar Avril pessoalmente. Em tese, era eu que estava no comando. Não podia ficar pedindo a ajuda de Sophie.

– Por que vocês não vão descendo para o portão de embarque enquanto eu vou encontrar a Avril?

Eu queria acrescentar: *E, pelo amor de Deus, podem ficar juntos?*

Por sorte, Avril estava na fila do Duty Free. Olhei meu relógio. Tínhamos dez minutos antes do início oficial do embarque, embora na cesta dela houvesse mais maquiagem do que no meu estoque inteiro. Torci para que a menina do caixa estivesse focada.

– Só para avisar que todo mundo já desceu para o portão de embarque.

– Ah, jura? – disse ela, com uma careta. – Acho que ninguém pegou um café para mim.

– Não, acho que não.

– Vou ter que pegar um a caminho do portão.

– Não estou muito certa de que vai dar tempo.

Fiquei pensando se deveria me oferecer. Eu não tinha muita certeza de até onde iam os deveres de uma anfitriã.

Os lábios dela se contraíram em um sorriso tenso de autossatisfação.

– É claro que vai dar. Nossas malas foram despachadas, não podem levantar voo sem a gente.

Fiquei olhando para ela, incapaz de encontrar uma resposta para o egocentrismo ultrajante.

Consegui levar Avril até o portão depois de ceder e comprar um café enquanto ela pagava quase 200 libras em cremes e perfumes. Ao chegarmos, uma voz no alto-falante anunciou que passageiros nos assentos de um a trinta poderiam embarcar.

– Somos nós – falei animada para...

O quê?! Só havia quatro pessoas ali aguardando.

Como tive de ir encontrar Fiona no banheiro, fomos as últimas a entrar no avião.

– Pode deixar que eu cuido disso, senhora. A senhora precisa ir para o seu assento. Agora – disse a comissária. E acrescentou com uma voz aguda: – Precisamos decolar. Já estamos atrasados.

O *graças a vocês* pairou no ar, apesar de não dito.

Como uma estudante castigada pela professora, finalmente deslizei para o meu assento que, é claro, era ao lado de Benedict. Ele e Conrad devem ter trocado de lugar, já que eu o tinha colocado na janela, longe de mim.

– Estou tão feliz por não ter me apressado – observou ele, sem nem tirar os olhos do jornal.

Olhei para o topo da cabeça dele ao me endireitar no assento e ajeitar o cinto de segurança. No assento atrás do nosso, Avril reclamava sobre o espaço para as pernas e conjecturava bem alto por que não tínhamos ido de classe executiva. Felizmente, do outro lado do corredor, Sophie sorria e conversava com Fiona de um jeito tranquilizador.

As checagens finais foram feitas e então a tripulação desapareceu, recolhida em seus assentos enquanto o avião taxiava pela pista. A empolgação costumeira das viagens de avião foi substituída por um senso de responsabilidade arrebatador. De repente, me senti muito pequena e inadequada, então fechei os olhos e fingi que ia dormir. Como eu conseguiria controlar seis jornalistas? Só o feito de colocá-los no avião tinha se mostrado uma tarefa hercúlea, e eu já estava estressada. Como seria quando eu tivesse uma cidade inteira onde perdê-los? Não quis nem pensar nisso.

O estresse do aeroporto deve ter mexido mais comigo do que eu tinha percebido, porque caí no sono e, quando acordei num pulo, Benedict me lançou um olhar nada amistoso. Eu torcia para não ter babado. Meu cachecol estava caído no joelho dele e, em um movimento furtivo, puxei-o de volta, consciente de que ele me ignorava.

Toda a sua atenção estava voltada para as palavras cruzadas, embora uma pequena parte de mim estivesse satisfeita por ver que ele estava meio empacado no jogo.

– Desculpe, pessoal, preciso dar um pulo no banheiro – anunciou Conrad, se levantando.

Fiquei em pé no corredor e Benedict me seguiu. Parada atrás dele, senti o mesmo perfume de limpeza e isso trouxe uma lembrança vívida dos detalhes daquela noite e do poderoso flerte entre nós.

Incapaz de me conter, examinei o cabelo curto de Benedict, aparado à perfeição, lutando contra o ímpeto súbito e louco de acariciar os pelos louros que desciam pela nuca. Graças aos céus eu não tinha cedido a nenhum impulso maluco nem feito nada idiota naquela noite. Pelo menos eu tivera o bom senso de sair correndo antes que as coisas fossem além. E havia quase uma certeza do que poderia ter acontecido se o celular dele não tivesse tocado.

Fora um momento bobo, passageiro, que não significara nada. Champanhe demais, dois estranhos e um leve tom de desafio. Totalmente sem importância. Uma possível conexão que, felizmente, não tínhamos levado adiante.

E agora eu fingiria que aquela noite tinha ficado para trás, tão insignificante que nem tinha sido registrada.

Infelizmente, algumas partes do meu cérebro não tinham recebido esse informativo e, quando ele se virou para me encarar, algo dentro de mim ficou meio confuso. Acho que minha boca se abriu um pouquinho e devo ter soltado um suspiro trêmulo quando aqueles olhos azul-acinzentados e frios encontraram os meus. Pelo amor de Deus, eu nem gostava do cara. Por que diabos meu coração batia esquisito como se nunca tivesse visto um homem lindo antes? Sério, ele era rude, arrogante, horrível. E nem era tão bonito assim. Não mesmo. Passável. Ombros bonitos. Olhos bonitos. Rosto bonito. Rosto interessante, um daqueles em que tudo harmoniza bem. Só bonito, perceba, não lindo de morrer nem nada assim. Ok, lindo de morrer, mas isso não queria dizer nada.

Ele piscou e, por um segundo, estávamos de volta à sacada do hotel, meu corpo todo alerta e absurdamente consciente dele. Fui tomada por um lampejo de sensação quando minha memória, nem um pouco parceira, me lembrou do momento eletrizante em que ele tocou minhas costas.

Eu me retraí e respirei bem fundo.

– Está tudo bem? – perguntei, ultraprofissional.

Ele contraiu os lábios.

– Não.

Com um movimento rápido do pulso, ele olhou o relógio.

– Eu deveria estar na minha mesa, digitando as anotações da entrevista que fiz ontem à noite. Em vez disso, estou aqui, a 20 mil pés, preso com um grupo de pessoas com quem não tenho nada em comum – nesse momento, ele me olhou com raiva –, para ir passar uma semana inteira longe de casa.

Qualquer frio na barriga desapareceu completamente. Eu o examinei por um segundo, vendo a tensão nas linhas repuxadas em sua boca.

– Olha, Benedict...

– Ben – corrigiu ele.

Não, Ben era o cara de terno, sedutor e provocante. Benedict era o Capitão Rabugento, e com ele eu podia lidar.

– Podemos ficar nessa para sempre. O quanto você não queria estar aqui. Blá-blá-blá. Só que, no fim das contas, você está. Pode escolher ficar infeliz e ressentido e não tirar nada de bom dessa viagem ou pode engolir o choro e se divertir.

A mulher do meu lado direito levantou a cabeça, ouvindo com atenção, aproveitando o show.

– Ou – ele sorriu torto – posso me divertir à sua custa e ir atrás das minhas próprias histórias.

– Tem isso também – respondi –, mas seria um pouco antiético, não acha?

– Antiético, eu? Depois de você armar com Dawkins para me fazer vir? Acho que você precisa aprimorar seu conceito de ética.

Abaixei a cabeça. Talvez ele tivesse um pouquinho de razão.

– Vou ao banheiro enquanto posso – disse ele, fazendo um sinal com a cabeça por cima do ombro antes de se virar e sair pelo corredor.

Duas comissárias, lutando com o carrinho de comida a uns bons dez metros de distância, deram uma segunda olhada quando ele passou.

Depois que Benedict saiu, me sentei de novo. Saquei um guia de Copenhague que eu tinha encomendado e não conseguira ler, mas não me interessou. A imensa gama de opções contradizia o volume fino e, embora eu tentasse mergulhar na leitura, quanto mais eu lia, mais intimidador parecia, ou talvez minha cabeça estivesse em outro lugar. Distraída, peguei as palavras cruzadas de Ben, não, Benedict, com uma olhada rápida por cima do ombro.

Tinha algumas dicas. Ao ler um pouco mais, uma chamou minha atenção. *Ardiloso, astuto. Também relativo ou próprio de um mamífero da família* Canidae *(7).*

Algumas das letras tinham sido preenchidas, incluindo um *V*, que foi a maior dica. Eu sorri. Não, dei um sorriso forçado. *Vulpino.* Do latim *vulpes*, raposa.

Sete na horizontal com certeza era vulpino. Pegando a caneta enfiada no bolso do assento, preenchi a resposta em pequenas letras maiúsculas, sorrindo de orelha a orelha e depois casualmente colocando a caneta e o jornal de volta no lugar como se nunca tivesse tocado em nada.

– Pronto, querida – disse Conrad, surgindo de repente ao meu lado.

Levantei e saí para que ele pudesse retornar ao assento.

– Tudo certo.

– Rapaz intenso esse nosso Ben – observou ele com um brilho perspicaz ao se acomodar de novo no assento. – Não tenho muita certeza se ele gosta de você.

– Ele não gosta do pessoal de relações públicas. O editor dele insistiu para que ele viesse nessa viagem – expliquei, dando de ombros.

– Ah, então não é pessoal – disse Conrad, dando uma piscadela. – Tenho certeza de que você vai conquistá-lo.

– Humm... – respondi com um sorriso forçado.

Era pessoal, com P maiúsculo, e não havia chance alguma de conquistá-lo.

Olhei para a palavra cruzada com um sorriso disfarçado. Não era como se eu estivesse me esforçando muito para isso.

Foi um alívio quando a aeromoça apareceu para pegar os pedidos de chá e café. Mas fazer os pedidos para um grupo separado por muitos assentos levou tempo, e foi só quando as xícaras quentes já estavam posicionadas em segurança nas bandejas do encosto à frente que Benedict pegou de novo seu jornal.

Segurando meu café com muito cuidado, puxei o itinerário da bolsa. Derramar café pelando na calça de Ben teria sido uma sorte. Eu examinava a lista de atividades da última versão, que agora contava com muito mais detalhes, quando ele deu um suspiro curto e repentino.

Reli a mesma frase, mantendo os olhos grudados na página e não dei um pio.

– Você preencheu!

Ele pareceu horrorizado e desconcertado.

Continuei quieta, apenas olhei para ele, impassível e fria.

Benedict sacudiu o jornal e bateu com ele no colo, me olhando com raiva.

Com um sorriso gentil, olhei para o diagrama.

– E acho que a doze, embaixo, é meio ambiente.

Dei de ombros casualmente e voltei para o meu livro, o que foi bem difícil, porque eu queria gargalhar ao vê-lo tão furioso. Quase dava para sentir a chaleira prestes a apitar. Benedict emanava uma fúria velada pelos poros. Copenhague seria um trabalho difícil, mas talvez eu pudesse me divertir um pouquinho às custas dele...

PARTE DOIS

Copenhague

Capítulo 9

Vistoso e moderno, o aeroporto de Copenhague era muito parecido com qualquer outro aeroporto a que eu já tinha ido, exceto pelas placas indiscutivelmente dinamarquesas com seus Os e As cortados no meio e minicírculos ao redor. E uma réplica da estátua da Pequena Sereia.

Com todas as malas recuperadas, liderei meu grupo indomável pelo corredor de nada a declarar na alfândega. Eu poderia ter dado um beijo no homem que segurava uma placa branca em que se lia Grupo Hjem/ Kate Sinclair. Ele estava parado bem em frente à saída e não havia como não vê-lo.

Me sentindo de repente muito mais confiante e segura, caminhei até ele. Mads felizmente parecia um cara bem são e logo nos levou ao estacionamento, onde um micro-ônibus esperava.

– Bem, essa é a bela Copenhague, capital da Dinamarca, o país mais feliz do mundo – disse ele com um sorrisinho torto. – Vocês vão ouvir muito isso ao longo dos próximos dias, mas é verdade. Criamos o Instituto da Felicidade. E vocês vão ouvir um monte de coisas sobre nosso sistema de assistência social, nossos impostos e nossa abordagem liberal. Meu trabalho será oferecer a vocês um gostinho da verdadeira Dinamarca, mas teremos vários momentos livres em que vocês poderão sair e explorar por conta própria.

Ele prosseguiu:

– Amanhã faremos um passeio de barco que proporciona as melhores vistas.

Ele puxou um rolinho de papel esfarrapado, abriu com um floreio e balançou como se fosse uma bandeira.

– E também vamos experimentar os verdadeiros doces dinamarqueses. Vocês têm que provar nosso famoso *kanelsnegle*. Mas hoje vamos parar para almoçar, em seguida faremos um tour pelo palácio real em Amalienburg e, depois, jantaremos no hotel.

Ele terminava cada frase com uma subida de tom triunfante, um sotaque amável e charmoso.

Benedict estava absorto em seu celular, aparentando completo desinteresse. Eu queria dar um soco na cara dele e dizer para ele parar de ser tão rude, mas Mads, que devia ter alguns genes do coelhinho da Duracell, parecia totalmente alheio e continuou apontando para a cidade pelas janelas.

– O que é um *kanelsnegle*?

– Literalmente é caracol de canela – falou Sophie em voz alta, fazendo gestos com as mãos para imitar o formato. – É um legítimo doce dinamarquês, em formato de rolinho. Mal posso esperar! Quero conseguir a receita certinha para publicarmos.

Então era isso que eles eram, acabei não tendo tempo de pesquisar... nem sobre o café de Eva Wilder. Lars fizera do Café Varme uma parada regular no amplo itinerário. Para um homem bem-sucedido, ele era surpreendentemente acolhedor e até um tanto fofo em relação à família.

Fiona estava mais animada desde o desembarque e também ocupada tirando fotos de tudo. Dava para sentir que estava contendo a empolgação quando ela se sentou na beira do assento e segurou na porta, embora não fizesse contato visual com ninguém. Perto dela, Sophie e David pareciam entretidos ao ver a felicidade repentina da garota e batiam papo, incluindo Fiona na conversa, embora ela não respondesse. Conrad e Avril riam juntos ao fundo e já se tornavam melhores amigos, eu só esperava que não se voltassem contra mim.

Embora eu tenha visto o tweet de Avril dizendo: *Cheguei à Dinamarca, lar da família real dinamarquesa, dos rolinhos de canela e da felicidade #CopenhagueMaravilhosa #presstripexcentrica*

Se isso era trabalho, por mim tudo bem. Meu queixo quase bateu no chão quando paramos do lado de fora do hotel. Era absurdamente maravilhoso, nada dos três estrelas aos quais eu estava acostumada. Era um cinco estrelas completo, desde os porteiros usando cartola e capa de lã cinza com seus carrinhos para bagagem cromados, até a elegância pomposa e tranquila da ampla recepção.

– Isso é que é vida – disse Conrad.

Ele sorria abertamente, o bigode retorcido de contentamento ao olhar ao redor.

Tentei soar como se aquilo fosse parte de mais um dia normal de trabalho, mas falhei miseravelmente quando Sophie se aproximou e sussurrou:

– Uau! Sério.

– Eu sei – murmurei de volta, quase dando uma risadinha em um misto de vertigem e terror. – Por essa eu não esperava.

Droga. Eu não esperava mesmo. Colocar seis pessoas em um hotel como aquele ia custar uma fortuna. Meu estômago se revirou. Aquilo era coisa séria. E eu estava no comando.

Senti um ligeiro zumbido no ouvido. Quão rápido eles perceberiam que eu era uma fraude? Meu conhecimento sobre o *hygge* mal chegava a um parágrafo e eu acreditava no conceito tanto quanto acreditava em fadas.

Avril, a primeira a entregar a bagagem ao carregador, não hesitou em ir até um dos suntuosos sofás de veludo cinza, onde afundou graciosamente e cruzou as pernas esguias, o epítome da elegância. David era bem menos sangue-frio, a julgar pelos pequenos espasmos e o amplo sorriso ao se ver diante de tudo aquilo. Ele não parecia se importar nem um pouco por transparecer a empolgação. Seguiu Avril e sentou-se em uma poltrona estofada em um tom claro de verde-limão, mas não muito perto dela. A cena me fez lembrar do nosso velho cachorro, Toaster, cuja distância do aquecedor a gás era medida pelo humor de Maud, um gato que governava a casa com bigodes de ferro.

Fiona reduziu o passo e girou no mesmo lugar, a cabeça inclinada para trás, como se tentasse absorver cada detalhe da decoração. As paredes ostentavam o esplendor de um papel de parede caro, em um cinza sutil e estiloso que contrastava com o acabamento em madeira branca ao redor do piso e do teto. Flores belíssimas, de cores em perfeita harmonia, decoravam o local; copos-de-leite roxos arrumados em um vaso de vidro longo e simples em cima da cornija de uma lareira, o arranjo aparecendo duplicado no reflexo de um espelho de moldura dourada. Grandes arranjos de ranúnculos em um tom quente e lindíssimo de cor-de-rosa ocupavam o centro das mesinhas de canto e recipientes bem pequenos com cíclames brancos estavam espalhados com muito bom gosto pela mesa de mogno escuro da recepção.

Mandei várias fotos do meu quarto chique por WhatsApp para Connie. Um pouquinho cruel da minha parte, já que sem dúvida ela estaria superocupada recebendo os alunos àquela hora do dia. Era uma tática de protelação, já que eu não tinha ousado tocar em nada. A cama com os lençóis do mais puro branco e acessórios de grife era tão grande que dava para se perder nela. Como um ladrão, fui abrindo gavetas e armários, dando uma olhada no kit de costura e no paninho de limpeza de sapatos. No banheiro, olhei um tempão para as fragrâncias disponíveis, Sálvia e Brisa do Mar, tudo muito chique. Inspirei rapidamente o aroma opulento, o que fez com que eu me sentisse ainda mais um peixe fora d'água.

Me sentei bem na beirada da cama, balançando de leve no colchão macio, refletindo sobre o que fazer, incapaz de espantar a sensação de ser uma intrusa observando a vida de outra pessoa. Desfazer as malas soava presunçoso. Parecia quase errado arrumar minhas roupas no armário. Desconfortável e perdida, respirei fundo, desejando não estar ali sozinha.

Minha mãe ama cuidar das pessoas. As palavras de Lars pairavam na minha cabeça. De repente, desejei muito um pouco da normalidade do dia a dia. Uma xícara quente de café nas mãos e doces frescos pareceu perfeito.

Em meu recém-comprado casaco acolchoado – depois de ver todo mundo no aeroporto usando, pensei que estaria mais adequada ao lugar levando um também –, me senti muitíssimo corajosa ao sair do hotel, mesmo que, de acordo com o mapa, o Varme ficasse a poucas ruas dali. Parecia uma aventura absurdamente grandiosa. Era minha primeira viagem para o exterior sozinha e aquele era o hotel mais chique em que eu já tinha me hospedado.

Com uma rápida olhada para cima, sorri para mim mesma. Minha mãe com certeza teria aprovado. Sentindo um leve aperto no coração, imaginei como seria poder contar tudo para ela.

Levei menos de cinco minutos caminhando pelas ruas de paralelepípedos até encontrar o Varme. E cinco segundos foram suficientes para me apaixonar loucamente. Fofo, pitoresco e também com algo que o tornava muito cativante mas que eu não saberia explicar. Sem dúvida não era chique como o hotel. O letreiro em cobre tinha uns vinte centímetros de altura e fora feito com uma fonte Courier sensível e calorosa: Varme, como chamas lambendo a madeira pintada de cinza nas bordas. O que fazia sentido, porque a tradução de Varme era "caloroso". As vitrines do chão ao teto eram pintadas com o mesmo acabamento cinza. As paredes enormes e grossas eram de pedra cor de areia, como as paredes de uma fortaleza. Um pequeno lance de escada levava até o café e, passada uma porta de vidro, fui imediatamente arrebatada pelo aroma de canela e café e quase desfaleci de prazer. O café medonho do avião não tinha sido satisfatório, segundo meu corpo.

Uma mulher pequena e delicada, com um rabo de cavalo louro cheio, limpava as mesas de forma rápida e organizada. Usando jeans e suéter pretos, ela olhou para cima e, com um sorriso fácil, passando o pano na mesa uma última vez, se dirigiu a mim.

– Bom dia.

– Bom dia. Estou procurando por Eva Wilder.

Minhas sapatilhas guincharam de leve nos azulejos em padrão espinha de peixe quando dei um passo em direção a ela, tentando não ficar boquiaberta com tudo ao meu redor. Havia tanto para ver, eu não conseguia parar de observar cada detalhe. Longo e estreito, o café tinha paredes brancas pintadas com flores, em um estilo aquarelado que parecia contemporâneo e moderno em vez de piegas e com cara de decoração de chalé.

– Acaba de encontrá-la – disse ela, com os olhos brilhando genuinamente. – Você deve ser Kate. Lars me falou tudo a seu respeito.

Ela largou o pano e segurou meus braços, me analisando com uma expressão sorridente que me deixou um pouco nervosa, como se, de alguma forma, eu tivesse me tornado, sem saber, um familiar desaparecido há muito tempo.

– Que maravilha conhecer você. Já sei que vamos nos dar bem. Seja bem-vinda ao Varme.

Sem parar para respirar, ela me puxou para uma mesa pintada de branco e me empurrou na cadeira.

– Vamos tomar um café e você me conta tudo sobre você.

– Um café seria ótimo – falei com a afetada educação inglesa, torcendo para que ela esquecesse da outra parte.

– E um *weinerbrod*?

Eu estava prestes a recusar, mas meu estômago roncou tão alto que Eva nem aguardou a resposta. Pelas pesquisas feitas antes da viagem, eu sabia que aquilo que o restante do mundo chamava de doces dinamarqueses, na Dinamarca era chamado de pão vienense. Vai entender...

– Sim, por favor, só tomei um café hoje e foi no avião.

Fiz uma careta para ilustrar a péssima qualidade da bebida.

– Então temos que consertar isso.

Como o filho, Eva falava inglês com um leve sotaque americano. Mas, diferentemente dos olhos azuis brilhantes dele, os dela eram de um castanho vívido, duas bolinhas de gude em seu rostinho delicado. Era difícil imaginar aquela mulher sendo mãe do robusto Lars. Ele devia ter quase o dobro da altura dela, e ela com certeza não parecia ter tanta idade.

Aproveitando o momento de distração de Eva, me sentei para dar uma boa olhada ao redor. Havia um balcão central no meio da ampla parede ao fundo, com fileiras e mais fileiras de potes de café cromados. Havia também prateleiras cinza com pratos, xícaras e canecas. De onde eu estava dava para identificar o famoso padrão floral da Royal Copenhagen Blue na porcelana branca. À frente do balcão, uma variedade maravilhosa de bolos, doces e sobremesas se abrigava sobre cúpulas de vidro. Entre elas, caixas de vidro repletas de sanduíches cortados e coloridos, tão bonitos que dava pena de comer.

Mais atrás, havia uma portinha de serviço pela qual dava para ver uma cozinha pequena e compacta, de onde claramente vinham os aromas deliciosos.

– Que tal um café colombiano hoje? – sugeriu ela, me lançando mais um de seus olhares avaliadores.

– Parece maravilhoso – respondi, e alguma coisa no sorriso travesso dela me fez acrescentar: – Mesmo tendo trabalhado como atendente em um café quando era estudante, não tenho certeza se eu saberia reconhecer um café colombiano nem se ele falasse espanhol comigo.

– Um talento útil. Se você sabe fazer café, nunca vai ficar desempregada. Se o café encher, vou colocar você para trabalhar.

Apesar da piscadela que ela me deu, eu tinha bastante certeza de que ela falava sério.

– Você cuida de tudo sozinha?

– Na maior parte do tempo, mas tenho ajuda de alguns amigos e estudantes que trabalham em meio período.

– Esse lugar é adorável.

Nas paredes por todo o café, prateleiras de vidro de um verde-menta pálido acomodavam pequenas ramagens, uma exposição montada perfeitamente. Cinco taças de vinho feitas de um vidro roxo intenso. Sete ovos prateados de tamanhos diferentes. Um conjunto antigo de xícaras e pires com uma prateleira toda só para si. A mistura eclética funcionava bem e me deixou fascinada. Eu nunca tinha visto nada assim, mas não parecia muito elaborado ou que alguém tivesse se esforçado demais.

– Adorei as taças – falei, apontando. – Você tem objetos lindos.

– É o jeito dinamarquês. A psicologia comprova que olhar para coisas belas deixa as pessoas mais felizes. É por isso que somos tão dedicados ao design por aqui. Comprei essas taças em uma feira anos atrás, mas fui acumulando muitas coisas e não consigo tolerar a ideia de abrir mão de nada. Fica bem bonito, não é?

O comentário casou com a minha impressão de que cada item tinha sido colocado ali por puro afeto.

– Nossa, seu inglês é incrível.

Ela riu.

– Morei muitos anos em Londres. Aqui está.

Ela veio até a mesa com uma bandeja e me ofereceu uma xícara comprida e um pires, junto com uma jarrinha de leite.

– Bom e forte. E trouxe um *spandauer*.

O *spandauer* era um doce quadrado com bordas viradas para dentro e geleia vermelha no meio. As beiradas amanteigadas eram tão gostosas quanto pareciam, e quando dei a primeira mordida, o sabor de morango foi uma explosão de doçura.

– Humm... – gemi, incapaz de me conter. – Isso é delicioso. Foi tudo um pouco corrido essa manhã.

– Bem, agora você pode relaxar.

– Não sei... – confessei, dando uma olhada rápida no relógio. – Preciso estar de volta ao hotel para reunir todo mundo em meia hora.

– Tempo suficiente.

– É que eu sou a única do grupo que está trabalhando.

– Está preocupada? – perguntou ela, bastante observadora.

Assenti.

– Aqui, salve meu número. Pode me ligar se precisar de alguma coisa, mas sei que vai ficar bem. E você não está totalmente a trabalho. Lars me disse que queria que você vivesse a Dinamarca de verdade, que relaxasse e aproveitasse a nossa hospitalidade. A ideia é que você e os jornalistas vejam com os próprios olhos porque continuamos sendo eleitos o país mais feliz do mundo. Preciso terminar algumas coisas, mas podemos continuar conversando, sim?

Ela perambulou pelo café para falar com os outros clientes, um casal de meia-idade em um canto e um adolescente vidrado em seu iPhone no bar perto da janela.

Beberiquei meu café enquanto Eva ia colocando baldinhos de estanho com flores em cada mesa e os menus escritos à mão, em pequenas molduras de vidro de tamanho A5.

– Que fofo!

Toquei a moldura de vidro delicada que havia em minha mesa.

– Outro achado em uma feira, mas essa na Inglaterra. Os ingleses jogam tantas coisas fora – disse ela, estendendo outra moldura bem bonita com prata entalhada. – Na Dinamarca, não compramos muitas coisas e mantemos por um bom tempo aquilo que temos. E gostamos de comprar objetos com um bom design e de alta qualidade.

Ela apontou para cima.

– A iluminação também é bem importante.

Acima de nós, havia três grandes pendentes de vidro, mas por todo o local havia luminárias em diversas alturas.

– Aqui, um estudante talvez compre uma luminária Paul Henningsen bem cara, de mil coroas, só porque é importante ter coisas legais em casa, mas nunca em excesso.

O casal acenou para ela, pedindo a conta, e eu aproveitei a ausência de Eva para pegar meu celular e checar os e-mails que chegavam aos montes, como sempre. Embora eu fosse ficar uma semana inteira viajando, não havia a menor possibilidade de colocar uma mensagem avisando que eu estava fora do escritório. Ainda esperava-se que eu estivesse a postos para meus outros clientes e para atender qualquer solicitação de imprensa. Muito relaxante, como podem ver.

Respondi alguns e-mails antes de Eva voltar.

– Me fala um pouquinho de você.

Fiquei sem saber o que dizer. O que você conta sobre si a um completo estranho? Eu não tinha nem ideia de por onde começar.

– Bem, eu moro em Londres. Trabalho para uma agência de relações públicas e Lars nos procurou para ajudarmos com a campanha da nova loja de departamentos.

Parei e dei de ombros enquanto ela aguardava na expectativa, os olhos gentis me observando.

– Não é casada? Não tem filhos?

– Não.

– Quem sabe um namorado?

Estremeci, pensando em Josh.

– Não. No momento não.

– Ah, mas tem alguém...

– Sim, mas... bem, eu realmente não tenho tempo para um namorado.

O último tinha sido uma bosta. Acho que não dava para traduzir isso.

– No momento eu estou... meio que focada no trabalho.

Ela acariciou as pétalas das flores na mesa.

– Certo, mas para uma jovem bonita como você, a vida é mais do que trabalho. Amigos, família...

Os olhos dela cintilaram enquanto recolhia algumas folhas mortas, virando a cabeça para trás como um passarinho.

– Minha família mora fora de Londres. Eu os vejo, é claro. Tenho dois irmãos.

E o que eles fariam em Copenhague?

John uma vez tinha feito uma viagem só com os amigos, cujos detalhes repulsivos pareciam girar em torno de quantidades absurdas de cerveja barata, ficar em boates até o amanhecer e dormir com mulheres sem o menor critério. Brandon vem economizando desde sempre para ir a uma convenção de *Star Wars* na Califórnia, embora seja tão provável ele chegar lá quanto seria chegar até a Lua, e meu pai... bem, ele não tira férias desde que minha mãe morreu.

– Minha mãe morreu quanto eu tinha 14 anos.

Deixei a informação escapar. Fiquei surpresa, porque eu quase nunca conto isso para as pessoas, mas Eva tinha algo a mais. Ela era tão calorosa e amistosa.

– Sinto muitíssimo.

– Já faz muito tempo – falei esticando a mão na direção do celular, mas relutei em olhar para a tela sob o olhar atento de Eva.

– Deve ter sido bem difícil para uma menina tão nova.

Cacei algumas migalhas de doce com a ponta do dedo e fiquei mordiscando para evitar olhar em seus olhos.

– Esse lugar é uma graça. Há quanto tempo existe?

Eva sorriu.

– Há seis anos. Comecei pouco depois de me divorciar do pai de Lars.

– Ah, lamento... Eu não sabia.

– Como você mesma disse, foi há muito tempo e estou *muito* mais feliz.

Uma expressão de tristeza surgiu em seu rosto.

– Anders não é dinamarquês... bem, ele é, mas passa muito tempo nos Estados Unidos e em Londres. É um *workaholic*.

Franzi a testa sem entender muito bem.

– Não é o jeito dinamarquês de ser. Nós não vivemos para trabalhar. Eu torcia para que, quando as crianças saíssem de casa, ele parasse de trabalhar tanto. Moramos em Londres por muitos anos e então, quando voltamos a Copenhague, pensei que ele diminuiria o ritmo, que faríamos mais coisas juntos, mas ele não conseguiu se desapegar. Tínhamos tudo. Uma casa linda, filhos criados. Era hora de voltarmos a ser um casal, mas ele seguiu sua rotina de escritório, trabalhando e trabalhando sem parar. Mas eu acredito que a vida é curta. Hoje em dia, fico com meus amigos.

Eva pousou o queixo nas mãos, exalando serenidade e uma tranquilidade confiante. Ela não parecia triste nem arrependida. Seu rosto se iluminou ao falar.

– Eu construí uma vida aqui. Muitos clientes se tornaram amigos. Eu amo cozinhar, alimentar pessoas, cuidar delas. Sou muito privilegiada por fazer isso pelas pessoas de Copenhague.

Assenti. A cada um o que for de seu gosto, certo? Até onde eu sabia, cozinhar era uma tarefa exaustiva, um mal necessário que envolvia lavar e limpar e que tomava muito tempo. Ainda bem que existiam os mercados expressos, que agilizavam o processo de fazer compras e ofereciam refeições prontas.

– Que tipo de coisas você gosta de cozinhar? – perguntou ela.

Ops, Eva tinha entendido errado meu aceno de cabeça. Gelei e peguei meu café, olhando para ele em busca de inspiração.

– Er, bom, você sabe...

Ela me deu um sorriso no estilo "te peguei", que não me deixou escolha senão admitir.

– Eu nunca tenho muito tempo. Trabalho até tarde e a amiga que mora comigo tem horários bem diferentes dos meus. Não faz muito sentido cozinhar só pra mim.

Foi difícil me ofender com o tom brincalhão com que ela desaprovou meu comentário.

– Acho que essa viagem para Copenhague era exatamente o que você precisava, Katie.

– É Ka...

Parei e mudei de ideia. O afeto naquele apelido me fez lembrar minha mãe. De repente, parecia haver um mundo inteiro de diferença entre uma Kate e uma Katie.

Capítulo 10

Concluí que estar em uma excursão guiada, com tudo organizado para você, era um luxo raro. Nosso primeiro passeio foi uma caminhada até a estátua da Pequena Sereia – consideravelmente menor do que eu esperava, apesar de ter um "pequena" no nome. Depois, seguimos para o palácio real em Amalienborg, que, na verdade, é um complexo de quatro palácios dispostos ao redor de uma praça. Os soldados, com seus capacetes pretos, eram muito parecidos com os da Guarda da Rainha britânica, apenas com casaco azul-marinho em vez de vermelho. Mads ficou muito animado ao avistar a bandeira dinamarquesa tremulando acima de um dos palácios, sinal de que Margrethe (falando como se fosse uma vizinha e não a rainha) estava em casa.

Ele deu um sorrisinho irônico.

– Nossa família real é muito popular. Margrethe é famosa por ser uma fumante inveterada, mesmo em público.

Como estava evidente que a rainha não apareceria para um cigarrinho rápido atrás do galpão de reciclagem (os dinamarqueses amam reciclar), desistimos de esperar por ela e seguimos para almoçar no Ida Davidsen, um restaurante administrado por uma família apaixonada por *smørrebrød*, os tradicionais sanduíches abertos dinamarqueses.

Sophie fez Mads repetir a palavra cinco vezes antes de ficar satisfeita com a própria tentativa. Ele explicou que a pronúncia dinamarquesa era muito difícil para estrangeiros, já que o alfabeto contém 29 letras, sendo ø, å, æ letras à parte com um som vocálico bem sutil e distinto, muito difícil de reproduzir.

Fui caminhando ao lado dela em nosso trajeto para o almoço.

– Mal posso esperar para provar esses sanduíches abertos. Dizem que são sensacionais – falou Sophie, e de repente parou e me deu um aperto no braço. – Kate, muito obrigada por me convidar. Essa viagem vai ser tão maravilhosa...

Ela sorriu para mim com tanto carinho que sorri de volta.

– Imagina. Estou muito feliz por você ter vindo. E você queria mesmo vir – falei, dando uma olhada por cima do ombro. – Foi um trabalhão convencer algumas pessoas.

Todos no grupo faziam muitas perguntas, exceto Ben, que passava mais tempo mexendo no celular e que várias vezes flagrei bocejando. Ele podia pelo menos fazer um esforço.

– Sério? Não dá para acreditar – respondeu Sophie, olhando para o restante do grupo. – Quem, em sã consciência, não gostaria de passar cinco dias em Copenhague em vez de ficar no escritório? Se bem que você acabou com um grupo bem heterogêneo aqui. David é um amor, muito de boa, já viajamos juntos antes. Você não vai ter problemas com ele. Já com Avril e Conrad eu não tenho tanta certeza. E quanto a Ben... não sei nada sobre ele, mas ele é meio gato, não acha?

Ela remexeu as sobrancelhas, em uma tentativa tenebrosa de sedução.

Dei de ombros como se fosse muito profissional para comentar a respeito. Ah, se ela soubesse... Eu estava a ponto de estrangular o cara. Ben *não* fazia o menor esforço para se enturmar, passava o tempo todo digitando no celular como um adolescente teimoso e bocejando sempre que achava que ninguém estava olhando. Infelizmente, eu não conseguia me impedir de observá-lo e avaliar suas reações, que até então não pareciam positivas.

– Ainda bem que estou apaixonadíssima por James.

– Namorado?

Aproveitei a mudança de assunto. Não queria pensar ou falar sobre Ben, muito menos sobre ele ser gato.

– Aham – disse Sophie, suspirando. – Ele é um amor.

– Há quanto tempo estão juntos?

– Quase dois anos.

Sophie envolveu o próprio corpo com os braços e olhou para mim.

– Estou torcendo para que em breve ele faça o pedido.

– Estão morando juntos? – perguntei.

– Mais ou menos. Essa é a única dificuldade. A mãe dele está bem doente, então ele trabalha em Londres quatro dias por semana e volta para a Cornualha nas quintas-feiras, para cuidar dela. Sinceramente, nosso sistema de saúde é um lixo. É impossível arrumar um cuidador para os finais de semana e isso complica um pouco as coisas. Mas se um dia eu conseguir me estabelecer como freelancer, nós dois poderemos nos mudar para lá. Não quero ficar em Londres para sempre. Mas e você? Está com alguém?

Eu estava prestes a contar sobre Josh quando flagrei Ben me dando um de seus olhares glaciais, em total contraste com os olhares quentes de nosso primeiro encontro.

Contraí a boca.

– Estava. Mas não quero saber de homem tão cedo.

O restaurante parecia simples do lado de fora, uma fachada residencial comum, mas, por dentro, havia o design dinamarquês estiloso, e ficava cada vez mais evidente que esse aspecto fazia parte da psique dinamarquesa. Mesas e cadeiras de madeira escura estavam dispostas em perfeita ordem e as paredes brancas estavam repletas de fotos de patrocinadores famosos, desenhos e diversas imagens de uma Ida Davidsen muito sorridente, uma pessoa bastante real.

Quem imaginaria que um mero sanduíche podia ser uma obra de arte? O menu apresentava mais de 250 variações e o arco-íris exposto no balcão nos fez levantar para dar uma olhada. Era de dar água na boca. Tive vontade de experimentar todos.

Dentro de um pão escuro de centeio, havia camadas rosadas de suculentos camarões, o laranja intenso dos rolinhos de salmão defumado, o preto das ovas de peixe e o amarelo solar das rodelas de limão com pitadas de endro, rolinhos de rosbife decorados com lascas delicadas de pepino, rolinhos de arenque com ovos cozidos cortados e dois tipos de cebolinha picada.

Sophie estava completamente no paraíso.

– Acho que vou ter que ficar aqui para sempre. Como é que se escolhe um só?

– Meu estômago acha que morreu e foi para o céu – disse Conrad, colocando os óculos e analisando as opções expostas.

– Não consigo identificar nem metade deles – falou Ben.

– Aquele ali é com fatias de porco – indicou Sophie, apontando. – Esse aqui é...

Ela sabia tudo, como era de esperar de uma pessoa que escreve sobre gastronomia.

– Meu Deus, parece extremamente calórico – comentou Avril, passando a mão pela barriga inexistente. – Não quero voltar para casa rolando.

Olhando para a mulher esquelética, imaginei que se ela voltasse para casa ao menos do tamanho de uma pessoa normal, já seria uma façanha e tanto.

Enquanto todos ponderavam em voz alta sobre o que escolher, nos sentamos à mesa que tinha sido reservada para o grupo. Como o restaurante era bastante popular, quase todas estavam ocupadas.

– Podemos pedir algo extra? – perguntou Sophie. – Todo mundo precisa experimentar alguma coisa nova.

– Humm, acho que não gosto muito de picles de arenque, muito obrigada – disse Avril, arrebitando o nariz elegante ao ler o cardápio.

– Poxa, mas é sempre bom expandir o paladar. E se você descobrir que ama? – perguntou Sophie.

Avril pareceu rejeitar a ideia e voltou à leitura das opções.

– Tem umas sugestões ótimas aqui. Acho que posso fazer uma matéria só sobre sanduíches abertos para a revista.

– Seria ótimo – falei, meu cérebro entrando em ação. – Talvez você possa organizar uma aula para os leitores lá na loja.

– A loja não vai ter um café? Ou um restaurante?

– Não. Ao que parece, isso é uma coisa bem inglesa.

– Que pena. Mas tenho certeza de que podemos fazer uma demonstração – disse Sophie, empolgadíssima na mesma hora. – Meu editor vai amar. Estamos sempre atrás de eventos para assinantes. Eu posso falar sobre os tipos de pão, especialmente o de centeio. E sobre os recheios, dos mais tradicionais aos mais modernos. Picles de arenque com salada de verão, queijo defumado com rabanete, carne de panela com picles dinamarquês.

– Parece maravilhoso. Podemos colocar tudo no Twitter, publicar várias fotos no Instagram.

– E no Facebook – acrescentou Sophie.

Saquei meu notebook.

– Meu Deus, em algum momento você desliga? – perguntou Ben do outro lado da mesa.

Durante toda a manhã, Ben não tinha falado quase nada, parecendo sempre muito mais interessado no celular. Assim que nos sentamos, ele perguntou para a garçonete qual era a senha do Wi-Fi e, desde então, mal participara, muito envolvido com os próprios e-mails.

– Estou trabalhando – respondi, enfática.

– E que trabalho… – murmurou ele, voltando-se para a tela.

A dinâmica do grupo se dividiu em duas conversas principais. Sophie, David e eu falando com Mads e Conrad e Avril, que debatiam a respeito de uma fofoca quentíssima sobre o editor de uma revista de celebridades que ambos conheciam. Fiona correu até a mesa quando chegamos, escolheu a cadeira mais afastada e se encolheu nas sombras como quem deseja se camuflar nelas. Ficou ali, remexendo na câmera, e eu não sabia bem como envolvê-la sem apontar descaradamente o isolamento dela.

Ben parecia tão reticente quanto ela, mas, naquele momento, olhou para mim e me flagrou olhando de volta. Ele ajeitou a postura, inclinou-se sobre a mesa e falou com Fiona.

– Alguma foto boa?

A cabeça dela se ergueu com a costumeira aparência de um cervo assustado e por um segundo ela congelou.

Como todos estavam alheios em suas conversas, ela entregou a câmera a Ben e, segurando o objeto com muita cautela, ele foi passando pelas imagens, assentindo de vez em quando.

– Ficaram ótimas, Fiona – disse ele baixinho, prestes a devolver a câmera, mas, infelizmente, Avril o ouviu.

– Aaah, vamos dar uma olhada.

Vi a expressão de angústia no rosto de Fiona e a de quem pede desculpas no de Ben quando todos se juntaram atrás da cadeira dele para ver melhor.

– Uau, ficaram boas mesmo – comentou Avril. – Essa da Pequena Sereia ficou ótima e adorei a com o palácio em primeiro plano e o mar ao fundo. Eu tuitei uma que tirei com o celular, mas não chega nem aos pés dessa.

Ben foi passando as fotos.

– Essa aqui... Não sei, não.

Em tom de brincadeira, ele se referia à foto desfocada de David e Conrad diante de um dos soldados da guarda do palácio.

– Em nome de Jesus, por favor, deleta essa porcaria. Eu estou parecendo uma drag queen idosa depois de dias enchendo a cara – falou Conrad, com a voz arrastada e um cansaço dramático.

Em vez de baixar a cabeça e corar, Fiona soltou uma risadinha.

– Vou deletar essa.

– Ufa – falou Conrad. – Qual a possibilidade de tomarmos uma taça de vinho no almoço? Estou com uma sede fora do comum.

Ben passou a câmera para mim e Sophie, que estávamos do lado oposto da mesa. Fiona era uma fotógrafa muito talentosa. Havia algumas fotos do grupo todo e fiquei impressionada com as que ela havia tirado de Avril. Não era de se admirar que a própria as tenha achado tão boas. Avril parecia uma estrela de Hollywood em começo de carreira, embora claramente consciente da câmera, já que dava para notar certo ar posado em muitas delas. Havia uma exceção, clicada enquanto estávamos diante da estátua. Avril observava o mar, perdida em pensamentos. Fiona capturou Avril banhada pela luz do sol, completamente alheia à câmera, os ombros curvados como se carregassem o peso do mundo e o rosto bonito repleto de uma tristeza aflita. Bem diferente daquele que ela normalmente mostrava. Isso me fez refletir sobre o que se passava naquela cabeça.

Devolvemos a câmera para Fiona, que estava com o rosto rosado de prazer.

– Acho que você devia trabalhar como fotógrafa – comentei. – Talvez a agência queira comprar algumas dessas imagens para a campanha.

– Não precisa, eu envio pra você.

– Nada disso – interveio Ben, me lançando um olhar nem um pouco amistoso. – Cobre por elas, Fiona. São muito boas e isso aqui é trabalho, o crédito é seu. Não deixa esse pessoal se aproveitar de você.

Como todos estavam distraídos com a chegada do café, cedi à tentação e dei um chute em Ben por baixo da mesa, não tão forte quanto gostaria.

Então olhei para ele e falei em voz baixa:

– Eu me ofereci para pagar.

– Nossa, mas tão cheia de melindres, hum?

O sorrisinho de superioridade dele me estressou ainda mais.

– Não gostei dessa insinuação de que talvez eu quisesse me aproveitar.

– Não seria a primeira vez, não é mesmo?

– Meu Deus, você é tão rancoroso assim? Quando vai esquecer isso?

Ele deu um sorrisinho de canto de boca como um garotinho no parque, que era exatamente como se comportava.

– Nunca?

– Gente, o que vocês vão pedir? – perguntou Sophie, falando mais alto assim que a belíssima garçonete finalmente veio anotar os pedidos.

Sophie acenou com o garfo para mim.

– Kate, o arenque está delicioso. Quer experimentar? Qual é, gente, vocês precisam provar coisas diferentes, expandir o paladar.

Tive a sensação de que ouviríamos muito aquela frase nos próximos dias.

Por fim, conseguimos escolher diante de toda aquela variedade e também pedimos alguns sanduíches para compartilhar. Sophie seguiu insistindo para que todos provassem os quatro tipos de arenque.

Como todo mundo, eu não era muito fã de arenque nem de peixe em geral, mas a expressão de expectativa no rosto dela me fez ser a primeira a experimentar. Peguei um garfo para espetar a coisa mais próxima no prato, um pedaço de pão de centeio e cominho com arenque, cenoura e tempero de gengibre.

Quando os sabores atingiram minhas papilas gustativas com um vigor maravilhoso, tive que dizer:

– Uau! É maravilhoso.

Peguei um segundo pedaço, olhando para ele com muito mais entusiasmo.

– Sério – falei para os outros à mesa –, vocês deveriam provar.

Sophie sorriu abertamente, como uma mãe orgulhosa, quando todos, até Avril, deram garfadas nos pratos que ela empurrava para o meio da mesa.

– Muito bom mesmo – comentou Conrad, pegando uma segunda porção maior e devorando como se não comesse bem havia dias. – Quem poderia imaginar que arenque podia ser tão versátil?

Caímos na gargalhada e logo todos estávamos dividindo uns com os outros, enquanto Sophie, com a ajuda de Mads, explicava o que compunha cada prato.

— E agora, qual é a próxima parada? — perguntou Ben, olhando para o relógio de pulso.

Todos se levantaram, com um arrastar de cadeiras e cotovelos se esbarrando, na alegria amistosa provocada por comida boa e barriga cheia após duas horas de almoço.

— É que preciso fazer algumas ligações e terminar de escrever uma matéria — justificou Ben.

Ignorando o tom entediado, ou talvez alheio a sutilezas, Mads abriu um largo sorriso.

— O resto da tarde é livre. Podem relaxar e aproveitar. Mais tarde jantaremos no restaurante do hotel e encerraremos a noite mais cedo, porque amanhã o dia será agitado. Começaremos indo ao café Varme para conhecer Eva Wilder, que vai ensinar um pouco sobre como preparar doces dinamarqueses.

— Que ótimo — comentou Ben, com uma careta.

Sophie esfregou as mãos com alegria.

— Ótimo mesmo, seu idiota infeliz.

Eu quase dei um beijo nela, mesmo que o tom de brincadeira tenha apagado qualquer sinal de ofensa das palavras. Acho até que Ben quase sorriu.

Mesmo sabendo que não era certo, acrescentei, incapaz de resistir:

— Pense pelo lado bom. Você vai poder impressionar sua namorada com seus talentos culinários, Benedict.

Ele me lançou um olhar amargo enquanto vestia o casaco.

— É Ben. E eu não tenho namorada. Não preciso impressionar ninguém.

— Mas e quanto à sua família? — insisti, instigada por algum demoniozinho. — Aposto que adorariam se você cozinhasse para eles.

Como uma persiana que se fecha, os lábios dele se transformaram numa linha fina e triste. Toda a animação desapareceu, restando apenas uma expressão vazia e fria. Ele olhou pela janela além de mim.

– Quem sabe.

Se eu não o tivesse examinado furtivamente ao longo de toda a viagem, talvez não tivesse notado, mas soltei um "Desculpa" ao perceber que havia tocado em um assunto delicado.

Ben pareceu assustado, depois estreitou os olhos em desconfiança e, por último, assumiu uma expressão inescrutável ao sustentar meu olhar antes de assentir sem dizer mais nada e dar meia-volta. Por um momento, me pareceu um homem muito isolado, solitário, e essa impressão pesou em meu peito. Todos os outros estavam alheios à nossa troca imperceptível, ocupados em pegar bolsas e abotoar casacos. Observei suas costas largas, sentindo que havia me intrometido em algo. Família é uma coisa complicada. Resisti ao impulso de tocar o braço dele. Não tinha certeza se ele se sentiria reconfortado, mas só queria mostrar que eu entendia e que ele não estava sozinho.

Capítulo 11

– Estou morta – disse Avril, olhando para o relógio quando chegamos ao saguão do hotel. – E meus pés estão me matando.

Ela tirou os mocassins de couro da Russell and Bromley e deixou à mostra os pés delicados com meias, antes de pegar o celular e tirar uma foto deles.

– Vou tuitar... Pés cansados, hashtag Copenhague Maravilhosa, Smorebrod, Amelieberg. Só vitória. Hashtag *press trip* excêntrica.

Eu sabia exatamente como era aquela sensação: eu estava acordada desde as cinco da manhã.

Um banho quente no maravilhoso banheiro do hotel e uma boa xícara de chá seriam sucesso total.

– Um drinque vai dar um jeito nisso – comentou Conrad. – Já está mais do que na hora de beber. Kate, querida, que tal o bar do hotel?

– Acho que o pessoal deve estar um pouco cansado.

E alguns de nós ainda tínhamos que trabalhar. Na última vez que checara meus e-mails, havia um monte de mensagens novas à minha espera.

– Por mim, tudo bem – disse David, parecendo gostar. – Parece uma boa ideia.

– Vai sobrar tempo para nos arrumarmos? – perguntou Avril.

Ela colocou os sapatos embaixo do braço, tirou um espelhinho da bolsa e conferiu a maquiagem.

– Tempo de sobra. Além do mais, você está linda desse jeito – disse Conrad, com seu charme à moda antiga, antes de acrescentar um comentário lascivo que fez todos rirem: – Ninguém vai expulsar você da cama, querida.

Avril deu um sorrisinho e, por estar bem perto dela, acho que só eu ouvi as palavras que disse baixinho e que foram abafadas pela explosão de risadas:

– Não sei se meu marido concordaria...

Infelizmente, depois de uma rápida confabulação, todos seguiram para o bar, menos Avril e Ben, que se encaminharam para o elevador. Confesso que fiquei com bastante inveja dos dois.

Estava acontecendo exatamente o que eu temia: era impossível controlar todo mundo.

– O que vão querer? – perguntou Conrad, animado. – Podemos colocar na conta do seu quarto, Kate?

Dei um sorriso tenso. Meu Deus, aquilo poderia sair uma fortuna. Megan ia me matar.

– Quero só uma água, Conrad. Obrigada – falei, na esperança de que todos seguissem meu exemplo abstêmio.

Não tive sorte. Três cervejas e uma garrafa de vinho tinto depois, tive certeza de que a conta seria astronômica.

Embora estivesse louca por uma folga, para passar um tempo sem ter que estar "à disposição", quando finalmente cheguei ao quarto, achei todo aquele luxo um tanto estranho. O silêncio carregava em si uma apatia que não era lá muito reconfortante. Eu já tinha desfeito as malas e ainda não me sentia pronta para encarar os e-mails, então não soube bem o que fazer. Os canais da TV eram todos em dinamarquês, exceto pela BBC News.

Deixei ligada só para ter um ruído de fundo.

Era tão raro não ter nada para fazer que eu me sentia meio perdida.

Peguei o celular e mandei para Connie, por WhatsApp, uma foto dos sanduíches abertos do almoço, com a legenda "*Smorrebrod*".

Connie: Vida difícil, hein? Mas alguém tem que fazer o trabalho sujo. Enquanto isso, tem gente dando o sangue aqui com uma criação de sapos. Observação da primavera do Jardim I outra vez.

A foto de uma bala de gelatina grudada na perna da calça dela, com a legenda *"Gelatinabrod"*, me fez gargalhar. Connie sempre me fazia sentir melhor, mas ficaria furiosa se soubesse que eu não estava aproveitando ao máximo o quarto de hotel luxuoso, o banheiro fabuloso e a chance de me brindar com uma banheira maravilhosa, só para variar.

Enquanto enchia a banheira, conectei a caixinha de som bluetooth e coloquei minha playlist favorita, uma seleção de indie rock.

Me senti bem melhor afundada em espuma de Sálvia e Brisa do Mar, cantando Kings of Leon. Muito do prazer do momento vinha de exercitar as cordas vocais, algo que eu fazia raramente. Quando criança, eu cantava o tempo todo. Em peças de teatro na escola, em apresentações na universidade e em produções amadoras. Com o tempo, o hábito foi se perdendo. Esqueci como podia ser revigorante.

Enquanto juntava a maquiagem e a roupa que vestiria para o jantar, lembrei que precisava colocar o celular para carregar. *Só uma recargazinha rápida antes de descer.* Vasculhei a bolsa em busca do cabo, mas nem sinal.

Refiz mentalmente os passos do dia anterior e o momento em que arrumei a mala, até que visualizei o cabo na cozinha, onde estava até agora. Merda. Eu teria que pedir um emprestado.

O restaurante do hotel, a última palavra em elegância e luxo, ficava no último andar, com uma vista cinza enevoada do céu e do mar à distância. Toalhas rosadas de tecido adamascado cobriam as mesas e em cada uma delas havia um vaso com jacintos roxos.

Faltavam apenas Ben e Avril quando cheguei e ocupei o assento ao lado de David. Conrad já tinha pedido uma garrafa de vinho e era o centro das atenções acenando com sua taça. Estremeci ao pegar o cardápio. Uma libra equivalia a mais ou menos 8 coroas dinamarquesas, o que fazia os preços caros parecerem ainda mais exorbitantes. A garrafa mais barata custava assustadoras 450 coroas, o que, felizmente, correspondia a apenas 50 libras.

– Boa noite, Kate – gritou ele, e ergueu a taça. – À nossa anfitriã.

– Ele chegou a sair do bar? – perguntei a David, baixinho.

– Não. Eu fui para o quarto e quando desci de novo, ele ainda estava lá. Tive que arrastá-lo até aqui para jantar.

Nós dois analisamos a figura magra de Conrad.

– Não sei para onde vai tudo isso – comentei. – Parece que ele nunca fica bêbado.

David inclinou a cabeça.

– Ele não bebe tanto quanto você pensa. Nunca deixa o copo esvaziar antes de encher de novo. Mas, sim, a quantidade ainda derrubaria alguns jogadores de rúgbi.

Avril chegou maravilhosa em um vestido justo vermelho, e muitas cabeças se viraram quando ela cruzou o restaurante. Ela fez um grande caso ao não querer se sentar na cabeceira da mesa, então trocamos de lugar para que ela pudesse ficar no meio, perto de Sophie e Conrad e de frente para Mads e David. Fiona se acomodou satisfeita na cadeira do lado de David.

Olhei meu relógio. Nada de Ben.

A garçonete se aproximou para anotar os pedidos.

Dei a volta na mesa e sussurrei para Mads:

– Devemos esperar o Ben?

Mads fez que não.

– Não, já aprendi que em viagens como essa a gente leva a programação adiante, senão vai tudo pelos ares. Já passamos dez minutos do horário combinado. Quando ele chegar, ele pede.

– Melhor eu dar uma ligada para ele.

Pessoalmente, eu estava bem satisfeita em deixar aquele moleque ingrato morrer de fome.

Dei uma fugidinha do salão. Nesse momento, o barman atraiu meu olhar e acenou para mim.

– A senhora poderia assinar a conta do bar? Quarto 321?

Engoli em seco diante do valor dos drinques que Conrad havia pedido depois que eu subira para me arrumar.

Assinei e liguei para Ben. Eu só tinha mais uma barrinha de bateria. Caiu direto na caixa postal. Esperei um minuto, checando meus e-mails rapidamente, então liguei outra vez. Mais uma vez sem resposta. Mandei uma mensagem curta, tão educada quanto consegui.

Estamos esperando você para pedir o jantar. Que horas acha que chega? Kate.

Quando o segundo prato chegou, Ben ainda não havia aparecido nem respondido a mensagem. Cerrei os punhos embaixo da mesa. Ele estava determinado a levar adiante o plano de ser um pé no saco.

Ainda não havia nem sinal dele quando a garçonete recolheu nossos pratos.

– E você, Kate?
– Como?
– Quer um queijo? Ou uma sobremesa?
– Ah... o que todo mundo vai querer?

Olhei para o celular e vi a mensagem de Megan.

Como estão as coisas? Todos se comportando?

Merda. O que ela diria se soubesse que Ben já estava agindo como bem entendia?

– Além do Danablu, não conheço mais nada sobre queijo dinamarquês – disse Sophie. – Gostaria de ver o que mais eles têm.

Conrad concordou em se juntar a ela, embora eu não tivesse muita certeza de que entendesse algo sobre queijo. Ele só parecia incapaz de recusar qualquer coisa que fosse de graça. Eu não me surpreenderia se do nada ele sacasse alguns embrulhos e levasse todo o pão que restou na mesa.

Quando notei que meu celular tinha morrido de vez, fui obrigada a antecipar minha ação.

– Vou dar uma olhada em Benedict.

E antes que alguém pudesse dizer algo, saí do salão.

Ao entrar intempestiva no corredor, percebi que eu devia ter adivinhado que o quarto certo era o que tinha uma bandeja de jantar vazia do lado de fora.

Ele tinha pedido serviço de quarto! Que grosseria.

Ainda bem que havia uma campainha, senão, eu seria a doida esmurrando a porta. Cravei o dedo no botão.

Depois de um longo minuto, ouvi xingamentos e resmungos do outro lado da porta. Não que eu me importasse, então continuei com o dedo firmemente posicionado.

A porta se abriu, e um Ben desarrumado e sonolento apareceu, piscando feito um idiota, usando uma samba-canção preta de jérsei e nada mais. Meu coração deu um pulo e senti a boca ficar seca.

– Mas que...? – disse ele sem conseguir terminar a frase, franzindo a testa.

Parecia confuso e... lindo.

Ben não tinha o direito de ter aquela aparência, todo fofo, sonolento e adorável. Porque ele não era adorável. Era mal-educado, grosseiro e péssimo.

– Desculpa, eu fiquei preocupada – expliquei, mas meu tom mal-humorado deixou claro que era uma mentira deslavada. – Perdeu a hora?

Lancei um olhar para a bandeja no chão.

Em vez de responder ou ao menos se desculpar, ele se virou e voltou para o quarto, deixando a porta escancarada.

Fiquei tão abismada que abri a boca, mas não saiu nada. Então entrei também.

Quase alheio à minha presença, ele cambaleou até a cama e se jogou de costas, puxando o cobertor. Fechou os olhos na mesma hora.

Que. Merda. É. Essa?

Arregalei os olhos e fechei as mãos em punhos outra vez. Ele... Ele...

Ben estava deitado como se eu não estivesse presente, e tudo que fiz foi ficar ali parada, perplexa demais para dizer ou fazer qualquer coisa.

Cheguei um pouco mais perto, confusa. Ele estava se sentindo mal?

Por isso não tinha ido jantar? Será que estava com algum problema de saúde? Farejei o quarto como se isso pudesse me dar alguma pista, mas o ambiente tinha um cheiro perfeitamente normal.

Ali, na penumbra do quarto, senti meu coração acelerar um pouco. Ele havia deixado uma luminária acesa na mesa de cabeceira, emitindo um brilho dourado.

Dei um passo indeciso em direção à cama. Meu treinamento de primeiros socorros dos tempos de escoteira estava desatualizado. A única coisa da qual eu me lembrava era verificar se a pessoa ainda estava respirando, e quanto a isso não havia dúvida. Observei seu peito largo se movimentar lentamente. Droga, ele sem dúvida estava respirando, e mesmo assim eu não conseguia parar de olhar para o tórax dele. Meus hormônios estavam assumindo o comando e pensando "meu Deus, que delícia". Uma leve camada de sardas salpicava sua pele, que tinha aquele tom dourado de ruivo acostumado ao sol. Uma penugem fina mais escura cobria o meio do peitoral bem definido, descia pela barriga e desaparecia dentro do samba-canção.

Ele estava de olhos fechados, a expressão relaxada, um dos braços jogado acima da cabeça e o outro esticado. Senti o aroma masculino almiscarado e minha respiração ficou presa quando parei perto dele. Eu mal o conhecia e observá-lo na cama parecia algo muito íntimo e errado. Mas e se ele estivesse mesmo doente? Eu não tinha ideia do que fazer. Eu podia pedir a Mads para chamar um médico. E se Ben fosse hospitalizado? E se ele estivesse gravemente doente?

Hesitante, me inclinei em direção ao meio da cama, meus joelhos bem junto da beirada do colchão para manter o equilíbrio e estiquei a mão para tocar a testa dele e checar a temperatura, o único indício de doença no qual eu conseguia pensar.

– Pelo amor de Deus, vai embora – grunhiu ele, e, como em um filme de terror, abriu bem os olhos me encarando.

– Aaaah! – gritei.

O susto me fez cair bem no peito dele. É claro que no mesmo segundo espalmei as mãos e tentei levantar o mais rápido possível. Meus dedos formigaram com o toque e meu coração disparou como um bicho assustado.

– O que você está fazendo?

– Eu é que pergunto – falei.

Tentei parecer impassível enquanto me endireitava de pé ao lado da cama, me espanando como se isso pudesse ajudar a reaver minha dignidade. Uma dignidade que estava estilhaçada aos meus pés.

– Estou dormindo. Ou ao menos estava até uma maluca me atacar.

– Eu não estava atacando você! – gritei, indignada. Então, me lembrando da coisa da dignidade, acrescentei: – Ninguém é tão desesperado assim.

– Quem falou em estar desesperado?

Ele baixou a voz até um tom deliberadamente rouco e me deu um olhar penetrante.

Ah, que inferno. Meus hormônios voltaram à vida, enviando uma onda de… de… alguma coisa que espiralou por todo o meu corpo e me deixou meio bamba.

Disfarçando a repentina falta de ar, falei:

– Achei que você estivesse doente, mas é claro que não. Você só estava sendo desrespeitoso e grosseiro.

– O que te leva a pensar assim?

– Teria sido educado me avisar que você não jantaria com a gente. Uma vez que você já está nessa viagem, o mínimo que podia fazer era se esforçar para participar. Vi que você pediu serviço de quarto.

– Ou talvez eu estivesse tão cansado depois de dois dias sem dormir que não conseguia nem pensar direito. Na verdade, eu não estava sequer pensando. Estava sem energia. Só precisava comer e dormir. Só isso.

– E por que não dormiu? Prazos? Uma festa?

– O marido da minha irmã saiu de casa do nada e a deixou com um bebê e uma criança pequena. Ela foi para minha casa no meio da noite. Com uma irmã chorando e de coração partido, um bebê se esgoelando e uma criança em um acesso de fúria ficou um pouco difícil pregar os olhos.

– Você não parece ser do tipo que dá uma de babá.

Não que eu o conhecesse tão bem, mas, a julgar pelas roupas estilosas, a bolsa masculina e a aparência bem-cuidada, ele aparentava ser um cara independente e desimpedido, meio parecido com meu irmão, John. E embora dificilmente fosse uma regra geral, a aparência desleixada do meu outro irmão, Brandon, sugeria que ele podia ter uma meia dúzia de crianças subindo em cima dele.

– E não sou – grunhiu ele. – Prezo pelo meu sono. Era para ser temporário, mas agora que saí de casa para estar aqui, onde eu não queria estar, minha irmã fixou moradia, meus vizinhos estão reclamando por mensagem a cada cinco minutos e ela fica perguntando coisas assustadoras como "onde fica o registro?". O que diabos isso significa?

– Significa que ela quer desligar a água.

– Eu sei, mas por quê?

– Provavelmente porque o apartamento está inundado.

– Obrigado, mas você não está ajudando.

– Eu não estava tentando ajudar.

Ficamos em silêncio e então percebi como era constrangedor estar ali, com ele deitado na cama.

– Ok, é melhor eu ir.

– E agora estou completamente desperto.

O tremendo bocejo que acompanhou essas palavras sugeriu o oposto, e vi os olhos dele se fechando outra vez.

– Desculpa – falei, me sentindo um pouquinho culpada. – Será que eu poderia pegar seu carregador emprestado?

– Por quê? Esqueceu o seu em casa?

– Parece piada, mas, sim. E é por isso que estou pedindo o seu.

– Bem sarcástica, não é?

– Claramente a raposa enlouquecida traz à tona esse meu lado. Em geral, sou muito educada e gentil com cachorros e crianças pequenas.

– Por algum motivo, acho difícil acreditar nisso – murmurou ele, e fechou os olhos.

Por um instante fiquei parada ali, analisando os cílios negros em contraste com a pele clara, as olheiras. Embora pálido, o rosto e o cabelo desgrenhado ainda causavam um impacto e tanto. O cara era bem gato. Engoli em seco, me sentindo um pouco esquisita por observá-lo assim. Eu vinha tentando me convencer de que aquela noite no hotel tinha sido coisa da minha cabeça, que meu Príncipe Encantado não podia ser tão bonito e que na manhã seguinte eu estava com impressões erradas. Mas não. Aparentemente minha memória estava corretíssima no que dizia respeito ao aspecto físico. Ela só entrava em curto quando se tratava da personalidade dele, que não tinha encanto algum. Infelizmente, eu precisava superar, já que ainda queria algo dele.

– Ben? – sussurrei, imaginando ser impossível que ele pudesse ter dormido de novo.

Ele grunhiu e se virou, murmurando:

– Feche a porta quando sair.

Capítulo 12

Eva magicamente colocou um copo de café na minha mão no minuto em que pisei no Varme, parecendo uma ilusionista das boas.

– Você acordou cedíssimo – disse ela.

Eva desamarrava sem pressa o avental enquanto me conduzia a uma das mesas, trazendo junto seu próprio copo de café fumegante.

Inalei o aroma.

– Obrigada, o cheiro está maravilhoso. Exatamente o que eu precisava – falei, e notei só naquele momento que de fato precisava daquilo. – Pensei em aparecer enquanto todos ainda estão tomando café da manhã, para ver se está tudo pronto.

E, além disso, para ter um tempinho só meu. A ideia de passar o dia inteiro com eles era um pouco desanimadora.

Achando graça, Eva ergueu uma sobrancelha e era como se pudesse ler meus pensamentos.

– Sente-se, coma um doce. É uma baita responsabilidade tomar conta de um grupo.

– Meu Deus, que café maravilhoso. Obrigada.

– Imagine. Como foi o primeiro dia?

– Bom. Cheio. Cansativo. Mas correu tudo bem. Eu estava precisando… sair um pouco sozinha agora de manhã. Eu não sabia que poderia ser tão… sabe, estar com eles o tempo todo. São adultos, não deveriam precisar de alguém tomando conta deles.

Eva sorriu. Apesar da minha preocupação com a barreira linguística, ela não teve problema em acompanhar minha resposta incoerente.

– Fico imaginando se, na verdade, isso não piora ainda mais as coisas. Eles não fazem o que você pede e isso torna o trabalho duplamente difícil, imagino.

Ri diante de sua compreensão instantânea.

– Pelo menos amanhã vai ser mais fácil. Vamos fazer um passeio de barco. Não tem como eu perder ninguém em um barco.

Eva riu.

– A menos que alguém caia no mar.

– Nem brinque – falei, rindo com ela. – Seria uma tragédia.

– Não vai acontecer. Mas o grupo é legal? Estou ansiosa para conhecê-los. Pensei em fazer todo mundo participar da demonstração de hoje. Colocá-los para preparar doces.

– Sophie vai amar. David e Fiona vão querer participar, mas não tenho muita certeza em relação aos outros.

– Não se preocupe. Deixe isso comigo.

– Você vai se sair bem com eles.

Fiz uma pausa, sem querer demonstrar fraqueza, mas Eva tinha um jeito que evocava confidências.

– Alguns são mais velhos e mais experientes que eu – expliquei, pensando em Conrad. – Não me sinto confiante dando ordens para eles ou sendo autoritária. Mas se eu não me impuser, eles vão me atropelar.

Pensei na conta de vinho do jantar. Conrad podia estourar o orçamento da viagem inteira em um único dia.

– E isso seria o fim do mundo? – perguntou Eva, com um brilho nos olhos.

– Provavelmente não pegaria muito bem com meus chefes. Vai parecer que não sou muito organizada e que não consigo manter as coisas sob controle.

– E isso é importante para você? – perguntou ela, conferindo as horas. – Desculpa, mas você poderia me ajudar a arrumar as mesas?

– É claro.

Eu a segui enquanto Eva tirava algumas cadeiras do caminho e, juntas, formamos uma fileira central com as mesas.

– É importante para você parecer uma pessoa organizada ou ter as coisas sob controle? – perguntou Eva.

Ela inclinou a cabeça e me examinou atentamente, dando a impressão de que ouvira cada palavra e o que havia nas entrelinhas.

– Estou tentando ser promovida. Essa viagem é um passo importante para isso.

– Ah. E o que essa promoção traria para você?

Fomos até outra mesa e cada uma pegou em um lado do tampo, movendo-a. A pergunta calma e trivial não demonstrava qualquer sinal de reprovação; era como se ela de fato não soubesse a resposta.

– Bem, ganhar mais… é sempre bom. E ter mais… prestígio. É uma forma de medir o sucesso, entende? As pessoas veem você subindo de posição, veem que você está se saindo bem.

– E você gosta do que faz?

– Todo dia é diferente. Faço muitas coisas interessantes e fico ansiosa para chegar na agência.

Mas havia algum tempo que a última parte não era verdade, principalmente depois da promoção que não aconteceu. Eu estava ressentida por todas as horas que passara no escritório sozinha depois do expediente. Poder cuidar da conta da Hjem do meu jeito era a coisa mais criativa e agradável que eu fazia em eras. A rigorosa divisão de trabalho na agência significava que, em geral, cada pessoa se encarregava de uma parte do trabalho. Ter a conta da Hjem era como nos velhos tempos, quando comecei a trabalhar com relações públicas em uma agência muito pequena, onde todo mundo unia forças para fazer tudo. Com uma pontada súbita, senti falta daqueles dias caóticos e menos organizados, o que era maluquice. A The Machin Agency estava no top 5 das agências. Quem não iria querer trabalhar lá?

Terminei meu café e me dirigi à porta, sentindo o estômago revirar de ansiedade.

– Até daqui a pouco – disse Eva, colocando a mão no meu braço em um gesto tranquilizador. – Não se preocupe, vai ficar tudo bem. Você está na Dinamarca. Por que não aproveita?

Todos os sentimentos calorosos e reconfortantes experimentados na última meia hora evaporaram no minuto em que vi Benedict andando de um lado para outro em frente ao hotel, o celular na orelha. Ele se interrompeu assim que me viu e disse algo rápido para finalizar a ligação.

– Você roubou meu carregador.

– Peguei emprestado – corrigi. – Você disse que eu podia.

– Não é bem assim que eu me lembro do rumo da conversa.

– Você não disse que não – falei.

Chateá-lo era muito divertido, embora agora eu tivesse acabado de me lembrar de como ele parecera cansado na noite anterior e me senti um pouquinho culpada.

– Você me pegou em um momento de fragilidade. Posso pegar meu carregador de volta?

– É claro – respondi.

Dei um sorriso deliberadamente charmoso, como se fosse ele o irracional da história, enfiei a mão na bolsa e puxei o carregador.

– Aqui está.

– Obrigado – respondeu ele, ainda mal-humorado, as olheiras tão fundas que pareciam dois hematomas.

Senti uma pontada de culpa e suavizei o tom:

– Você está bem?

Ele ergueu o olhar, semicerrando com rispidez os olhos azul-acinzentados. Sustentei o olhar.

– Você ainda parece meio...

Com um suspiro lento, ele assentiu, não exatamente sorrindo, mas quase isso.

– Nem me fale, estou um lixo... mas bem melhor do que antes.

Nos encaramos por mais um instante, e então, por não ter mais nada a dizer, assenti e falei:

– Que bom.

– Bom dia – cumprimentou Sophie, surgindo por trás dele, na ponta dos pés. – Estou animadíssima! Cozinhar é o que eu mais amo fazer. Estou muito feliz por Lars ter colocado isso no roteiro da *press trip*.

– Que bom para você – murmurou Ben.

– Nem adianta – respondeu ela, cutucando a costela dele com o cotovelo. – Você sabe que vai amar.

– Eu não contaria com isso.

Sophie e eu trocamos um sorrisinho torto.

– Olá e bom dia – disse Eva em uma voz alta e animada, dando as boas--vindas a todos como se fossem velhos amigos.

Ela conduziu o grupo ao redor de uma mesa e nos convidou a sentar. Enquanto todos observavam o ambiente adorável, fiquei subitamente orgulhosa, embora não fizesse sentido. Eu só tinha estado ali duas vezes, mas talvez já me sentisse em casa.

– Hoje todos vocês vão botar a mão na massa e vamos nos divertir muito falando sobre a vida na Dinamarca.

Para qualquer um, as palavras podem ter soado um pouco fofas demais, mas era impossível ser sarcástico com Eva. Nossa anfitriã começou a distribuir aventais listrados.

– Vamos, temos aventais para todo mundo. Katie, esse é seu.

Levei um susto quando vi meu nome bordado no avental.

– Sophie. David. Ben. Fiona. Conrad. Avril. Excelente. Estão todos aqui. Primeiro vamos tomar um cafezinho e depois vamos cozinhar um pouco.

Eva fez aquilo soar como se fosse a coisa mais empolgante do mundo, e Sophie bateu palmas.

– Que ótimo!

Flagrei Ben revirando os olhos e Avril dando uma cutucada conspiratória nele, como se dissesse "estamos no mesmo barco".

Depois que as xícaras de café foram servidas, Eva começou a nos organizar.

– Cozinhar e cuidar das pessoas me faz feliz. E acho que isso transparece na comida.

Fiz uma pausa e me inclinei para trás, checando rapidamente a caixa de entrada pelo celular. Droga, já havia uns dez e-mails de trabalho esperando resposta.

Ben também sacou o celular e xingou baixinho. Ele pediu licença e o observei sair e atravessar até o outro lado da calçada, onde ficou um tempinho com o celular grudado na orelha, a cabeça baixa, os ombros curvados, chutando um paralelepípedo. Fiquei me perguntando se a irmã dele já tinha encontrado o registro.

Respondi alguns e-mails e em algum momento notei Eva parada na minha frente. Ela tirou o aparelho da minha mão com delicadeza e o colocou no meu bolso.

– Você e Ben vão trabalhar aqui – explicou, me guiando até a mesa. – David, você vai fazer dupla comigo. Sophie, você e Fiona podem ficar juntas, e Avril e Conrad também – disse ela, lançando aos últimos dois um olhar de reprovação por cima dos óculos sem aro –, mas precisam se comportar.

– Quem? Nós? – gracejou Conrad, com uma expressão de pura travessura.

– Não sei o que está querendo dizer – disse Avril, sorrindo e, ao menos uma vez, parecendo feliz.

– A Dinamarca é famosa pelos doces, chamados de *Wienerbrød*. Ironicamente, essa palavra significa "pão de Viena", porque as receitas foram trazidas para cá por padeiros austríacos. Hoje vou mostrar a vocês como fazer um típico *spandauer* – explicou ela, sorrindo e me lançando um olhar conspiratório. – A comida precisa ser feita com amor. Tudo fica mais gostoso quando é feito com amor. É hora de deixarmos nossas preocupações e ansiedades do lado de fora.

– Aaah, que coisa maravilhosa – disse Sophie, segurando sua bolsa. – Vou anotar isso e citar sua fala na revista.

– Cozinhar me deixa muito feliz e aqui na Dinamarca nós celebramos as pequenas alegrias. Talvez seja por isso que somos uma nação tão feliz... Já ouviram falar em *hygge*?

– Já – responderam todos em coro, obedientemente, menos Ben, que já tinha voltado e aproveitou a oportunidade para erguer a mão como uma criança na sala de aula.

– Do que se trata exatamente? Além de acender velas e comprar xales de caxemira caros.

Eva deu um sorriso largo para ele.

– Se trata de encontrar prazer nas coisas simples da vida, como levar um doce para casa depois do trabalho, pegar uma xícara de café e se sentar para aproveitar cada pedaço sem o menor remorso em relação a calorias – respondeu, e deu uma piscadela.

– Comer um doce sem calorias me deixaria bem feliz – comentou Sophie, e todos nós rimos.

– O que faz vocês felizes? – perguntou Eva, passando os olhos pelo grupo. – Conrad?

– Acho que comer e beber – respondeu ele, antes de acrescentar com desenvoltura –, pois é sempre bom saber de onde vem a próxima refeição.

– Acho que não sou feliz – disse Avril de repente.

E então, como se estivesse surpresa com a confissão inesperada, ficou olhando pela janela, constrangida, evitando olhares.

– Comida me faz feliz. Fazer e compartilhar. Ah, e meu namorado – disse Sophie, preenchendo rapidamente o silêncio desconfortável.

– Cantar – falei, sem querer.

Não era bem verdade, mas senti que precisava dizer algo para ajudar Sophie e desviar a atenção de Avril, que parecia prestes a chorar. Além do mais, eu não tinha muita certeza se sabia a resposta. Eu havia ficado feliz quando *hyggifiquei* o escritório para a reunião com Lars. Fiquei feliz quando todo mundo gostou dos biscoitos. A lista não era muito grande. Se meu trabalho me fazia feliz? Já tinha feito, atualmente eu não tinha tanta certeza.

– Estar com pessoas – falou David. – Ser parte de algo.

Eva bateu palmas como se estivesse encantada com seus pupilos.

– Estar com pessoas é muito importante. É bem *hygge*.

Ben bufou baixinho e olhei para ele com raiva. Por sorte, Eva pareceu não ter ouvido, ou, se ouviu, o ignorou e continuou.

– Criar esse sentimento de companheirismo envolve se conectar com os outros sem medo ou julgamentos. Na Dinamarca ninguém tenta ser o centro das atenções. Ninguém é mais importante do que ninguém.

Ela deu a Ben um sorriso despreocupado e o meu morreu na hora. Talvez, no fim das contas, ela tenha escutado o que ele disse.

– Certo, hora de cozinhar.

Fiona suspirou.

– Eu devia ter trazido a GoPro, para nos filmar enquanto fazemos os doces.

Ela franziu a testa, inclinando a cabeça como se fosse conseguir encontrar outra solução.

– Eu tenho uma técnica – sugeriu David. – Basta colocar o celular no bolso da camisa.

– Isso é genial.

Fiona acionou a câmera do celular e o enfiou na parte de cima do avental, virando o corpo de um lado para outro para capturar todos nós.

– Você está parecendo um dos Daleks de *Doctor Who* – comentou Ben ao ver os movimentos dela, o que fez todos nós rirmos.

– *Vou filmar você. Vou filmar você.*

Fiona inclinou o corpo por cima do tampo da mesa.

Levou um tempo para nos acalmarmos e começarmos a seguir as instruções de Eva, embora ela não tenha parecido se incomodar. Nesse meio-tempo, Ben tinha escapulido outra vez para falar ao celular.

– Agora coloquem a manteiga, o açúcar, o fermento e o leite na tigela e misturem. Sim, Avril, você literalmente precisa colocar a mão na massa.

A instrução final de Eva foi dada com um sorriso gentil, mas reprovador, que deixou Avril levemente ruborizada.

Olhei pela janela. Ben ainda estava lá embaixo, falando ao telefone, mas nossos olhares se encontraram. Indiquei a mesa, balançando a cabeça com um gesto não muito sutil de "você precisar voltar", mas o sujeitinho insolente sorriu e virou as costas.

Além de engasgar, o que ele faria se eu fosse até lá, arrancasse o aparelho dele e o enfiasse goela abaixo? Ele realmente despertava o pior em mim.

Quando Ben enfim se dignificou a voltar, todos já sovavam suas massas.

– Vou ficar observando – disse ele, parando ao meu lado.

A uma distância segura, Ben espiou as tigelas dispostas diante de nós, como um viajante parado atrás das marcações na plataforma de embarque.

– Pelo amor de Deus, não seja covarde e coloque a mão na massa – falei.

Então peguei os potinhos com os ingredientes já pesados e os coloquei na tigela principal, entregando um batedor para ele.

Com uma fungada, ele enrolou as mangas da camisa e pegou o batedor.

– Ben, o que *hygge* significa para você? – perguntou Eva.

Ele parou de bater a mistura e olhou para ela, na defensiva.

Nossa, eu gostava daquela mulher. Foi direto na jugular.

Ele a encarou.

– Não quero soar desrespeitoso, mas, sendo sincero, acho que é uma modinha. Um marketing esperto. Entendo a coisa do conforto, de estilizar a casa, enfeitá-la com velas e tudo mais. Mas não passa de uma tendência de design de interiores.

Eva assentiu, sorrindo, ainda que reservada como uma professora gente boa.

– Mais alguém? Aqui, assim – instruiu ela, fazendo uma pausa para ajudar Fiona, cuja massa tentava escapulir pela borda da mesa. – Não tenha medo da massa, o processo é intenso mesmo – disse ela, mostrando os bíceps. – Fazer doces mantém a gente em forma.

E continuou:

– É muito difícil explicar o *hygge* para alguém que não sabe como são os longos e escuros meses de inverno na Escandinávia, e esse aspecto está diretamente relacionado à psique nacional. Amar design não é uma característica restrita a determinados setores da população, nem é uma questão de classe, educação ou saúde. Todo dinamarquês conhece os nomes de Arne Jacobsen, Paul Henningsen, Hans Wegner.

Conrad assentiu.

– Cadeiras, luminárias, arquitetura. Algumas de suas criações são dos anos 1960, mas parecem atualíssimas até hoje.

– Exato, e isso se reflete em nossas casas. Costuma-se dizer que o lar de um inglês é seu castelo. Para o dinamarquês, o lar é um refúgio de *hygge*. Durante os meses de inverno, e ao longo da vida de modo geral, nós passamos muito tempo em casa. Esse ambiente acaba se tornando um lugar para criarmos momentos especiais, cuidarmos de nós e dos outros, oferecer boas experiências para quem amamos, nossos amigos e nossa família. Uma noite com os amigos pode começar às seis e ir até uma da manhã.

Sophie disse algo para Fiona e David sobre cozinhar e perdeu o comentário melancólico de Avril.

– Não funcionaria nem um pouco pra mim, iria arruinar o meu planejamento. Preciso estar acordada para assistir ao noticiário matinal. Eu sou a pessoa mais bagunceira do mundo. Meu marido antigamente não se importava, mas hoje em dia vive reclamando da bagunça – confessou Avril.

– Talvez você precise dar um pouquinho mais de atenção a isso... e a ele.

Os outros estavam ocupados conversando e perderam a observação delicada de Eva. Avril pareceu abismada, mas era impossível estar ofendida, porque as palavras de Eva não tinham nem uma gota de julgamento.

Nossa anfitriã foi observando o trabalho de cada um, supervisionando suas técnicas. Era difícil, como descobri quando assumi o lugar de Ben.

– Cozinhar é um excelente exercício e acho que também é uma boa maneira de extravasar sentimentos ruins.

Sophie gargalhou. Sendo uma confeiteira veterana, ela na mesma hora assumiu o ritmo correto e não estava esfregando os braços para amenizar o cansaço, como o resto de nós.

– Eu costumo imaginar minha chefe, a mulher é um demônio. Ops, eu não deveria ter dito isso.

Todos riram.

Depois que todos já tinham sovado de modo suficientemente aceitável para Eva, tivemos permissão para sentar enquanto a massa crescia e tomar um merecido café.

– Então, Eva, por que a Dinamarca é o lugar mais feliz do mundo? – perguntou Ben, ativando cem por cento o modo jornalista.

– Trabalhar na Dinamarca é muito diferente de trabalhar no Reino Unido. Em média, trabalhamos 35 horas por semana e saímos a tempo de pegar os filhos na escola.

– Parece moleza. Não consigo imaginar isso dando certo no meu escritório, e somos todas mulheres – comentou Avril. Ela fez uma pausa antes de acrescentar: – Ter filhos também pode ser um suicídio na carreira.

– Aqui não ganhamos troféus por trabalhar por horas a fio – afirmou ela, me olhando. – Ou por checar constantemente os e-mails depois do expediente ou quando se está longe do trabalho.

Para ela era fácil dizer isso. Cuidar de um café não provocava o mesmo tipo de estresse e tensão que trabalhar em um escritório, mas também não tinha o mesmo prestígio ou oportunidades de crescimento.

Como se lesse minha mente, ela acrescentou:

– Na Dinamarca, todos são iguais. O tipo de trabalho não é tão importante.

– Mas vocês pagam impostos bem altos – observou Ben.

– Sim, mas é assim para todo mundo, seja você vendedor de loja ou chefe de uma grande empresa. E as pessoas são bem remuneradas. Todo mundo tem as mesmas oportunidades porque aqui o sistema dá apoio para todos. Saúde e educação são gratuitas. Temos a menor divisão entre ricos e pobres da Europa.

Depois de vinte minutos de um debate animado sobre a utópica Dinamarca, Eva voltou sua atenção mais uma vez para a cozinha. Recolocamos nossos aventais e voltamos ao trabalho.

– Agora vou mostrar o segredo para fazer um doce leve, aerado e crocante. Vejam.

Ela abriu a massa que já tinha crescido, então pegou um generoso pedaço de manteiga e mergulhou na farinha. Depois, com movimentos rápidos, precisos e econômicos, mostrou como passar a manteiga entre camadas de papel-manteiga.

– Agora vocês.

– Se você não se importar, acho que vou passar essa – falou Conrad. – Já estou exausto. Comida não é a minha praia.

– Poxa, agora que já está aqui, dê uma chance – disse Sophie.

– Nunca é tarde pra aprender – observou David. – E cozinhar economiza um dinheirão. É bem mais barato fazer as coisas em casa.

Conrad ficou alerta, com uma expressão de súbito interesse, e deu um sorriso relutante.

– Está bem, então, vou dar uma chance.

– Pode ir primeiro – falei, olhando para Ben.

Entreguei o rolo de massa para ele e, quando vi que aceitou com alguma hesitação, disse:

– Você já usou um desse, suponho.

– Não desde que a tecnologia passou a ser usada na culinária – murmurou ele. – E isso já faz um tempo.

Ele não era o único, mas com certeza eu não ia admitir isso.

Do outro lado, Sophie já manuseava seu rolo de massa como uma expert, explicando a melhor técnica para Fiona.

O papel-manteiga estava em ação e os rolos de madeira corriam pela mesa enquanto Eva passeava pelo ambiente, dando dicas de como manusear os utensílios, murmurando palavras de incentivo.

Ben estava concentrado tentando dominar a técnica. A testa franzida e a língua para fora, grudada em seu lábio superior, o faziam parecer muito mais humano.

– David, isso está excelente – elogiou Eva, apontando para a porção de manteiga uniforme que ele fizera.

– Obrigado. Eu cozinho bastante em casa – admitiu ele, tímido. – É um bom passatempo e você acaba com algo legal no final. Se bem que... seria bom ter com quem dividir.

– Eu costumava ser uma cozinheira muito boa. Meus pães de ló eram superleves. Antes de me casar – comentou Avril, atropelando categoricamente as palavras dele.

Ela espanou farinha do avental e inspecionou seu trabalho caprichado. Percebi que era uma pessoa muito competitiva.

– Ele adora bolo – comentou, parecendo melancólica. – Seu favorito é café com nozes. Não faço um desses há séculos.

Depois de cinco minutos, Eva nos interrompeu, e todos mostraram seu progresso. A manteiga de Sophie e Fiona tinha um formato perfeito, um oval longo e achatado, e David também parecia bem satisfeito consigo mesmo. Para alguém que dizia não ter interesse por comida, o de Conrad, assim como o de Avril, também estava surpreendentemente ótimo.

– Ah, meu Deus.

Eva gargalhou quando veio até o nosso lado da mesa. A manteiga enfarinhada de Ben parecia o mapa da Dinamarca, com bordas denteadas e várias ilhas de massa grudentas e esmagadas.

– Eu não sei bem o que fiz de errado – disse ele, incomodado.

– Talvez tenha faltado amor – observei com sarcasmo, e recebi um olhar raivoso em troca.

– Você amassou muito – explicou Eva, empurrando o papel-manteiga com a manteiga esmagada. – Criou muito calor e derreteu demais a manteiga. Sua mente não estava focada na atividade. É essencial se concentrar na tarefa quando estiver cozinhando. Seria bom deixar o trabalho para trás e parar de se preocupar com esses e-mails. Vamos recomeçar. Você pode participar dessa vez, Katie.

– Ah, tudo bem. Não precisa.

– Precisa, sim – falou Eva, com firmeza, empurrando o rolo de massa dela na minha mão e explicando outra vez o que tínhamos que fazer.

Ben me deu um sorrisinho torto de triunfo e o fuzilei com o olhar.

– Vocês dois, podem começar.

– Sim, professora – caçoou Ben, enquanto ela se afastava para supervisionar os demais.

Droga. Peguei minha porção de manteiga me sentindo estupidamente sem graça. Todo mundo tinha feito parecer tão fácil. Pegando a manteiga e salpicando-a de farinha com desânimo, comecei a trabalhar rápido. Não era como se eu fosse fazer isso de novo. Que saco. Era mais difícil do que parecia. A manteiga se aglomerou em um montinho e depois se espalhou toda quando tentei abri-la com o rolo.

109

– Acho que precisa de mais farinha – observou Ben, com animação.

Contraí os lábios e o ignorei. O que ele sabia?

Recomecei, mas minha manteiga estava destruída.

– Acho que faltou amor aí também – comentou Ben, com um leve sorrisinho ao ver minha manteiga destroçada.

– É mais difícil do que parece – murmurei, corando.

Eu odiava não fazer as coisas direito.

– Não se preocupe, tenho certeza de que você tem talento para outras coisas – provocou ele.

Eu o fuzilei com os olhos, mas ele pareceu estar sendo verdadeiro, então amoleci, porque não era como ele agia normalmente.

– Humm, não tenho muita certeza.

Fiquei olhando para a mesa, de repente muito consciente da proximidade dele e me sentindo meio desnorteada. Em que eu era boa? No trabalho? Isso não dizia muito sobre mim. Fiona tinha a fotografia. Avril tinha um marido que claramente a idolatrava e também uma carreira no jornalismo. Sophie era apaixonada por gastronomia. Conrad tinha reputação e conhecimento.

Eva nos mostrou como modelar os doces finalizados. Depois de todo o processo, havia vários tabuleiros com *spandauer* de geleia de morango, prontos para assar.

Voltamos às mesas para mais um café enquanto ela rapidamente arrumava tudo com a ajuda de Sophie, que parecia incapaz de ficar um segundo sentada.

– A manhã está sendo maravilhosa. Em geral, passo tanto tempo sozinho… – comentou David, olhando para os outros, e vi seu pomo de adão subir e descer. – É… É legal estar… com todo mundo. Eu me sinto muito solitário, confesso.

Sophie pôs a mão no braço dele.

– Ah, David. Eu sei como é. Antes de conhecer James, eu me sentia desse jeito. Você pode estar cercado de gente e mesmo assim se sentir invisível, especialmente em Londres.

– Bom, sabe como é a vida de freelancer. Com internet e e-mail, a gente não precisa sair tanto e encontrar pessoas. Dá para fazer tudo on-line. Meu editor se comunica comigo por e-mail.

– E sua família? – perguntou Sophie.

– Já faz anos que vim da Cúmbria, meu pai e minha irmã ainda moram lá. Nos vemos no Natal, mas eu dei tudo pela carreira. Fui para Londres. Trabalhei. Me virei.

– Mas e os amigos? – insistiu Sophie. – Para mim, você parece um cara bem apresentável. Não tem mau hálito, não usa roupas de gosto duvidoso nem aparenta qualquer esquisitice.

David cruzou as pernas.

– É, eu tenho amigos. Vários, mas não é a mesma coisa. A maioria tem família, outras prioridades. Estão ocupados nos fins de semana. Um dia você acorda de manhã e percebe que todo mundo seguiu em frente.

Ele tirou os óculos e ficou revirando a armação nas mãos.

– Meu Deus, eu não tinha intenção de falar sobre nada disso. Acho que você nos deu soro da verdade, Eva – disse ele, lançando um olhar de gratidão que Eva retribuiu com um sorriso compreensivo. – Só existe um número limitado de museus e galerias que dá para visitar sozinho. A gente sai de casa só por sair... Sei que não posso reclamar. Eu tenho minha casa, que é bem grande, mas moro sozinho naquele lugar enorme. Era da minha mãe, mas ela morreu há muitos anos. Eu tenho que me obrigar a sair para dar uma volta, senão sou capaz de ficar dentro de casa por dias.

– Sorte sua, amigão. Depois de três divórcios fiquei sem um centavo. Moro em um conjugado alugado que, ainda por cima, fica no quinto dos infernos de Clapham. Bem reservado, sabe? Aceito convites para almoçar quando quiser – falou Conrad, com sua voz rouca de fumante. – Sempre achei que fosse me sentir realizado vivendo em paz e silêncio, mas não suporto ficar sozinho e a minha casa é um pouco apertada, então não é muito adequada para receber visitas.

– Eu também moro em Clapham – contou David.

– Bem, ao menos existem vários pubs na área e não precisamos de táxi para chegar em casa – disse Conrad. – Aliás, que horas é o almoço? Já podemos começar a beber?

– Por que não aluga um quarto da sua casa, David? – sugeriu Eva.

– Nunca pensei nisso. Não preciso do dinheiro, então nem passou pela minha cabeça.

– Não precisa do dinheiro! – murmurou Conrad para seu café.

Baixei a cabeça e sorri, me sentindo um pouquinho contente. A reunião no café – sobre a qual, na verdade, eu estava um pouquinho cética – tinha mesmo unido todo o grupo. Até Ben havia participado direito para variar.

A manhã terminou quando o *spandauer* saiu do forno, e foi muito engraçado ver os resultados. Alguns haviam ficado bem deformados. Ben e eu trocamos um sorriso desgostoso: os nossos eram os piores. Os de Sophie estavam perfeitos e os de Avril, muito bons. Ela sorriu e tirou várias fotos, postando na mesma hora no Twitter.

Olha só o que a gente fez. #CopenhagueMaravilhosa #presstripexcentrica

– Vou mandar para o meu marido por WhatsApp, para mostrar que ainda sou capaz de cozinhar e que me agradar não é tão difícil no fim das contas.

As palavras dela tinham um misto mordaz de desdém e petulância.

– Vou publicar essa receita na revista – falou Sophie.

– Eu também vou fazer um post no blog – disse Fiona, e, com um súbito sorrisinho, acrescentou: – E vou dar nome aos bois.

– Por Deus, querida. Você quer acabar com a minha reputação? – perguntou Conrad, em tom de brincadeira.

No entanto, ele pareceu bem satisfeito com seu resultado e segurou a bandeja de doces, posando para algumas fotos clicadas por Fiona.

– Acho que isso pode contribuir para a minha imagem de homem charmoso e estiloso. Quem sabe não consigo impressionar algumas damas?

– Tenho certeza de que todas vão ficar impressionadas, as fotos estão ótimas – disse Fiona, mostrando as imagens. – David, agora você.

Ela parecia estar se deleitando em seu novo papel de fotógrafa oficial.

Conrad olhou atentamente para as imagens.

– Excelente trabalho. Obrigado, minha jovem.

Fiona assentiu em um prazer silencioso. Era quase como ver um botão em flor desabrochando ao sol.

– Tira uma minha – pediu Avril, com um biquinho perfeito de Instagram.

– Por mais que suas fotos sejam geniais – falou Ben, em tom seco –, prefiro não ser visto posando com uma bandeja de doces. O pessoal da redação nunca mais vai me deixar em paz. Já fui bastante criticado ao abandonar meu posto para passar uma semana de festinha.

Ao menos uma vez, o olhar que ele me lançou foi muito menos hostil, dava quase para pensar que estava se divertindo.

Depois que todos comemos um pouco do caldo de peixe caseiro de Eva e pãezinhos integrais, Mads apareceu ao meio-dia e meia, pronto para nos conduzir ao próximo ponto do roteiro.

– Certo, pessoal, faremos uma curta caminhada até a bela estação central, onde pegaremos um trem para Helsingor, ou Elsinore, como vocês talvez a conheçam. Visitaremos o castelo de Kronborg, lar de Hamlet.

– Estou muito ansiosa por isso – disse Fiona.

E logo parou, como se tivesse se assustado por ter dado essa informação de forma voluntária. Com seu costumeiro rubor, ela baixou a cabeça, murmurando:

– Amo Shakespeare. E *Hamlet*.

– Sem querer desrespeitar o Bardo ou algo do tipo, mas vou ter que pular fora – anunciou Ben. – O trabalho me chama. Preciso terminar uma matéria.

– É longe? – perguntou Avril, parecendo insegura. – A que horas vamos estar de volta? Não quero ter que me arrumar correndo para sair à noite outra vez.

– São 45 minutos até lá – disse Eva, com firmeza. – Você vai estar de volta às cinco e meia.

Fiquei grata a Eva e, enquanto ela falava sobre as virtudes do passeio, puxei Ben para um lado.

– Entendo que você tenha trabalho a fazer, mas…

Eu, inclusive, me identificava com isso, já que tinha uma tonelada de coisas de trabalho acumulando.

– Isso é turismo puro. Material para uma matéria secundária, no máximo.

– Sim, mas, se você não vier, o que os outros vão achar?

O breve vislumbre de um Ben um pouquinho diferente na noite anterior me fez achar que talvez eu pudesse apelar para um lado mais agradável dele.

– Não tenho nada a ver com isso.

– Se todos começarem a faltar às atividades, isso vai dificultar muito a minha vida.

Seu sorrisinho torto não tinha nenhum traço de malícia, mas também não parecia se lamentar.

– Você deveria ter pensado nisso antes de me coagir a vir. Provavelmente, todas as outras vítimas vieram por vontade própria.

Sorri de volta.

– Você quer dizer todas as outras pessoas que viram as oportunidades que essa viagem poderia oferecer.

Ben ficou sério e uniu muito as sobrancelhas ao me encarar.

– Nenhum deles escreve sobre assuntos sérios.

Sentindo que nossa breve trégua havia desaparecido e vendo o quanto ele estava chateado, recuei.

– Ah, qual é, provavelmente a sua matéria, assim como a de todos, vai acabar servindo para embrulhar batatas fritas.

– Disse a relações-públicas desesperada por cobertura.

– Não estou desesperada – rebati, sem gostar de como ele me retratou.

Mas Ben deixou claro seu ceticismo ao retorcer brevemente os lábios.

– Tudo que eu escrevo, escrevo porque eu quero. Não porque alguém mandou. Embrulho de batata frita ou não, meu objetivo é informar e esclarecer.

– E a sua informação é melhor do que a dos outros? – perguntei com sarcasmo.

– Você e o Dawkins são uma dupla e tanto, hein? – disse ele, semicerrando os olhos de raiva.

A culpa me causou um leve frio na barriga. Eu não era tão ruim assim. Só estava fazendo meu trabalho.

– Não sei por que você continua falando nele. Eu o encontrei muito rapidamente.

– Tenho certeza de que sobrou tempo para ele contar tudo sobre a minha ruína.

As palavras dele transpareceram amargura, e seu maxilar enrijeceu em um desprezo mordaz. Antes que eu pudesse responder, Mads cutucou meu cotovelo, indicando que precisávamos ir.

Por sorte, ninguém decidiu seguir Ben quando ele se separou do grupo e seguiu para o hotel após alegres despedidas. O restante caminhou a curta distância até a estação central.

Capítulo 13

Na manhã seguinte, aguardamos Avril no saguão do hotel. Ela chegou dez minutos depois do horário, os saltos de sua estilosa bota de cano curto batendo no ladrilho. Com o cabelo preto longo e brilhoso e uma maquiagem impecável, Avril parecia uma supermodelo prestes a subir em um jatinho rumo a um lugar exótico em vez de uma viagem de barco por um canal.

– Ótimo, estão todos aqui – disse Mads, parecendo nem um pouco abalado pelo atraso. – Faremos uma caminhada de dois minutos até Nyhavn, a famosa zona portuária, de onde sairemos para nosso passeio de barco.

– Passeio de barco?

Avril pareceu horrorizada. Ela não tinha lido o itinerário?

– O aquecimento funciona? A água vai estar um gelo.

– Os barcos tem um bom sistema de calefação – respondeu Mads, com seu sorriso tranquilizador de sempre.

– Não suporto sentir frio. Preciso de uma echarpe. Tenho uma de caxemira lá em cima.

Com isso, ela disparou pela recepção na direção do elevador. Olhei para meu relógio de cara fechada, o que foi um desperdício, porque ela já tinha ido embora.

Quando retornou, envolta em uma echarpe belíssima, David e Conrad tinham seguido até o fim da rua e Fiona sumira de vista. Refleti sobre quantos dias de viagem seriam necessários até eu ter uma síncope nervosa ou comprar uma coleira para cada um. Levamos mais dez minutos até reunir todo mundo antes de finalmente partirmos.

Avril tropeçou e escorregou nos paralelepípedos e reclamou o tempo todo, perguntando se ainda faltava muito para chegar com a petulância de uma adolescente arrastada para uma trilha no campo. Ainda assim, ela ficou calada diante do cenário pitoresco de Nyhavn.

A margem do canal fervilhava com cor e vida, as fachadas das construções pintadas em tons de azul, vermelho, laranja e amarelo. Nas calçadas, os cafés estavam cheios de pessoas sentadas junto a aquecedores externos, bebericando em suas xícaras. O cheiro de peixe e alcatrão permeava o ar. Barcos de pesca com mastros compridos margeavam o canal, a vigorosa brisa do mar balançando cadenciadamente seus cabos, e várias bandeirinhas da Dinamarca tremulavam furiosamente.

É claro que perdemos o barco, com Avril e seus saltos, além de Fiona que, com a cabeça no mundo da lua, estava em seu habitat natural e tirava fotos de qualquer coisa. Mas era difícil ficar brava com ela ao ver o sorrisinho tímido de satisfação grudado em seu rosto.

Os raios de sol da primavera iluminavam as construções e os pináculos verdes das igrejas, conferindo ao cenário um brilho reconfortante de contos de fadas. Não foi, no entanto, o suficiente para acabar com o frio da brisa marinha. Eu estava grata por ter comprado aquele casaco acolchoado, que era muito mais quente do que seu peso insignificante sugeria. Eu me aconcheguei, enrolando o cachecol com mais firmeza e enfiando o nariz nele. Com Mads no comando, eu estava livre para seguir junto com o grupo e apreciar o cenário.

Descemos um lance de escada até o guichê de passagens, e a pequena fila se desfez diante da eficiência dinamarquesa, nos deixando com tempo de sobra para caminhar até o barco, que balançava na água à nossa espera. Algumas pessoas já haviam embarcado e estavam acomodadas sob o teto de vidro arredondado.

– Certo – disse Mads, entregando as passagens. – Espero vocês aqui em uma hora. Tem um guia no barco.

– Ok – falei, um pouco em dúvida.

Aguardei enquanto os outros embarcavam.

– Não se preocupe, Kate. Você vai ficar bem sozinha, minha presença não é necessária e preciso organizar algumas coisas para amanhã. Nos vemos em uma hora.

Ele tinha razão, claro. Um passeio de barco não precisava de nós dois. A bordo, todos ficariam juntos, sem chance de se desgarrar, a menos que alguém caísse no mar, o que, nesses barcos, era muitíssimo improvável. Nada daria errado, e eu poderia passar uma hora relaxando e aproveitando a vista.

Sophie foi na dianteira, cruzando o pequeno vão entre o cais e a embarcação e descendo com agilidade os degraus do barco, seguida por David e Conrad. Avril empacou, como um cavalo hesitando diante do salto, e jogou o cabelo por cima do ombro.

– Vem.

Ben desceu até o convés e estendeu as mãos para ajudá-la a descer.

– Meu herói – disse ela, dando a ele um de seus sorrisos de zilhões de quilowatts, que poderia ter deixado um exército de joelhos.

Ben, que não era exceção, arregalou os olhos e deslizou as mãos até a cintura dela, para erguê-la do último degrau. Avril sussurrou algo para ele com uma risada baixa e rouca e então saiu rebolando pela passagem de embarque.

Quando cheguei ao topo da escada, ele me olhou, erguendo as sobrancelhas.

– Acho que você não precisa de ajuda, precisa?

– Não, de forma alguma – respondi com rispidez, ignorando a comparação desfavorável com Avril.

Ela era o tipo de mulher de quem os homens cuidavam. Ben permaneceu em sua posição e, depois de mim, ofereceu a mesma cortesia à Fiona, dando uma espiada nas costas dela também.

Todos tinham escolhido assentos na parte de trás no navio, que era descoberta.

– Isso é perfeito – disse Fiona.

E então, diante do rompante incomum, pôs a mão na boca. Seu rosto ficou muito vermelho, e ela logo afundou no assento mais próximo. Ben veio pela passagem de embarque, olhou para mim e depois para Fiona, então, retorcendo os lábios, parou, examinou os dois assentos vagos e, com uma volta abrupta, recuou e sentou-se perto de Fiona.

A água ficava bem abaixo do cais. Lá em cima, sobre as tábuas de madeira que cobriam a parede do canal, havia pessoas sentadas com as pernas penduradas para fora, conversando, tirando fotos e observando o movimento. As construções coloridas ao fundo e todos tão relaxados – alguns acenavam para os barcos no canal, bebidas na mão – criavam um clima festivo, como se todos estivessem de férias.

Por algum motivo, isso me fez sorrir, e virei meu rosto para o sol. Eu ia ignorar Benedict Johnson e agradecer por ele ter vindo hoje. Pela próxima hora, eu poderia fingir que estava de férias. Com todos presos ali no barco, eu não tinha como perder ninguém. Era um alívio ter todos eles no mesmo lugar.

Avril se inclinou para esfregar os pés, antes de dizer:

– Sério, alguém podia ter avisado que íamos caminhar.

Sophie, ao meu lado, revirou os olhos e sorriu sem nenhum traço de malícia.

– Avril, essas botas são fantásticas, mas, sério, onde você estava com a cabeça?

– Ora, como eu ia saber que o lugar está cheio desses paralelepípedos infernais? Estamos no século XXI, pelo amor de Deus. Era de se imaginar que a essa altura a cidade já teria ruas adequadas. Existe uma diferença entre pitoresco e bárbaro. Em tese, a Dinamarca deveria ser um refúgio de design, então como é que as dinamarquesas aguentam? Ainda bem que voltei para buscar isso.

Ela jogou a echarpe de caxemira estilosa e diáfana por cima do ombro, que deslizou em ondas soltas e suaves por suas costas.

Quando o motor ganhou vida, o barco inclinou e oscilou ao se afastar do cais, realizando uma curva bem fechada no canal antes de sair fazendo barulho pela pitoresca margem. Na frente, um adolescente alto e desengonçado com uma penugem loura e desalinhada no queixo se levantou e pegou o microfone. Ele não parecia ter idade o bastante para comprar uma cerveja, que dirá guiar um passeio turístico, mas seu discurso de apresentação, feito em inglês, dinamarquês, italiano e alemão, logo me fez mudar de opinião.

– Por favor, lembrem-se de ficar dentro do barco. Os passadiços são muito baixos. Aqui começamos nossa jornada. No século XVIII, essas construções eram bordéis, pubs e lojas.

Obedientes, todos nos viramos para olhar as preciosas construções acima de nós, uma imagem clássica de Copenhague, o que fez todo mundo sacar celulares e câmeras para tirar fotos. Embora os prédios pintados de verde, azul, amarelo e ocre tivessem altura e largura diferentes, havia uma uniformidade neles que lembrava soldados em um desfile.

Ao fim do canal, o barco passou pelo Royal Danish Playhouse, uma estrutura contemporânea imponente, e com uma volta lenta e preguiçosa entrou em um canal muito mais amplo de mar aberto. A água estava mais agitada, mas o barco deslizou suavemente enquanto o guia apontava para o Paper Island, com sua galeria de arte e os contêineres de comida de rua. Os antigos prédios em estilo industrial, que outrora abrigaram um jornal, não eram os mais bonitos, mas, graças à típica reciclagem dinamarquesa, tinham sido transformados em uma área de lazer, cheia de espreguiçadeiras e pessoas aproveitando ao máximo o sol da primavera. Mesmo daquela distância, na água, dava para sentir o burburinho e o clima animado do lugar.

– Ali tem a melhor comida de rua de Copenhague – comentou Sophie. – Estou tentando pensar em uma brecha para ir lá.

– O hotel tem bicicletas gratuitas – sugeri. – Você pode vir pedalando do hotel.

– Meu Deus, você não vai me fazer subir em uma bicicleta – disse Avril, de um jeito arrastado.

– Nem a mim – falou Conrad. – Não se preocupe, linda, você pode me dar apoio em um bar em vez disso.

– Parece um bom plano.

– Acho que seria legal andar de bicicleta – falou Sophie, sorrindo como sempre para eles. – Mas será que vai dar tempo?

Fiz uma rápida avaliação mental. Nosso itinerário tinha sido deliberadamente planejado com bastante tempo livre para que todos tivessem a chance de explorar a cidade e sentir um gostinho do estilo de vida dinamarquês.

Houve uma agitação a bordo quando todos se viraram para olhar a impressionante Casa de Ópera de Copenhague. Dominando toda a margem, o prédio era um colosso moderno, um contraste gritante com as belas construções em Nyhavn. Desafiando a gravidade, um gigantesco telhado de aço engastado se projetava na direção da água, sua arrogância majestosa suavizada pela vidraçaria curva em forma de colmeia logo abaixo. O guia apontou para três esculturas de luz criadas por algum artista famoso. Mesmo daquela distância, a maestria do trabalho se destacava. Enquanto o jovem descrevia o teto folheado a ouro e os detalhes dos materiais do interior, ficava claro que estávamos em um país com um orgulho profundo e retumbante da arte e do design.

– Já esteve em Copenhague antes? – perguntou Benedict para Fiona, que estava ocupada tirando várias fotos da Casa de Ópera.

– Não.

A resposta irritadiça, impedindo com eficiência a tentativa de iniciar uma conversa, me fez sorrir em aprovação, mas eu o subestimei. Ben se virou para Fiona outra vez e tive que admirar sua determinação.

– De onde veio a ideia para *Hanning's Half Hour*? É um ótimo nome – disse ele, com a delicadeza de um veterinário lidando com um gatinho nervoso. O nome fazia referência a um antigo programa de rádio e TV britânico, *Hancock's Half Hour*.

A mesma delicadeza que havia em seu toque, pensei, e a lembrança me fez estremecer.

– Hã... obrigada.

Fiona baixou a cabeça e alisou a borda da lente da câmera. O barco desacelerou até o ruído do motor se reduzir a uma vibração abafada. Perto da margem, avistamos novamente a estátua Pequena Sereia, só que agora a partir da água.

Fiona se levantou para tirar uma foto da parte de trás da estátua, quase perdendo o equilíbrio e emitindo um som de desgosto ao ver a imagem. Posicionando a câmera mais uma vez, tentou outro clique e esbarrou nas pernas de Ben antes de se lançar para a frente de novo. Ele a amparou.

– Opa, nada de tombos.

Ela corou.

– Obrigada.

– Não há de quê.

Um sorriso repentino e atraente iluminou o rosto dele, um do qual eu me lembrava perfeitamente.

– Olha só, você pode tirar algumas fotos para mim durante o trajeto de volta? A Casa de Ópera dá uma boa matéria. "Grandes negócios sendo altruístas ou uma sonegação de impostos massiva?" O financiamento foi bem controverso. Posso fazer algo se tiver umas fotos legais. Você poderia fazer isso?

– Posso, sem problemas – respondeu Fiona, oferecendo o que imaginei ser seu melhor sorriso.

Ela tirou mais algumas fotos rápidas e pareceu satisfeita com o resultado quando sentou-se para rever as imagens.

– Essa câmera mete medo, mas você parece saber o que está fazendo.

Ben falava com ela em um tom de voz sempre mais gentil e notei que mantinha uma distância segura.

– É uma Nikon D500. Dez frames por segundo.

Durante alguns minutos, Fiona falou sem parar sobre informações técnicas que não significavam absolutamente nada para mim, e suspeito que nem para ele, mas Ben assentia o tempo todo. Era o máximo que eu já tinha visto Fiona falar, e era fascinante vê-la se abrindo, falando com tanta autoridade sobre fotografia.

O maldito Ben Johnson me intrigava. Eu havia passado os últimos dez minutos observando-o de esguelha e, apesar dos protestos sobre não querer estar ali, ele parecia fascinado com tudo que o guia falava. Onde estava a raposa enlouquecida que desligou o telefone na minha cara? Esse homem, ouvindo atentamente o guia, os olhos astutos e inteligentes absorvendo as paisagens, a expressão se revezando entre a empolgação e a reflexão, me lembrava muito mais o Ben da noite da premiação e da breve e irritante conexão entre nós. Aquela para a qual eu virei as costas e da qual fugi correndo.

Saímos do mar aberto, onde a brisa marinha com seu cheiro característico nos fustigava, até o abrigo de um canal que descia por uma rua residencial tranquila, com fileiras de casas com empena. Parecia bastante com Amsterdã, e o guia nos contou que era justamente essa a inspiração por trás da arquitetura.

– Agora estamos chegando à Igreja de Nosso Salvador. É uma das igrejas mais bonitas de Copenhague, com seu famoso pináculo e a escada externa. Dá para ver daqui.

Todos esticaram o pescoço para dar uma olhada na igreja e sua escada em espiral preta e dourada, que dava voltas na parte externa da torre.

– Por favor, pessoas no fundo, sentem-se.

A voz do guia tinha um quê de exaustão, me fazendo refletir se algum turista já tinha sido decapitado no caminho.

– Há uma ponte baixa adiante.

No afã de capturar vislumbres elusivos da igreja por entre as construções, algumas almas atrevidas ficaram ali até o último minuto, incluindo um italiano que tinha sido repreendido diversas vezes por não se sentar como fora instruído. Dava para ver que o guia estava ficando irritado com ele e com a filha do homem, que agora o cutucava constrangida.

Apesar do abrigo dos prédios, uma rajada repentina e forte veio pelo canal. A echarpe de Avril inflou como um balão e se enrolou em sua cabeça. O tecido leve moldou-se ao rosto dela como uma máscara mortuária. Em um pânico cego, ela agitou as mãos na tentativa de soltá-la, mas o vento a pegou com malícia, erguendo-a ainda mais, como uma espiral de fumaça, açoitando as pontas para longe do alcance dela.

– Avril, senta. Senta! – gritou Ben.

A sombra da ponte assomou diante de nós, um prenúncio inevitável e lento da ameaça.

– Minha echarpe! Minha echarpe! – guinchava Avril.

De costas para o perigo, ela mais uma vez tentava recuperar o tecido esvoaçante que tremulava como uma bandeira. Quando o vento soltou uma última rajada e o arrancou, ela pulou de pé, estendendo as mãos às cegas.

– *Sid ned. Sid ned. Sente-se. Sente-se. Hinsetzen. Siediti.*

A urgência na voz do guia era duplamente amplificada pelo microfone e pelo coro de apoio dos outros passageiros. Gritos de alerta ecoavam, ricocheteando nos muros da ponte.

Com a inevitabilidade da câmera lenta em um filme de terror, o arco de pedra assomou por trás dela. Ouvi arquejos de horror e tentei mexer meus pés paralisados.

Houve um movimento súbito. Avril gritou e caiu no chão.

122

Rápido como um raio, Ben se atirou por cima de dois assentos e, como um jogador de rúgbi, derrubou Avril no chão assim que o barco começou a cruzar a ponte. Sabe-se lá como, ao mesmo tempo David conseguira pegar a echarpe com todo o cuidado, como se fosse um troféu e ele não soubesse o que fazer com ele.

O guia turístico berrou e o motor foi desligado, deixando o barco à deriva abaixo da ponte, todos envoltos em um silêncio de choque.

Avril jazia imóvel, o rosto virado para baixo. Uma poça de um vermelho-vivo contrastava com seu cabelo escuro e brilhoso.

Eu me ajoelhei ao lado dela, quase com medo de tocá-la, engolindo em seco quando uma onda de calor seguida por uma sensação gelada me assolou. Droga. Quase sucumbi ao peso da responsabilidade.

Eu precisava fazer alguma coisa. Tomar uma atitude em vez de ficar ali, vulnerável, parecendo uma inútil.

Estiquei uma mão trêmula na direção do ombro dela. Eu via pelo movimento delicado de suas costas que ela estava respirando.

– Avril.

Ben se ajoelhou ao meu lado e, para minha surpresa, colocou a mão em cima da minha, dando um breve aperto ao sussurrar:

– Achei que eu tivesse chegado a tempo.

Ele mordeu o lábio, o olhar cheio de preocupação. Apertei a mão dele em resposta. Ele tinha sido maravilhoso.

– Você chegou. Ela bateu a cabeça no assento quando caiu.

Com delicadeza, toquei o ombro dela.

– Avril, consegue me ouvir?

Senti o corpo dela estremecer sob meus dedos.

Ela soltou um gemido abafado. Aterrorizado e igualmente inútil sob o olhar curioso dos outros passageiros, o guia observava a cena.

– Ela está consciente – murmurei para Ben, nossas cabeças tão próximas que deu para ver umas gotinhas de suor na testa dele. – É um bom sinal… eu acho.

– Sim – sussurrou ele, em resposta. – Mas o que fazemos agora?

Trocamos um olhar amargo que dizia "merda, a bomba está no nosso colo".

– Precisamos descobrir onde está o corte e se está muito feio – falei, ciente da poça pegajosa de sangue que passava pelo joelho da minha calça. – E depois estancar o sangramento, acho.

– Bom plano.

O aceno de aprovação dele me deu o estímulo necessário.

Ben me protegeu dos olhares atentos dos outros enquanto eu, com dedos hesitantes, tateava pelo cabelo de Avril. Não havia galos.

Com um gemido, ela virou de lado, piscando para nós, a confusão nublando seus olhos.

– Fique parada, Avril – falei, identificando na mesma hora o corte à esquerda de sua testa, percorrendo a linha do cabelo e sangrando profusamente.

Peguei um pacote de lencinhos que eu tinha na bolsa e pressionei um chumaço deles sobre o ferimento. Avril estremeceu e fechou os olhos.

– Está doendo muito.

– Você está bem. Vai ficar tudo bem – garanti, segurando a mão dela.

De algum modo, as palavras a acalmaram, o que foi bom, porque eu não tinha a menor ideia do que fazer. De repente, uma centelha de conhecimento pipocou de forma útil em minha mente.

– Ferimentos na cabeça sangram muito e sempre parecem muito piores do que realmente são – falei bem alto, torcendo para que isso tranquilizasse a todos, inclusive Avril. – Mas precisamos de ajuda para estancar o...

Indiquei o sangramento em silêncio para Ben, como um figurante de uma série médica afirmando o óbvio. Felizmente ele assentiu. O chumaço de lencinho estava encharcado, o vermelho rapidamente ficando mais escuro.

Sophie já estava na ativa, pegando lencinhos com todo mundo, e Conrad nos surpreendeu, entregando dois lenços de tecido limpos e passados.

Removi os papéis e pressionei o corte com os lenços limpos.

Tínhamos atraído uma boa multidão a essa altura, enquanto o capitão, o guia turístico e alguns outros turistas estavam ali observando. Pedi a Sophie para assumir meu lugar e fui falar com ele.

Ben e eu observávamos do canal enquanto o barco se afastava. Sophie nos deu um breve aceno e um sorriso amarelo de apoio enquanto o resto dos passageiros olhava e cochichava.

Avril sentou-se em um banco espremida entre nós, com o braço de Ben ao seu redor. O cachecol de lã de Sophie estava enrolado na cabeça de Avril, mantendo no lugar o chumaço de tecido que meu próprio cachecol se tornara depois que os lencinhos encharcados de sangue tinham sido descartados.

Eu preferia ser torturada a admitir, mas nunca fiquei tão aliviada na vida diante da sugestão de Ben de ficar comigo aguardando Eva, que estava no táxi a caminho.

Quando percebemos que Avril precisava de atendimento médico, telefonei ainda do barco para Eva, que falou com o comandante. Ele tinha concordado que a melhor solução era desembarcarmos e levarmos Avril ao médico de Eva, que poderia avaliar o estrago.

– Quer que eu ligue para alguém? – perguntei a Avril, depois de dar uma olhada no relógio pela nonagésima quinta vez.

Eva tinha dito dez minutos, mas estavam sendo os dez minutos mais longos da minha vida.

Avril, compreensivelmente inibida, mal tinha falado desde o acidente, mas eu estava muito preocupada com uma possível concussão. Eu precisava que ela continuasse falando, tanto para me tranquilizar quanto para mantê-la consciente. Com um muxoxo, ela ergueu o queixo e balançou a cabeça, estremecendo na mesma hora.

– Não, não precisa. Christopher vai estar no trabalho. Não tem por que incomodá-lo.

– Mas ele não ia querer saber? – perguntei.

Não era esse o motivo de se estar casado? Ter alguém que se preocupa com você, que cuida de você?

– Não – respondeu ela, puxando sua bolsa de mão e remexendo pateticamente nela, até encontrar um espelho.

– Não sei se essa é uma boa ideia – avisei, tentando tirá-lo das mãos dela. – De verdade.

Ela o segurou com persistência e o abriu.

– Meu Deus, olha o meu estado!

Ela abriu outro compartimento fechado com zíper, revelando uma bolsinha de couro, de onde puxou um lápis de boca e dois batons em invólucros dourados, de uma marca cara que eu não conseguia nem adivinhar, antes de olhar as cores e decidir qual delas iluminaria seu rosto fantasmagórico. Com os movimentos cuidadosos de uma expert, fez o contorno dos lábios com toda calma. Os movimentos da cabeça a faziam estremecer, mas ainda assim Avril seguiu aplicando o vermelho forte e brilhoso, para o fascínio horrorizado de Ben.

Ele encontrou meu olhar e ergueu uma sobrancelha como se perguntasse *É sério isso?*

Franzindo a testa, ele se levantou e pôs as mãos nos bolsos, ficando em pé meio sem jeito.

Eu estava com pena dela, porque sabia o que aquela meticulosa rotina de maquiagem ocultava. Não tinha a ver com beleza; aquilo era uma armadura psicológica, criada para ajudá-la a lidar com uma situação que a fazia se sentir sozinha e vulnerável.

Quando pus o braço ao redor dela, para minha surpresa, ela recostou a cabeça em meu ombro. Eu dei um aperto carinhoso e rezei para que o resgate chegasse logo.

Capítulo 14

Como Eva ligara para o médico com antecedência, ela e Avril foram atendidas assim que chegamos, deixando Ben e eu em uma sala de espera vazia.

Afundamos em nossos assentos, olhando ao redor da sala branca, moderna e limpa. Até as cadeiras eram estilosas e confortáveis. Completamente diferente das cadeiras funcionais que deixavam a bunda dormente nos consultórios médicos de Londres, sempre cheios, e onde esperávamos horas para ser atendidos.

– Ela parece legal – comentou Ben, preenchendo o silêncio constrangedor.

– Humm – respondi.

– Bem maternal.

– Ainda bem que eu tinha o número dela.

Afundei em minha cadeira, a exaustão dominando cada músculo, a ressaca da adrenalina me deixando exausta.

– Imagino que isso aqui não era bem o que você esperava.

– Não mesmo.

Coloquei as mãos na cabeça e suspirei, pensando no quão perto estivemos de uma tragédia.

– Que merda, não gosto nem de pensar. Já imaginou? Jornalista decapitada em Copenhague.

– É, imagina as manchetes. Não era bem esse tipo de cobertura que você queria, né?

Olhei para ele com rispidez.

Ele deu um sorrisinho torto e esticou a mão para tocar meu antebraço.

– Desculpa, não foi isso que eu quis dizer.

Afundei de novo em minha cadeira e fechei os olhos, sendo novamente tomada pelo enjoo. Podia ter sido muito pior.

– Deus do céu...

– Você está bem?

Ben se inclinou sobre mim, os olhos semicerrados de preocupação e, por um momento, fiquei fascinada pelo tom cobre escuro incomum dos cílios e pelos olhos de um azul-acinzentado. Eu desviei o olhar, sentindo uma onda violenta de atração. Inspirei rapidamente em silêncio quando ele correu a mão pelo meu antebraço, os pelos se arrepiando com uma atenção sensível à medida que os dedos quentes avançavam centímetro a centímetro, antes de se deterem sobre os meus. Lutei contra o ímpeto de virar a palma para cima e entrelaçar meus dedos nos dele, ignorando a sugestão sedutora de que eu podia jogar tudo para o alto e deixar alguém cuidar de mim para variar.

– Não. Sim. Não sei.

Ergui a cabeça, olhei em seus olhos cheios de sinceridade e mordi o lábio, todos os meus medos juntos de repente.

– No fim das contas, acho que não nasci para isso.

– O quê, ser uma super-RP? – disse ele com um sorriso, apertando minha mão. – Claro que nasceu. São ossos do ofício.

– Você tem falado com a Connie? – perguntei, desejando de repente que ela estivesse ali. – Minha amiga. Ela fala coisas assim.

– Você organiza a vida dela também?

Com uma meia risada trêmula, respondi:

– Meu Deus, não. Ela é professora de ensino infantil. Ser organizada faz parte dela tanto quanto ter doces grudados na roupa. Algo desse tipo jamais teria acontecido sob o comando dela.

– Descobri que é preciso ter habilidades afiadíssimas para cuidar de crianças. A genética de um polvo e olhos na nuca também. Você não tinha como prever que aquilo poderia acontecer. Avril é adulta. Reconhecidamente do tipo princesa, então talvez o exemplo das crianças possa ser aplicado, mas você controlou a situação.

As palavras reconfortantes, calorosas e calmas me tranquilizaram, como um raio de sol surgindo por entre as nuvens em um dia nublado.

– Nós controlamos. Você ajudou muito. Obrigado por ficar comigo.

– Eu não fiz nada.

Ele deu de ombros, aqueles ombros largos, mas Ben tinha feito muito mais do que se dava conta.

– Apoio moral ajuda muito quando não se tem a menor ideia do que se está fazendo.

Um sorriso gentil e de fazer o coração disparar tomou conta do rosto dele enquanto me observava atentamente.

– Olha a super-RP admitindo isso – disse ele, erguendo uma sobrancelha. – Quem poderia imaginar? Mas você manda bem nisso de ser calma e controlada.

– Jura? Isso seria um elogio, vindo da raposa jornalista enlouquecida e assustadora?

– Assustador? Eu?

– Sim, quando você rosnou o alerta de cinco segundos pelo telefone. Diante de uma ameaça nuclear a gente tem pelo menos quatro minutos.

Ele gargalhou, um som intenso de pura diversão.

– Você me pegou em uma hora ruim – justificou, sorrindo com um humor perverso. – E eu não gosto do pessoal de relações públicas.

– Acho que você já deixou isso claro.

– Foi mal, acho que eu tenho que reformular essa frase. Não gosto do pessoal de relações públicas… em geral.

Ele me deu um sorrisinho que fez meu coração ficar todo bobo.

– Uau. Posso ficar otimista com essa sua mudança de atitude?

– É cedo demais para isso – disse ele, com um brilho travesso nos olhos. – Mas conheço muita gente que teria chorado, gritado e se descabelado, paralisada à espera de socorro. Diferente de você.

Ele olhou para a mancha de sangue no meu joelho.

– Hummm.

Franzi o nariz, olhando para as manchas escuras que começavam a endurecer nas bordas. Eram do tipo que não sairiam nunca mais. Aquela calça estava destinada à grande caixa de roupas no céu.

Ele balançou a cabeça, ajeitou o cabelo para trás e esticou as pernas.

– Engraçado, vivi tantas situações dramáticas nas últimas 48 horas e esse é o momento em que me sinto mais relaxado.

– Sua irmã ainda não achou o registro?

Ele riu.

– Não tem graça. Agora que conseguiu inundar o apartamento debaixo, ela está reclamando que faltou cuidado da minha parte em deixar meu apartamento de um cômodo à prova de crianças. Isso antes de ela aparecer com um bebê e um demônio de 5 anos saído do inferno. Apartamento esse que, por acaso – disse ele, adotando um falsete –, não é grande o bastante. Ao que parece, esses alojamentos gratuitos são perigosos demais para crianças, sabia? Teddy, o já mencionado Hellboy de 5 anos, saiu para o corredor e entrou no elevador.

Não consegui conter uma risadinha e ele ergueu as sobrancelhas.

– Estou falando sério.

– Desculpa por rir. Não conheço sua irmã, mas isso está parecendo, hum... Como posso dizer? Um pouquinho irracional – falei, dando de ombros.

– Está querendo dizer que eu *não* sou um cretino que nunca pensa nos outros e que só liga para si mesmo e sua coleção de troféus de futebol?

Franzi o nariz como se estivesse levando aquilo em consideração.

– Opa, coleção de troféus? Se for isso, então, sim. Coleção de troféus é um clássico do cretino insensível – provoquei, dando um sorriso torto. – Que bom que esse trabalho infernal fez você ter que vir a Copenhague com tudo pago, então.

Ele riu.

– Fale isso para Amy. Minha irmã acha que eu caí fora de propósito, só para dificultar a vida dela.

– E para ganhar todos aqueles troféus, não se esqueça.

Balancei um dedo brincalhão para ele.

– Eu não estava me gabando – explicou ele, rindo.

– Não achei que estivesse. Se algum dos meus irmãos tivesse um troféu, eu acharia ótimo. Mas tudo que temos é uma Sith Infiltrator em tamanho real no jardim e uma réplica do painel da Tardis com um núcleo de reator em pleno funcionamento no galpão.

– Como assim?

Ele me olhou como se eu estivesse completamente maluca.

– É sério. Brandon, meu irmão, gosta de construir modelos de ficção científica, veja só.

Mostrei o site dele, um trabalho que Brandon fazia por amor. Rolei a tela pela galeria de fotos que mostrava os projetos anteriores.

– Cacete, isso é...

Ben ampliou a foto na tela.

– Insano.

– É, as pessoas já chamaram meu irmão disso.

– Não, sério, os detalhes são incríveis. Ele constrói modelos profissionalmente?

– Existe isso? Não, ele trabalha em um ferro-velho, resgatando carros e levando para casa coisas em que bate o olho e que não têm valor de venda. Então Brandon criou esse site para um monte de esquisitões feito ele. Ok, eu sei que não são tão esquisitos assim, porque os caras são incrivelmente dedicados e apoiam uns aos outros.

– Você disse que o núcleo de reator funciona de verdade?

Ben observou a réplica do interior da Tardis, não exatamente em tamanho real, mas quase isso. Era interesse o que eu estava vendo em seu olhar?

Por um momento, me perguntei se Ben seria um deles.

– Funciona. Depois de *Star Wars*, *Stargate* e *Star Trek*, ele tem uma obsessão mais branda por *Doctor Who* – contei, dando uma gargalhada. – Na verdade, meu irmão é um cara bem inteligente. O painel da Tardis funciona mecanicamente, do tipo sobe e desce, e faz aquele chiado esquisito que parece um trem ensandecido, mas a família Sinclair não fica indo e voltando de Gallifrey nas férias de verão.

– Você está querendo dizer que ele fez a parte hidráulica e elétrica também?

– É, o Brandon é um gênio nisso tudo e um completo idiota em todo o resto – expliquei, séria. – Ele é tão inteligente para certas coisas, mas não consegue passar em uma prova para dar um jeito na própria vida.

Suspirei.

– São só vocês dois?

– Não, meu outro irmão, John, não é tão esperto, mas acha que é. Ele tem o dom de falar pra cacete e trabalha feito um bicho-preguiça em *slow motion*. Toda a disposição dele sumiu no minuto em que entrou no ensino médio. Atualmente ele trabalha na Debenhams e acha que está fazendo um favor a eles.

– Então você é a determinada dos três. A que conquistou mais coisas.

– Obrigada. Fui muito insensível?

– Não foi isso que eu quis dizer.

– Minha mãe queria que fôssemos algo na vida. Eu sou a mais velha, então acho que absorvi a maior parte da mensagem – expliquei, e fiz uma breve pausa para acrescentar com tranquilidade: – Ela já morreu. E não faço ideia de por que estou contando isso. Você é bom nessa coisa de jornalista, não é? Fazer as pessoas falarem.

A expressão em seu rosto se suavizou e ele inclinou a cabeça, me observando.

– E eu diria que você é boa nessa brincadeira de relações públicas, ouvindo pessoas, se comunicando.

Fiquei tão bizarramente vermelha que precisei desviar o olhar.

Por sorte, Eva retornava trazendo consigo uma Avril muita pálida, que, apesar de tudo, conseguia parecer etérea e glamorosa. Seu cabelo estava molhado onde obviamente tinham lavado todo o sangue, mas, de alguma forma, ela havia ficado livre de manchas, deixando apenas para mim a aparência de quem tinha entrado em uma briga.

Dei um pulo da cadeira.

– Como você está?

Avril me deu um sorriso fraco e tocou a têmpora.

– Com dor. Um ferimento de guerra e tanto, foram cinco pontos – disse ela, os olhos voltando a brilhar com algo da princesa arrogante que eu conhecia. – Mas o médico era sexy.

Segurei uma risada.

– Avril!

– Ora, mas ele era. Todo viking e louro, com mãos muito delicadas. Me fez sentir uma mulher.

Trocamos um raro sorrisinho conspiratório e ela caiu no choro.

Capítulo 15

Parecendo pequena e muito indefesa, Avril se aconchegou em uma das poltronas de couro no Varme, segurando com as duas mãos a sua xícara de café. Tinha acabado de parar de chorar, o que parecia amedrontá-la tanto quanto me surpreendia. Superprincesas como Avril não choravam de verdade, nem se desmanchavam em soluços de cortar o coração, ou era o que eu achava.

Ben bateu em retirada e voltou ao hotel para atualizar todo mundo, enquanto Eva mais uma vez entrava em cena e nos levava até a esquina onde, para meu horror, ela destrancou a porta do café. Que mulher abençoada! Ela tinha fechado a loja para ir nos salvar.

– S-sinto muito.

Avril fungou. Sem sua atitude confiante de sempre, ela parecia uma adolescente insegura.

– Não se preocupe com isso – disse Eva, inclinando-se e dando tapinhas de leve na mão dela. – Você precisa colocar pra fora.

– É que eu... Eu nunca c-choro.

Assim que disse isso, ela se desfez em novos soluços.

Eva e eu trocamos uma careta rápida, mas logo ela aproximou sua cadeira da de Avril e a puxou para um abraço. Fiquei observando, me sentindo um pouco constrangida por testemunhar a vulnerabilidade dela.

Por fim, os soluços cederam, e Avril enxugou o rosto marcado de rímel.

– Meu Deus, eu devo estar parecendo péssima. Toda bagunçada...

Eva se adiantou e ofereceu alguns guardanapos. Avril secou os olhos com uma força repentina.

– Avril, você nunca conseguiria ficar bagunçada – falei com gentileza, ignorando o rosto branco com manchas negras, como mármore.

Com as maçãs do rosto proeminentes e uma pele branca como creme, Avril ainda estava bonita, mesmo que um pouco desgrenhada. Se eu tivesse um acesso de choro como aquele, meus olhos estariam inchadíssimos e não pararia de descer secreção pelo nariz.

– Eu quis dizer por dentro.

– Você está longe de casa. Passou por um choque horrível. É claro que está desorientada.

Eva entregou-lhe outro guardanapo.

– Não é isso. Não estou falando do acidente. É que eu sou uma fraude, entende?

– Tenho certeza de que não é. Todo mundo passa por maus momentos.

As palavras tranquilizadoras de Eva fizeram Avril contorcer o rosto em protesto.

– Não, Eva. Sério. Eu sou mesmo. Meu casamento está um caos.

Ela baixou a cabeça como se sentisse vergonha da confissão. Ela abraçava a bolsa junto ao peito, usando-a como um escudo.

– Christopher não tem mais interesse por mim. Eu sei que não.

O tom petulante nos desafiava a contradizê-la.

– Ele me evita o máximo que pode. Sei que ele odeia ficar comigo.

Seu rosto enrugou-se outra vez enquanto ela transformava o guardanapo em uma bolinha.

– Isso é um fato ou achismo? – perguntou Eva.

Avril deu de ombros e pareceu um pouco insolente, como se não estivesse acostumada a ter sua visão de mundo questionada.

– Sou uma decepção para ele.

– Por quê, se você é linda e bem-sucedida? – perguntei.

No mesmo instante temi que Avril pudesse achar que, se isso era tudo que eu tinha a dizer, eu estava sugerindo que ela era vazia. Me preocupei em vão, porque ela ergueu uma sobrancelha desdenhosa e me olhou diretamente.

– Linda, bem-sucedida e difícil de agradar.

Corei e abri a boca para tentar negar, mas ela continuou:

– Tudo bem, você pode não ter dito, mas a maioria das pessoas acha isso. E elas estão certas, eu sou mesmo.

– Sim – interrompeu Eva –, mas com certeza seu marido sabia disso antes do casamento. Ele não a amava do jeito que você é? Isso mudou?

Com uma risadinha autodepreciativa, a boca de Avril se curvou em uma careta.

– Ele costumava achar graça. Antes de nos casarmos, ele me provocava, dizia amar o fato de eu ser uma pessoa que sabe o que quer e que não faz joguinhos. Mas agora ele está cansado disso. Eu sei que está!

Avril agarrou seu café.

– Ele disse isso?

– Não, mas dá para saber – murmurou ela por trás da xícara.

– Como? – insistiu Eva, para irritação de Avril.

Percebi que ela esperava que acreditássemos em suas palavras. Avril franziu o rosto, pensando.

– Bem, nós… nós costumávamos passar um tempo juntos depois do jantar, conversando. Agora é como se ele não conseguisse terminar de comer rápido o bastante para poder voltar ao escritório. Ele fecha a porta e só vem para a cama quando acha que já dormi. Mas estou sempre acordada.

– Você já disse a ele como se sente?

– Não tenho que dizer – rebateu ela, fazendo beicinho. – Ele deveria saber.

Refreei um sorrisinho para deixar que Eva continuasse sua análise cuidadosa. Eu não tinha como ajudar.

– O quê? É por isso que acha que ele está cansado de você?

A voz de Eva tinha uma rispidez afiada, amor bruto purinho, o que fez eu e Avril nos endireitarmos em nossos assentos.

– Mas ele está cansado de mim…

Havia um leve quê defensivo em suas palavras rebeldes.

– O que ele faz no escritório? Em vez de estar com você?

– Ele é empresário, mas não entendo muito bem o que ele faz. Coisas de computador. Somos muito diferentes. Christopher não entende essa coisa toda de imprensa ou como meu trabalho é importante.

– E o trabalho dele não é importante?

Avril pareceu encarar aquilo como uma completa revelação.

– Bem, é claro que é, mas…

– Então você também não pergunta a respeito do trabalho dele? – perguntou Eva, em um leve tom de provocação.

– Não – respondeu Avril, soando um pouco aborrecida. – Essas coisas de computador são chatas.

– Não para ele – observou Eva.

Avril jogou o cabelo por cima do ombro.

– É, acho que não.

– Quando foi a última vez que você se interessou por ele, Avril? Pelo que ele faz? Você disse que costumava cozinhar para ele. Bolo de café com nozes.

A boca de Avril se contraiu.

– Eu não tenho mais tempo.

– Talvez você precise criar tempo, então. Talvez você precise mostrar para ele que ainda se importa.

– Mas eu ainda me importo.

– E você diz isso a ele?

– É meio difícil com ele enfiado naquele computador.

– Então como ele vai saber disso? E se ele estiver achando que você está cansada dele? Que você não se importa, porque não cozinha mais para ele como costumava fazer?

– Isso é ridí…

A voz dela se perdeu, seu rosto confuso.

– Ah.

– Parece que vocês não se comunicam muito bem. Às vezes, alguém precisa dar o primeiro passo para mudar as coisas. Você quer que seu casamento dê certo?

– Claro que quero.

– Por quê?

A pergunta franca, direta ao ponto, de Eva fez os olhos de Avril cintilarem.

– Porque eu amo o Christopher.

Eva se recostou na cadeira com um leve sorriso convencido.

– Ama mais do que seu trabalho?

Avril assentiu.

– Então talvez você precise demonstrar isso. Faça o bolo que ele tanto amava.

Avril apoiou a cabeça nas mãos.

– Ah, meu Deus… Você tem razão. Eu sou péssima… A culpa é toda minha, eu sei que sou difícil de agradar, mas eu amo Christopher. Acho que fiquei tão obcecada com o trabalho que parei de ouvi-lo, parei de ter tempo para ele. Quando nos casamos, tínhamos essa regra de ouro: não falar sobre trabalho durante a primeira hora depois que eu chegasse em casa, mas com o tempo isso acabou se perdendo e... Ah, meu Deus, a culpa é toda minha. Sou eu que o afasto. Eu que deixei ele de lado e...

Eva ergueu uma das mãos.

– Chega, Avril.

– Estou sendo muito dramática de novo?

Com um sorriso, Eva deu de ombros sem negar nem concordar.

– Vou ligar para ele. Contar sobre o acidente. E quando voltar pra casa, vou fazer o bolo de café com nozes.

Capítulo 16

– Pelo amor de Deus, você está de sacanagem!

– Não, mas já está tudo bem – falei, mantendo o tom de voz baixo, embora eu estivesse no quarto.

Deixei para ligar para Megan o mais tarde possível, sabendo que poderia usar a desculpa de ter que desligar porque estava atrasada para o jantar.

– Foi só um pequeno acidente. Achei que você deveria saber.

Com uma das mãos, abri minha calça e tentei baixá-la.

Infelizmente, Avril não tinha trazido o cartão de seu seguro-saúde europeu, o que teria garantido atendimento gratuito, então tive que pagar a exorbitante conta do hospital com o cartão de crédito da empresa. Do contrário, eu não teria contado nada.

– O que você estava fazendo? Você estava lá, não estava?

– É claro que eu estava.

Eu me contorci para passar a calça pelos joelhos. Uma camada seca de sangue ainda agarrada aos vincos da minha pele.

– Estávamos todos juntos no barco.

Onde ela achou que eu estava? Expliquei sobre a echarpe.

– Que vaca idiota – sibilou Megan. – Sabia que ela ia dar trabalho. Eu devia saber que seria ela.

– Na verdade, ela não é tão ruim assim.

Com certeza eu não contaria sobre o acesso de choro de Avril no café ou da mulher vulnerável que eu tinha visto por trás da fachada luxuosa.

– Hum – desconsiderou Megan. – Ela vai processar a gente?

Troquei o celular de orelha enquanto me desvencilhava da calça, quase caindo quando pulei para fora dela.

– Processar?

Isso nem tinha passado pela minha cabeça.

– Sim, responsabilizar a agência, já que somos os organizadores da viagem. É melhor você escrever um relatório detalhando tudo que aconteceu e enviar por e-mail ainda hoje, ok? Você estava tomando conta do pessoal direito, não estava?

– Estava, Megan – rebati, observando minhas pernas ao caminhar até o banheiro. – Mas todos são adultos.

– Mas como empresa, nós... você... era a responsável pelo bem-estar deles. Você está representando a agência. Se isso vazar ou ela decidir entrar com um processo... Que barulho é esse?

Eu tinha acabado de abrir as torneiras da banheira, doida para me limpar.

– Água. Estou enchendo a banheira.

– Ah, fique à vontade.

– Megan, estou coberta de sangue.

Assim que falei isso, me arrependi.

– O quê?! Você não falou que tinha sido tão ruim. Meu deus, ela vai processar a gente!

– Cortes na cabeça sangram muito – falei, estremecendo. – Não foi tão ruim quanto parece.

– Mas e se ela teve uma concussão? Uma hemorragia cerebral. As pessoas morrem por causa de pancadas na cabeça. Meu Deus, isso pode causar um dano enorme à nossa reputação. Podemos ser condenados por homicídio corporativo.

– Ela ainda não está morta – retruquei.

– Não é hora de piadinhas, Kate. Você tem certeza de que ela está BEM? Não estou nem um pouco feliz com isso.

– Megan, eu não quis fazer piada, mas juro que Avril está bem. Ela foi examinada por um médico, eu estava lá.

Sinceramente, se tivesse imaginado que Megan daria um chilique eu teria esperado até estarmos de volta e só contaria quando chegasse a fatura do cartão.

– Ela está BEM, e acho muito difícil que entre com um processo. Ela se desculpou bastante pelo transtorno que causou.

– Hunf.

Megan ficou calada.

– Ela não bateu a cabeça de fato, ela... Abaixou bem a tempo.

Optei por não mencionar o movimento heroico de Ben nem como o desfecho poderia ter sido muito pior.

– E não tinha como você evitar isso. Sem consequências para a agência.

– Avril levou alguns pontos e está descansando, mas já estava se sentindo bem melhor. Vou ficar monitorando de hora em hora e veremos como ela se sente pela manhã.

– Ótimo. Você acha que vamos ter que providenciar uma volta antecipada? Isso custaria uma fortuna.

– Não sei, espero que ela se sinta melhor.

Porque seria horrível sentir dor, tristeza e ainda ficar presa em um hotel longe de casa. Nada disso parecia passar pela cabeça de Megan.

– Me mantenha informada, ok? Me ligue amanhã de manhã. Talvez eu deva mandar mais alguém. Contenção de danos.

– Sabe de uma coisa, Megan? Eu não preciso de mais ninguém aqui, ok? Eu controlei a situação.

Com uma ajudinha dos meus amigos.

– Ninguém poderia ter feito nada diferente. Foi um acidente infeliz, mas eu resolvi tudo, levei Avril ao médico e está tudo bem.

– Ah... Certo... Bem, parece mesmo que você tem tudo sob controle.

Parabéns por ter controlado uma situação adversa, Kate. Ao menos uma vez seria legal receber o crédito.

– O que os outros jornalistas ficaram fazendo enquanto você estava com a Avril?

– Ah, eles ficaram bem.

Não contei que eles passaram a tarde no bar do hotel. Eu tinha medo de pensar no quanto isso tinha custado.

– E quais são os planos para esta noite? Vão jantar em mais um restaurante fabuloso com estrela Michelin?

Meu Deus, se decide! Em um minuto o trabalho é difícil e não dou conta, no outro, é moleza e se resume a sair para jantar a cada cinco minutos.

– Preciso ver como Avril está. Conforme for, vamos mudar os planos. Fui à farmácia e comprei paracetamol e ibuprofeno.

Eu havia comprado a medicação, torcendo para que ajudasse a aliviar a enxaqueca forte de Avril e ela se sentisse um pouco menos patética.

– Boa! Com sorte você não vai precisar alterar os planos para o jantar. O Avast parece fantástico.

Incapaz de sentir empatia, Megan seguiu tagarelando.

– Dei uma olhada. Não fazia ideia de que existiam tantas opções para comer em Copenhague. É muito difícil conseguir entrar nesse maldito lugar e seria uma pena cancelar. Estou pensando em fazer Giles me levar para um fim de semana prolongado.

– Se Avril estiver se sentindo bem, manteremos a programação. Caso contrário, jantaremos no hotel de novo, assim posso ficar de olho nela e ter certeza de que está tudo bem.

– Boa ideia. Assim você consegue manter todos juntos, mesmo que jantar no hotel não seja exatamente a mesma coisa.

Contive um sorriso, caso ela pudesse adivinhar pelo celular. Claramente Megan não tinha verificado os detalhes do hotel.

Houve uma batida delicada à porta.

– Megan, tem alguém batendo aqui.

Dei uma olhada ao redor para encontrar algo e vestir, já que eu não achava legal abrir a porta de calcinha.

– Vamos torcer para que não seja mais um problema.

Encerrei a ligação, tranquilizando Megan pelo que parecia ser a enésima vez enquanto enrolava uma toalha ao redor do corpo e abria a porta.

Não havia ninguém, mas encontrei uma sacola da H&M. Olhei de um lado para outro no corredor e peguei a sacola.

Dentro, havia quatro calças jeans com uma nota e um recibo.

Não sabia seu tamanho nem de qual estilo você gosta, então comprei várias. B

Era sério que ele tinha feito isso? Ben, o rabugento?

Isso não era um comportamento masculino padrão. E definitivamente não era o comportamento de uma raposa enlouquecida.

Assim que Avril atendeu à minha batida de leve em sua porta, ficou evidente que seu telefonema tinha corrido bem.

– Está tudo bem? Como está se sentindo?

Era uma pergunta meio idiota.

Ela estava completamente diferente. A hábil aplicação de base, blush e pó tinham ocultado o hematoma que surgia em sua bochecha como uma mancha de tinta, e ela arrumara o cabelo em um coque alto, bagunçado e engenhoso, com muitos fios soltos que quase escondiam a fileira de pontos pretos lívidos em sua têmpora.

– Me sinto bem melhor – disse, dando um sorriso tímido e com os olhos brilhando. – Christopher ficou furioso por eu não ter ligado antes. Ele se ofereceu para vir para cá ficar comigo. Insistiu em fazer uma ligação por Skype porque queria ter certeza de que eu estava bem.

– Que amor. Viu? Ele se importa com você. Eva tinha razão.

– Ela é adorável, não é? Eu queria que minha mãe fosse assim. Se acham que eu sou difícil de agradar… Meu Deus, vocês tinham que ver minha mãe. Se em geral as pessoas fazem cena, ela é do tipo que faz a peça inteira. Pode ser beeeem constrangedor. Não é de se admirar que meu pai tenha ido embora. Acho que é por isso que vivo pensando que Christopher vai me abandonar.

Eu não quis dizer que talvez ela pudesse tentar mudar, se estava tão preocupada, mas, como Eva tinha dito mais cedo, Christopher sabia como ela era quando se casaram.

– O que você gostaria de fazer esta noite? Posso tranquilamente ficar com você aqui no hotel se quiser descansar.

Reparei novamente na maquiagem elaborada.

– Não, tomei ibuprofeno suficiente para nocautear um elefante e passei bastante maquiagem para cobrir o elefante em questão. Estou pronta.

– Tem certeza? – perguntei, em dúvida. – Se mudar de ideia a qualquer momento, chamamos um táxi e voltamos.

– Levei meia hora para conseguir fazer isso aqui – disse ela, apontando para o leve calombo em sua bochecha. – Não vou desperdiçar todo esse esforço.

Avril, a apresentadora de TV, estava de volta, estilosa e elegante em um macacãozinho preto, com minúsculos botões de diamante na frente.

– Já ouvi falar muito nesse restaurante por Stacey Wakely, a repórter do tempo que sonha em virar apresentadora – contou Avril, dando um sorriso feroz. – Não existe a menor possibilidade de eu permitir que ela me supere em relação a quem vai aos melhores restaurantes. Além do mais, já postei no Twitter que vamos lá.

Encontramos o restante do grupo no saguão, e todos a receberam com exclamações compadecidas. Foi divertido ver Avril aceitando com naturalidade os comentários sobre como tinha sido corajosa. Ela me olhou por cima dos ombros e me deu um sorrisinho e uma piscadela. Ah, sim. Avril estava de volta.

O interior de tijolos brancos do restaurante era discreto, mas claramente aquele design simples e básico havia sido muito pensado. Mesas de madeira rústica e vigorosa e cadeiras de madeira simples com encosto alto tinham sido dispostas em fileiras. Os talheres eram muito elegantes e as taças eram clássicas, com hastes longas.

Falou-se muito sobre o fato de que toda comida servida era local, sazonal e, quando possível, de origem selvagem. Como resultado, o menu era extremamente limitado. Uma escolha de entrada – merluza com mostarda e raiz-forte – seguida pelo prato principal –, carne, aipo e *porcini* –, com a opção adicional de uma carta de vinhos para acompanhar cada prato. Não me senti muito segura em relação ao sorvete de casca de bétula.

– Uau, esse lugar é incrível – disse Sophie.

– Vou chamar você de Pequena Miss Sunshine de agora em diante – brinquei. – Você disse isso sobre todos os lugares onde estivemos.

– É verdade – acrescentou Fiona, uma covinha surgindo em sua bochecha. – Disse mesmo.

– Bem, até aqui tem sido uma viagem maravilhosa – falou David, em uma defesa vigorosa –, apesar do acidente de hoje.

Ele olhou na direção da outra ponta da mesa, onde Avril conversava animadamente com Ben e Mads.

– Embora Avril pareça ter se recuperado – acrescentou ele.

Eu tinha calculado uma hora e meia antes que o efeito do remédio acabasse.

– Estou gostando – disse David, e seu suspiro tristonho fez Sophie dar tapinhas de leve em sua mão. – Vou sentir falta de todos.

– Teremos que promover o reencontro da Turma de Copenhague – sugeriu Fiona.

Conrad fez um movimento dramático ao esticar a mão para a taça de vinho tinto. Ele tinha optado pelo menu degustação, com bebida, o que eu deveria ter previsto.

– Não sei, não, querida. Não é muito do meu feitio.

– Você é um farsante das antigas, Conrad – provocou David, rindo. – Mas eu sei que se divertiu bastante.

– Na verdade – concedeu Conrad, com uma piscadela marota –, a companhia tem sido de um calibre muito melhor do que esperava. E – prosseguiu, brindando sua taça de vinho comigo – os víveres e beberagens são de excelente qualidade. Tudo muito bem organizado, jovem Kate. Meu Deus, em minha última viagem, pensei que morreria asfixiado com perfume barato e overdose de champanhe. A gente pode beber um monte de coisas boas, mas, com o passar do tempo, uma boa taça de vinho passa a ser o suficiente. Falando nisso...

Ele me olhou em expectativa, lembrando-me de que eu estava de volta ao trabalho.

Quando o garçom trouxe pãezinhos de centeio – apresentados sobre uma camada espessa de trigo craquelada, com espirais de manteiga dispostas sobre uma treliça de brotos de ervilha que boiavam em um pequeno pires de vidro com água –, ficou evidente que a noite seria daquelas.

Com grande cerimônia, uma entrada inesperada foi servida por um jovem chef cheio de entusiasmo e de tatuagens. Ele explicou que o salmão defumado curado no mel vinha enrolado em massa de panqueca azeda, acompanhado de salada de cogumelos enoki brancos (dos quais eu nunca tinha ouvido falar, que dirá visto), sementes de sabugueiro, alface-de--cordeiro e lascas de pepino. Não fosse a empolgação maníaca dele, eu teria achado tudo meio pretensioso demais.

– Espere – disse Fiona.

Ela ergueu a mão no momento em que Sophie pegou o garfo, tirando diversas fotos do chef e da apresentação belíssima dos pratos, que, de fato, pareciam obras de arte.

Ela provocou Sophie ao dizer:

– Um segundo, só mais algumas.

– Por favor, Fi, acho que minhas papilas gustativas estão prestes a entrar em combustão espontânea de tanta ansiedade. É uma versão selvagem das panquecas de pato chinesas.

Ela gesticulou com o garfo como um piloto de Fórmula 1 segurando o volante à espera da bandeira verde. Fiona revirou os olhos e baixou a câmera, ao que Sophie se lançou à comida, pegando um pouquinho de tudo. Os gemidos de satisfação, bem ao estilo *Harry e Sally – Feitos um para o outro*, foram tantos que achei que ela fosse ter um orgasmo ali mesmo.

– Gente, vocês têm que provar esse aqui. Essas sementes de sabugueiro dão um toque doce e apimentado maravilhoso. Meu Deus...

Seguiu-se um silêncio enquanto todos comiam com gosto. Não sou *expert* em comida, mas havia um quê de alquimia naquela combinação de sabores delicados. Era de comer rezando. Os dois pratos seguintes não decepcionaram, e Sophie ficou sem palavras por pelo menos uns cinco minutos quando experimentou a merluza. Seu rosto exibiu uma combinação de dor e prazer enquanto saboreava o gosto picante e forte da mostarda e do molho de raiz-forte.

Ao chegarmos ao prato principal, as atenções estavam voltadas para ela. Quando Sophie deu a primeira garfada, todos aguardaram sua reação. Ela fechou os olhos e balançou o garfo, em êxtase. Assim que a carne se desmanchou na minha boca, eu tive que concordar. Era a melhor que eu já tinha experimentado.

A sobremesa, com seu incomum sorvete de casca de bétula, não me preocupava mais. Embora o pozinho no topo, parecendo cinzas, fosse um tanto desagradável, tudo havia sido tão delicioso que a sobremesa não ousaria ser nada além de incrível. A bétula não tinha tanto sabor, mas a calda de limão verbena e os minúsculos merengues amarelos mais do que compensaram.

Quando a garçonete chegou para anotar nossos pedidos de chá e café, percebi que Conrad, que fora ao toalete quando a sobremesa chegou, ainda não tinha voltado.

– Será que ele está bem? – perguntei a David, que estava sentado ao lado dele.

– Acho que sim. Ele parece estar em boa forma, bebeu à beça.

– Mas já faz um bom tempo que ele saiu.

– Quer que eu dê um pulinho lá para conferir?

– Sim, por favor. Embora, conhecendo Conrad, ele deve ter encontrado algum conhecido lá embaixo e se tornado o centro das atenções, tomando o vinho deles.

Parecia muito mais provável do que ele estar caído no chão do banheiro, inconsciente. O homem era capaz de consumir uma quantidade descomunal de vinho sem qualquer efeito aparente.

David riu e foi em direção à escada de vidro e madeira que levava ao andar inferior, onde havia mais mesas.

– Minha nossa, que refeição fabulosa – comentou Sophie. – Adoraria saber como eles fazem esse sorvete.

A garçonete escutou o comentário e se ofereceu para levá-la até o chef. Fiona, doida por umas fotos da cozinha, foi com elas.

Ainda nem sinal de Conrad e David, então me levantei e fui até a escada. David vinha subindo, balançando a cabeça e parecendo confuso.

– Não consigo encontrá-lo. Procurei no banheiro, dei uma boa olhada nas mesas.

– Ele deve ter voltado e nós não vimos. Talvez esteja na cozinha ou algo assim.

Fui até a cozinha. Fiona e Sophie estavam lá, mas nem sinal de Conrad.

Voltei para a mesa e parei perto de Mads, Avril e Ben, que ainda estavam sentados.

– Alguém viu o Conrad? Ele não passou pelo restaurante, não é?

– Não – respondeu Avril.

Ela pendeu um pouco a cabeça e notei que estava ficando cansada.

– O casaco dele ainda está aqui.

– Tem uma porta de emergência lá embaixo – contou David. – É a única saída alternativa.

– Vou descer e dar mais uma olhada – falei, controlando um suspiro pesado.

– Vou com você – disse Ben. – Preciso ir ao banheiro, então aproveito para dar mais uma olhadinha lá, caso ele tenha voltado.

– Obrigada – agradeci. – E obrigada, David.

– Sem problema. Aquele velho bobo deve estar em algum lugar.

Desci a escada com Ben atrás de mim, um incômodo crescendo na boca do meu estômago. A saída de emergência ficava posicionada na entrada para os banheiros, mas estava fechada.

– Talvez ele tenha saído, a porta se fechou e ele não conseguiu mais entrar – sugeriu Ben. – É a única explicação em que consigo pensar.

Com exceção de algumas portas trancadas com grandes placas de *kun personale*, o que presumi que significasse "apenas funcionários", não havia mais nenhum lugar para onde ele pudesse ter ido.

Ben segurou a barra da porta e a empurrou. Na mesma hora, um alarme disparou, e Ben tornou a fechá-la com uma pancada.

Um silêncio terrível tomou todo o restaurante quando o tilintar da porcelana e das taças cessou de súbito, assim como as conversas.

– Não dá para sair por aqui, a não ser que seja de fato uma emergência.

Me desculpei com o gerente, morrendo de vergonha.

– Perdão, perdemos um integrante do nosso grupo. Ele desceu para vir ao banheiro e desapareceu. Estávamos vendo se ele não tinha saído para tomar ar fresco.

– Talvez seu amigo já tenha voltado para a mesa – sugeriu o gerente, não parecendo nem um pouco impressionado com minha explicação.

Ben e eu passamos rapidamente por ele em direção à escada, como duas crianças levadas.

– Bom, por ali ele não saiu, senão a gente teria ouvido o alarme – disse Ben, confirmando o que eu já sabia.

– Talvez a gente tenha se desencontrado – falei, cruzando os dedos com a vã esperança de que ele reaparecesse.

Mas meu otimismo não deu em nada e, de volta à nossa mesa, todos se perguntavam sobre o paradeiro de Conrad.

– Bem, ele tem que estar em algum lugar – comentou Avril, a cabeça descansando em cima dos braços na mesa. – Já tentaram ligar para ele?

– Boa ideia – falei.

Saquei meu celular, grata por ter o que fazer enquanto as pessoas me olhavam como se eu tivesse todas as respostas.

Segurei o aparelho com força para que ninguém visse o mais ínfimo tremor da minha mão. Conrad ia aparecer a qualquer momento com uma de suas histórias. Ele devia estar por aí, de papo com alguém. Um homem adulto não tinha como desaparecer do nada, mesmo que estivéssemos na terra de *The Killing*, um ícone do *noir* escandinavo.

Ouvi o celular tocar no casaco de Conrad, pendurado em um suporte na parede atrás de onde ele estava sentado.

– Talvez tenha voltado para o hotel – sugeriu Fiona, com um sorriso encorajador.

– Talvez – falei, querendo me sentir um pouco mais convencida disso.

Todos me olhavam com ansiedade. Manchas de suor surgiram sob meus braços e minha respiração ficou presa no peito, mas consegui erguer o queixo.

– Bom, já que todos terminaram o café, não precisam ficar esperando aqui.

Principalmente Avril, que parecia exausta. Ficou decidido que todos voltariam para o hotel.

– Você não pode ficar sozinha – falou Sophie.

– Não se preocupe, vou ficar bem – respondi despreocupada. – O restaurante não fica muito longe do hotel e prefiro esperar aqui mais um tempo, caso Conrad volte.

– Mas e se ele não voltar? – perguntou Avril, arregalando os olhos em uma antecipação do pior, dando voz ao meu maior medo.

Eu não tinha a mínima ideia do que fazer. Chamar a polícia?

Como um homem adulto podia sumir assim? O pânico crescia em mim.

– Vou ficar aqui com você – ofereceu Ben, falando baixinho.

– É… é muita gentileza sua. Obrigada.

Olhei para ele. Era o tipo de coisa que Ben fazia: a coisa certa.

Com um farfalhar de casacos, um arrastar de cadeiras e uma comoção nas despedidas, em um minuto todos já tinham ido embora, nos deixando sozinhos.

– Vamos nos sentar? – perguntou ele.

– Vamos, vamos. Talvez seja mesmo… vamos.

Fiquei brincando com o pequeno saleiro, mexendo nas taças com uma colherzinha de madeira, mordendo o lábio e olhando para a porta, torcendo para que Conrad entrasse por ali a qualquer segundo.

– Quer beber mais alguma coisa? – quis saber Ben.

Fechei os olhos. Eu devia ser racional e profissional e tomar uma xícara de café. E se Conrad tivesse sofrido um acidente? E se tivesse caído em um canal enquanto perambulava pelas ruas?

– Kate?

– Perdão, eu...

Minha voz falhou.

– Eu...

A expressão de Ben se suavizou e ele pegou minha mão.

– Tenho certeza de que não aconteceu nada, ok? Você conhece o Conrad, ele tem a sabedoria *old school* das ruas. O cara viveu no SoHo na década de 1970. Se o conheço bem, é capaz de ter encontrado alguma viúva rica e saído com ela noite adentro.

Forcei uma risada.

– Eu espero muito que sim. Eu me sinto tão... inútil.

– Não se sinta. Você não pode fazer nada. Ele é adulto.

Ben chamou a garçonete.

– Duas taças de vinho tinto, por favor – pediu, e me olhou antes de acrescentar: – Você está precisando.

Cada vez que a porta do restaurante se abria, eu olhava para cima.

A garçonete trouxe o vinho, Ben ergueu a taça e brindamos em silêncio.

– Eu nem agradeci pelas calças – falei de repente, as palavras fugindo de mim.

Eu devia ter agradecido antes.

– Preciso te dar o dinheiro – prossegui. – Foi muito gentil da sua parte. E você ainda ganha mais estrelinhas por ter acertado um tamanho e estilo. Foi muito impressionante.

Ele abandonou a expressão confusa e pareceu achar graça.

– Lembre-se de que eu tenho uma irmã. Jeans são complicados. Passei por uma H&M na volta.

– Preciso devolver as outras... mas você precisa estar presente. Como você pagou?

– Em dinheiro. Pode me dar as outras que eu devolvo.

– Vou com você amanhã. Tem certeza de que não quer que eu...

– Não, tudo bem, tem bastante tempo livre na sua programação extensa.

– A programação não é minha. Foi o cliente, Lars, que a montou.

– O que fez você começar a trabalhar com relações públicas?

A pergunta repentina me fez olhar para ele desconfiada.

– Por quê? Curioso para saber o que me fez escolher esse trabalho do demônio?

Ele riu.

– É uma pergunta inocente, juro.

Dei de ombros e lancei um olhar avaliador.

– Tenho medo de que a resposta se volte contra mim. Ou de dar munição para a próxima vez que você conversar com um RP.

– Ah, com certeza. A partir de agora vou dar dois segundos para os que me ligarem – disse ele, com um sorriso provocador.

Revirei os olhos.

– Gostaria apenas de dizer que foi a única vez que fiz isso – contou ele, brincando com a base da taça antes de retomar o assunto. – Então, por que relações públicas?

– Você vai ficar decepcionado.

– Vou?

– Não, provavelmente não. Meus motivos devem ser tão superficiais quanto você esperaria que fossem.

O franzir da testa dele sugeriu que minha sinceridade o intrigara. Devolvi um olhar envergonhado, que era tanto para ele quanto para mim.

– Meus motivos são bem básicos. Larguei a universidade, voltei para casa, havia uma vaga na agência da minha cidade. Fui até lá e consegui o emprego. O mais importante na escolha foi a chance de trabalhar com alguma coisa que me fazia parecer *sofisticada*.

Dava para ver que ele queria perguntar alguma coisa.

– Sofisticada no sentido de bem-vestida, não de inteligente. Parecia uma carreira de sucesso, profissional. Trabalhar em um escritório, com possibilidades de crescimento. Parecia bom. Para ser sincera, eu não sabia nada sobre relações públicas – falei, limpando as migalhas da mesa.

Me concentrei em uma migalha específica de pão, recolhendo-a com o dedão.

– Eu fui a primeira da família a ter notas altas, que dirá ir para a universidade. Minha mãe estava desesperada para que eu me saísse bem. Uma pessoa que trabalha em um escritório está indo bem.

Endireitei a postura e olhei para a mesa quase arrumada.

– Eu mergulhei de cabeça naquele primeiro emprego porque teria deixado minha mãe muito orgulhosa.

Os olhos dele se suavizaram, demonstrando solidariedade.

– Não se preocupe, eu adorava. Era realmente muito legal. Todos os dias eram diferentes, eu era jovem, estava empolgada e doida para agradar.

– E agora?

Como Ben captou aquela entrelinha?

Enrijeci.

– Agora eu trabalho para uma das cinco melhores agências de Londres. O trabalho é puxado, mas estou indo bem, e depois dessa viagem espero conseguir uma promoção.

A solidariedade no rosto dele desapareceu.

– O que foi? – perguntei.

– Eu tinha esquecido que nós, jornalistas, somos um meio para chegar aos fins. O bilhete premiado para o próximo nível.

– Eu dificilmente diria que você é um bilhete premiado. Você tem sido...

Parei, pois estava prestes a dizer que ele tinha sido um pé no saco desde o primeiro dia.

– Por que toda essa animosidade com RPs?

– Não sei nem por onde começar.

Ele olhou com afetação para a taça de vinho, como se a resposta fosse girar e pular como um golfinho em um show.

– Tive uma experiência ruim.

Ele franziu os lábios, como se tivesse sentido o gosto. Então me olhou.

– Desculpa. Você não é uma má pessoa. Só calhou de ser a primeira a me ligar depois disso – explicou ele, bebendo um gole de vinho. – Está parecendo uma confissão.

– Deixa pra lá.

– Não tem problema, não é bem um segredo. Eu era redator comercial sênior. Estava trabalhando em uma história sobre o diretor executivo de uma rede varejista, sobre como ele tinha mudado o rumo da empresa. Sobre suas práticas de gerenciamento.

Assim que ele falou o nome da empresa, eu me encolhi. Ele percebeu.

– Pois é, essa mesma – disse ele, e continuou: – A RP da empresa era uma garota com quem eu tinha saído algumas vezes. Nós dois, ou assim eu achei, decidimos encerrar a história, mas descobri que ela pensava diferente. Um dia antes de a notícia estourar, liguei para ela para checar um fato e, mesmo sabendo que o cara estava prestes a cair, ela não me contou.

– Talvez ela não tivesse permissão. Ou talvez não soubesse.

– Ela sabia.

Ele chegou para trás, cruzando as pernas e os braços e curvando levemente o corpo. Acho que Ben não fazia ideia de quão defensiva era sua postura.

– No mesmo dia que a matéria foi publicada, a empresa soltou a notícia em uma coletiva de imprensa às nove horas. Ela era a porta-voz oficial, e nosso departamento de redação havia sido convidado no dia anterior. Ela sabia. Só precisava ter dito: talvez seja melhor segurar a história.

– Putz.

– É. Meu editor sênior ficou lívido. E daí veio a minha mudança para o departamento de estilo de vida. Eu deveria me considerar um cara de sorte por ainda ter meu emprego.

– Não foi culpa sua.

– Quando o jornal fica parecendo idiota desse jeito, acho que ninguém liga para de quem é a culpa.

– Agora entendi toda essa desconfiança. Mas, veja pelo lado bom – falei, erguendo a taça e brindando com ele –, eu salvei você de trabalhar como babá.

Ben deixou escapar uma meia risada relutante, descruzando os braços e descansando os antebraços na mesa.

– É verdade, mas…

Meu celular piscou com uma mensagem.

– Droga. Nem sinal de Conrad no hotel. Droga…

Afundei de novo na cadeira.

– E agora? Chamo a polícia?

– Que tal o consulado britânico? – sugeriu Ben.

– Boa ideia.

– Se bem que…

Ele deu de ombros.

– É, eu sei que poucas horas de sumiço dificilmente configuram desaparecimento.

– Provavelmente, ele vai aparecer amanhã de manhã intacto. Deve ter saído por aí para tomar um ar e se perdeu. Ele vai acabar encontrando o caminho de volta para o hotel.

– Acha mesmo?

Ben assentiu. Apesar do total sentido nas palavras dele, elas não ajudaram a diminuir a tensão na boca do meu estômago.

– Com licença.

Olhei para cima e vi o gerente diante da nossa mesa.

– Encontramos seu colega.

– Encontraram? – perguntei, dando um pulo. Minhas pernas pareciam um pouco esquisitas, como se não fossem minhas. – Ah, graças a Deus!

Sorri, mas ele me devolveu uma expressão de desgosto gélido.

– Onde? – perguntei, só então registrando a raiva velada na informação lacônica que ele dera.

– Lá embaixo.

Meu instinto berrava. Isso não era bom. Conrad tinha caído em algum lugar e passado vergonha?

– Está tudo bem com ele? – indaguei, me levantando.

– Ele está bem – informou o gerente, seus lábios se contraindo. – Gostaria de poder dizer o mesmo da minha adega. Por aqui, por favor.

A resposta deveria ter sido "não". Claramente, o que quer que nos aguardasse lá embaixo, não era coisa boa.

Lancei a Ben um olhar nervoso e resignado – a sensação era de estar sendo levada para a sala do diretor – e me virei para seguir o gerente. Sem uma palavra, Ben ficou de pé, apertou levemente meu ombro, e nós dois descemos atrás do gerente.

Uma das portas trancadas estava aberta. A luz melancólica de uma lâmpada no alto iluminou o local, revelando uma adega repleta de fileiras e mais fileiras de garrafas.

Escorado em uma das fileiras, sentado de pernas abertas, estava Conrad.

– Kate, menina querida.

Estremeci quando ele sorriu com aquele jeito de coruja.

– Você precisa provar esses vinhos. São incrivelmente bons – disse ele, indicando as garrafas abertas e enfileiradas diante dele. – Esse aqui é muito bom mesmo.

Com a mão trêmula, ele pegou uma das garrafas e a segurou na minha direção para que eu a olhasse.

– Ah, Conrad!

Deixei escapar um suspiro pesado e fechei os olhos por um segundo. Eu me virei para o gerente, o rosto ardendo de vergonha.

– Sinto muito mesmo – falei, lançando um olhar para Conrad e balançando a cabeça. – Vou pagar por todas as garrafas abertas. Eu sinto muito.

Os lábios do gerente estavam selados, apertados com tanta força que ele parecia sentir dor. A desaprovação emanava dele em ondas de agressividade. Eu não o culpava, já que minha mão estava cerrada com firmeza, coçando para estrangular aquele desgraçado que não tinha sequer a decência de parecer um pouco arrependido.

– Vamos lá, meu velho – falou Ben, agachando-se ao lado de Conrad.

Ele o ajudou a se levantar, o que foi uma tarefa e tanto, já que o homem estava acabado.

O gerente se inclinou e puxou duas garrafas fechadas, uma em cada bolso da calça de Conrad.

– Opa – disse Conrad com uma risadinha.

Apoiado em Ben, ele piscava e arregalava os olhos, tentando manter o foco.

Eu mal podia encarar o gerente enquanto, em sua fúria, ele examinava os rótulos das garrafas. Com uma expressão de profundo desgosto, ele recolocou as duas garrafas fechadas nas fileiras certas, como se estivesse ansioso para afastá-las o máximo possível de Conrad.

– Vai lá resolver a conta. Eu vou saindo com ele – disse Ben, cutucando Conrad.

Tirei minha carteira da bolsa e segui os passos furiosos do gerente até o caixa.

Capítulo 17

As luzes do café projetavam um brilho dourado na rua de paralelepípedos, um farol de boas-vindas me guiando, e relaxei no instante em que cruzei a porta. Depois da fuga da véspera, eu estava tão exausta que não tinha dormido direito. Como se soubesse disso, Eva surgiu magicamente com uma caneca de café fumegante e um *kanelsnegle* quente. Ela colocou tudo na mesa e me fez sentar.

– Noite difícil?

– Como adivinhou?

Ela apenas sorriu e assentiu, indicando o café com o olhar.

Eu mal tinha tomado o primeiro gole quando a porta se abriu. Fiquei boquiaberta. A última pessoa que eu esperava ver àquela hora era Conrad, e, pela postura protetora que assumiu ao se sentar ao lado dele, ficou claro que David tinha vindo para lhe dar apoio. Meu coração ficou apertado. Aquele lugar havia se tornado meu pequeno paraíso, onde eu começava o dia só com Eva, um café e um doce, antes de encarar o grupo. Um lugar onde eu era Katie.

Conrad me deu um sorriso nervoso e ficou mexendo na manga do casaco.

– Bom dia, Kate – balbuciou.

Bem, aparentemente ele estava com uma ressaca daquelas.

Notei que Eva tinha deslizado para a cadeira ao meu lado, como uma mediadora da ONU. Fiquei tomando meu café em silêncio, a cafeína começando lentamente a fazer efeito enquanto eu tentava formar as primeiras palavras.

– Kate, eu sinto muitíssimo. Sou um idiota.

Enrijeci diante do pedido de desculpa alegre e impenitente de Conrad.

Idiota não era a palavra que eu usaria, mas, antes que eu pudesse dizer qualquer coisa, David o cutucou discretamente.

Conrad foi se afastando como se estivesse tentando escapar.

– Não sei o que me deu... – disse com o maior ar de inocência, como se tivesse sido dominado por um ímpeto incontrolável.

– Conrad...

A objeção delicada de David fez com que nós quatro à mesa parássemos.

Lancei um olhar mordaz para os bolsos da calça dele e fiquei satisfeita ao ver que ele teve a decência de parecer envergonhado. Conrad sempre tinha sido um risco em potencial, mas eu presumira que ele me respeitava o suficiente para se comportar. Perceber que não era bem assim me magoou.

– Então, o que aconteceu ontem?

Fiquei um tanto orgulhosa por conseguir manter meu tom de voz firme e uniforme.

– Eu estava passando, a porta estava aberta... Pensei em dar uma olhada.

Ele desviou o olhar para a janela e puxou a manga do casaco.

– E duas garrafas pularam no seu bolso?

O cansaço dominou minha voz e mordi o lábio, me sentindo à beira das lágrimas.

– Ora, ora, Kate. Não foi bem assim – rebateu ele, mais uma vez evitando meu olhar. – Eu estava dando uma olhadinha e, então, só me lembro de a porta bater e eu ficar trancado. Não tinha como sair. Bem... o que um homem deveria fazer nessa situação?

Ele deu de ombros com uma coragem acanhada, como se eu pudesse concordar que ele tinha feito a coisa mais sensata ao tentar beber tudo que havia na adega.

– Alguns vinhos eram muito bons – acrescentou ele, dessa vez incluindo Eva em sua travessura costumeira.

Percebi que David contraiu os lábios e cruzou os braços, exalando desaprovação.

– Eu sei. Eu paguei a conta.

Conrad ficou em silêncio, parecendo achar o padrão da madeira da mesa bem fascinante.

Irritadíssima, soltei:

– Mas por que agir assim, Conrad? É isso que eu não entendo. Estamos em uma viagem cheia de luxos.

Ele engoliu em seco, e David o cutucou outra vez, agora acrescentando em um sibilo severo:

– Conte a verdade para elas, Conrad.

Com os ombros tensos, Conrad franziu a testa. Então olhou para David e soltou um longo suspiro. Como se alguém tivesse desligado sua costumeira cordialidade, seu rosto murchou e as rugas se aprofundaram, abrindo sulcos na testa.

– Estou falido, Kate. Completamente. A revista me dispensou três meses atrás. Estou trabalhando como freelancer para eles. Viagens assim são uma bênção porque posso comer e beber sem me preocupar. Quando vi todo aquele vinho... acho que tive uma onda de pânico, puro pânico, e dei uma de esquilo escondendo as nozes na bochecha. Eu não estava raciocinando... Peguei umas duas garrafas, para guardar para mais tarde. E então alguém fechou a porta.

Ele ofegou.

– Estou prestes a ter que me mudar para o pior conjugado de Acton, que é tudo que eu consigo pagar.

A respiração dele ficou presa.

– Minha última esposa me levou à falência e ficou com a casa. Eu seria motivo de chacota se todo mundo soubesse a verdade. Conrad Fletcher, especialista em interiores, árbitro do bom gosto, guru do design, não pode fazer compras nem na Ikea – explicou ele, se encolhendo. – Tem sido difícil conseguir trabalho. Só me restou minha pensão. Quando parar de trabalhar, não vou ter mais nada.

As palavras eram cheias de dor e tinham um toque de pânico.

– Não tenho mais nada... Mas me desculpe, Kate, vou devolver o dinheiro.

Ele parou, passando o dedo pela nota do restaurante que eu havia colocado sobre a mesa, como se fosse bem difícil olhá-la, que dirá pegá-la.

– Vou dar um jeito.

O tom desolado dessa última frase fez com que eu me sentisse péssima, como uma valentona no parquinho implicando com alguém muito mais fraco.

– Ah, Conrad... – falei, lamentando profundamente por ele.

Ele parecia um balão murcho, bem distante do homem sofisticado que era o centro das atenções nos restaurantes mais requintados da cidade e que, por anos, tinha sido o terror dos designers de interiores, com seus comentários ferinos e certeiros.

– Isso aqui é tudo fachada. Sou um castelo de cartas.

– Não exagere no drama – falou David, o tom gentil contrastando com suas palavras.

Conrad assentiu, acanhado.

– Você tem razão mais uma vez – disse, e então se dirigiu a mim novamente. – David tem sido muito gentil. Ele ligou logo cedo para saber se eu estava bem. Lamento de verdade, Kate. Acabei me deixando levar. Eu bebo um pouco, começo a pensar em tudo, me sinto mal, aí entro em negação e faço coisas idiotas, tipo bloquear a vida real. Um velho tolo. Vou pagar pelos vinhos.

– Não se preocupe com isso, Conrad – falei, esticando a mão por cima da mesa e dando um tapinha em seu braço.

De repente, ele pareceu muito mais velho do que seus 66 anos. Foi bem desconfortável ver essa vulnerabilidade nele.

– Tenho certeza de que o cliente vai cobrir a despesa – afirmei, e lancei um rápido olhar para Eva, porque era o filho dela quem estava bancando a viagem.

– É claro que vai – disse Eva, convicta. – Mas você precisa dar um jeito na sua vida.

Então, ela me olhou.

– Kate, poderia fazer mais um pouco de café?

– Hã... claro.

Eu me levantei devagar, mas ela não disse mais nada enquanto eu me afastava.

Quando voltei com três cafés frescos, abrindo mão do meu, os três assentiam como se tivessem acabado de assinar um excelente tratado de paz.

– Querem me contar o que houve? – perguntei, mais do que irritada.

Eva sorriu.

– Acho que encontramos uma solução para os problemas desses dois senhores aqui. Conrad vai alugar o andar de cima da casa de David.

David deu um meio sorriso.

– Tenho espaço sobrando.

– E eu sou uma companhia muito agradável – afirmou Conrad. – E só agora ele me conta que mora em um daqueles adoráveis terraços eduardianos em Clapham North, que não para de crescer e que logo, logo vai superar Shoreditch.

Eva se recostou na cadeira, com um sorriso bondoso de quem sabia que seu trabalho estava feito. Os dois conversavam sobre a casa de David, os benefícios da localização, o tamanho dos quartos, a configuração da cozinha.

A confissão que David fizera dias antes, sobre se sentir solitário, me fizera pensar em várias coisas. Eu estaria diante de um daqueles momentos em que preciso me perguntar o que estou fazendo da minha vida, à beira da solidão?

Meu celular piscou. Notificação do Twitter. Avril. Merda.

Mais um dia fabuloso na #CopenhagueMaravilhosa embora a gente quase tenha perdido um. No fim das contas, o cara estava tentando beber a adega inteira #presstripexcentrica.

Era pedir demais que Megan não visse nem ouvisse falar do tuíte. A mensagem que ela me mandou dizia: "Me liga."

Capítulo 18

As palavras de Megan ainda zumbiam no meu ouvido quando encontrei o grupo. Depois de uma discussão acalorada, em que precisei explicar o tuíte de Avril, eu me sentia completamente desmoralizada. Por sorte, ela não tinha perguntado quanto a escapada de Conrad custara, e eu torcia para que a conta do cartão não chegasse tão cedo ao escritório.

Naquela manhã, faríamos um passeio até a Carlsberg Brewery e depois até a famosa Rundetarn, a Torre Redonda. Em seguida, haveria algumas horas livres e um passeio muito aguardado pelos Jardins de Tivoli, do qual já tivéramos alguns vislumbres irresistíveis desde o primeiro dia.

Eu ficaria bem atenta a Conrad. Ao que parecia, a Carlsberg tinha a maior coleção de cerveja engarrafada do mundo, chegando a mais de dez mil garrafas. Sim, eu ficaria *mesmo* de olho nele.

A cervejaria fez sucesso com todo mundo, e até Ben pareceu gostar da ideia. Fiona, como sempre, tirou várias fotos e Avril nos deixou impressionados ao se mostrar uma expert em cerveja. No fim das contas, descobrimos que ela pertencia à linhagem de uma pequena cervejaria.

Eu estava morrendo de medo quando seguimos para a Torre Redonda. Não lido muito bem com altura e não queria de jeito nenhum que alguém descobrisse isso. Até aquele momento, eu achava que havia me saído bem na contenção de desastres e ganhado um pouco de respeito. Tinha passado a imagem de alguém que sabia o que estava fazendo, e a última coisa que eu queria era bancar a idiota na frente deles.

Por sorte, a Rundetarn não era nada do que eu esperara. Eu tinha visto várias fotos de uma torre sombria, meio estilo Rapunzel, com janelas góticas estreitas, mas a realidade era muito mais pitoresca; a torre era bem maior do que parecia. A vista da cidade devia ser espetacular. Eu precisava me concentrar em olhar para o horizonte, não para baixo. Tudo ficaria bem e ninguém nunca saberia que meu estômago revirava só de pensar na altura.

Fiquei imediatamente apaixonada pelo interior amplo e de um branco reluzente. O local parecia mais uma galeria de arte contemporânea do que um monumento antigo. Não havia degraus. Em vez disso, um caminho amplo e gradual subia em espiral; os paralelepípedos eram banhados pela luz do sol que entrava pelos nichos nas janelas regulares, entalhadas direto na pedra. Não havia a menor sensação de altura, então me concentrei na caminhada tranquila.

– A torre foi projetada para que fosse possível entrar a cavalo ou de carruagem – explicou Mads, enquanto subíamos. – Carros também já passaram por aqui, e todo ano acontece uma corrida de monociclo até o topo e depois descendo.

– Esse pessoal deve ser maluco – comentou Sophie. – E devem ficar com as costas moídas de tanto quicar nesses paralelepípedos.

Eu me concentrei em não olhar pelas janelas, embora os outros parassem o tempo todo para dar uma espiada na vista. Ninguém pareceu notar minhas olhadas no celular nem que eu só tirei fotos do caminho, não da vista.

Estávamos quase no topo quando Mads parou e fez um gesto em direção a uma pequena abertura, feito um iglu, bem no meio da torre.

– Entrem, deem uma olhada – indicou ele, com um sorrisinho. – Se tiverem coragem.

Ficamos todos bem juntos, ninguém querendo ser o primeiro a entrar no cubículo. Todo mundo, menos eu, parecia intrigado pelo sorriso desafiador no rosto dele.

Ben passou espremido e entrou na minúscula abertura. Precisou abaixar a cabeça para isso.

– Vá em frente! – gritou Mads.

– Tem certeza? – respondeu Ben.

Mads nos deu seu habitual sorrisinho alegre.

– Tenho. É seguro.

Ouvi Ben assobiar e depois voltar.

– É assustador. Um ato de coragem.

É claro que, depois disso, todos quiseram ver do que se tratava, então, um por um, entraram. Fiquei para trás, como uma boa anfitriã a uma mesa de jantar, esperando que todos os convidados se servissem. Evidentemente, isso foi um erro, porque significava que no fim todos estariam me observando.

– Vamos lá, Kate, sua vez – disse Sophie. – É maravilhoso.

Estremeci, meu coração começando a bater mais forte.

– Não, não precisa. Tenho certeza de que todos querem chegar ao topo da torre, e precisamos nos ater ao horário. Não se esqueça que sou um dos guias. Estou trabalhando.

– Ah, que bobagem – falou Sophie, apoiada por Avril.

– Não, sério. Está tudo bem.

Dei a elas um sorriso tenso, torcendo para não transparecer o mais puro terror. Eu não queria desmoronar na frente de todo mundo.

Infelizmente, diante de uma fileira de rostos entusiasmados, fica muito difícil escutar a própria voz interior dizendo que aquilo era loucura, que era uma ideia idiota, porque como é que uma estrutura no topo de uma torre muito alta, descendo por uma abertura muito estreita, podia ser brilhante?

– Vamos, Kate, todos nós conseguimos. É importante que você participe.

A voz de Ben tinha um leve tom de desafio, e lancei a ele um olhar reprovador, diante do qual ele ergueu uma das sobrancelhas e retorceu a boca.

Maldito. Todos ficaram ali, esperando pacientemente. Como eu poderia escapar dessa?

Respirando bem fundo, dei alguns passos adiante. *A mente controla o corpo. Em nome do meu trabalho, eu consigo fazer isso*, pensei. Eu sou uma profissional. É claro que eu era capaz de fazer aquilo. Mads tinha dito que era bem seguro.

O túnel se abria em um espaço redondo com um círculo no meio do chão. Uma vez lá dentro, não dava para se virar. Era bastante claustrofóbico. Então olhei para baixo e... uau! Eu recuei depressa, só que não havia onde pisar. Com o coração martelando, me obriguei a olhar outra vez. Os pelos do meu braço se arrepiaram. Inferno. Aquilo era assustador. Completamente assustador. Era muito alto. Muito, muito alto. Dava para ver através de todo o núcleo do edifício.

– Pode pisar, Kate. É de vidro – disse Mads.

Mas que mer...

A iluminação engenhosa criava uma ilusão de ótica. Saber que estava pisando em um pedaço de vidro no topo não ajudava a me sentir melhor.

Atrás de mim, eu sabia que o grupo espiava pela abertura estreita. Coloquei a ponta de um pé, hesitante. Senti o vidro firme, graças a Deus. Estava mesmo ali.

– Vá em frente, Kate. Pode pisar.

Fechei os olhos, as mãos fechadas com força, respirei bem fundo e pisei. Meu coração acelerado se encheu de gratidão ao sentir que havia um vidro resistente sob meus pés.

Ufa! Eu tinha conseguido. Podia voltar de cabeça erguida.

Eu deveria ter encerrado por aí, mas não. Tive que olhar para baixo...

Grande erro. Gigantesco.

O vidro tinha sumido, desaparecido por completo. Eu estava pairando no ar.

Tudo dentro de mim se desfez, como se meus ossos tivessem sido removidos. Oscilei por um segundo, lutando contra a tontura e travando os joelhos para tentar conter a sensação de queda. A qualquer momento viria a sensação de cair, cair e cair sem parar. Abracei meu corpo, apavorada com a dor da aterrissagem. Ao mesmo tempo – apesar do zumbido no ouvido, da visão turva e do chiado dos meus pulmões enquanto eu soltava meu último fôlego, arfando em pânico –, outra parte do meu cérebro sabia que eu estava parada.

– Vemos você lá em cima, Kate! – gritou Mads, e registrei vagamente o grupo se distanciando.

Agora eu estava presa, os pés colados na superfície de vidro, que podia ceder a qualquer segundo. Racionalmente, uma minúscula parte de mim sabia que o vidro era seguro e que estava ali havia muito tempo (caso contrário, não deixariam os turistas fazerem aquilo), mas havia uma parte absurdamente maior dizendo que era uma possibilidade. O vidro podia, sim, quebrar. Aquela era uma construção antiga, os tijolos podiam ceder. Eu estava paralisada, nenhum dos meus membros parecia disposto a fazer o que eu estava mandando, zombavam de mim com seu conhecimento superior. *Não seja idiota. Não se mexa nem um centímetro. Se fizer isso, será seu fim.*

Sério. Você vai cair. Se fizer qualquer movimento, vai deslocar o vidro. Um centímetro que seja e ele vai estilhaçar.

– Kate.

Registrei vagamente a voz de Ben.

– Kate!

Eu não me atrevia a mexer nem um músculo. De repente, eu era Tom Cruise em *Missão impossível*. Uma ínfima gota de suor, um movimento em falso, uma leve torção podia afetar o equilíbrio, fazer o vidro cair e me levar junto.

– Kate.

A voz baixa de Ben retumbou com urgência atrás de mim.

– Hum – murmurei, sentindo o som preso na garganta.

– Você está bem?

– Hum.

Meu pescoço tenso mantinha minha cabeça imóvel. Eu não conseguia me virar.

– Você tem medo de altura? – perguntou ele, com delicadeza.

– Tenho.

Eu o ouvi soltar a respiração.

– Consegue se mexer?

– Não.

Eu só conseguia ver o buraco escancarado sob meus pés, e então um par de sapatos de couro se juntou aos meus. Ben pôs as mãos nos meus braços rígidos, me instigando a olhar para cima e para ele.

– Está tudo bem. Olhe para mim.

Consegui puxar o ar em uma inspiração trêmula, depois de minutos prendendo a respiração, tamanho meu pânico.

A sensação das mãos dele em mim mudou meu foco e consegui erguer a cabeça. Seus olhos azul-acinzentados estavam cheios de uma preocupação gentil e Ben me deu um sorriso persuasivo, apertando meus braços.

– Uma coroa pelos seus pensamentos.

Engoli em seco, minha garganta seca demais para que eu pudesse responder. Ele continuou falando:

– E eu aqui pensando que você estava se segurando na grade por estar impactada pela minha bela figura.

De alguma forma, deixei escapar algo entre uma risada e um soluço abafado, e meus pés magicamente se desgrudaram do vidro enquanto ele me empurrava com delicadeza em direção à saída.

– Vamos lá, hora de tirar você daqui.

Como um pastor guiando uma ovelhinha trêmula, Ben me levou para fora, até a luz branca e brilhante do corredor, e então até um dos nichos da janela. A mão apoiada na base das minhas costas exercia uma pressão tranquilizadora.

Afundei no lintel de pedra e deixei a cabeça cair entre os joelhos. Ele se sentou ao meu lado, as coxas próximas às minhas, o braço ao meu redor, inclinando-se para a frente de forma que sua cabeça estivesse na mesma altura que a minha. Agora que eu estava a salvo, respirava em pânico, o que tinha evitado por conta do medo.

Ben me envolveu com mais força e me puxou para bem perto, então disse coisas tranquilizadoras bem baixinho:

– Está tudo bem, Kate. Você está bem agora.

Eu me aninhei ainda mais, grata por meu cabelo cobrir meu rosto. Eu era uma idiota. O que ele devia estar pensando? Fechei os olhos com força, como se isso pudesse impedi-lo de me enxergar.

– Kate?

Ele deslizou a mão delicadamente pelo meu cabelo e o colocou atrás da minha orelha.

Nesse momento, me vi completamente perdida. O toque suave abriu um buraco dentro de mim e me virei para encará-lo, lançando um olhar de pânico para aqueles olhos azuis preocupados.

E o que ele fez? Aninhou meu rosto e acariciou minha bochecha com o polegar. Agora eu não conseguia mais respirar. Nem me mexer. Eu só conseguia olhar. Para ele. Para a boca dele. Não, para a boca dele, não! Aí, não!

– Tudo bem?

Assenti devagar, puxando o ar desesperadamente, tentando recuperar a compostura. Aquele homem era Ben. Benedict. A raposa enlouquecida. O mesmo Ben que eu queria tanto ter beijado quando nos conhecemos.

O polegar dele parou, e seus olhos passearam pelo meu rosto até encontrarem os meus em um instante emocionante de conexão. Nos encaramos. Minhas costelas pareciam comprimir meu peito como nunca.

– Desculpe.

Esfreguei os olhos para quebrar a conexão. A gente sequer gostava um do outro.

– Eu... eu sou uma idiota.

Ele pousou um dedo delicado sobre os meus lábios.

– Não é.

E deu o beijo mais suave do mundo na minha testa.

– Você não é uma idiota, Kate Sinclair.

Ergui a cabeça e apoiei a testa na dele. Ficamos assim por alguns instantes, e foi como se eu estivesse absorvendo um pouco da força e da serenidade dele, o suficiente para me recuperar.

– Tem certeza que quer ir até o topo? Ou quer ficar aqui?

Hesitei, incapaz de olhar nos olhos dele.

– Você não tem que ser corajosa.

– Tenho, sim – respondi, tentando me afastar.

Mas a verdade é que eu preferia mesmo ir para o térreo.

– É trabalho – falei, com delicadeza. – Preciso cuidar de vocês. Vou ficar bem, é só não olhar para baixo.

– E eu vou estar com você a cada passo do caminho, ok?

A mão dele deslizou pela minha e seguimos subindo.

Havia degraus até o topo da torre. Chegando lá, deparamos com outra escadinha em espiral que levava ao ponto verdadeiramente mais alto do lugar. Contanto que você ficasse bem longe da beirada e não olhasse para baixo, a vista dali era a justaposição perfeita de Copenhague – construções históricas verdes com seus telhados acobreados, prédios monumentais estilo bolo de noiva e, ao fundo, o mar, turbinas eólicas e chaminés industriais modernas.

– Você está bem? – perguntou ele, quando chegamos à parte externa, dando um último aperto na minha mão.

Eu podia ter me desfeito em lágrimas, mas, forçando um sorriso trêmulo, assenti.

– Estou, sim. Obrigada, Ben. Vou fazer tudo com calma. Olhar para a frente, nunca para baixo.

Ele puxou o celular e deu um passo em direção ao parapeito na beirada.

– Vou tirar algumas fotos. Tem certeza que vai ficar bem? – perguntou de novo, dessa vez com um sorriso provocador.

– Vou ficar paradinha aqui. Uma abraçadora de parede.

Ele ergueu uma sobrancelha, em dúvida, mas se divertindo.

– Existe isso?

– Agora existe.

Fiquei bem longe do parapeito e me recostei na parede, virando o rosto para cima, como se estivesse aproveitando o sol, e não tentando recuperar o equilíbrio. Ouvi quando Ben se juntou aos demais e a voz de Mads flutuou até mim.

– Aquela era a Igreja de St. Nicholas. Era a terceira igreja mais antiga da Dinamarca, mas pegou fogo no século XVIII. Foi reconstruída no começo da década de 1900, e a proeminente torre neobarroca de 90 metros foi bancada pelo cervejeiro Carl Jacobsen. E aquele lá é o Palácio de Christiansborg, o parlamento dinamarquês.

Então ouvi a voz de Sophie perguntar:

– O que houve com a Kate? Cadê ela?

Semicerrei os olhos.

– Uma emergência no trabalho. Ela teve que atender uma ligação, mas está tudo sob controle.

Eu queria mesmo ter beijado aquele homem.

Capítulo 19

– Aqui está.

Mads nos entregou os ingressos em frente ao impressionante arco de entrada dos Jardins de Tivoli. Havia um burburinho de animação ao nosso redor. As pessoas esticavam o pescoço para ver as tochas flamejantes no topo do arco e o arco-íris de luzes cintilando por todo o parque.

Presumi que aquele fosse um espaço verde urbano, como o Hyde ou o Central Park. Mas não: tratava-se de um legítimo parque de diversão bem no centro da cidade. Durante os últimos dias, tínhamos passado ali perto várias vezes e escutado os gritos vindos de uma montanha-russa aterrorizante cujos trilhos se erguiam bem acima dos muros; avistamos uma torre dourada de onde as pessoas despencavam de uma altura imensa e a uma velocidade impressionante; tivemos vislumbres de construções douradas extravagantes com minaretes no topo.

Naquela noite, senti que eu poderia relaxar e aproveitar aquele País das Maravilhas, suas lanternas cintilantes, suas fileiras de lâmpadas coloridas e suas luzes encantadas. E, com sorte, poderia passar um tempo longe de Ben. Não que ele tivesse vindo atrás de mim durante o dia. Era eu. Meus olhos pareciam ter desenvolvido uma tendência magnética, e Ben era o norte. Eu me flagrava o tempo todo olhando na direção dele e aquilo precisava parar. Ben era um jornalista do grupo que eu estava conduzindo. Eu não gostava dele. Não seria profissional da minha parte. Ben não gostava de mim. Tudo isso fazia muito sentido, menos quando meu coração idiota disparava assim que os olhos azuis dele flagravam os meus o observando.

Fiona revirava a câmera, tirando várias fotos, como sempre.

– Amei esse lugar. Eu não fazia ideia que ele existia.

– É um destino bem procurado. Especialmente no verão, quando acontecem vários shows e eventos. E no Natal.

– Parece a Disney... só que um pouco mais charmosa. Passei minha lua de mel lá – comentou ela, dando um sorrisinho torto. – Sabem qual foi a atração favorita do meu marido? O "It's a Small World". Aquele passeio idiota de gôndola ao redor de ilhazinhas com bonequinhos cantando.

– Avril, lave sua boca. Essa atração é a minha preferida também – disse Sophie, colocando as mãos na cintura, indignada, e rindo quando Avril revirou os olhos.

– Na verdade, esse é o parque de diversão mais antigo da Europa. Walt Disney veio aqui e se inspirou nele para criar a Disney – afirmou Mads, todo orgulhoso.

– Jura? – falou Fiona, deixando a câmera pendurada no pescoço. – Eu não sabia – disse ela, sorrindo para mim. – Mais uma ótima história para o blog. Eu adoro parques de diversão, e vocês?

Era uma pergunta retórica. Fiona já empunhava a câmera de novo, tirando mais algumas fotos enquanto íamos para a fila de entrada.

A temperatura havia caído junto com a noite e todos estávamos bem agasalhados. O cheiro de pipoca me atingiu em cheio e na mesma hora me lembrei das idas ao parque de diversão ou ao circo em Boxmoor Common quando era mais nova.

Lá dentro, Sophie disparou até o carrinho de pipoca. Ficamos esperando e observando o entorno.

– Você vai ficar bem nas atrações? – perguntou Ben, surgindo ao meu lado, as mãos nos bolsos da calça.

Fiquei tensa. Senti uma explosão dentro do peito, como se alguém tivesse arremessado um punhado de pedrinhas que pipocavam uma atrás da outra.

– Bem, você não vai me ver naquela ali – falei, quase entre os dentes.

Aja com naturalidade. Ele não sabe.

Indiquei os trilhos imensos que assomavam na extremidade oposta do parque.

– A demoníaca The Demon.

Ele acenou com a cabeça na direção da montanha-russa e nós dois olhamos para cima ao ouvir o coro de gritos ecoando pelo céu.

– Por mim, podia ter até um nome angelical, tipo Anjo de Felicidade, que ainda assim pareceria tenebrosa.

– Tem gente que gosta.

Os olhos dele brilhavam e senti meu coração idiota dar mais uma cambalhota.

– Não faço parte desse grupo. Consigo pensar em jeitos melhores de dar um curto no meu cérebro.

Ele riu, tirou as mãos do bolso e passou pelo cabelo, parando em um breve momento de hesitação.

– Você tem medo de andar de barco também? Acho que tem umas atrações infantis com barquinhos.

– Você é tão engraçado – falei, dando-lhe um tapinha descontraído, me fazendo de desentendida.

– Você estaria em segurança em um daqueles – disse Ben, apontando. – O que me diz?

Antes que eu pudesse responder, Sophie agarrou meu braço e me ofereceu um pouco da pipoca, que transbordava da caixa de listras brancas e vermelhas.

– Carrinhos bate-bate – zombou Sophie, resoluta. – Adoro. Nada como um pouco de agressividade no trânsito para trazer à tona o verdadeiro lado das pessoas. Vamos ver se David tem um lado sombrio.

– Quem, eu? – perguntou ele com ar de inocência. – Cuidado com o que você deseja.

– Aham, até parece – zombou Sophie, e todos rimos.

David e Sophie eram as pessoas mais tranquilas e amáveis que eu já tinha conhecido. Enquanto ela era alegria e positividade, ele era calmamente receptivo, solidário e discreto.

– Sério? Acho o bate-bate meio sem-graça – comentou Conrad.

– O quê? Vai me dizer que você é um motorista medroso? – perguntou Avril, enfiando o braço por dentro do casaco de tweed dele.

– Pois fique sabendo que, quando mais jovem, trabalhei uma temporada inteira no bate-bate do píer em Southend-on-Sea – disse ele.

– Você? – indagou Avril, com um tom de surpresa meio sem tato. – Achei que você tivesse sido criado numa mansão. Que fosse da aristocracia rural, ao menos.

– Meu Deus, não. Minha mãe era quem insistia para que eu falasse corretamente. Ela era atriz amadora. Morávamos em um conjunto habitacional.

– Sério?

Eu, que sempre achara Conrad tão elegante, olhei para ele com outros olhos.

– Sim, querida. As pessoas fazem suposições e o truque é não corrigi-las – disse ele, dando uma piscadela marota. – O que vale não é de onde você vem, mas sim para onde vai.

– Assino embaixo – falou Sophie –, embora eu seja bem sortuda. Eu cresci em uma mansão mesmo.

– Não diga! E sua mãe era a empregada – disse Avril, provocando e depois parecendo horrorizada quando Sophie respondeu:

– Tipo isso. Mais pipoca? – ofereceu ela, e balançou a caixa. – Já decidimos?

– Já – falou Fiona, com veemência e um brilho de determinação nos olhos. – Vamos no bate-bate!

Todos se viraram e a olharam surpresos.

– Ora, ora, nossa pequena Miss Timidez foi dar uma voltinha – falou Conrad lentamente.

Fiona corou.

– Desculpem.

– Nem ouse pedir desculpas – falou David, tomando o braço dela.

– Desculpa, quer dizer...

– Vamos colocar Fiona no comando da noite de hoje – sugeriu Ben. – Agora que ela está toda assertiva e mandona.

– Ah, parem com isso – disse ela, dando um soquinho no braço dele.

Rindo, começamos a caminhar e seguimos o brilho das luzes e o som dos gritos alegres que vinham do bate-bate.

No fim das contas, mesmo atrás do volante de um carrinho, David não tinha o menor instinto assassino. Não que ele tenha tido a chance de demonstrar, já que Avril assumiu o controle, dirigindo de forma surpreendentemente serena, ao contrário de Fiona, que parecia ter sofrido um transplante de personalidade. Ela pulou em um carrinho com Mads e estava amando bater em todo mundo. Sophie insistiu para que eu dirigisse, e passamos a maior parte do tempo tentando escapar do empenho de Fiona e Conrad em nos acertar em qualquer oportunidade.

Ben optou por assistir da grade, e cada vez que eu lançava casualmente um olhar na sua direção, ele parecia olhar de volta.

Enquanto saíamos do brinquedo, todos muito animados, David perguntou:

– Para onde agora, Fiona?

Ela franziu a testa e olhou para nós, mas, em um acordo tácito, parecíamos ter concordado que ela seria a líder aquela noite.

– Certo. Vamos na The Demon.

– Oba! – gritou Sophie.

– Aí, sim – falaram David e Conrad ao mesmo tempo, com Avril acrescentando:

– Vamos nessa!

– Vamos lá, gente – disse Fiona, com um sorriso largo, dando um soquinho no ar, satisfeita.

Ben me lançou um olhar questionador que me fez estremecer por dentro, mas não reagi.

Todos se adiantaram, mas ele ficou para trás e me esperou.

– Tem certeza?

– Não – engoli em seco –, mas não posso… não posso estragar a noite da Fiona. Ela está realmente empolgada.

Dei a ele um olhar corajoso como quem diz "eu consigo".

– Não vou morrer por causa disso… eu acho.

– É totalmente seguro – concordou ele.

Dava para ver que ele tentava passar um ar de tranquilidade, mas que não ajudou em nada a desarmar a bomba-relógio tiquetaqueando em mim.

– Para você é fácil falar. Você não tem medo.

– Bem, nesse caso o certo é ter medo – disse ele com um sorriso gentil. – Essa é a ideia. A adrenalina. É por isso que as pessoas vêm a esses lugares. Mas vai ficar tudo bem.

– Eu sei.

Mordi o lábio, erguendo os olhos para o carrinho voando rente aos trilhos no horizonte delineado por luzes brancas.

– Qual é a pior coisa que pode acontecer?

Os olhos dele se iluminaram, e quase deu para ouvir aquele cérebro de jornalista inteligente funcionando.

– Não, esqueça que eu disse isso.

Eu tinha certeza de que Ben poderia listar uma série de desastres e, com meu histórico recente, eu não conseguia nem começar a pensar nisso.

– Não se preocupe. Feche os olhos e pense em... *hygge*.

– Engraçadinho.

– Vai acabar em um segundo e, pelo menos, você vai poder dizer que conseguiu.

Assenti.

– E eu vou estar com você... se você quiser – disse ele.

A julgar pelo tamanho da fila, a montanha-russa era a atração mais popular. Ficamos ali conversando e debatendo se deveríamos ter optado pela versão com máscara de um simulador que aparentemente oferecia dragões voando ao nosso redor. Fiquei calada. Eles só podiam estar de brincadeira comigo. O negócio já era bem assustador sem elementos extras.

A fila andou rápido, e estávamos cada vez mais perto da plataforma por onde o carrinho chegava. Onde é que eu estava com a cabeça quando concordara com aquilo? Acho que deixei escapar um lamento involuntário e, com as pernas pesadas como chumbo, subi o degrau seguinte, a mão apertando o corrimão.

Ben se virou para mim. Levantei a cabeça e ergui o queixo com uma determinação de quem diz "quem está com medo aqui?". Fazendo o movimento facial correto e exibindo os dentes, dei a ele algo parecido com um sorriso. Mas foi um que provavelmente teria assustado criancinhas e Ben não se convenceu. A mão dele procurou a minha, dando um leve aperto. Fechei os olhos e devolvi a pressão, esperando que ele me soltasse logo, mas não. Ele manteve nosso aperto firme, chegando mais perto para que ficássemos lado a lado.

– Você está com cara de pânico.

Minha tentativa de ficar inexpressiva tinha saído pela culatra.

– Eu estava torcendo para que não desse para ver.

– Eu percebi porque eu sei. Mas você não precisa fazer isso.

Eu não precisava, mas sentia que deveria. Eu fazia parte daquele grupo heterogêneo. Um por todos, todos por um. Nos últimos dias, depois de compartilhar problemas e questões pessoais, começávamos a formar um laço tímido.

– Eu vou ter que fazer.

Olhei para Avril e Conrad nos degraus mais acima, conversando animadamente e apontando para as pessoas já posicionadas no carrinho.

– Tem certeza que isso é seguro? Um carrinho em um trilho a quinze metros do chão, voando a mais de 90 quilômetros por hora, desafiando a gravidade sem nenhuma rede de segurança à vista.

– Isso mesmo, garota.

Ele me lançou um sorriso torto, seus dedos entrelaçados aos meus, apertando-os em uma provocação silenciosa.

Fechei os olhos e não consegui evitar o breve tremor que me sacudiu.

Ben puxou minha mão para que eu o encarasse e, com a expressão séria, ele disse:

– Kate, dura um minuto. Sessenta segundos. Quando você se der conta, já vai ter acabado.

Soltei um longo suspiro.

– Sessenta segundos?

– Isso. Um minuto inteiro.

– Certo. Eu consigo fazer isso.

A fila andou muito rápido e, de repente, estávamos quase no final da plataforma. Uma garota loura sorridente (claro que era loura e sorridente, estávamos na Dinamarca) pegou as entradas, conduzindo todos até os assentos. Dei um passo à frente. Ainda dava tempo de desistir, como um garoto e sua mãe, que mudaram de ideia nos últimos degraus. Provavelmente o choro alto dele tinha muito a ver com a decisão dela. Ah, se eu tivesse 7 anos...

E então a jovem nos parou, Ben e eu. Por um instante, achei que tinha recebido um indulto, que alguma intervenção divina havia determinado que não servíamos para aquilo, mas, não, ela nos parou só porque o carrinho já estava cheio.

– Vejo vocês lá embaixo – gritou Fiona.

Ela acenou com as duas mãos, quicando de empolgação em seu assento, quando deveria estar desesperadamente agarrada à barreira acolchoada à sua frente. Aquela garota era maluca?

Prendi a respiração quando o carrinho se afastou, observando-o começar sua lenta subida. Ben olhou para mim, e algo se acendeu entre nós.

– Aquela noite em Grovesnor. Por que você fugiu?

Era absolutamente a última coisa que eu esperava que ele dissesse naquele momento. A situação me deixou mais em pânico do que a montanha-russa, então falei a verdade.

– Fiquei com medo.

Não era o que ele esperava que eu dissesse.

– Com medo?

– Aham.

Olhei por cima do ombro dele, a autopreservação entrando em cena.

– E no momento estou completamente em pânico.

Estremeci quando uma onda de gritos percorreu os trilhos.

Algo tremeluziu nos olhos dele, uma combinação efêmera de ternura, determinação e afinidade que fez meu coração errar as batidas.

Incapaz de desviar meu olhar do dele, vi sua cabeça se aproximar cada vez mais, até que o nariz dele roçou no meu e nossos lábios se encostaram.

Pequenas faíscas de eletricidade. Aquele formigamento inicial de pele com pele enviou uma descarga que percorreu todo o meu corpo, provocando um calor delicioso. Quando o beijo se intensificou, relaxei no abraço dele como se estivesse em casa. Mas logo os movimentos lentos e embriagantes ganharam outro ritmo e senti a boca dele explorando a minha com mais intensidade. Aquele beijo era tudo que eu sabia que seria e exatamente o motivo de eu ter fugido. Alarmes soavam em minha mente, buzinas insistentes, *alerta, alerta, pare, pare*, mas meu corpo estava mandando tudo aquilo para o inferno.

Os braços dele deslizaram ao redor da minha cintura, me puxando para perto. Passei um braço em volta de seu pescoço, e naquele momento, com um sorriso triste, ele se afastou, deixando meus lábios atordoados e confusos.

Senti a respiração dele na minha orelha quando sussurrou:

– Isso levou mais ou menos vinte segundos.

Respirei fundo, completamente zonza. Vinte segundos de uma alegria surreal.

— Então, se você pensar usando essa medida, o passeio todo vai ser igual a três beijos.

— Ah — respondi, debilmente, tocando meus lábios.

Isso, sem dúvida, tinha alterado minha perspectiva.

Atrás de nós, pessoas inquietas esperavam o retorno do carrinho, que já havia despachado os passageiros anteriores. Eu me concentrei no formigamento em meus lábios, na pulsação errática e na mão quente e firme de Ben segurando a minha. Fileiras de assentos pretos vazios — um pouquinho ameaçadores, como uma boca aberta cheia de dentes — nos aguardavam. As barras erguidas aguardavam o momento de prender os passageiros em seus lugares. Atrás de mim, pessoas empolgadas e entusiasmadas empurravam de leve, nos adiantando. Ben pegou minha mão outra vez e me guiou para o fundo, enquanto meu estômago se revirava loucamente. Respirei rápido algumas vezes enquanto ocupávamos o assento acolchoado. A barra, então, desceu e travou no lugar, o clique audível tornando tudo terrivelmente derradeiro.

Então o carrinho começou a se mover devagar. Bem devagar.

Um segundo. Dois segundos. Três segundos. O sistema hidráulico emitia cliques constantes com uma inevitabilidade agourenta, como o crocodilo perseguindo o Capitão Gancho. Agarrei a trava, minhas mãos parecendo garras. Ao final daquilo, teriam que me arrancar dali com um pé de cabra.

Inspirei fundo enquanto chegávamos cada vez mais perto do topo, subindo pela primeira inclinação íngreme com uma lentidão agonizante. Abaixo de nós, a paisagem mágica do parque se espalhava, com suas árvores indistintas e o lago refletindo as luzes. À minha esquerda, ao longe, o horizonte com prédios e torres contrastava com o céu noturno. Com um aperto no peito que nada tinha a ver com o medo crescente pela situação, voltei a me dar conta do calor tranquilo daquela mão firme na minha. Arrisquei uma espiadela. O sorriso encorajador de Ben me fez derreter.

Então, por um segundo, ficamos ali, oscilando no ponto mais alto antes da queda.

Merda. Merda. Merda. Luzes piscavam e passavam voando, um borrão em néon. Descemos a toda, o cabelo chicoteava meu rosto e o ar passava rápido, me fazendo perder o fôlego. Meu coração martelou, meu estômago pareceu despencar, e, segundos depois, estávamos voando, um coro de gritos enquanto zuníamos pela noite.

– Ah, meu Deus. Ah, meu Deus. Ah, meu Deus.

E então estávamos de cabeça para baixo e, dessa vez, eu soltei um som agudo, aterrorizada demais para destravar a mandíbula e berrar.

A mão de Ben me apertou mais, seu polegar esfregando calmamente meus dedos esbranquiçados, tamanha a pressão que eu fazia para segurar a barra, a coxa dele roçando na minha quando chegou mais perto.

Com um puxão para a direita, giramos, e o carrinho adernou sobre os trilhos de um jeito que parecia prestes a despencar. Desesperada, me segurei, ciente de alguém gritando feito uma alma penada e das pessoas na fileira da frente agitando os braços no ar. Fechei os olhos. Meu estômago estava em queda livre. Aquilo era o puro suco do inferno. Não era de se admirar que aquela coisa tivesse um nome tão demoníaco.

Saí cambaleando do brinquedo, as pernas bambas, fustigada pelo fluxo de pessoas agitadas e entusiasmadas por causa da volta na montanha-russa. Ben passou um braço ao meu redor e me afastou da correnteza ao me puxar para o lado até um parapeito.

– Ah, meu Deus. Ah, meu Deus. Eu consegui! Eu consegui!

Gaguejando, eu me virei para encará-lo, agarrando-o pelos antebraços.

– Você conseguiu!

Seu aceno indulgente de aprovação somou-se à minha sensação de júbilo, e algo dentro de mim deu uma cambalhota. Guiada por um misto de gratidão e euforia, todos os meus receios desapareceram e me inclinei para beijá-lo.

No momento em que meus lábios encontraram os dele, Ben soltou o ar com força e me puxou, nossos corpos se chocando. A mão dele subiu pelas minhas costas para me segurar firme e Ben me beijou com determinação. Um arrepio de prazer incontrolável percorreu meu corpo e me contorci nos braços dele. Com a mão livre ele aninhou meu rosto. Eu o envolvia com firmeza e fiquei arrepiada ao ouvir seu gemido abafado. Fiquei na ponta dos pés, pressionando os lábios nos dele com mais vigor, mergulhando de cabeça no beijo. Terminações nervosas em chamas. Afundei ainda mais, cedendo à embriagante onda de emoção quando a língua dele tocou a minha, fogos de artifício explodindo como estrelas cadentes. Um calor lânguido fez arder meu baixo-ventre, aquecendo cada gota do meu sangue. Eu queria mais e pressionei o corpo dele, meus quadris contra os dele. Silenciosa e apaixonadamente, ele me apertou ainda mais contra seu corpo esguio.

O momento foi se intensificando, e a cada movimento da boca dele, eu ardia de paixão e respondia com uma fome louca. Sem pensar, passei os dedos por seu cabelo curto, as pontas formigando de prazer ao sentir o toque.

Braços se contorciam. Narizes se batiam. A respiração saía pesada e errática.

As sensações e o sentimento giravam e despencavam sem controle, como se não tivéssemos saído da montanha-russa. Eu me segurei com mais força nele, com medo de acabar caindo caso o soltasse. Eu nunca havia beijado nem sido beijada daquele jeito e não queria que acabasse. Eu queria ficar ali para sempre.

Era quase demais para aguentar. Com a respiração pesada, finalmente nos afastamos, nossos olhares fixos um no outro enquanto eu ficava dentro do abraço dele.

– Uau – disse Ben, respirando demoradamente.

Assenti, ciente do meu coração martelando com tanta força que dava para sentir a vibração nas costelas.

– Uau mesmo – sussurrei, incapaz de desviar os olhos dos dele.

Atordoado, ele sustentou meu olhar, as pupilas dilatadas, o cabelo bagunçado. Isso me fez sorrir.

– Não fique se achando – grunhiu ele.

Ben ficou imóvel, mas eu ainda sentia seu tórax subindo e descendo e estava ciente da pulsação em seu pescoço.

Dei de ombros em um ínfimo gesto de orgulho feminino.

– Precisamos sair daqui – sussurrou ele. – Mas... Droga, devem estar esperando a gente.

Assenti, meus lábios ardendo e formigando.

– Nos vemos mais tarde? Quando voltarmos para o hotel? Tem um bar na esquina.

Nossos rostos gelados brilhavam quando entramos no saguão aquecido do hotel. David provocando Fiona sobre o quanto ela tinha gritado no Star Flyer, Avril rindo de Conrad e Ben, que tinham amarelado para a Golden Tower, e Sophie e eu disputando para saber quem estava com a calça mais molhada depois das atrações com água.

Ben e eu tínhamos mantido uma distância discreta depois da montanha-russa, trocando olhares furtivos várias vezes e checando a hora, aguardando o momento de voltar para o hotel.

Uma voz ressoou acima da cabeça de todos, silenciando o grupo.

– Kate.

Respondendo automaticamente ao chamado, virei em direção à voz e só dez segundos depois minha ficha caiu, como um impacto de carrinho bate-bate.

Era como se eu tivesse dado de cara em uma porta.

– Josh – falei sem forças, enquanto ele se levantava de um dos assentos na recepção.

Eu o encarei, me recusando a pronunciar a pergunta ou dar a ele a maldita satisfação de responder com "O que está fazendo aqui?".

Em vez disso, eu o deixei ali, todos o olhando com curiosidade.

– Você conhece esse homem? – perguntou Conrad, seu bigode estremecendo com uma intrepidez cavalheiresca.

– Infelizmente, sim – murmurei, meu coração afundando como um *petit gâteau*.

Dei uma última olhada em Ben.

– Megan achou que você precisava de reforços.

Eu quis perguntar onde estavam todos, mas me impedi a tempo.

– Olá, pessoal. Josh Delaney, da Machin Agency.

– Que estranho você estar aqui, Josh. Vamos embora depois de amanhã – comentei, tentando soar tranquila e impassível.

– Ah, cautela nunca é demais. Você sabe. Garantir que os últimos dias transcorram sem mais problemas – disse ele, tentando dar um sorriso cativante para o grupo. – As coisas não têm sido muito tranquilas, não é?

Ouvi Avril inspirar com um sibilo e vi surgir uma culpa terrível em seu semblante enquanto ela cochichava algo com Conrad.

Um breve lampejo de fúria fez meu rosto arder e rangi os dentes para aquele tom condescendente de Josh. O que diabos eu tinha visto nele?

Houve um momento de hesitação e então Avril, ignorando Josh por completo, disse com seu melhor tom de princesa arrogante:

– Ainda vamos ao bar? Eu poderia matar alguém por um gim-tônica. Encontra com a gente lá, Kate?

Ela cruzou à minha frente e deu uma piscadela.

– Sim, vejo vocês em um minuto.

Controlei minha expressão para não demonstrar alegria quando, graças a Deus, todos me deram tapinhas carinhosos e acenaram ao seguir para o bar. Ben foi andando o mais lentamente possível, como se estivesse se certificando de que eu não precisava de alguma intervenção.

Eu poderia ter beijado cada um deles por aquele show silencioso de solidariedade.

– Vocês todos parecem bem próximos – observou Josh, retornando ao seu costumeiro tom malicioso no momento em que todos saíram do alcance de sua voz. – Não é de se admirar que tenham ocorrido alguns problemas.

– Nada que não tenha sido resolvido – falei, olhando para ele com raiva. – Como você ousa tentar sugerir que eu sou incompetente na frente deles?

– Se a carapuça serviu…

Ele deu de ombros e abriu um sorriso de tubarão enquanto eu ponderava qual seria o custo de socar aqueles dentes brancos e perfeitos goela abaixo.

– Nenhum deles tem qualquer queixa sobre o modo como essa viagem tem sido conduzida.

Ao menos nenhuma que tivessem dito em voz alta.

– E é por isso mesmo que Ed e Megan decidiram deixar que você ficasse.

– *Deixaram* que eu ficasse? – guinchei como um porquinho-da-índia furioso, dando mais uma olhada na dentição perfeita dele.

Talvez valesse quebrar mesmo aqueles dentes, só pela satisfação.

– Achei que seria útil ter mais uma pessoa ajudando.

– Como é?!

– Ah, pelo amor de Deus, Kate. Pare de ficar na defensiva assim. Encare isso como uma oportunidade. Posso fazer um relatório do seu desempenho nos próximos dois dias.

– Defensiva?! Então eu simplesmente tenho que ignorar o fato de que você chegou do nada, sem nenhum aviso?

– Qual é, Kate? Você tem cometido uma série de erros. Gente machucada, gente desaparecida, contas caríssimas. Não está parecendo superprofissional e…

Josh deu uma olhada no grupo que ia saindo.

– Se me permite, acho que já identifiquei o problema. A coisa está casual demais. Você está achando que é um deles e esqueceu que isso aqui é trabalho. É o tipo de coisa que acontece quando a pessoa não é muito experiente.

Eu quis rugir: *Não, você não pode dar nem um pio!* Em vez disso, falei com veemência:

– Fomos aos Jardins de Tivoli. Todo mundo relaxou e se divertiu. Engraçado que ninguém tenha se perdido nem se machucado, porque, se existe um lugar propenso para isso acontecer, certamente esse lugar é um parque de diversão.

– E a escolha desse passeio foi inteligente? Você deveria manter um distanciamento, agir de forma profissional. Essas pessoas são jornalistas, Kate. São contatos. Não são seus amigos.

Josh contorceu a boca, obviamente referindo-se ao modo como Sophie e eu tínhamos entrado juntas no saguão, dando risada.

As palavras dele também me machucaram. Aquelas pessoas haviam virado minhas amigas. Sophie e eu já tínhamos combinado de almoçar juntas quando voltássemos.

– Sério, Kate, estão colocando seu profissionalismo em dúvida lá na agência. Ficar muito próxima de contatos na imprensa é flertar com o desastre. Veja só como Conrad se aproveitou da sua gentileza. Daqui a pouco vamos ficar sabendo que você dormiu com Benedict Johnson.

Fiquei vermelha e Josh me lançou um olhar avaliador intenso, erguendo uma sobrancelha.

– O que seria uma transgressão ética imperdoável.

Capítulo 20

Acordei me sentindo muito mal. A ideia de continuar deitada era tentadora. Podia mandar uma mensagem para Josh, dizer que ele podia assumir o controle.

Minha maldita promoção voava para longe como um balão de gás hélio, e eu estava destinada a correr atrás dele para sempre, tentando pegar sua cordinha. Me joguei de novo no colchão. Preferi pensar em Ben e em nosso beijo.

Na noite anterior, Josh insistira em sentar comigo no saguão para repassarmos os itinerários dos próximos dois dias, avaliando todos os possíveis riscos, enquanto os outros tinham ido para o bar. Se ele ao menos soubesse que o maior risco naquele momento era Conrad fazer um estrago na conta com uma rodada de conhaque para todos...

– Tem certeza de que a caminhada até o Design Museum vai levar só vinte minutos?

– Tenho – respondeu Mads.

– E vamos sair logo depois do café da manhã? – perguntou Josh mais uma vez.

– Cada um desce em um horário diferente para tomar café da manhã e em geral as pessoas gostam de voltar ao quarto antes de sair. Vamos nos encontrar no saguão às nove.

Mads e eu sorrimos um para o outro. Fiona era alérgica a manhãs e sempre corria para o café no último minuto possível, invariavelmente esquecendo algo no quarto que ela precisava voltar para buscar.

– Não é de se admirar que estejam tendo problemas. O grupo todo deveria seguir o mesmo cronograma, ficar sempre junto. As pessoas não podem simplesmente perambular por aí, fazendo o que der na telha. Essa gente vai se aproveitar de vocês na primeira oportunidade.

– Que gente? – perguntou Mads parecendo confuso, como se tivesse perdido por completo sua compreensão do outro idioma.

– Essa gente de imprensa. Eles são... bem, não são exatamente o inimigo, mas também não são amigos.

Ele me lançou um olhar sombrio de alerta.

Mads continuou perplexo e Josh soltou um "tsc tsc".

– Não se preocupe – disse Josh para Mads, mas se virou para mim. – É trabalho meu e da Kate manter todo mundo na rédea curta. Vamos dar as coordenadas amanhã no café da manhã e deixar claro o que a gente quer.

– Josh, eles são adultos... Isso aqui não é uma excursão da escola.

– Não, Kate – rebateu ele, enfatizando o "t" do meu nome com rispidez –, é uma viagem de negócios, com propósitos, objetivos e metas bem definidos. E é nosso trabalho garantir que todos sejam alcançados – insistiu ele, me lançando um olhar que me perfurou. – Dê um dedo a um jornalista, e ele vai querer o braço inteiro. Eles são o time adversário.

E então, com uma risada desanimada, acrescentou:

– Raramente fazem alguma coisa por nós. Estamos aqui pelo cliente. Não é uma festa. Eles estão aqui para trabalhar também.

– E-eu sei disso – falei, tentando me recompor.

– Agora, o itinerário de amanhã. Não quero que nada dê errado. Vamos repassá-lo e identificar possíveis falhas de planejamento.

Ele puxou um bloco de notas A4 de sua bolsa masculina Paul Smith.

Sério? O passeio era para o Design Museum. O que ele achava que poderia acontecer? Um aparador enorme cair em cima de alguém? Alguém ser engolido por um sofá estofado demais?

Fiquei ali deitada, o braço cobrindo os olhos para evitar o sol da manhã, remoendo as palavras de Josh. Será que eu tinha sido muito boazinha? Tinha deixado tudo correr solto demais? Me enturmado além da conta? Megan havia dito que eu precisava de mais *gravitas*. Talvez realmente tenha faltado profissionalismo da minha parte.

Eu tinha beijado Ben.

Não, não fora uma atitude profissional. Nem um pouco profissional. Onde é que eu estava com a cabeça? Pergunta idiota: eu não estava com a cabeça em lugar nenhum. Senti um aperto de dor e tristeza no coração ao pensar em Ben. Eu me deixara levar pelos hormônios e pela euforia depois da montanha-russa. Se Josh sequer sonhasse com o que tinha acontecido, minha carreira estaria morta e enterrada. Eu ainda tinha dois dias para provar que conseguia dar conta daquela tarefa. Eu precisava falar com Ben, dizer que a noite anterior havia sido um erro e que precisávamos manter o foco no trabalho. Isso era profissionalismo. Era cuidar da carreira. E precisava vir em primeiro lugar. Eu tinha me esforçado demais para trocar tudo por alguns beijos, independentemente do quão entorpecentes, emocionantes e atordoantes fossem.

Suspirei outra vez. Meu Deus, ainda eram seis horas. Seria impossível voltar a dormir.

As luzes brilhavam no Varme e, da calçada, avistei Eva andando para lá e para cá. Provavelmente ainda nem abrira a loja, mas, quando apareci na porta, ela correu para abrir e me receber.

— *Morgen*, Katie. Acordou bem cedo. Aceita um café ou, quem sabe, um chocolate quente hoje?

A pergunta tinha algo além de uma simples gentileza.

— Está tão óbvio assim?

Tirei meu casaco úmido. O ar gelado da manhã tinha um toque de bruma marinha e parecia que ia chover.

— Tem alguma coisa incomodando você.

— Alguém.

— Ah, imaginei.

Olhei bem diretamente para ela e não pude deixar de sorrir.

— Você lê mentes?

— Não, sou apenas uma observadora da natureza humana. Vamos comigo até a cozinha enquanto preparo um espresso. Vai combinar muito com o *chokoladesnegle* que estou fazendo e uma ajudinha vai cair bem. E, enquanto isso, você pode me contar tudo.

Ela me entregou um avental, me indicou a pia para que eu lavasse as mãos e, quando terminei de secá-las, Eva ligou a máquina de espresso e arrumou vários montinhos de massa em um tabuleiro untado com farinha. Ela rapidamente me mostrou o que queria que eu fizesse. Graças a Deus, era bem simples: apenas abri-los em retângulos. Até eu conseguia fazer aquilo.

Quando peguei o rolo de massa, Eva ergueu o dedo para me advertir:

– Lembre-se de colocar amor, viu? Pense nas pessoas que são mais especiais para você. Para quem você faria isso? Não me conte. Apenas pense nessas pessoas.

Quando lancei um olhar educado, ainda que um pouquinho descrente, seus olhos cintilaram de alegria.

Abri o primeiro retângulo ao lado dela, pensando em meu pai, Brandon e John. Meu Deus, eles devorariam um prato de doces dinamarqueses mais rápido do que uma horda de gafanhotos. Connie também iria adorar.

A massa era muito macia e tomei bastante cuidado, imitando o ritmo cauteloso de Eva, sem apertar com muita força e usando o rolo de massa do mesmo jeito que eu tinha visto Sophie fazer ao ensinar Fiona. Meu retângulo estava quase tão perfeito quanto o de Eva.

– Olha só! Eu consegui.

Senti uma alegria ridícula pela conquista.

– Muito bem! Agora, a próxima etapa.

Com sua costumeira eficiência e seus movimentos precisos, Eva me mostrou como espalhar a mistura de canela por cima da massa e depois como enrolá-la até formar um rocambole comprido, que então era fatiado em porções individuais. Repeti o processo.

– Certo, agora temos várias fornadas para preparar.

Ela me entregou um café. Dei um gole. A bebida forte e quente desceu bem e me senti muito melhor.

– A agência enviou alguém para... ficar de olho em mim, acho.

– Ah.

Eva ergueu o olhar, surpresa.

Fazendo cara feia, deixei a xícara de lado (infelizmente perdendo o conforto do calor) e peguei o rolo de massa.

– Me sinto levemente um fracasso.

– Cuidado.

Ela apontou para o doce, que de repente tinha ficado um pouco irregular. Eu me concentrei por um segundo e consegui endireitá-lo.

– Você se acha um fracasso?

Eva esperava por uma resposta.

Terminei de enrolar meu doce antes de olhar para ela.

– Você está fazendo de novo, essa coisa de ler mentes.

Ela não negou, em vez disso, cutucou minha massa.

– Com delicadeza.

– Você é pior do que a Inquisição Espanhola, Eva...

Virei a massa que já estava pronta para receber o recheio. Parei porque deveria estar pensando em coisas boas.

– Já é bem ruim eles terem mandado alguém por acharem que não estou fazendo um bom trabalho. Mas mandarem Josh Delaney, que, além de meu ex, é o cara que foi promovido no meu lugar, foi como jogar sal na ferida.

– Ah...

– Pois é.

Percebi que apenas a história completa satisfaria Eva. Larguei a espátula.

– Josh e eu namoramos por um tempo, mas em segredo, porque trabalhávamos juntos. Eu fui idiota de não perceber que ele estava escondendo das pessoas porque nós dois estávamos concorrendo ao mesmo cargo. O que ele nunca me contou. E agora ele está aqui para relatar meu desempenho.

– Ai.

– Ai mesmo. Ao que parece, tenho dado muita abertura para o pessoal do grupo. Não tenho mantido distância suficiente.

– Mas por que você deveria agir assim? Não entendi.

– Porque estou a trabalho e, portanto, deveria ter criado uma relação meramente profissional e mantido certa distância.

– Quem disse isso?

– Josh é meu sênior e está em contato com meus chefes. Pelos próximos dois dias, vou ter que andar na linha.

– Por quê? É evidente que Lars considera você capaz de fazer esse trabalho e eu mesma não vi nada que indicasse o contrário.

– É muita gentileza sua, Eva, mas, infelizmente, Lars não apita nada no que diz respeito às minhas perspectivas de promoção.

Parei de falar e peguei a espátula outra vez. Era bom ser sincera com ela, aparentemente algo que as pessoas ficavam predispostas a fazer em sua presença. O Varme tinha se tornado um confessionário nos últimos dias.

– Eu só consegui a conta da Hjem porque Lars resolveu ir até a agência de última hora. Naquele dia não tinha mais ninguém que pudesse estar na reunião, então eles deixaram para mim, porque sabiam que eu não negaria. E...

Levei um segundo para formular aquilo de forma diplomática.

– Lars vinha sendo bem... cauteloso, então ninguém esperava que ele fosse escolher a gente.

Eva pôs as mãos relaxadamente na mesa, um sorriso sabichão no rosto.

– Conheço meu filho. Ele sabe o que quer, mas nem sempre sabe explicar. Ele se guia muito pelo instinto. – Mesmo em meio ao extremo orgulho materno, surgiu uma pontinha de ciúme: – Ele é muito parecido comigo, mas no trabalho é dedicado como o pai.

– Meus chefes ficaram... sem palavras quando Lars escolheu a gente. Eu também. Mas aí ele insistiu para que organizássemos essa *press trip* e o pessoal achava que não era a estratégia correta. É um desafio e tanto conseguir fazer jornalistas toparem algo assim.

– Você acha que a *press trip* foi uma boa ideia?

– Agora acho, especialmente depois do roteiro incrível que Lars organizou. Todo mundo... quer dizer, quase todo mundo está se divertindo muito. Acho que a maioria vai querer escrever sobre a nova loja e como ela está conectada às coisas que eles viram na viagem. E também acho que esses dias causaram um impacto real na forma como eles encaram as coisas. Algumas pessoas vão transformar alguns aspectos de suas vidas, o que é um bônus maravilhoso.

– Mas e quanto a convencer essas pessoas a vir? A parte difícil foi você quem fez – observou Eva, perspicaz como sempre.

Alonguei o pescoço, sentindo a tensão toda acumulada ali.

– É. Foi basicamente isso.

– Lars é excelente em julgar o caráter das pessoas. Ele conversou com muita gente em Londres antes de tomar a decisão.

Suspirei.

– Não sou elegante como as outras garotas do trabalho... Todas elas são de família rica, têm contatos, conhecem as pessoas certas. Eu preciso correr atrás se quiser crescer. Não sou tão boa assim.

– Por que você acha isso? É claro que é.

Ela era muito gentil, mas não entendia.

– Ah, Eva, eu não sou.

Tirei o cabelo do rosto com as costas da mão enfarinhada. Queria ser sincera com ela.

– Estou tentando ser promovida desde o ano passado, mas toda vez que acho que estou quase lá, eles exigem mais.

– Não acha que isso diz mais sobre as pessoas para quem você trabalha do que sobre você? Eu já vi a senhorita em ação, já vi quanto quer fazer um bom trabalho para a empresa de Lars. Você é boa com as pessoas, cuida delas porque tem um bom coração, não porque é seu trabalho. Olhe como você cuidou do Conrad. E da Avril. Você fez Fiona se sentir bem com ela mesma em relação à fotografia. E eu não sei o que está rolando com Ben – disse ela, com um brilho travesso no olhar –, mas ele parece mais feliz. David também. Só falta darmos um jeito na Sophie.

– Sophie?

A ensolarada e feliz Sophie? O que precisava de "um jeito" nela?

– Sim, eu me preocupo com Sophie. Ela tem aquela fachada toda, parece um pouquinho você, até, mas tem algo fora do lugar. Ela é quase feliz demais. Otimista demais. Acho que vem usando esse lado positivo para esconder a verdade. Assim como você. Mas a gente sempre tem escolha, Katie. E você pode escolher mudar as coisas. Agora termine essa última fornada.

Assim que coloquei os tabuleiros no forno, um movimento atrás de Eva chamou minha atenção. Olhei para a porta, por cima de seu ombro.

– Bom dia, Eva – disse Conrad, entrando. – Ah, Kate, que maravilha ver você aqui!

Ele entrou tirando as luvas de couro e batendo-as na mesa, como se não estivesse para brincadeira. David e Avril vieram logo atrás, parecendo furtivos ao se aglomerarem em volta da mesa.

Tirei o avental e fui até eles.

– Bom dia, Eva – cumprimentou David, baixinho. – Sophie e Fiona estão a caminho. E acredito que Ben esteja quase terminando sua ligação.

Os três estavam tomados por uma alegria contida.

Conrad apontou com a cabeça para a calçada lá embaixo, onde, como sempre, Ben andava de um lado para outro falando ao celular.

– Deve ser a irmã dele.

Fiquei imediatamente nervosa ao ver que ele estava com a sacola da H&M. Eu tinha devolvido a calça extra para ele no dia anterior, antes de sairmos para os Jardins de Tivoli.

– O que estão fazendo aqui? Não que eu não esteja feliz em ver vocês, mas...

Embora eu estivesse particularmente grata por Ben ter ficado lá fora.

– Pensamos em tomar café da manhã aqui, para variar – respondeu Avril.

Ela se jogou na cadeira e começou a remexer nas coisas da mesa, mudando os cardápios de lugar e organizando os porta-guardanapos, assumindo o comando como se fosse a rainha da corte.

– Todos vocês? – perguntei.

– Aham – respondeu Avril, em um tom que não admitia contestação.

Então Sophie e Fiona entraram e, um segundo depois, Ben.

Tomei um gole grande de café e passei um bom tempo analisando a espuma do leite.

– Bom dia, gente – disse Sophie, vindo se sentar ao meu lado.

Ela exalou o frio da manhã ao começar a tirar o casaco. Eu me atrapalhei toda tentando ajudá-la e o coloquei no encosto da cadeira, enquanto Fiona puxava uma cadeira na mesa ao lado, espremendo-se ao lado de David. De canto de olho, notei Ben sentado ao lado de Avril, mas evitei olhar diretamente em sua direção.

– Não é legal, todo mundo tomando café da manhã junto? – comentou Sophie. – Uma pena que você não possa tirar uma selfie nossa, Fi – acrescentou ela, pegando o menu.

– Posso, sim!

Em segundos, Fiona tinha montado um tripé portátil que parecia ter saído de *Guerra dos mundos*, fixado a câmera e colocado a estrutura na mesa oposta.

– Eva, você tem que vir também – insisti.

Fiona ajustou o timer e correu até nós bem no momento em que ouvimos o barulho de contagem regressiva.

– Só por favor não digam "salsicha" – gritou Avril –, porque isso me faz pensar em uma coisa totalmente diferente e não é exatamente com essa cara que eu quero sair na foto.

Seu tremelique teatral nos fez gargalhar no momento do disparo.

Eva seguiu para a cozinha e todos nos reunimos para ver a foto. Era um registro incomparável, um momento perfeito imortalizado no tempo. Avril, com os olhos brilhando de travessura, estava com um braço ao redor de Ben, que estava com um sorriso misterioso no rosto, quase como se estivesse olhando para mim. Conrad, entre Fiona e Sophie, ria com gosto e David, ao meu lado, saiu com um sorrisinho de canto de boca, irradiando felicidade. Espremida entre nós, Eva sorria, orgulhosa como a mamãe ganso com seus filhotinhos.

– E então, o que vão querer? – perguntou Sophie, desaparecendo atrás do menu outra vez.

– Você pensa em mais alguma coisa além de comida, Sophie? – questionou Avril se inclinando sobre a mesa para cutucá-la.

Sophie riu.

– De vez em quando penso em… Oi, Eva. Ah, café e *kanelsnegle*. Humm.

Todos na mesa gargalharam.

Eva trazia uma bandeja com xícaras de café e um prato cheio dos rolinhos de canela que tinham um cheiro delicioso. Enquanto pratos e xícaras eram passados de mão em mão, pedi para Fiona:

– Você pode me mandar essa foto?

– É claro.

– Quando?

Eu tinha tido uma ideia, mas não sabia se seria algo viável no tempo disponível.

– Neste exato minuto.

– Jura?

– É só parear o bluetooth da câmera com o meu celular. E-mail. Pronto.

A imagem apareceu quase imediatamente na minha caixa de entrada.

Olhei para o relógio. O *kanelsnegle* tinha sido devorado e na sequência houve uma discussão animada sobre pedir ou não mais alguma coisa para comer.

– Por que vocês não quiseram tomar café da manhã no hotel? – perguntei.

Merda. Josh ia ter um troço. Imaginei-o sozinho à mesa para oito, esperando que todos aparecessem. Mas era difícil ficar com pena dele.

– O cara é um idiota – disse David, olhando para os outros, como se decidisse ser o porta-voz. – "Não tem sido muito tranquilo" – imitou ele. – Do que esse cara sabe?

Fiquei surpresa diante das palavras improváveis vindo logo dele.

– Como ousam mandar alguém para ficar de olho em você? Ouvimos o que ele disse ontem à noite... Não vamos tolerar isso, Kate.

A indignação de Avril reverberou em sua voz e ela jogou o cabelo por cima do ombro no melhor estilo princesa. Ela, David e Conrad, um front unido, se endireitaram ao mesmo tempo como se estivessem se preparando para enfrentar um exército, e Avril acrescentou:

– Não, não vamos tolerar nem um pouco e vamos deixar isso bem claro. Logo, logo ele vai perceber que não pode ir chegando do nada para assumir o controle da nossa turminha.

As lágrimas faziam meus olhos pinicarem.

– É muito gentil da parte de vocês, mas...

– Mas nada – falou Conrad.

Ele apoiou os cotovelos sobre a mesa e se inclinou na minha direção, apontando dois dedos para mim, como se fossem uma pistola.

– Isso é culpa minha, não é? Sou um velho idiota e causei problemas para você.

– Não, Conrad...

– Sim, Kate. Eu agi mal e você não devia ser punida por isso.

– Acho que "punida" é um pouco forte demais.

– É minha culpa também – intrometeu-se Avril. – Se eu não tivesse tuitado sobre Conrad ninguém da agência teria ficado sabendo. Isso sem falar na minha aventura com a ponte.

– Você cuidou muito bem de nós, Kate – acrescentou Sophie.

– Bem demais – falou Fiona.

– Bem de verdade – disse Ben.

Ao som da voz dele, dei uma espiadinha em sua direção, o que foi um erro, porque ver aquele sorrisinho em sua expressão séria me causou frio na barriga. Minha memória entrou em ação e quase levei a mão aos lábios quando lembrei da sensação do beijo na noite anterior. Fiquei tensa.

Não siga por esse caminho, um lembrete saudável de que eu precisava ficar bem distante dele.

– Muitíssimo bem, de fato – pronunciou Conrad, cutucando o braço de Ben.

Por um momento, observando as expressões sinceras de todos, fiquei sem palavras.

Talvez eu pudesse de fato ter sido um pouco mais firme já que agora um motim parecia ter se instaurado no grupo. Mas mesmo que isso fizesse eu me sentir acarinhada e querida, não ajudaria nem um pouco a minha situação com Josh.

– Escute o que eles estão dizendo, Kate – sugeriu Eva.

Ela parou atrás de mim e colocou as mãos nos meus ombros. Por um segundo, eu quis me recostar nela e senti um calorzinho no peito ao ver que todos estavam me apoiando.

– Sophie comentou que você costuma vir aqui bem cedo, então, ontem à noite, quando estávamos no bar, decidimos vir encontrar você aqui em vez de tomar o café do hotel – explicou David.

– Você são uns amores. Obrigada pelo voto de confiança… Significa muito para mim.

– E deveria mesmo – disse Sophie, entrelaçando o braço no meu. – Aquele oportunistazinho não vai… Não sei, só sei que, como diria o Patrick Swayze, "ninguém coloca a Baby no canto". Ninguém diz à nossa Kate que os serviços dela não são mais necessários. A gente ama você. Adoramos estar nessa viagem com você. E você não precisa de reforços.

– Obrigada, Sophie. Eu realmente agradeço o apoio de vocês, mas eu… Bem, acho que Josh não vai dar muita importância. Pediram para ele vir porque acham que eu cometi vários erros.

– Bem, então hoje eles vão descobrir que estão equivocados – sentenciou Sophie, apertando meu braço. – A partir de agora seremos o Time Kate.

– O que podemos fazer para ajudar? – perguntou Fiona, pegando a câmera e tirando uma foto minha e de Sophie.

Olhei para o relógio outra vez.

– Bem, tem uma coisa que vocês podem fazer por mim. Eu ficaria muito grata se vocês pudessem chegar na hora certa para encontrar Mads no saguão. Às nove e meia.

– Só isso? – questionou Avril com desgosto.

– Seria perfeito.

Eu só queria que o resto da viagem corresse da forma mais tranquila possível.

– Deixa com a gente – disse David.

Ele ergueu a mão espalmada e Avril completou o *high-five*. E, assim, como numa *ola*, todos fizeram o mesmo.

Capítulo 21

Às nove e meia todos estavam no saguão, aguardando Josh. Eu poderia ter beijado um por um. Incluindo Ben.

Quando Josh saiu do elevador, pareceu um pouco aborrecido à primeira vista, mas logo tratou de esconder a irritação.

– Ah, excelente. Estão todos aqui. Senti falta de vocês no café da manhã.

– Ah, perdão, Joseph – falou Avril.

– Josh – corrigiu ele.

Ela fez um aceno com a mão, como se não fosse nada de mais.

– Gosto de dar uma caminhada bem cedo, me ajuda a pensar em alguns *takes* para a matéria que quero produzir para o jornal da manhã. Sobre como a Hjem vai levar o verdadeiro sabor de Copenhague para Londres. Essa pesquisa extra ajuda muito, sabia? Quero fazer jus ao *hygge*. Essa viagem me fez entender a importância do conceito, do que realmente se trata.

– É – interrompeu Fiona –, eu também tenho gostado de sair para fotografar. Quero que os leitores do blog vejam como a loja reflete verdadeiramente a cultura dinamarquesa.

Josh assentiu parecendo um tanto admirado, surpreso com as aprendizes bem treinadas diante dele.

– Ah, sim, que ótimo. Estão todos prontos para nossa ida até o Design Museum? Seremos levados por um guia excelente, que vai contar sobre a influência do design na formação da identidade dinamarquesa.

– Sim, Kate estava nos falando a respeito – disse Conrad, uma mentira tão deslavada que vi seu nariz crescer um centímetro.

– É – balbuciou Ben, entrando na conversa, claramente sem querer ser superado pelos outros. – Estou pensando em escrever sobre a alegria dinamarquesa, para publicar perto da inauguração da loja. Uma matéria de estilo de vida sobre como é possível reproduzir o típico aconchego dinamarquês e o que é preciso fazer. Acho que os leitores do *Inquisitor* vão ficar fascinados com a maneira como a cultura da Dinamarca está sempre em busca de igualdade e união.

A declaração extravagante de Ben fez eu me virar. Não havia a menor possibilidade de eu me manter inexpressiva diante daquelas palavras nem de disfarçar a breve emoção que senti, mesmo que ele não estivesse falando sério.

– Tudo bem – falou Josh, assentindo, os olhos ligeiramente arregalados. – Só vou dar uma palavrinha com a Kate e saímos.

Ele me arrastou para um lado.

– Acho que seria uma boa ideia se você viesse na retaguarda, para garantir que ninguém se desgarre ou fique para trás. Eu vou na frente com Mads. Ele parece legal, mas é casual demais. Precisamos manter a programação. Não tenho muita certeza se o tempo que ele reservou vai ser suficiente para ver o museu, então precisamos andar rápido.

– Copenhague é muito pequena. Tenho certeza de…

– Kate – interrompeu ele, a voz com um tom de alerta contido. – Quero que você se certifique de que todos estão acompanhando. Temos exatamente três horas no museu, quinze minutos para chegar ao mercado e depois meia hora lá antes de almoçarmos ali perto. Se nos atrasarmos, teremos…

– Josh.

Ergui a mão, incapaz de ficar quieta. Que homem sem noção.

– Mads sabe exatamente o que está fazendo. Todos estão bem relaxados, o que é justamente a ideia do *hygge*.

– Kate, quem decide isso sou eu, ok? Acho que o conceito pode ter sido justamente o problema.

Ele bateu palmas para chamar a atenção de todos. Conrad ergueu uma sobrancelha elegante e lançou a Josh um olhar majestoso e cheio de censura. Avril o ignorou por completo e continuou falando com David e Ben, enquanto Fiona e Sophie tiravam selfies e trocavam os celulares.

Felizmente, Mads entrou na frente de Josh.

– O Design Museum é um dos meus lugares preferidos. Hoje vocês vão ver um monte de cadeiras.

Com seu sotaque cantado, aquela frase ficou muito graciosa, e como se fossem crianças comportadas, os seis jornalistas se calaram, se virando para olhá-lo e ouvindo com muita atenção.

Uau, aquilo era inédito.

Conrad gemeu e colocou as mãos no peito.

– Esplêndido. Design dinamarquês. Cadeiras. Linhas fortes, bem-feitas. Design clássico. Pura beleza.

Ele foi para o lado de Mads, e pude ouvi-lo citar nomes como Arne Jacobsen, Hans Wegner, Alvar Aalto.

Josh agia como um cão pastor, sempre voltando para cercar o grupo e estimular que andassem mais rápido. Era como uma marcha cruzando o território inimigo.

Eu seguia mais atrás, pisando forte e ciente da irritação crescente do grupo. Até Sophie cochichava baixinho, o que não era um bom sinal.

– Illums Bolighus.

Conrad fez esse anúncio em tom teatral, quase tendo um troço diante da estilosa loja de departamentos em Strøget, pela qual tínhamos passado várias vezes nos últimos dias.

Eu tinha certeza de que ele e Avril já haviam estado ali, porque certa vez chegaram no hotel com algumas sacolas da loja.

Todos já tínhamos comentado sobre a fabulosa vitrine, um outdoor com o cenário perfeito de um piquenique no jardim, em tons elegantes de amarelo-limão e cinza. Esqueça bancos de madeira e potes de plástico, aquilo ali era mobiliário de jardim ao estilo dinamarquês: uma rede de lona amarelo-limão cheia de almofadas cinza; estantes com escadas móveis, repletas de vasos prateados em formato de concha contendo amores-perfeitos; uma mesa de vidro equilibrada sobre seis pernas de faia curvadas para fora a partir do centro; cadeiras amarelo-limão e cinza; um jogo de mesa com guardanapos combinando e um caminho de mesa sob pratos de cerâmica branca com bordas cinza.

– Precisamos entrar – disse Avril. – Vejam só que maravilha.

– Claro que precisamos – concordou Sophie, e as duas trocaram um olhar no qual eu não estava incluída.

– Temos um tempinho – disse Mads. – Não tem problema.

Josh olhou para ele com raiva.

– Mas teremos problema se ficarmos parando a cada cinco minutos.

Ele se colocou diante da entrada, o que foi um pouco ridículo, já que eram portas duplas amplas com alguns degraus. Para Avril, aquilo era o mesmo que lançar um desafio.

– Mas a Illums é conhecida em toda a Escandinávia – afirmou Conrad, o bigode tremendo. – Seria criminoso da nossa parte passar sem dar uma olhada. Fiona, prepare a câmera.

Todos passaram direto por Josh, até Ben, que eu tinha certeza absoluta de que não nutria o menor interesse pelo lugar.

– Isso é culpa sua – sibilou Josh correndo atrás deles.

– Minha?

– Sim, você não deveria ter deixado eles pararem para ver a vitrine.

– Josh, temos tempo suficiente e não se esqueça do principal motivo dessa viagem, ok? Esse lugar é uma instituição dinamarquesa.

Ele revirou os olhos e fez "tsc tsc", entrando atrás dos outros.

Eu precisava admitir que a Illums Bolighus era uma das lojas mais lindas em que eu já tinha pisado. Não apenas pelo átrio e pelas sacadas impressionantes, mas também pelos produtos e a maneira como eram expostos. Velas perfumadas, echarpes caras, joias únicas e curiosas, cerâmicas coloridas. Designers, Alessi, Lucie Kaas, Royal Copenhagen.

Se a Hjem fosse tão bonita quanto aquele lugar, faria um sucesso estrondoso. Ao erguer os olhos para a luz enviesada que entrava pelo teto do terceiro andar, percorrendo as placas de madeira que revestiam os corredores silenciosos da loja, entendi exatamente o que Eva quis dizer quando nos conhecemos. De alguma forma, era reconfortante estar cercada por coisas boas. Eu não me sentia ávida para consumir tudo (está bem, algumas coisas eu queria, sim), mas, de alguma forma, era um bálsamo para a alma estar perto de objetos tão belos, estilosos, requintados.

Era o equivalente dinamarquês de parar para sentir o perfume das rosas.

Até Josh, que havia passado a manhã toda com pressa, parecia ter se acalmado e o vi deslizar brevemente a mão pelo braço de uma cadeira de madeira no mostruário perto da escada rolante. Em pouco tempo, no entanto, ele tinha assumido o modo cão pastor outra vez. Quando estávamos prestes a ir embora, voltei até um mostruário com porcelanas que tinha chamado minha atenção. Era a terceira vez, mas eu tinha adorado o padrão excêntrico nas canecas e nos pratos.

– Não são magníficas? – perguntou Sophie por cima do meu ombro.

– Sim, e o preço também. Não preciso de uma caneca que custe 160 coroas.

– Mas esse padrão é tão lindo...

– Eu sei.

Olhei de novo para a porcelana.

– Ah, que se dane. Vou comprar o porta-ovos. É a única coisa acessível dentro do meu orçamento.

Peguei a pequena peça e quase corri até o caixa, o que era ridículo. Era só um objeto e, no geral, eu não ligava para compras. Ao menos não quando as compras eram para mim, mas eu precisava daquela pecinha de porcelana.

– Um pouquinho de *hygge* – falou Sophie.

– Exatamente. Eu amei as canecas, mas acho que o preço não justifica. Esse porta-ovos vai ser uma boa lembrança da viagem.

Apesar da parada não programada, chegamos ao museu bem antes do horário de abertura.

– Só vou ali pegar um café se não se importam – disse David, quase que se desculpando e indicando uma cafeteria no fim da rua, que não ficava tão longe.

– Eu prefiro que você não faça isso – rosnou Josh, quase pulando na frente dele.

Vi Fiona se enfurecer por David. Todos tinham se tornado bastante protetores em relação a ele desde o desabafo sobre se sentir só.

– Bem, eu não vou ficar aqui parada por vinte minutos sem fazer nada – falou Avril, puxando as alças de uma nova bolsa pelo antebraço. – Tem uma butique vintage que parece bem interessante perto da cafeteria.

– Tem mesmo – acrescentou Sophie. – Gostei da vitrine.

Josh estava lívido. Todos estavam sendo bem malcriados. Mesmo em um dia ruim, eles nunca tinham sido tão teimosos.

– Vamos fazer o seguinte – sugeri rapidamente, lançando um breve olhar de reprovação para Sophie, que respondeu com um sorrisinho insolente. – Vamos todos até a cafeteria. A loja não vai estar aberta de qualquer jeito. Então podemos tomar um café e, quando voltarmos, o museu estará aberto.

Sinceramente, eu parecia uma professora do jardim de infância lidando com uma briga por causa de um brinquedo.

Pelo modo como todos se empertigaram na mesma hora e começaram a andar juntos diante da promessa de um café, não daria nem para imaginar que menos de uma hora antes estavam todos bebendo cappuccinos.

– Ótima ideia, Kate – disse Ben.

A mais ínfima contração do canto esquerdo de sua boca indicou um sorriso secreto. Respondi com um aceno de cabeça bastante profissional e ignorei a pontada de dor ao ver certa confusão nos olhos dele.

– Você é uma excelente anfitriã, Kate – elogiou Fiona, suspirando.

Pronto. Eles estavam tramando alguma coisa.

Dessa vez, liderei ao longo do caminho, Josh atrás, ostentando uma carranca de indignação.

Eu estava com a terrível sensação de que aquele seria um dia muito interessante.

À primeira vista, o Design Museum não tinha um ar contemporâneo ou superdescolado. Não me entendam mal, era uma construção maravilhosa. O estilo era rococó do século XVII, de acordo com Mads, e o prédio já abrigara um hospital, o que provavelmente explicava a ausência de modernidade na fachada. Mas estávamos na Dinamarca, então é claro que o interior não decepcionou. O lugar fora transformado em um conjunto belíssimo de espaços, com mostruários interessantes e – Mads não estava brincando – diversas cadeiras. Conrad se sentia em casa.

Dava para ouvi-lo conversando com Fiona sobre os designers, as datas e os nomes dos estilos das cadeiras, destacando os principais elementos de cada uma. Todo mundo conhecia a reputação de Conrad, mas eu não fazia ideia de que ele era um expert.

– Você devia fazer um livro daqueles de colocar na mesa de centro – disse David.

Conrad estava parado diante de um modelo em particular, quase revirando os olhos de êxtase ao apontar suas características.

– Ou podia dar aula – falou Sophie –, você faz isso parecer muito interessante.

– Eu conheço uma pessoa no corpo docente da Universidade das Artes de Londres. Sei que lá eles têm um curso sobre design de mobiliário – comentou Avril. – Talvez isso pudesse melhorar sua situação financeira, Conrad. Além dos freelas, você poderia dar aulas.

Deixei o grupo discutindo animadamente sobre expandir a carreira de Conrad, tomando a direção oposta à de Ben.

Havia um túnel de cadeiras bem interessante, e fui olhando uma de cada vez para perceber todos os detalhes. Acho que nunca vi tantas variações sobre o mesmo tema, designs simples e elegantes de madeira curvada, com contornos sinuosos e linhas fluidas. Brandon teria ficado intrigado com a técnica e a execução. Tirei algumas fotos e enviei para ele com uma mensagem breve:

Queria que você estivesse aqui. Design dinamarquês.

– Fascinante, não é?

Ao som da voz de Ben, meu coração disparou.

– Uma coisa tão básica e ainda assim existem inúmeras possibilidades – comentou ele.

Droga, eu estava tão absorta na exposição que tinha baixado a guarda e Ben tinha me encontrado sozinha.

Assenti, incapaz de falar. Observei seus movimentos enquanto ele caminhava pelo túnel iluminado, parando a cada cadeira para uma avaliação rápida. Eu deveria me mexer, sair dali, mas minhas pernas não colaboravam. Estavam ouvindo o teimoso martelar do meu coração.

Eu precisava bancar uma pessoa tranquila e amigável e deixar a noite anterior para trás. Ele precisava entender que aquilo tinha sido um erro para nós dois. Culpa da adrenalina pós montanha-russa e do ambiente romântico do Tivoli, generoso demais com seu pó de pirlimpimpim.

– Quem poderia imaginar que cadeiras podem ser tão interessantes?

Droga. Ele tinha baixado o tom de voz e, à medida que se aproximava, senti meus braços ficarem arrepiados. Eu precisava sair de perto. De repente, o que havia entre nós pareceu íntimo demais, um caso amoroso secreto.

Respirei fundo.

– Talvez você possa escrever uma matéria inteira sobre as maravilhas das cadeiras dinamarquesas – sugeri, tentando manter as coisas leves e superficiais, zero flerte. Definitivamente flerte nenhum.

Ele sorriu.

– Acho que vou deixar as cadeiras para Conrad. Ele é um especialista e tanto. Mas quem sabe eu consiga convencer meu editor a encomendar uma matéria com ele – disse Ben, olhando nos meus olhos.

Ele chegou ainda mais perto e de repente cada célula do meu corpo estava ciente de sua proximidade.

Droga, por que ele tinha que ser tão legal?

– É – respondi, soando estupidamente ofegante –, ele entende das coisas.

– De vinho, inclusive.

A piadinha interna e gentil fez meu coração vacilar.

– Obrigada por me lembrar – disse, ríspida. – Não foi o ponto alto da viagem.

– Tem sido uma aventura, sem dúvida.

Um sorriso divertido pairou em seus lábios enquanto Ben esperou que eu concordasse. Ele pareceu alheio à minha linguagem corporal e ao tom das minhas palavras, tudo gritando para que ele ficasse longe.

– É, tem sido memorável – falei e, reunindo forças, dei uma última olhada em seu rosto. – Mas agora que só resta um dia, precisamos assumir uma postura mais profissional. Estamos aqui a trabalho.

Tentei soar firme, amistosa e animada, embora cada palavra me causasse dor, principalmente quando vi o quão confuso ele ficou. Aos poucos a ficha dele pareceu cair e Ben foi processando as entrelinhas do que eu tinha dito.

Estávamos tão próximos que eu podia ver os minúsculos pontinhos mais escuros do azul em seus olhos. Mordi o lábio, implorando com o olhar para que ele entendesse.

– Digo...

– Kate.

Levei um susto ao som da voz de Josh.

– E Ben.

De alguma forma, ele conseguiu transmitir desaprovação naquelas breves palavras, como se tivesse nos flagrado no meio de algo.

Josh veio até nós em passos largos, franzindo o nariz como se sentisse o cheiro de uma situação inapropriada. No mesmo instante eu me afastei de Ben e senti meu rosto ficar vermelho de culpa.

– B-Ben e eu estávamos falando sobre uma possível m-matéria sobre design de cadeiras, não é, Ben?

Eu era péssima sob interrogatório. Eu nem tinha feito nada de errado e já estava gaguejando.

Ben ergueu a sobrancelha e estreitou os olhos.

– Estávamos?

Lancei um olhar desesperado.

– Estávamos, sim. Precisamos definir um pouco melhor a perspectiva e como seria o *follow-up* do *Inquisitor*. Que tipo de matéria você está pensando em escrever?

Ben ergueu uma sobrancelha em desdém.

– Fico feliz em saber que está fazendo progresso, Kate – disse Josh, e então se virou para Ben. – Estávamos conversando sobre isso ontem à noite. Kate me contou sobre a cobertura de imprensa que foi prometida por todos do grupo. Ela disse que tem trabalhado com você.

Corei loucamente. Eu não tinha falado nada disso.

– Disse? – perguntou Ben, de forma lenta e ríspida.

Josh deu um sorriso, desatento ao clima da situação.

– Pois é. Talvez possamos acertar os detalhes bebendo um café mais tarde. Estou interessado nas suas ideias.

Ben ficou tenso e o ouvi respirar fundo.

Ele me lançou um olhar de puro desgosto.

– Não sei se já consegui toda a atenção que preciso para escrever alguma coisa.

Por sorte, Ben estava de costas para Josh, porque olhava com insolência para minha boca.

– Talvez eu e Kate precisemos aprofundar um pouco mais o trabalho.

Eu me senti levemente enjoada com a insinuação.

– Bem, se precisar de ideias, tenho certeza de que podemos fazer uma sessão de brainstorming – falou Josh. – Kate é muito criativa.

– Tenho certeza de que ela é extremamente criativa nas circunstâncias certas – respondeu Ben, devagar. – Mas estou bem, obrigado. Não preciso de um relações-públicas fazendo meu trabalho. Sou perfeitamente capaz de encontrar uma *história* onde há alguma para ser contada.

Ele soltou as palavras claramente entredentes, a expressão de quem está sentindo um cheiro extremamente horrível, mal podendo esperar para se afastar.

– Ótimo, ótimo – disse Josh, ainda alheio à tensão entre mim e Ben.

Ben fechou os olhos e seu rosto retornou à expressão impassível a que eu estava acostumada.

– Só temos mais um dia – lembrou Josh. – É a última chance de conseguir qualquer coisa concreta com a qual trabalhar.

– Não se preocupe. Já tirei tudo que precisava de Kate, obrigado – falou Ben, ríspido.

E quando estava começando a seguir pelo corredor até a próxima sala, ele acrescentou:

– Na verdade, acho que não vou mais precisar dos serviços pessoais dela.

Uau.

O tempo tinha virado enquanto visitávamos o museu e saímos debaixo de uma chuva pesada. Era como se as nuvens densas e escuras estivessem pousadas em cima da gente. As ruas estavam desertas, como se todo mundo tivesse decidido ficar em casa. Permanecemos todos juntos na entrada.

– Quanto tempo leva uma caminhada até o mercado? – perguntou Josh, olhando para o céu.

– Dez minutos – respondeu Mads, observando as nuvens com uma despreocupação incontestável.

– Eu voto para irmos ao Varme – falou Avril. – Poderemos nos secar e vai estar aquecido.

– Receio que não será possível. O mercado Torvehallerne faz parte do itinerário – disse Josh, e notei que ele havia praticado a pronúncia.

– E é um lugar ao qual já fomos – rebateu Sophie, com rispidez –, além de ficar há quilômetros daqui e na direção oposta.

– Como assim já foram? – quis saber Josh, desconfiado.

– Estávamos com a programação adiantada outro dia – expliquei com gentileza. – E como estávamos por perto, acabamos indo lá. Fiona tirou fotos maravilhosas e vai fazer um post inteiro sobre a diversidade de bancas que eles têm.

Fiona assentiu, o que pareceu acalmar os ânimos de Josh. Ele concordou com relutância e, dessa vez, decidiu ir na retaguarda e me deixar conduzir o grupo até o café. Depois de quatro dias na cidade, já sabíamos nos situar e fui andando ao lado de Sophie, nós duas de cabeça baixa para evitar a chuva que caía enviesada por causa do vento.

O chuvisco fino se infiltrava pelo corpo e, por entre as costuras da roupa, sentíamos a pele úmida e fria. Era difícil enxergar o caminho à frente, então apertamos o passo atrás de Mads, que seguia curvado e abrigando o corpo sob o casaco marrom acolchoado como se fosse uma tartaruga atarefada.

De repente, Conrad parou, olhou ao redor e ponderou como se tivesse feito a descoberta do século.

– Onde está o David? – perguntou ele.

– David? – repetiu Fiona, que parecia realmente assustada, com a água pingando do nariz. – Ah, meu Deus, perdemos ele?

– Joseph, querido, precisamos parar – disse Avril, pegando o braço de Josh, o rosto sinalizando alerta.

Meu Deus. Enquanto Conrad e Fiona eram péssimos atores, Avril podia ganhar um Oscar facilmente. O que eles estavam aprontando?

– Ah, pelo amor de Deus – bufou Josh, seu cabelo cheio de tufos molhados. – Aonde ele foi?

Josh olhava ao redor, o rosto contraído de preocupação. Comecei a ficar com pena de verdade.

– Esperem aqui, pessoal – pediu ele, e foi correndo até mim. – Aonde você acha que ele foi?

Provavelmente David estava escondido em alguma esquina ali perto, vibrando com a diversão.

– Quer que eu vá atrás dele? – perguntei. – Ele não deve ter ido muito longe.

Não mesmo.

204

– Você vai indo na frente com o pessoal enquanto eu dou uma olhada – sugeri.

– Tem certeza? – questionou Josh, parecendo um pouco menos em pânico. – E se você não o encontrar?

– Ah, eu vou encontrá-lo – retruquei, sombria.

Lancei um olhar para Conrad e Avril, que exalavam inocência como dois duendes travessos.

Eu podia apostar todo o meu dinheiro que tinham convencido David a fazer aquilo. Sendo o mais feliz de todos por estar em grupo, ele era a última pessoa que sairia vagando por conta própria. Esperei na calçada até que os outros tivessem sumido de vista e olhei ao redor. Como era de se esperar, menos de um segundo depois, David saiu de uma loja.

Fui até lá para me abrigar sob a marquise.

– Perdido?

– Eu… hã… vi uma coisa que eu queria muito. Na loja.

Ele apontou por cima do ombro, na direção da vitrine atrás dele.

– Sei. Na Victoria's Secret da Dinamarca?

Era uma loja de itens de cozinha.

– Quê? – David se virou bruscamente.

– Arrá! Peguei você.

– Devo ter me distraído.

– Aham. Sorte que aqui não tem ciclovia, senão você teria sido atropelado, David. O que vocês estão aprontando, hein? Toda essa enrolação a caminho do museu. Você desaparecendo do nada? Não faz o menor sentido.

– Ops, fui descoberto…

Ele deu um sorriso de canto de boca para mim.

– Só queríamos mostrar ao Josh como você é capaz de lidar com qualquer situação que surgir.

– Por favor, me diga que não tem mais nenhuma peripécia planejada. – Suspirei, sentindo a chuva descer pelo meu pescoço e estremecendo levemente.

– Humm…

Ele coçou o queixo, os olhos azuis cintilando com a mais pura travessura.

– Você não quer que eu dedure os outros, quer?

– David! O que você planejou?

Cobri o rosto molhado com as mãos.

– Eu? Nada – disse ele, todo inocente.

Eu o interrompi antes que ele pudesse dizer mais alguma coisa.

– Chega. Não quero saber.

De volta ao Varme, todos me receberam como se aquele fosse o retorno triunfal da heroína que, após uma viagem épica, completa um desafio incrível. Todos exceto Ben, que lançou um olhar furioso antes de voltar a baixar a cabeça para o celular.

– Você o encontrou – disse Conrad, cheio de admiração.

– Que coisa, não?

Dei um tapinha amistoso no ombro dele e um cutucão extra, lançando a todos um olhar de repreensão. Pelo menos ali não tinham como inventar mais travessuras.

– Chocolate quente?

Eva já estava ao meu lado com uma caneca fumegante.

– Com creme extra, do jeito que você gosta. Aceita uma sopa também?

Aceitei o chocolate de bom grado, minhas mãos agarrando a caneca quente. Todos pediram a sopa do dia, um caldo de peixe amarelo e perfumado, cheio de camarões e mexilhões ainda nas conchas. Era exatamente o que pedia um dia cinza como aquele.

Eu deveria ter desconfiado quando Avril, que vivia à base de café, estranhamente pediu um suco de tomate. E também deveria ter estranhado quando ela deu um jeito de se sentar ao lado de Josh, muito mais perto do que o necessário mesmo no espaço pequeno do café.

Sabe-se lá como o suco acabou indo parar no colo dela, ensopando sua calça. Confusão e gritaria.

– Ah, não – choramingou Avril, balançando os braços e ficando de pé em um pulo. – E agora?

– Ah, meu Deus, desculpe, Avril – falou Josh, que também deu um pulo.

Para a sorte dele, o suco respingara pouco em sua roupa.

– Acidentes acontecem – falou Avril, que claramente tinha tramado tudo.

Mais uma performance digna de Oscar, superando em muito as pequenas reviravoltas de Fiona e David.

O suco de tomate desempenhara seu papel o melhor possível para um suco de tomate, ficando cada vez mais laranja à medida que era absorvido pela calça jeans clara. Parte de mim queria dar o crédito a ela por ter sacrificado a calça, que, conhecendo Avril, só podia ser cara.

– Tire a calça – disse Eva apressadamente. – Vou colocar de molho antes que fique manchada.

Lancei a ela um olhar penetrante, mas vi que só estava tentando ajudar. Aqueles planos maquiavélicos eram de autoria de uma única pessoa: tudo cheirava a Avril. Confesso que um pedacinho de mim se apaixonou por ela. Não por aprovar o que ela estava fazendo, mas por se importar. Considerá-la uma princesa mimada tinha sido um desserviço da minha parte.

– Ah, meu Deus. Eu vou pagar, ok? – falou Josh, ainda acreditando que tinha causado o incidente e sem imaginar que era o bode expiatório de Avril.

Avril contraiu os lábios, como se estivesse considerando a oferta.

Levei alguns segundos para registrar que ela havia tirado alegremente a calça no meio do café, revelando uma cuequinha de seda lilás. Bem, se eu tivesse aquelas coxas bronzeadas e torneadas e aquele bumbum durinho, talvez considerasse fazer o mesmo.

Pus a mão na boca para conter as risadinhas. Aquelas pessoas eram totalmente malucas, mas adoráveis a ponto de fazerem aquele tipo de coisa para me fazer parecer eficiente.

Achei que os olhos de Josh fossem pular das órbitas, embora David e Conrad tenham dado uma segunda olhada também. Até Ben deixou transparecer um sorrisinho.

Eva pegou a calça e Avril ficou ali parada.

– Mas como vou voltar para o hotel?

Ela me fitou com os olhos teatralmente arregalados.

– Meu. Deus. Que. Desastre – falei de maneira robótica, travando a mandíbula com força para não cair na gargalhada.

Vi Avril conter um sorriso, engolindo em seco quando acrescentei:

– Não consigo nem começar a pensar no que fazer.

Josh franzia a testa como se estivesse tentando arrumar uma solução. Voltei a sentir pena. O cara estava completamente perdido.

– Eu posso voltar ao hotel e pegar outra calça no seu quarto – sugeri enquanto Avril balançava a cabeça com veemência. – Ou talvez Josh possa ir.

Ele pareceu horrorizado.

– Acho que não me sinto confortável com isso. Melhor você ir, Kate.

Avril me mandava mensagens pelo olhar, erguendo as sobrancelhas.

– Mas não posso ficar sentada aqui de calcinha esse tempo todo.

Ela pôs a mão na frente do peito, fingindo-se horrorizada. Ora, ficou pudica de repente?

A tensão no ar era a de uma acirrada partida de tênis, todos aguardando ansiosamente o próximo voleio. Todo mundo olhou para mim, depois para Avril e então de novo para mim. Sophie me deu um chute por baixo da mesa.

Ben revirou os olhos, e ouvi seu suspiro impaciente.

– Você por acaso ainda está com aquela calça que... compramos naquele dia? Aquela que você ia devolver hoje na H&M?

A escolha cuidadosa de palavras, evitando dizer "que *eu* comprei para *você*" me incomodou. Não, doeu mesmo. Muito. Comprar a calça havia sido um gesto natural de gentileza, mas também uma demonstração de interesse que eu subestimara. Senti um aperto de arrependimento por perder essa breve conexão entre nós, tão promissora.

Eu sabia que tinha feito a coisa certa ao afastá-lo, mas isso não era um grande consolo. Ben era o tipo de homem ao qual é quase inevitável se agarrar. Que é capaz de distrair uma mulher de seu propósito. Eu sabia desde o dia em que nos conhecemos que ele poderia ser mais do que eu queria. Esse instinto tinha que estar certo.

– Nossa, que boba! Tinha esquecido totalmente.

Puxei a sacola da H&M, que magicamente tinha encontrado seu caminho até um lugar embaixo da minha cadeira, e peguei as três calças com um floreio, como o mágico que tira um coelho da cartola.

– E a Kate salva o dia.

– Que maravilhoso – disse Avril, um sorriso tomando seu rosto.

Josh parecia completamente perplexo.

– Você estava com três calças jeans esse tempo todo?

– Me chame de Mary Poppins – falei, corajosa.

Depois de todo o trabalho que tinham tido, eu precisava aproveitar aquilo da melhor forma.

– É sempre útil carregar uma calça extra. Nunca se sabe o que pode acontecer.

– E o que mais você tem aí? – perguntou Josh, parecendo impressionado de verdade.

– Curativos, analgésicos, pinças, canivete suíço, um par de meia-calça, fósforos, lanterna e barras de chocolate para emergência.

Menti sem dificuldade, o tempo todo concentrada em Josh, caso contrário teria começado a rir porque notei Sophie se escondendo atrás do guardanapo para conter uma gargalhada.

Avril pegou as três calças e desapareceu com Eva para experimentá-las.

– Muito bom, Kate – disse Josh. – Muito bom mesmo.

Olhei de relance para Ben. Impassível, ele olhava para um ponto abaixo do meu queixo.

Capítulo 22

– Preciso de uma cerveja – disse Josh, enquanto me acompanhava na volta para o hotel. – Retiro tudo que disse, Kate. Eles são um pesadelo. Você lidou muito bem.

Não, eram seis pessoas adoráveis que tinham me dado a maior força, e eu os amava por isso.

– É uma pena que a gente ainda tenha que sair para jantar nesse tempo horrível. E por que passamos a última tarde em Copenhague nesse maldito café? Pensei que Lars fosse querer subir o nível e encerrar de um jeito memorável. Achei aquela garçonete íntima demais de todo mundo. E quem a deixou tomar as rédeas? Ouvi ela falar alguma coisa sobre surpresa, sei lá? O cronograma agora ficou todo bagunçado. Não é assim que eu teria conduzido uma *press trip*. Esse cara, esse Lars, tem umas ideias esquisitas.

Me contive.

– Acho que não vamos querer mais surpresas depois de hoje – disse ele, melancólico.

– Ficou tudo bem.

– Mas podia não ter ficado. Não sei o que teríamos feito sem você.

Josh fez uma pausa.

– Eu lhe devo um pedido de desculpas. Sinto muito por ter... por eu... por eu ter sido meio babaca com você. De verdade.

Dei de ombros. Eu já tinha superado havia muito tempo.

– Sem ressentimentos? – quis saber Josh.

Olhei para ele com raiva. Só podia estar brincando.

Dispensar Josh foi fácil. Assim que chegamos ao saguão do hotel, como todo mundo, ele estava louco para ir para o quarto se aquecer e se secar.

– Preciso ir até a recepção – falei. – Vejo vocês mais tarde. Às sete no saguão.

Conrad espanou várias gotas de água do seu bigode, lançando um olhar ansioso para algum ponto além de mim.

– Sete – repeti, sabendo que daquele momento até o horário combinado ele poderia causar um estrago sério. – Suba e se aqueça.

– Às sete, então – disse ele, seu bigode curvando-se em desânimo.

Avril engachou o braço no dele.

– Vamos, Conrad.

Todos se amontoaram no elevador, e na mesma hora senti alívio. Eram pessoas abençoadas, todas tinham sido muito generosas comigo, mas eu estava exausta de ficar tentando adivinhar o que fariam a seguir.

Na recepção, a atendente me ajudou mais do que eu poderia imaginar e me deixou usar a impressora colorida do escritório. É claro que precisei pagar pelo privilégio, mas fiquei encantada ao ver as fotografias coloridas saindo da máquina. E, embora eu não quisesse encarar a chuva outra vez, eu sabia que valeria à pena. Eu iria atrás de uns porta-retratos, para as fotos que Fiona tinha tirado naquela manhã. Seriam presentes perfeitos.

Eva tinha estado extremamente ocupada. Ela reorganizara o espaço novamente e, dessa vez, tinha criado uma pequena área de estar. Havia algumas poltronas de couro baixas arrumadas em um canto, uma luminária ao lado de cada uma e, no outro canto, dois sofás cinza amplos, com uma coberta clara e almofadas em tons pastel. Nas estantes atrás deles, as luzes das velas de copo tremeluziam dentro das taças de vinho coloridas, criando pequenos caleidoscópios de cor dançando pelas paredes.

Além disso, as mesas tinham sido agrupadas para formar um quadrado grande lindamente disposto com a agora familiar porcelana azul e branca da

Royal Copenhague. Talheres prateados reluziam entre as taças de vinho de cristal. O Varme se transformara e agora era como se estivéssemos entrando na casa de alguém. Na casa da Eva. Eu já conseguia identificar alguns toques bem característicos dela. Os potes de vidro coloridos com flores no centro de cada mesa. A mistura de porcelana, lisas e com padrões, combinava com os lindos guardanapos florais. Uma exuberância de cores e estilos, formando uma assinatura incontestável que era definitivamente da Eva.

– Ah, isso é tão lindo!

Sophie bateu palmas enquanto todos estávamos paralisados perto da porta, a noite úmida de garoa ficando totalmente para trás.

Fomos recebidos pela garçonete de meio período de Eva, Agneta, que nos ofereceu uma das tradicionais taças de haste curta com uma dose de licor para nos aquecer.

– Eu voto em fazermos um brinde a Kate – disse Avril. – Que, apesar de todas as dificuldades, cuidou da gente com paciência e bom humor. Acho que, se eu estivesse no lugar dela, teria nos largado assim que saíssemos do avião.

– Fale por si só, Avril. Eu teria largado vocês na alfândega mesmo, meu amor – afirmou Conrad, erguendo a taça.

Ela ergueu a dela e brindou com a dele.

– Você é um amor, Conrad.

– Eu sei.

– Eva, isso está maravilhoso.

Fiona acenou, os braços girando como as pás de um moinho. Eva surgiu da cozinha, toda sorridente e de braço dado com um homem alto.

– Eita, se acalme, coraçãozinho… Quem é o viking bonitão? – perguntou Avril lentamente.

– Avril! – guinchou Fiona. – Embora eu tenha que admitir que ele é bem gostoso.

– Senhoras, quanta objetificação – falou Ben.

Josh saltou à frente, o rosto ligeiramente tenso diante da chegada inesperada.

– Lars – disse ele, cruzando a sala com a mão estendida. – Que bom ver você.

Os olhos de Lars seguiram por cima do ombro de Josh até mim, questionadores e, ao mesmo tempo, em uma jogada genial de diplomacia velada, ele conseguiu desentrelaçar o braço do da mãe e desviar da mão estendida para vir até mim.

— Kate, como você está? E como está sendo a viagem?

Seus olhos azuis brilhantes observaram o grupo.

— Lars, que maravilha rever você. Posso apresentá-lo a todos?

— Espere, me deixe adivinhar. É que minha mãe estava me contando tudo sobre vocês.

Eva tinha feito um ótimo trabalho, já que ele acertou o nome de todos enquanto rodeava a mesa. Em seguida, foi até Josh, que estava pairando próximo a ele.

— Josh Delaney, da agência.

Lars franziu a testa.

— Eu me lembro de você, mas não estava sabendo que a agência mandaria duas pessoas.

— Só vim para passar os últimos dias e ajudar a Kate.

Eva riu de um jeito bem encantador e deu batidinhas no braço de Lars.

— Ajudar a Kate? Querido, Kate tem sido absolutamente *vidunderlig*. Passamos um tempo maravilhoso juntas.

Avril grudou em Lars como só ela sabia fazer, encantando-o desde o início. Josh, que ficou sem ter o que dizer, me segurou pelo braço, franzindo a testa.

— Por que você não me avisou?

— Avisar? Eu não sabia que ele vinha. Não fazia ideia.

— Não estou falando disso. Por que não me contou que ela era mãe dele?

— Quem, Eva?

Parei para pensar. Não tinha sido uma omissão proposital.

— Eu achei que você soubesse.

— Dã! Lógico. Você me fez parecer um idiota. Achei que ela era só uma garçonete.

Senti um nó na garganta. Eu sentiria falta de Eva.

— Gostaria de agradecer a todos por terem vindo a Copenhague — começou Lars. — E espero que tenham sentido um gostinho do *hygge* e que entendam um pouco mais do que se trata.

– Não são só velas e meias de caxemira – brincou Avril.

Lars deu um sorrisinho torto.

– Como vocês sabem, muito em breve vamos inaugurar a Hjem, levando o *hygge* para Londres. Minha intenção era que vocês entendessem verdadeiramente do que se trata. O *hygge* é tanto um estilo vida quanto a própria essência do povo dinamarquês.

Ele apontou para uma maquete grande e intrincada no fundo da sala e nos convidou a olhar.

Havia referências claras a Illums Bolighus no átrio amplo e por toda a parte das diferentes áreas da loja.

Havia um departamento de mobília, com muitas cadeiras no estilo dinamarquês, e Conrad imediatamente esticou a cabeça acima delas.

– Os detalhes estão fenomenais, Sr. Wilder. E pretende vender todos esses designs? Porque, minha nossa, sua loja vai se tornar um destino obrigatório para todo o corpo docente do design de mobiliário do país. Eu adoraria escrever a respeito.

Fiona já tinha sacado sua câmera.

– Posso usar essas fotos? No meu blog?

– É claro – respondeu Lars. – Também incluí as plantas baixas no *press kit*, para que vocês possam ver todos os detalhes.

– Precisamos só debater a respeito dos embargos – interrompi, olhando para Lars.

– E o que vai ser aqui? – perguntou Avril apontando para um anexo de formato estranho e vazio.

– Estou conversando com uma paisagista a respeito, quem sabe possamos aproveitar esse espaço – explicou Lars. – Mas tem sido bem difícil conseguir o tipo de flores nativas que ela quer armazenar, então talvez ela caia fora do projeto.

Ben tinha ido até a parte detrás da maquete e espiava pelas janelas como se absorvesse cada detalhe.

– Quem construiu isso? Os arquitetos?

– Não, precisei contratar uma maquetista, o que foi uma das coisas mais difíceis de encontrar.

Os olhos azul-acinzentados de Ben se estreitaram, e eu agora já sabia que era o que acontecia quando ele estava ruminando uma ideia.

– Hum... Podemos conversar mais sobre isso em algum momento? – perguntou a Lars.

– É claro – respondeu ele, e continuou explicando: – Era de fato importante que a ideia ganhasse vida e se tornasse uma peça de design por si própria.

– Ficou incrível – comentou David, perambulando perto de Lars.

– Quem são os arquitetos responsáveis pelo projeto? – perguntou Ben, sua linha de raciocínio seguindo a todo vapor. – Gostaria de saber mais sobre o financiamento e sobre os seus planos para o futuro. Podemos arranjar uma entrevista quando voltarmos a Londres?

Lá estava, o jornalista de negócios. Era o máximo de animação que eu tinha visto nele quando estava no modo trabalho. Ele tirava fotos com o celular e fazia anotações rápidas em um caderninho fino.

Ele e Lars aproximaram os celulares e um encontro foi combinado para a semana seguinte. Ben finalmente estava mais bem-humorado e não tinha nada a ver comigo.

O jantar estava quase acabando e a atmosfera festiva era incontestável. Lars abriu mais uma garrafa de vinho, e ninguém parecia preocupado com a manhã seguinte, que começaria bem cedo.

Avril e Sophie ficaram de pé em um pulo.

– Gostaríamos de dizer algumas palavras.

Sophie cutucou Conrad nas costelas e ele se levantou também.

Por um momento, os três ficaram se cutucando e cochichando. Claramente aquilo não tinha sido ensaiado.

Avril pigarreou e olhou ao redor.

– Essa tem sido... Ai, meu Deus, estou ficando um pouco emotiva e não sei fazer a sentimental. Mesmo assim gostaria de agradecer a Eva, que tem sido maravilhosa, cuidando de nós e nos fazendo sentir tão bem-vindos. Acho que todos concordam que o Varme se tornou nosso lar longe de casa enquanto estivemos aqui. E hoje esse lugar está maravilhoso. Obrigada.

Houve um farfalhar embaixo da mesa e Sophie puxou um enorme

buquê, que passou a Conrad. Ele trotou ao redor da mesa e foi até onde Eva estava sentada.

– Em nome de todos nós, Eva, muito obrigado. Você tornou essa viagem extremamente prazerosa e acho que ganhamos muito por ter estado aqui e conhecido você.

Ele a beijou nas bochechas e a presenteou com o buquê de rosas-chá, que, magicamente, combinavam com o suéter de caxemira dela. Eva deu um sorriso iluminado e cheirou o buquê.

– Foi um prazer conhecer a todos. Vocês sempre serão muito bem-vindos aqui. Já estou ansiosa para revê-los na inauguração em Londres.

Todos aplaudiram.

– E Mads. Você também foi fantástico, sempre tão tranquilo. Já participei de algumas *press trips* em que... Bem, que não foram tão divertidas. Nossa estadia em Copenhague não foi apenas divertida como também muito gratificante, e acho que você se tornou a personificação do que faz os dinamarqueses felizes. Aprendemos muito com você.

Dava para ver por que Avril era considerada tão boa no que fazia.

Mads ganhou um pequeno embrulho. Ao abri-lo, todo mundo caiu na gargalhada.

– Uma lembrancinha para alguém que deve ter visto a Pequena Sereia milhares de vezes e ainda assim conseguiu fazê-la ganhar vida para nós – disse Avril, referindo-se a um típico souvenir de plástico no formato da estátua, e então se virou para me olhar.

Ah, meu Deus, não... Baixei a cabeça.

– E Kate – falou Sophie. – Vem aqui, Kate.

– Preciso mesmo? – implorei.

– Precisa. Acho que todos nós queremos agradecer por você ter tornado essa viagem incrível. Você teve uma paciência inesgotável com a gente.

Tive?

– Sempre muito gentil.

O olhar de Avril se suavizou quando pousou sobre mim.

– Amável – acrescentou Sophie, e ouvir isso vindo dela foi algo a mais. – Sempre que havia um problema...

– E houve mesmo alguns – interrompeu Conrad, secamente, com um revirar de olhos autodepreciativo.

– Você deu a cara a tapa e contornou a situação. Sem alarde, sem criar caso. Sempre entusiasmada, solícita e nem um pouquinho petulante.

Será que eu tinha imaginado uma rápida olhadela para Josh?

Houve mais um farfalhar por baixo da mesa, e Sophie puxou uma sacola da Illums Bolighus, me dando um sorriso enorme.

Meus olhos arderam, e eu pisquei com força, engolindo em seco o nó enorme na garganta.

Ela rodeou a mesa com a sacola e me deu um abraço que durou um pouquinho mais do que o usual.

– Obrigada, Kate. Você foi fabulosa.

– N-não sei o que dizer. Não precisava.

– Precisava, sim – falou Avril.

Ciente de que todos os olhos estavam voltados para mim, tirei da sacola um grande item envolto em papel de seda, e tive medo de derrubá-lo na frente de todo mundo. Por via das dúvidas, coloquei o pacote em cima da mesa e fui desfazendo as camadas de embrulho como quem tira as pétalas de uma flor, revelando o conteúdo.

– Meu Deus...

Olhei para Sophie e mordi o lábio.

– Gente, não precisava...

Ali, havia não uma, mas duas das canecas de porcelana mais lindas e ridiculamente caras que eu tinha cobiçado apenas pela beleza. Mas, naquele momento, elas passaram a ter um significado muito maior, e a onda de emoção quase me derrubou.

– O-obrigada, gente. Isso é tão... tão gentil da parte de vocês.

Respirei fundo. Eu devia agir de forma profissional e tranquila, mas eles tinham me reduzido a lágrimas.

– Como Conrad falou, tivemos alguns momentos curiosos, mas foi tudo incrível. Vocês todos foram uns amores.

Tentei me recompor, me sentindo um pouquinho boba, mas todos sorriam e assentiam.

– Eu amei o presente. Elas vão combinar lindamente com meu porta-ovos.

Eva cochichou algo para Lars, que deu uma piscadela para mim e ergueu a taça em um brinde silencioso.

– Eu também tenho uma coisa para vocês.

Peguei uma sacola que estava embaixo da mesa e, como Papai Noel com seu saco de presentes, fui distribuindo um embrulho fino para cada um, incluindo Eva e Mads.

– Embora Fiona mereça a maior parte do crédito. Obrigada, querida, por me permitir fazer isso.

Os porta-retratos que tinha comprado algumas horas antes não eram grande coisa, mas emolduravam o momento daquela manhã no café, capturando com perfeição a sensação de camaradagem.

Enquanto todos abriam seus presentes, houve gritinhos de aprovação, seguidos por muitos abraços e beijos. Ninguém, a não ser eu, percebeu que Ben não se mexera em seu assento, embora eu acreditasse ter visto um breve sorriso. Talvez eu estivesse só imaginando coisas.

Capítulo 23

– Como assim o voo está lotado?

Josh cruzou os braços, plantando os pés em frente ao balcão de check-in. A postura obstinada sugeria que ele não sairia dali até conseguir a resposta que queria.

Fiquei bem ao lado, feliz por ele ter decidido assumir as rédeas naquela manhã. Desde que tínhamos nos encontrado no saguão do hotel para pegar o micro-ônibus até o aeroporto, ele estava com aquele ar de superioridade prestativa, como se tivesse que provar que hoje era o chefe. Como estávamos a caminho de casa, deixei Josh à vontade, muito feliz em ficar no banco de trás.

A atendente sorriu com serenidade, no melhor estilo da cartilha de atendimento ao cliente. Aquela mulher certamente já tinha visto de tudo, e um cliente furioso não ia chegar nem perto de abalar sua conduta profissional e o tom de "sou eu quem dá as cartas por aqui".

– Sinto muito, senhor – disse ela, conseguindo injetar com precisão a dose certa de empatia em seu tom gracioso de quem diz "não tenho controle sobre isso" –, mas, devido à má visibilidade, muitos voos foram cancelados ontem.

– Mas nós já fizemos check-in.

A indignação de Josh ecoou até o fim da fila, causando uma comoção de interesse.

– Já temos os números dos assentos.

– Infelizmente a aeronave designada para o voo foi desviada e a que está disponível hoje tem poucos assentos. Receio não ter como acomodar seu grupo inteiro nesse voo.

– Isso é completamente inaceitável.

– Sinto muito, senhor, mas posso...

Josh se empertigou.

– Sim, você pode. Pode nos colocar nesse voo. Não sei se você percebeu, mas meu grupo é formado por seis jornalistas.

Como uma boa britânica, estremeci no exato momento em que ele disse isso.

O sorriso forçado da atendente permaneceu colado em seu rosto.

– Tenho certeza de que você não vai querer essa publicidade.

Josh disparou as palavras e inclinou-se, apoiando os dois cotovelos no balcão.

Ai.

O sorriso vacilou.

– Eu entendo, senhor, mas o voo está cheio.

Ela olhou para a tela à sua frente e Josh se inclinou por cima do balcão, esticando o pescoço para tentar ver.

– Seis jornalistas dos principais jornais do Reino Unido. Escrevendo artigos sobre viagens. Não vai pegar muito bem para a sua companhia aérea, não acha?

Os lábios dela se firmaram, e ela lançou a Josh um olhar de desdém como quem diz "cai fora, babaca".

Ele inclinou a cabeça.

A atendente digitou alguma coisa, a boca se movendo junto com os dedos, sinalizando a raiva velada.

– Eu poderia...

Ela pegou o telefone e falou em um dinamarquês rápido, lançando a Josh um olhar impassível. A conversa foi curta e grossa. Assim que desligou, estava com a boca franzida como uma uva-passa.

– Podemos oferecer alguns lugares, mas não todos os oito. Quem abrir mão de embarcar agora, pode pegar um voo mais tarde.

– Mais tarde quando?

A atendente pareceu preocupada.

– Por causa dos problemas com o tráfego aéreo e as condições climáticas, receio que os assentos disponíveis mais próximos sejam...

Ela fez uma pausa, e me senti mal pela atendente.

– Amanhã. Mas, neste caso, providenciaremos acomodação e demais despesas.

– Amanhã. Eu preciso estar em Londres hoje.

Josh olhou para o nosso grupo, miseravelmente amontoado em seu desconforto.

Avril parecia preocupada. Eu sabia que ela estava louca para ver o marido.

– Preciso ir à despedida de solteira da minha prima – disse Fiona, insegura –, embora talvez fosse uma boa desculpa para escapar. Não conheço nenhuma das outras convidadas.

O ligeiro dar de ombros que pontuou as palavras foi o que provavelmente me fez tomar a decisão. Ela soltou um suspiro relutante e acrescentou:

– Mas é que eu disse que tiraria as fotos, para o álbum da noiva.

– E eu tenho ingressos para o teatro essa noite – falou Conrad. – Embora tenham sido cortesias.

– Acho que eu posso ficar – ofereceu Sophie, roendo a unha.

– Não – discordei, erguendo um dedo. – Você me disse que marcou uma noite daquelas com seu namorado e que James nunca está disponível às sextas ou nos fins de semana.

Seu arrastar de pés constrangido falou mais do que qualquer palavra. James parecia um idiota a meu ver. É bom ser legal com a mãe, mas Sophie não deveria vir em primeiro lugar de vez em quando?

Josh me cercou como se tivesse acabado de ter a ideia mais genial.

– Kate, você precisa voltar hoje? Porque eu posso explicar para o pessoal no escritório.

Ele baixou a voz.

– Vou dizer que foi por um bem maior e tudo mais.

Olhei para aquele sorriso triunfante e trapaceiro. Eu tinha um gosto péssimo para homens.

– Vou dizer a Megan que você cedeu seu lugar.

– Vou ficar porque isso vai *ajudar* a todos e porque não tenho planos para o fim de semana – falei enfaticamente.

Confiei que Josh veria isso como o cartão de visitas para a minha promoção. Mas, naquele exato momento, a maior vantagem de não embarcar era não ter que passar mais duas horas na companhia dele. A atendente me olhou com gratidão enquanto Josh ponderava.

– Mas você não pode ficar sozinha – disse Sophie, contorcendo as mãos.

– Soph, vou ficar bem, já sou grandinha – respondi, com um sorriso animado.

– Nossa, estou péssima por deixar você para trás.

As sobrancelhas dela se uniram, e eu vi que estava vacilando.

– Não – falei com firmeza. – Vai ser uma pequena aventura.

A última parte foi dita com mais entusiasmo do que eu verdadeiramente sentia. Meu ideal de aventura ficava entre as páginas de algum volume de *Os cinco*, de Enid Blyton.

– E... vou encontrar Eva.

Sim. Eva. Ela cuidaria de mim. E me daria muito café e um monte de *kanelsnegles*.

– Vou ficar também.

A voz grave de Ben interrompeu a conversa.

– Minha irmã ainda está lá em casa com as crianças. Vai ser minha única chance de ter uma noite de paz e tranquilidade. Preciso escrever algumas coisas.

– Ah, isso seria maravilhoso. Pense pelo lado bom, você vai passar mais um dia inteiro aqui. E Kate não vai ficar sozinha – concluiu Sophie, animada.

Isso foi antes que eu pudesse dizer qualquer coisa, e provavelmente foi melhor assim, porque eu não conseguia pensar em nada, ao menos nada que pudesse ser dito em voz alta.

Ben ficou grudado no celular na maior parte da curta volta de trem até a cidade, o que foi ótimo para mim. Eu não fazia ideia do que dizer a ele. No dia anterior, Ben tinha deixado claro que eu era persona non grata, então eu ainda estava me recuperando do choque de saber que eu era um incômodo menor do que a irmã e os sobrinhos dele e que só por isso ele tinha se oferecido para ficar.

Durante o trajeto, nossos olhares se encontraram algumas vezes, ele olhando contemplativamente em minha direção, e o arrependimento ardia em mim quando Ben voltava imediatamente para a tela em vez de me encarar. Eu queria pedir desculpas, mas não parecia fazer muito sentido.

Estávamos de volta ao ponto do começo da viagem, onde talvez devêssemos ter ficado.

Ao descermos na København H, eu já esperava que ele me dispensasse e tomasse o próprio rumo. Então falei:

– Vou ao Varme tomar um café. Dizer a Eva o que aconteceu e ver se conseguimos nossos quartos de volta no hotel. Talvez ainda não tenham feito a arrumação.

Fiquei maravilhada quando ele respondeu:

– Parece um bom plano.

E começou a caminhar ao meu lado.

Por sorte, era quase impossível andar lado a lado e manobrar nossas malas pela rua, o que significava que não precisaríamos ter nenhuma conversa constrangedora. Foi um alívio ver a placa de bem-vindo do café ao fim da rua.

Eu estava prestes a entrar quando Ben colocou a mão no meu braço.

– Kate, eu… eu queria falar sobre algumas coisas. Eu estava errado em relação a você e queria…

Ben parou.

– Que estranho, as luzes estão apagadas – disse ele.

Embora a porta estivesse entreaberta, o lugar estava escuro. Olhei meu relógio outra vez.

– Eva? – chamei, insegura.

O medo de repente eclipsou meus batimentos acelerados graças às palavras inesperadas de Ben.

Eram quase onze horas, mas o lugar parecia fechado. Nenhum dos potinhos de flores tinha sido colocado nas mesas, não havia o aroma de boas--vindas e nem um cliente à vista.

– Eva!

Andei pelo salão, chamando mais alto dessa vez.

– Aqui! Kate, é você? – perguntou Eva, parecendo incrédula.

Avistei um paninho balançando por trás do balcão da cozinha.

– Pode me ajudar?

Larguei a mala, ouvindo o som estridente quando ela bateu no chão, corri até o balcão e me inclinei por cima dele, empinando o traseiro no ar.

– Eva! O que aconteceu?

Ela estava caída no chão, toda contorcida enquanto tentava se apoiar em uma cadeira cuja altura tornava a missão impossível.

Deslizei por todo o balcão até entrar na cozinha enquanto Ben, mais sensato, escolheu entrar pela porta.

Percebendo na mesma hora que ela estava preocupada com uma das pernas, Ben, com uma calma eficiente, se colocou atrás de Eva e a ergueu até a cadeira.

– O que aconteceu?

Seus lábios contraídos de dor causaram uma pontada de medo em meu peito, especialmente quando ela não respondeu de pronto, dizendo que não era nada. Seu rosto estava todo contorcido.

– Eu escorreguei. Caí em cima. Meu tornozelo.

Ela olhou para algo atrás de mim.

– O *spandauer*... pode tirar do forno?

Olhei para ela e para o forno, minhas mãos se remexendo inutilmente.

– O quê?

– Vai queimar.

Ben se apiedou da minha confusão.

– Vai lá enquanto eu dou uma olhada aqui – disse ele, e então se virou para Eva: – Vamos ver o tamanho do estrago, Eva.

Cheguei bem a tempo de retirar a forma. Os doces já brilhavam com uma casquinha dourada. Continuei olhando por cima do ombro para Ben, que gentilmente colocava o tornozelo de Eva em cima de outra cadeira, e paguei caro por não prestar atenção no que estava fazendo. Minha mão encostou sem querer na grade do forno e pulei com a fisgada de dor que tomou meu dedo.

– Pode colocá-los na bandeja com grade, Katie?

– Eva, a prioridade nesse momento é você.

– Está ali – indicou ela, sem dar a mínima para o meu comentário, apontando para a grade de resfriamento ao lado.

Revirei os olhos e tirei os doces do tabuleiro.

– Pode colocar a próxima fornada?

Eva estremeceu quando Ben abriu sua bota com delicadeza.

– Estão bem ali, na geladeira.

– Eva! – protestei e larguei as luvas térmicas para ir até ela. – Isso pode esperar.

– Foi só uma torção, coisa boba.

– Hum, não sei, não – disse Ben, enquanto nós três observávamos o tornozelo inchar rapidamente. – Tem gelo?

– *Kan jeg fa en kaffe?* – interrompeu uma voz do outro lado do balcão.

– *Lige et øjeblik* – respondeu Eva para o homem que tinha entrado. – Na geladeira, Katie. Ah, você faria o café?

– O quê?

– Café.

Eva fez menção de se mexer e acenei severamente para ela.

– Fique aí, eu faço.

Eu me virei para o cliente e perguntei o que ele queria, torcendo para que me entendesse.

Ele assentiu e disse:

– Pode me ver um Americano?

– Claro.

Por ter feito café no outro dia, eu estava confiante. Mas ter que lidar com os fregueses na frente da dona do Varme era como subir no palco sem saber direito as falas.

Eva chamou minha atenção.

– No seu tempo, Kate. Mas faça o melhor que puder, sim? Ele é um bom freguês.

Isso significava que ele é um amigo e merecia atenção.

O cliente ficou ali por um momento, observando com cansaço as opções escritas no quadro que estava apoiado no balcão comprido.

– Deseja mais alguma coisa? – perguntei com um sorriso. – Acabou de sair um *spandauer* delicioso.

A expressão dele se alegrou no mesmo instante, me deixando feliz por ter sugerido o doce.

– Ah, obrigado. Vou querer um, sim.

– Por que não se senta um pouco? Já levo para você.

Ele assentiu e aceitou a sugestão, absorto no celular.

– Excelente, Katie – elogiou Eva, assentindo em aprovação, mesmo estremecendo de dor.

Com calma, escolhi uma caneca bonita, selecionei um prato, pus um dos belos guardanapos floridos de Eva e então peguei o maior *spandauer* da fornada. O cara parecia precisar de uma dose de ânimo. Terminei de servir o doce, grata por Eva estar prestando atenção em Ben, que tinha encontrado um saquinho de gelo, enrolado em uma toalhinha e colocado no tornozelo dela.

– E o que vocês estão fazendo aqui?

Enquanto eu preparava o café, expliquei por cima do chiado da chaleira o problema com o voo.

– Ali.

Eva apontou para as leiteiras antes que eu soubesse que ia precisar de uma.

Eu tinha acabado de servir o primeiro cliente quando mais duas pessoas entraram e se sentaram na mesa perto da janela.

– Não se levante – ordenou Ben, quando Eva tentou se apoiar na perna boa.

– Mas… os clientes estão começando a chegar e… É melhor fecharmos. Vou ligar para Agneta, a menina que vem no sábado, para ver se ela pode vir hoje à tarde.

Ben gentilmente a empurrou de volta para a cadeira e se virou para mim.

– Diga o que a gente precisa fazer. Kate e eu podemos dar conta, não podemos?

De costas para ela, ele arregalou os olhos para mim como quem diz "socorro, o que a gente está fazendo aqui?".

– Moleza – falei, pelo bem de Eva, mas fiz uma careta para ele que dizia igualmente "meu Deus no que a gente se meteu?".

– Então, ótimo.

Ele chegou perto de mim e ergueu a mão num gesto como quem diz "a gente dá conta". Quando dei um high-five na mão dele, nossos olhos se encontraram e assentimos. Um acordo tácito. Pelo tempo que fosse necessário, seríamos uma equipe.

Tirei meu casaco, arregacei as mangas e peguei dois aventais pendurados atrás da porta. Vesti um e entreguei o outro para ele antes de pegar um dos bloquinhos no balcão.

– Certo. Você lava a louça e eu vou ser a atendente e garçonete.

– Lavar a louça?

O desgosto ecoou na voz dele, que ergueu as mãos, fingindo um beicinho de indignação.

– Essas mãos aqui parecem do tipo que lavam louça?

Eram mãos extremamente bonitas, e eu tinha tido um vislumbre rápido delas enquanto seguravam uma taça de champanhe.

Eva deixou escapar uma risadinha.

– Agora parecem – retruquei com firmeza.

Precisei me virar para esconder o rubor rápido que tomou minhas bochechas. Saí da cozinha e fui até a mesa anotar o pedido das duas clientes.

Quando voltei, Ben estava fechando a porta do forno. Meu companheiro de batalha piscou para mim enquanto seguia as instruções de Eva para ajustar o timer, e me ocupei fazendo mais café, ignorando as batidas esquisitas e irregulares do meu coração.

A cozinha não era das maiores, e, quando me virei para pegar o pó de café no pote, esbarrei em Ben. Ele pôs as mãos na minha cintura com firmeza. O tempo parou por um instante enquanto nos encarávamos, nossos rostos na mesma altura. Então, com um estalo repentino de consciência mútua, nos recompomos e passamos um pelo outro no espaço apertado, Ben a caminho da pia. Depois disso, no entanto, pareceu impossível nos mexermos sem roçar os ombros, as mãos, os quadris um do outro e ficar face a face.

Eu havia servido o cappuccino dos clientes e Ben já tinha usado o polvilhador para salpicar chocolate nos cafés e, seguindo à risca as ordens de Eva – "Certifique-se de cortar com perfeição, e use aqueles pratos em vez desses aqui" –, tinha cortado duas fatias de torta de fruta e as colocado no prato com a mesma elegância de um pescador pousando seus peixes no chão.

Ao pegar a bandeja, Eva ergueu a mão.

– Antes de entregar qualquer coisa, olhe para ela – instruiu Eva. – E se questione se parece ok. A apresentação está bonita? Parece boa o bastante? Você serviria isso para alguém que você gosta?

Os olhos azul-acinzentados de Ben se aguçaram com uma sabedoria súbita e ele baixou a bandeja, fazendo uma inspeção cuidadosa. Então foi até a geladeira, pegou dois morangos grandes e os mostrou para mim e para Eva, sorrindo. Ben cortou as frutas ao meio com cuidado e as arrumou em formato de coração em cima das tortas, antes de polvilhá-las com uma fina camada de açúcar de confeiteiro.

– O que acham? Você comeria, Kate?

Meu coração bateu mais forte quando ele estendeu o prato.

Assenti, arregalando os olhos de surpresa ao ver a expressão solene dele. Sem dizer mais nada, Ben levou a bandeja até a mesa das clientes.

Eva me lançou um olhar intenso de avaliação. Virei de costas, me ocupando em arrumar os pós de café usados, limpando as superfícies e o que mais houvesse para evitar uma conversa.

– Não foi tão ruim assim – disse Ben quando voltou para a cozinha. – Acho que vamos nos sair bem.

Eva e eu sorrimos uma para a outra e olhamos para o café quase vazio. Nesse exato momento a porta se abriu, e um grupo de seis pessoas entrou. Enquanto as servíamos, mais dois clientes entraram e então mais quatro.

E de repente não havia mais tempo para pensar no que estávamos fazendo. O espumador de leite zumbia. O timer do forno apitava. Os talheres tilintavam na porcelana enquanto fatiávamos tortas, arrumávamos garfos nos pratos e pegávamos doces. Os pedidos chegavam aos montes, e eu estava a mil, preparando xícaras de café enquanto Ben entregava os pedidos. Entramos em um ritmo coordenado, Ben aprontando pratos e xícaras antes mesmo que eu precisasse pedir. Ele limpava as mesas e lavava a louça enquanto eu anotava mais pedidos e, nesse meio-tempo, ele embrulhava talheres com guardanapos limpos, preparava bandejas e limpava tudo depois. O cara era tipo um deus das tarefas domésticas.

Mas as coisas começaram a complicar à medida que o horário do almoço se aproximava. As pessoas começaram a pedir sanduíches abertos. Eva insistiu dizendo que conseguíamos fazê-los, depois que Ben providenciou algumas almofadas e a colocou perto do aparador. Ele corria para pegar ingredientes na geladeira e depois os montava sob a supervisão dela.

– Agora a rúcula por cima. Não. Tente de novo.

– Mas isso é só enfeite, Eva. Estamos ocupados.

Eva lançou um olhar de reprovação.

– Não se esqueça do amor – falei do outro lado da mesa, implicando com ele.

Ben ergueu as sobrancelhas e reorganizou a hortaliça violada com mais cuidado. Ouvi o murmúrio:

– Ok, ok. Não é só enfeite.

– Assim está melhor – disse Eva, assentindo. – Sem pressa. Sempre vale a pena fazer as coisas com calma... A gente precisa se importar com a montagem dos pedidos. Quando os clientes recebem coisas boas, eles não se importam em esperar.

Eu estava a toda, preparando cafés e descartando o pó usado como uma barista profissional, parecia que nunca tinha deixado meus dias de garçonete do Costa Café. Arrumávamos bandejas e nos revezávamos para entrar no salão e atender os clientes, limpar as mesas e anotar mais pedidos.

Cometemos alguns deslizes, como quando Ben não leu direito um dos pedidos que eu escrevi e produziu orgulhosamente três sanduíches abertos completos – enfeitados com bacon crocante que ele tinha fritado à perfeição (na segunda tentativa) – e só então se deu conta de que o pedido na verdade eram tortinhas de maçã. Os dinamarqueses, no entanto, do jeito que eram, levaram todos os nossos erros numa boa, especialmente quando Ben explicava que éramos o time reserva. Suspeito que seu sotaque e o sorriso cativante também tinham muito a ver com isso, já que boa parte dos clientes eram mulheres.

A certa altura, houve uma trégua e o fluxo de clientes diminuiu bastante. Foi só quando terminamos de nos livrar da enorme pilha de louça que percebi como eu estava exausta e desesperada por um café. Apesar disso, uma sensação de satisfação deixava meu coração radiante. Havia pratos vazios por todo lado. Nós tínhamos nos saído bem. Clientes chegavam e saíam felizes. É, a sensação era boa, mesmo que eu tivesse tirado o sapato e agora esfregasse o peito do pé na panturrilha para aliviar a dor. Meus pés estavam me matando. Com um suspiro de gratidão, observei os últimos clientes irem embora, pensando se eu teria a ousadia de sair e virar a plaquinha na porta para "fechado". Eram quase três e meia.

Ben colocou o último prato e a última xícara na bacia e segurou meu cotovelo quando cambaleei precariamente por um instante.

– Você está bem? – perguntou ele.

Sem querer admitir minha fraqueza, mas cedendo ao ímpeto de me apoiar levemente nele, respondi:

– Estou.

– Bom para você, porque eu estou exausto.

Então me permiti esmorecer, alegre por saber que ele sentia o mesmo.

– Estou feliz por Eva ter conseguido recuperar nossos quartos lá no hotel. Mal posso esperar por um bom banho quente.

Enquanto estivéramos ocupados, ela havia ligado para o hotel e conseguido dois quartos.

– Não é de se admirar que você seja magra, Eva, isso aqui é trabalho pesado – afirmou Ben, jogando o pano úmido em cima do ombro. – Acho que eu nunca mais quero ver um copo sujo na vida.

– Agneta vai chegar a qualquer momento. Uma pena que ela não tenha conseguido vir mais cedo – disse Eva, que tinha arrumado uma brecha para ligar e pedir reforços da cavalaria. – E Marte, minha amiga, está vindo me buscar para me levar para casa. Vocês foram brilhantes.

Notei o tremor em seus lábios quando Eva olhou para o tornozelo ainda muito inchado.

– Não sei o que eu teria feito sem vocês.

– Nem eu – disparou Ben, secamente, o que fez Eva e eu cairmos na gargalhada. – Descobri que não nasci para trabalhos manuais.

– Você se saiu bem, para quem diz não gostar de cozinhar – comentei. – Fritou um bacon razoável.

– Vi que você se apegou a fazer café, Katie – disse Eva.

– Ah, com café eu sei me virar. Em geral não tenho tempo de cozinhar, mas gostei bastante do que fizemos hoje. Foi bem relaxante.

– Relaxante? Como é que você chegou a essa conclusão? Eu achei um estresse infernal – confessou Ben.

– Ah, a princípio você não teve nem tempo para pensar no que estava fazendo. E eu meio que gostei de lidar com os clientes. A gente vê os resultados na hora. É bem satisfatório.

Eu tinha esquecido como havia gostado de trabalhar em um café quando era estudante.

– Se você diz... – grunhiu Ben, arqueando-se para esfregar as costas.

– Olha, sou muito grata a vocês. Agora, por que não botam a placa de "fechado" na...

– Aleluia!

Ben correu tão rápido para a porta que Eva e eu caímos na risada.

Ajudamos Eva a ir mancando até uma das mesas e nos sentamos. No fim, Ben e eu não conseguíamos nem olhar para um café ou um doce, então nos sentamos com copos enormes de Coca-Cola com gelo, que encostávamos em nosso rosto quente de vez em quando.

– Na verdade – disse Ben, ponderando –, agora que estou sentado e meus pés estão pensando em me perdoar, até que foi divertido. Formamos um bom time.

Eva abriu um largo sorriso.

– Vocês trabalham bem juntos.

– Acho que é porque tínhamos uma general assustadora – provoquei. – Ela não aceitava "não" como resposta.

– Verdade – respondeu Eva, experimentando torcer a perna e estremecendo de dor. – Embora seja difícil em uma cozinha desse tamanho. Nem todo mundo consegue trabalhar com essa limitação. Perdi gente que não conseguia.

Olhei para a minúscula cozinha e, por um instante, fiquei maravilhada com o fato de Ben e eu não termos pisado um no calo do outro, metafórica e literalmente. Quem poderia imaginar? Ben e eu? Um bom time? Tudo bem que no começo ele tinha me sujado uma ou duas vezes com canela ao polvilhá-la com muita empolgação, mas, depois disso, ele ficara muito bom em prever o que precisava ser feito na sequência sem me perturbar ou atrapalhar. Ben tinha o bom senso de saber quando ajudar e quando ficar fora do caminho. E, da mesma forma, eu sabia quando ele precisava de ajuda ou não.

Era uma pena que eu não tivesse treinado minha família desse mesmo jeito. Fazia tempo que eu havia parado de torcer para que meus irmãos e meu pai ajudassem com a casa, e era irritante observar o ritmo lento, a incompetência e o desinteresse dos três. A única maneira de ver uma tarefa concluída era eu mesma fazer o serviço. Uma imagem depressiva de mim aos 50 anos preencheu minha mente, ainda tendo que ir até lá organizar a vida deles, resolver pendências até em relação a um cardigã cinza usado e uma calça folgada. Não era o que minha mãe queria para mim... ou para qualquer um de nós.

– Eu diria que os pensamentos que passaram pelo seu rosto valem uma libra – falou Ben, felizmente afugentando aquelas imagens inconvenientes.

– Com certeza não valem isso tudo – respondi.

– Agneta!

Eva acenou entusiasmada para uma mulher loura e pequena que entrava pela porta.

– Graças a Deus – comemorou Ben. – Não sei se tenho energia para mais um turno.

– Nossa, mas você é o quê? Um homem ou um rato?

– Hum, de repente me deu uma vontade de comer um queijinho...

Capítulo 24

As portas do elevador se abriram, e logo que entramos apoiei o corpo na parede, exausta.

– Nossa, definitivamente vou mergulhar numa banheira bem quente – falei, esfregando as costas na parede com espelho. – E rezar para que o restaurante não fique muito longe daqui a pé.

Eva tinha recomendado um restaurante para jantarmos e, muito gentilmente, fez uma reserva para nós.

– Segundo ela, são só dez minutos. Acha que consegue? Encontro você no saguão às seis?

Assenti, sabendo que seríamos apenas nós dois outra vez e sentindo os assuntos inacabados de repente crepitarem entre nós.

– Você sabe que não precisa jantar comigo, certo? Não se sinta obrigado.

Ele deu um passo na minha direção e, enquanto o elevador desacelerava, ergueu meu queixo.

– Kate Sinclair, às vezes você fala demais.

Quando as portas se abriram, ele me deu um selinho. E fiquei ali, olhando para o nada, quando as portas se fecharam e fui suavemente levada para outro andar.

O efeito daquele leve toque dos lábios dele despertou uma sensação como se vaga-lumes piscassem dentro de mim.

É bem difícil tentar manter a cabeça ocupada em um quarto de hotel. Preparei o banho. Desfiz as malas. Finalmente tomei um banho demorado. Deitei. Tentei desligar meu cérebro. Insisti, o que, é claro, gerou exatamente o efeito contrário. Então comecei a pensar no meu trabalho, que já estava logo ali, na segunda-feira. Em dois dias, e um deles, ao que parecia, seria passado com Ben.

E, de novo, eu estava pensando nele. Mais uma vez tendo aquela sensação, o frio na barriga de ansiedade. O nervosismo. A lembrança insistente daquele dia e das palavras que me atormentavam: "eu estava errado em relação a você, e queria..." O que ele queria? E aqueles breves toques deliciosos, nossos corpos se encontrando sem querer na pequena cozinha do café, o calor e a satisfação daquele trabalho em equipe tão inesperado. Quem poderia imaginar?

– Ele acabou de dizer mingau? – sussurrei assim que o garçom desapareceu.

Ben assentiu.

– Hum, não sei se foi bem isso... – falei, um pouquinho alarmada.

Por ter sido criada com uma dieta bem sem graça – macarrão com qualquer coisa diferente de molho à bolonhesa era algo exótico para a minha família –, desde que saí de casa, eu me obrigava a continuar provando coisas novas. Mas, de vez em quando, meu cérebro entrava em curto e dizia "não, obrigada". Naquela noite, mingau não estava vencendo a batalha mente *versus* corpo. Não era nem um pouco atrativo.

– Nem eu – disse Ben, para meu alívio –, mas Eva insistiu que a comida aqui é fantástica.

O restaurante era tão famoso que a única reserva que conseguimos foi a de seis e meia, mas, além disso, não tinha nada da pompa e da discrição de um restaurante londrino. Ninguém estava arrumado, e a equipe de garçons era amigável e informal. As paredes estavam repletas de prateleiras cheias de vasinhos com plantas e, acima da escada, havia uma estufa em tamanho real lotada de cestas penduradas, as folhagens transbordando, como se tivessem transportado um jardim para o salão.

– Vamos arriscar e pedir o menu degustação harmonizado com os vinhos? – perguntou Ben, olhando o cardápio.

– Ah, com certeza. Estou com um cartão corporativo e não tenho medo de usá-lo. Principalmente depois que Josh me obrigou a ficar.

– Ah, olhem só quem está de volta, nossa RP. Senti falta dela.

– A seu dispor – brinquei.

– Mas interpretei você mal, hoje cedo lá no aeroporto. Você não desistiu de embarcar porque queria ganhar pontos. Podia ter falado que queria ir embora, arrumado a maior confusão, entrado no jogo dele. E você sabe que se tivesse feito uma cena a companhia aérea teria barrado outra pessoa. Josh e a coisa da publicidade ruim eram uma carta na manga.

Dei de ombros, desconfortável, sem ter certeza de que merecia aqueles elogios.

– Eu realmente não quis fazer cena e constranger todo mundo.

– Ah, tá, então não foi porque você sabia que era importante para os outros irem para casa.

Dei de ombros outra vez.

– Perder um fim de semana em Hemel não é de fato um grande problema.

– Você é mesmo uma boa pessoa, Kate Sinclair.

Ben sorriu, olhando nos meus olhos. Minhas pernas ficaram bambas e meu coração derreteu completamente.

– Você também não é nada mal, Ben Johnson – devolvi, sentindo uma onda de calor percorrer meu corpo.

– E eu lhe devo um pedido de desculpas. É claro que você tinha que agir de forma profissional na frente de um colega de trabalho. Eu exagerei ontem e só percebi horas depois, no jantar. Você não é o que ficou parecendo naquele momento. Todo mundo viu como você é autêntica. A coisa dos presentes, as fotos, aquilo foi muito gentil. Até eu ganhei um porta-retratos, mesmo depois de ter agido feito um idiota.

– Você quase ficou sem o seu.

– É, mas você não faria isso, porque é uma boa pessoa.

– Mesmo que você tenha sido um sujeitinho muito do mal-humorado.

– É, e você é a única que tem coragem de me dizer isso.

Eu me remexi na cadeira, desconfortável.

– Só porque eu não gostava muito de você. Ao menos não no começo. Não até descobrir que, por trás da raposa enlouquecida...

Nesse momento, examinei o queixo dele como se fosse a coisa mais interessante, a pulsação aceleradíssima.

– Existe um grande coração. Provavelmente.

Ben tinha demonstrado isso de muitas maneiras.

– Bom ponto. Mas eu me senti mesmo um babaca criando aquela cena toda lá no Design Museum. Deixando aquele cretino do Josh, que, aliás, é um tremendo babaca, me fazer acreditar que você só estava interessada em conseguir publicidade.

– Não sei se você deveria usar esses termos...

Provocá-lo suavizava um pouco as coisas e evitava que eu precisasse encarar o elogio, porque eu não sabia como lidar com ele. Eu queria manter o clima leve, mas Ben parecia determinado em seguir nessa linha.

– Seis pessoas, Kate. Sete, com Eva. Todas acham que você é ótima. Porque você é.

Fiquei brincando com meus talheres.

– Ah, tá, sou muito incrível, sim.

Deixei o *só que não* implícito e me ocupei em dobrar o guardanapo.

– Eu acho que é – disse ele, com um tom de voz que deixava claro que não deveria ser contrariado.

– Bom, você tem fama de achar coisas erradas e... Ah, olha só. Mingau.

O garçom se aproximava de nossa mesa com duas tigelas.

Os dedos de Ben subiram pelo meu pulso e o toque suave fez meu corpo vibrar de expectativa.

Olhei para ele. A boca levemente contraída, parecendo achar graça das minhas táticas evasivas. Respirei fundo. Talvez, apenas talvez, eu pudesse me dar ao luxo de deixar acontecer. Ao menos uma vez eu podia apenas ser. O pensamento foi libertador. Não havia nada que nos impedisse de deixar rolar e ver o que aconteceria. Se não desse certo, tudo bem. Depois daquele final de semana, talvez nunca mais nos encontrássemos. Nossos caminhos nunca mais precisariam se cruzar se não quiséssemos. Eu tinha escolha.

– Então, alguma ideia sobre o que faremos amanhã? – perguntei, e mudar para o modo prático me fez relaxar na mesma hora.

– Que tal alugarmos bicicletas? – sugeriu Ben.

– Boa ideia.

Eu tinha sentido um pouco de inveja dos jovens dinamarqueses que tínhamos visto pedalando pelas ruas, confiantes, com apenas uma das mãos no guidão enquanto mexiam no celular com a outra.

– Assim vamos conseguir percorrer uma distância maior. A previsão do tempo está boa. Podemos ir ao Castelo Rosenborg e ao Jardim Botânico.

– Parece que você já andou pensando em tudo... Você fica no comando, então – disse ele, e pareceu ligeiramente envergonhado ao acrescentar: – Porque, só de pirraça, eu não li nada a respeito da cidade antes de virmos para cá.

A sinceridade dele me desarmou.

– Eva sugeriu esse passeio. Até a noite de hoje eu não havia tocado no guia de turismo desde que desembarcamos – confessei, sorrindo. – Estamos livres até as quatro da tarde, acho que conseguimos encaixar na programação.

Nosso voo estava marcado para as seis e meia e o trem levava apenas vinte minutos até o aeroporto.

– Ótima ideia. Mas e quanto à noite de hoje?

Depois de todos os dias que passamos ali, Copenhague parecia bem mais compacta e fácil de navegar. Um lugar em especial não saía da minha cabeça.

– Tivoli, é claro – falei, olhando acanhada para ele. – Eu gostaria muito de voltar lá.

Ben ficou incrédulo.

– O quê? Outra volta na montanha-russa demoníaca?

Outra onda de calor. Eu sabia que nós dois estávamos pensando naquele beijo.

– É que... Lá é tão bonito à noite, não tivemos muita chance de explorar direito os jardins.

Nossos olhos se encontraram. Merda. Eu tinha mesmo feito um convite tão descarado? Caminhos sem muita gente por perto, caramanchões envoltos em sombra. Luzinhas dando um ar romântico.

– E também li sobre um bar – acrescentei depressa. – Duck and Cover, especializado em drinques. Parece bem dinamarquês. E bem legal.

O nariz dele enrugou com um sorriso.

– Não sou muito fã de drinques, mas com certeza eles devem ter uma boa cerveja.

Comemos com calma, à vontade na presença um do outro agora que já tínhamos estabelecido os planos para o restante da noite. A vitela, sobre a qual eu estava meio incerta, e o mingau, mais incerta ainda, estavam absolutamente deliciosos. O menu degustação harmonizado com os vinhos tinha sido perfeito e suave. Quando nos demos conta, já estávamos saboreando a última taça de vinho de sobremesa e uma mousse de ruibarbo totalmente equilibrada com bolo de libra.

Ainda estava claro lá fora quando colocamos nossos casacos, um pouco constrangidos ao descobrir que Eva havia providenciado o pagamento da conta. Aparentemente, ela conhecia o dono.

– Mandamos bem em pedir o menu degustação – afirmou Ben, quando saímos para o ar fresco, mas eu sabia que ele não estava falando sério.

Não era do feitio dele se aproveitar da generosidade de Eva.

A chuva havia passado e a noite estava bastante agradável, nem um pouco fria. Eram apenas 19h45 e as ruas tinham um ar tranquilo e silencioso enquanto seguíamos de braços dados em direção ao Tivoli.

Em algum momento do caminho, Ben pegou minha mão, e eu sorri, empolgada com a confiança silenciosa que o gesto transmitia e saboreando a sensação de sua pele quente na minha. Eu não imaginava para onde aquela noite nos levaria, mas aproveitaria cada momento.

Ao entrarmos no jardim, a melodia cadenciada de *As Quatro Estações*, de Vivaldi, tomou conta do ar como um canto de sereia. Foi impossível resistir. Puxei a mão dele para que seguíssemos o som.

– Vamos – falei, puxando-o pelo caminho iluminado por luzinhas e uma placa em que se lia *The Lake*.

À medida que nos aproximávamos, a música foi aumentando e deixei escapar um suspiro de surpresa e prazer. Uma terra encantada surgiu diante de nós, uma atmosfera etérea, de outro mundo. Chafarizes se erguiam e desciam no meio do lago, a água subindo e caindo em perfeita sincronia com a música. As luzes subaquáticas mudavam de acordo com a música, do roxo para o azul, então para o dourado, e a superfície ondulava alegremente, fazendo o reflexo do pagode do lado oposto dançar e cintilar.

Fiquei ali assistindo à transição suave para a exultante melodia de *The Arrival of the Queen of Sheba* – violinos harmonizados alegremente com as trompas, a seção de sopro indo e vindo em um ritmo lírico, fazendo as notas dançarem no ar. Gloriosa. Bela. Mágica. Eu não era especialista, conhecia muito pouco de música clássica, só as melodias mais famosas. Meu coração se encheu e comecei a balançar o corpo no ritmo dos acordes mais intensos da música, cantarolando junto.

Ben passou o braço pelos meus ombros e me puxou para perto. Desejei morar naquele momento, um instante da mais pura perfeição, e fiquei ali apoiada nele, deixando a música me envolver. Um prazer simples. Luzes. Cor. Música. O fluxo e o jorro agradável da água. Poder compartilhar isso com alguém.

Hendel deu lugar à introdução empolgante de *Eine Kleine Nachtmusik*, de Mozart.

– Sinto que a gente devia estar valsando ou algo assim – falou Ben, próximo ao meu ouvido. – E você deveria estar usando um vestido exuberante, daqueles volumosos.

– Acho que você está confundindo a Dinamarca com a Áustria – respondi, minha voz baixa e rouca por causa do toque da respiração quente dele no meu rosto.

– Você entende de música?

Eu me virei para encará-lo. Ben me envolveu e inspirei fundo, tentando esconder até que ponto aquela proximidade me afetava.

– Não exatamente. Eu amava cantar, e minha mãe e eu vivíamos ouvindo um daqueles CDs com um pouquinho de tudo. Isso resume bem o meu conhecimento. Sempre dizíamos que um dia iríamos ao Albert Hall para assistir a um concerto, mesmo sabendo que nunca iríamos. Minha mãe tinha medo de não ser chique o bastante para frequentar esse ambiente.

Ele apertou o abraço e sorriu, olhando nos meus olhos como se soubesse exatamente por que eu estava falando sem parar.

– Que pena.

– Não, tudo bem. Ela me levou ao show do Take That – contei, dando um sorrisinho torto. – E foi maravilhoso.

Ben balançou a cabeça.

– Uau… E eu estava começando a achar que havia algo profundo em você.

– Zero profundidade – respondi de forma leviana, observando o rosto dele, um pouco trêmula.

Ele me puxou para mais perto, presumindo que eu estava com frio, mas eu não estava nem um pouco. Por dentro, eu me sentia muito quente e aconchegada, saboreando a novidade emocionante de estar com alguém, só para variar. Ser um casal.

– Mas profundidade é um conceito superestimado – observou Ben, sorrindo para mim, me fazendo sentir como se eu fosse o centro das atenções. – Prefiro coisas simples e diretas.

Havia um tom áspero em sua voz.

– Isso eu consigo – falei, minhas palavras sumindo em um sussurro sem fôlego.

– Estou sabendo.

A luz instigante nos olhos dele sumiu e o momento se prolongou entre nós. Ben baixou a cabeça e eu ergui o rosto para ele.

Diferentemente do nosso primeiro beijo, espontâneo e impensado, naquela noite a construção do momento tinha sido gradual. Olhares roubados. Gestos inconscientes. Sinais secretos. A tensão aumentando cada vez mais. Quando o beijo finalmente aconteceu, foi como rastilho de pólvora incendiando o pavio aos poucos, ardendo até incandescer.

Foi como se todo o tempo que desperdiçamos desde aquela noite em Londres se desenredasse. Quente e lento, íntimo e gentil, uma construção contínua enquanto explorávamos os lábios um do outro. Onde ele ia, eu seguia, e éramos como parceiros de dança que se conhecem desde sempre, preparados para qualquer movimento que o outro faça.

E então, quando já tínhamos estabelecido um ritmo fácil e estável, a língua dele tocou a minha, o beijo se aprofundou e fogos de artifício estouraram. Desejo. Calor. As sensações me tomavam à medida que ele me abraçava com mais firmeza, me puxando com urgência. Os sons foram se reduzindo a um ruído de fundo agradável. Eu estava totalmente concentrada no gosto e no toque dele, o coração acelerado. Eu queria viver naquele momento para sempre.

Quando, enfim, me afastei para respirar, a sensação era a de estar levemente bêbada, mas foi delicioso ver que os olhos dele estavam tão vidrados quanto os meus. Eu parecia ter entrado em curto-circuito.

Atônitos, ficamos abraçados, nos olhando por um instante.

– Kate.

Ben tocou meu rosto.

– Aquela noite em Londres...

A pergunta não dita ardia em seus olhos. Senti as palmas das mãos ficarem úmidas e engoli em seco, incapaz de dizer qualquer coisa por medo de ter entendido errado.

Nos encaramos por um longo momento. Eu não ousava ser a primeira a quebrar esse contato.

Com um sorriso gentil, ele acariciou meu pescoço, os dedos passando com delicadeza pela linha da clavícula. Permaneci imóvel, como se estivesse à beira de um precipício.

– Naquela noite...

Ben soltou um suspiro sincero, arrancado dele como se estivesse prestes a pular do trampolim mais alto sem saber a profundidade na qual mergulharia.

– Naquela noite...

Seu olhar era determinado e me perfurava, trazendo a lembrança da magia daquela noite.

– Você ficou... na minha cabeça. Achei que fosse especial, única e... eu nunca... falo coisas desse tipo, mas... achei que rolou uma conexão.

Reconhecendo a súbita vulnerabilidade, apertei a mão dele sem pensar. Meu coração estava disparado porque eu sabia exatamente do que ele estava falando. Essa conexão havia me deixado morrendo de medo e, por conta disso, eu havia fugido. Ele era bem mais corajoso do que eu, colocando aquilo em palavras, se expondo daquele modo.

– Eu pensei que você estava sentindo a mesma coisa. E então, quando descobri que você era... você...

A decepção turvou o rosto dele.

– Foi péssimo. Eu agi muito mal. Você não era quem eu achei que fosse e isso me fez reagir dessa forma. Acho que eu quis te punir por ter estilhaçado a minha ilusão. Então me agarrei a isso até onde pude, mas eu estava errado a seu respeito.

Estremeci, a tristeza e a compreensão passando por mim. Então, com alguma sabedoria incrível que veio sei lá de onde, falei:

– Bom, a parte boa dos erros é que é possível consertá-los.

– Agora me conta: naquela noite em que a gente se conheceu...

Olhei para ele com cautela, e alguma hesitação tremulou entre nós. Eu queria ignorar, fingir que não estava ali, mas Ben era sagaz como um policial, determinadíssimo a capturar seu homem, ou, nesse caso, sua mulher. Só que eu não era mulher dele...

– Quase consigo ver você tentando negar. E olha que eu não tenho um pingo de romantismo. Mas não diga que não sentiu. Você falou que estava com medo.

Droga. Franqueza com adrenalina era uma mistura bem ruim.

– Medo de quê? – insistiu ele.

A voz suave me deu um nó, as palavras me envolviam como o abraço de uma cobra.

Eu não podia contar. Não podia. Era me expor demais e eu ainda estava assustada. Com medo de talvez sentir por ele mais do que deveria. Eu, que nunca tinha tido tempo de sentir coisa alguma por ninguém.

Minha carreira precisava vir em primeiro lugar. Eu nunca havia questionado esse papel e precisava me ater a isso. Ter um trabalho decente era importante para mim. Eu era a primeira na família a conquistar isso. Diferentemente da minha mãe. Diferentemente dos meus irmãos. Diferentemente do meu pai, que odiava o trabalho e ficou preso a ele porque era o provedor da família.

E será que Ben sequer estava atrás de um relacionamento? Talvez ele só quisesse que eu aceitasse o desejo que surgira entre nós naquela noite, nada além disso. Depois de Josh, eu duvidava da minha capacidade de ler os homens.

Os olhos dele me perfuraram, aguardando uma resposta.

– Medo de que... Bem, eu fiquei preocupada que pudesse significar muito mais.

Que você pudesse significar muito mais para mim.

– E agora?

Respirei fundo.

– Ainda estou com medo, mas não vou fugir dessa vez.

– Ter um pouco de medo é bom, deixa a gente mais cuidadoso. Talvez a gente devesse viver um dia de cada vez.

Os gritos da montanha-russa ecoaram pelo parque. Ele olhou na direção do brinquedo com um sorriso súbito.

– E de vez em quando a coisa é feita para dar medo mesmo. Aquela onda de adrenalina. É por isso que as pessoas se permitem. Então... Por que a gente não faz o mesmo e curte o momento?

– Tudo bem – falei bem baixinho, me lembrando da adrenalina da montanha-russa e de Ben segurando minha mão o tempo todo.

O beijo, dessa vez, foi lento e certeiro, selando nosso acordo. Promessas e esperanças fervilharam no toque suave das nossas bocas.

Quando nos afastamos, respirei longa e profundamente. Tentei recuperar meu equilíbrio olhando além de Ben, para o rastro de neon cortando o céu atrás dele, e falei, meio trêmula:

– Esse foi um beijo digno de uma volta inteira na montanha-russa.

E também de fazer o coração acelerar.

– Isso foi uma reclamação ou um elogio?

Ben me puxou para mais perto e depositou um beijo no canto da minha boca, provocando e mordiscando, quase fazendo cócegas. Joguei a cabeça para trás, tentando fugir daquela tortura que estava deixando meu coração disparado outra vez.

– Se fosse uma reclamação, não sei se eu sobreviveria!

Ele riu, bem satisfeito consigo mesmo. Um sorriso de macho alfa.

– A seu dispor.

Meus olhos cintilaram.

– Humm, mas sempre tem como melhorar.

– Ah, então você *está* reclamando?

Ele fingiu ficar sério, mas a mão boba no meu quadril me fez rir.

– Vamos apenas dizer que... talvez tenha sido um golpe de sorte.

– Um golpe de sorte!

Mais rápido que um ataque de cobra, ele pôs as mãos na minha cintura e me puxou. Não que eu estivesse oferecendo muita resistência.

Posso afirmar com toda certeza que o segundo beijo foi bem satisfatório, provando que seu antecessor definitivamente não tivera nada a ver com sorte.

Aquele momento leve foi uma total surpresa. Eu sentia um equilíbrio e que a atração era completamente mútua. Nos meus outros relacionamentos, eu sempre parecia estar esperando uma autorização para seguir em frente ou dar tal passo. Mas entre mim e Ben não parecia que uma pessoa estava no comando.

Passeamos pelo parque, o braço de Ben ao redor dos meus ombros, me mantendo ao lado dele enquanto apontava para as paisagens. Fomos observando aquelas almas corajosas que, lá no alto, giravam pela noite no Star Flyer. Conversamos sobre o resto do grupo, imaginando como teria sido o reencontro de Avril com o marido e se ela tinha feito o tal bolo de nozes e café para ele. E também tentamos adivinhar quando Conrad se mudaria para a casa de David e torcemos para que Sophie tivesse aproveitado seu encontro de sexta à noite com James.

– Aposto que nenhum deles está se divertindo como a gente – afirmou Ben, apertando meu ombro.

Entrelacei os dedos nos dele e apertei.

Palavras não eram necessárias.

– Que lugar lindo – falei, olhando ao redor.

O Duck and Cover era bem diferente do que eu esperava. O espaço com iluminação baixa estava cheio de gente, mas era silencioso e tranquilo, não lembrava em nada a frenética cena noturna de Londres. Todo mundo parecia bem relaxado e casual, compartilhando os sofás baixos de couro, nas sombras, ao redor de mesas salpicadas de velas. Luminárias discretas criavam focos de luz por todo o ambiente. Com as paredes revestidas de madeira, os tapetes de linho e os móveis em estilo retrô, definitivamente havia uma atmosfera dos anos 1970. Poderíamos muito bem estar no lounge da casa de alguém, exceto pelos garçons amistosos e solícitos, que pacientemente anotavam pedidos como se tivessem todo o tempo do mundo. As pessoas dividiam as mesas alegremente. Não havia aquela sensação de todo mundo se observando em uma competição para ver quem era o mais descolado, ou quem estava no melhor ponto do bar.

Eu me recostei no encosto de couro, bebericando um Sloe Gin Fizz. Como em muitos locais que tínhamos visitado, o menu de drinques era limitado, o que para mim era bem relaxante, porque não havia o estresse de ter que escolher.

– Preciso admitir que não sou muito fã de bares de drinques. Prefiro pubs, mas este aqui é bem legal – comentou Ben.

– Acho que tudo em Copenhague é bem legal. Você acha que Lars conseguiria convencer Eva a ir para Londres e montar um café lá? Não temos nada parecido. Eu ia amar poder ir a um lugar como aquele. E vou sentir falta dela.

– Ela gostou de você de cara – falou Ben.

– Não só de mim! – protestei, secretamente satisfeita com o comentário.

– Mas sem dúvida ela entendeu todo mundo muito bem.

– Menos você, talvez – lancei.

– Não tem muito o que entender sobre mim.

Ergui a sobrancelha.

– Tenho certeza de que ela não queria saber sobre meus traumas familiares.

– Como está sua irmã?

– Ainda reclamando.

– Vocês são próximos?

Ele parou por um instante, analisando o painel que havia logo acima da minha cabeça, como se estivesse tentando decidir o quanto deveria revelar.

– Ah, família, sabe como é. A gente ama mesmo que eles enlouqueçam a gente.

– Nem me fale... – comentei, com um longo suspiro.

– Você costuma encontrar a sua?

– Tento vê-los nos fins de semana sempre que possível – respondi, examinando meu drinque. – Provavelmente não deveria. Minha amiga Connie diz que eu devia deixar eles se virarem.

Tomei um golinho antes de largar o copo com relutância.

– Mas acho que me sinto culpada.

– Culpada?

– Aham. Eu me dei muito melhor do que eles. Meus irmãos estão em empregos sem futuro. Brandon é muito talentoso, mas não o vejo largando o emprego que tem. E John... Ele troca de emprego a cada cinco minutos, é um idiota preguiçoso e acha que não existe nada à altura dele. Quanto ao meu pai... Ele perdeu o ânimo depois da morte da minha mãe.

– Deixa eu ver se adivinho. Você volta para casa e faz tudo por eles.

Estremeci.

– Não tudo. Eu acho... Eu meio que... Interfiro, mas, se eu não fizer isso, a casa estaria ainda pior e... Meu pai... Ele meio que depende de mim em relação à quitação da hipoteca. Mas acho que é o mínimo que posso fazer. Eu ganho mais do que todos eles.

– Não muito mais, com certeza.

– Vamos dizer que se eu ganhasse mais, aliviaria bastante o peso. Eu e Connie gostaríamos de nos mudar para um lugar melhor, mas não vejo isso acontecendo por um tempo. Sabe lá Deus o que Josh vai reportar sobre a viagem. Supostamente, Copenhague deveria ser meu teste para ser promovida.

– E se você dissesse para o seu pai que não pode mais ajudar? Quem sabe ele desse um jeito, recuperasse a disposição em vez de depender de você... Talvez você esteja deixando ele mal acostumado.

O golpe direto fez eu me remexer um pouquinho na cadeira.

– Por que está deixando sua irmã ficar na sua casa? – perguntei em retaliação.

– *Touché.*

Ben soltou uma meia gargalhada.

– Porque ela é minha irmã. Mas talvez eu devesse ser mais rígido. Talvez ajudasse ela a resolver as coisas com o marido de uma vez por todas em vez de sair de casa toda vez que as coisas ficam difíceis. Essa é a terceira vez que ela larga o cara.

Inclinei a cabeça.

– Mas você não consegue dizer não.

– Exatamente. Meu pai é o caso clássico do cara que fugiu com a secretária, embora, para ser justo, os dois ainda estejam juntos e ela seja ótima. Tenho alguns meios-irmãos mais novos que são legais. A esposa do meu pai tem a cabeça no lugar, não é de fazer drama. Provavelmente foi por isso que ele foi embora com ela. Os dois são muito felizes e não consigo imaginar meu pai casado com minha mãe, que às vezes é um pesadelo. Ela e Amy são bem dramáticas.

– Então você é mais parecido com seu pai?

– É, a gente se dá bem. Não que eu vá dizer isso para as duas. Meu pai é meio que "aquele que não deve ser nomeado".

– Complicado.

– Felizmente, meu pai entende, então é tranquilo. Não temos essas besteiras de "o último Natal você passou com a sua mãe". Ele é um cara legal.

– Como o filho.

Ben deu de ombros, mas lançou um sorriso tímido que me fez encostar a perna na dele.

Ele entrelaçou os dedos nos meus, repousando nossas mãos unidas em nossas pernas.

– Família, né... Vamos beber mais um?

Capítulo 25

Dormir se mostrou impossível, minha mente estava muito ocupada revivendo os detalhes deliciosos do dia. Nós dois rindo na cozinha do Varme. Nos beijando no Tivoli. Conversando e bebendo vários drinques. A caminhada meio bêbada de volta ao hotel. Ben segurando minha mão. O beijo de boa-noite relutante na porta do elevador no meu andar. Olhar para trás e conferir se ele estava me vendo voltar para o meu quarto.

Eu recusando a oferta dele de me levar até a porta do meu quarto, porque sabíamos onde isso ia acabar. Um último beijo intenso, como se estivéssemos acumulando a sensação para poder suportar a noite.

Eu me virei outra vez e afofei o travesseiro.

Meu celular começou a apitar na mesinha de cabeceira e a mensagem clareou o quarto escuro como se fosse uma lanterna.

Obrigado pela noite maravilhosa. Até amanhã. Beijos.

Toquei na tela, um sorrisinho idiota e entorpecido no rosto.

Por um instante breve de pesar, imaginei o corpo quente de Ben ao meu lado, como seria estar envolvida em seus braços e a deliciosa sensação de pele com pele. O calor repentino me fez sair de debaixo do lençol. Seria fácil ter cedido ao desejo que crescia toda vez que ele me beijava. Deitei de barriga para cima, uma das mãos atrás da cabeça. Eu tinha feito a coisa certa. Havia algo especial nessa ansiedade do começo, a espera, a promessa tácita e instigante do que poderia ser. O flerte, por assim dizer. Sorri no escuro e me virei outra vez, me aconchegando na cama. Quem poderia saber o que o amanhã reservava? E depois disso?

Acho que eu ainda estava sorrindo quando acordei e meu primeiro pensamento foi Ben.

Havia outra mensagem dele.

Bom dia. Café oito e meia? Beijos.

Já eram quinze para as oito, mas eu estava doida para levantar e me mexer, o que era bem incomum para uma manhã de sábado.

— Tomara que eu ainda saiba fazer isso — falei, puxando a bicicleta do bicicletário em frente ao hotel.

Eu estava particularmente satisfeita com os bancos de couro superacolchoados das bicicletas alugadas, porque já tinha um bom tempo que não fazia aquilo.

— Não se preocupe, é igual a andar de bicicleta.

Ben passou uma das pernas para o outro lado e subiu no banco.

— Ha, ha. Engraçadinho.

Ele fez um círculo desajeitado e lento para se posicionar na direção certa.

Partimos, os dois meio instáveis no começo, mas as ciclovias amplas me deram confiança e, em questão de minutos, parei de ficar agarrada ao guidão e comecei a aproveitar. Decidimos pedalar até o castelo, mas cogitamos passar no café antes para ver se Eva estava bem e nos despedir. Eu tinha mandado uma mensagem na noite anterior e, segundo ela, o médico dissera que tinha sido uma torsão grave.

Pedalamos por toda a extensão da Støget, onde todo mundo devia ter um sensor embutido para bicicletas, porque as pessoas saíam do caminho bem a tempo de passarmos. O que, a meu ver, era ótimo, já que eu não tinha muita certeza se minha coordenação motora precária poderia lidar com uma freada brusca. Todo o meu esforço já estava concentrado em ficar ereta e pedalar.

Embora os assentos fossem acolchoados (pareciam aquelas calcinhas com enchimento no bumbum), eu sentia cada paralelepípedo no caminho da ruazinha que levava ao Varme. Mais do que aliviada, desci da bicicleta e segui Ben até um dos muitos bicicletários convenientemente espalhados por toda a cidade. Naquele lugar as bicicletas equivaliam a pedestres e carros.

Quando nos viu, Eva praticamente pulou da cadeira, mesmo com o tornozelo todo enfaixado repousando em outra cadeira.

– *God morgen.* Que bom ver vocês *dois.*

Um brilho maroto cintilou em seus olhos. Olhei para Ben, logo atrás, com um sorriso. É claro que Eva tinha reparado que as coisas entre nós haviam mudado.

– Fique paradinha aí – falei, andando rapidamente até o lado dela e me curvando para lhe dar um beijo no rosto.

– Como você está?

Ela fez careta e balançou o pé levemente.

– Me sentindo velha e idiota – respondeu, rabugenta, o que não era nem um pouco a cara dela.

– Ah, querida. Está sentindo muita dor?

– Não, mas meu orgulho está seriamente ferido. Estou muito brava comigo mesma por não ter esperado ajuda e achado que eu podia lidar com a escada sozinha.

– O que você estava fazendo?

– Reorganizando as prateleiras mais altas na cozinha.

A leve carranca logo foi substituída por um sorriso resignado e autodepreciativo.

– Pelo menos o timing foi bom. Por sorte, Agneta trabalha aos sábados e arrumou uma amiga para ajudá-la.

Pelo balcão, vi duas adolescentes agitadas na cozinha.

– Que bom, porque não tenho certeza se meus pés sobreviveriam a mais uma jornada na cozinha – confessou Ben, com veemência. – Tivemos que lançar mão de bicicletas hoje.

– Ben, isso não é verdade!

Eu o cutuquei nas costelas.

Eva riu.

– Ah, pobrezinho…

– Ele está inventando – contei. – Pensamos em esticar o passeio e ir até mais longe, já que é nosso último dia.

– É uma boa ideia. A que horas é o voo?

– No fim da tarde. Deixamos nossas bagagens no guarda-volumes do hotel e vamos voltar para pegá-las mais tarde. O trajeto até o aeroporto também não é longo.

– Ótimo. Vocês têm um tempinho para um café?

Lancei a Ben um olhar esperançoso, e ele sorriu de volta enquanto se sentava na cadeira em frente a Eva.

– Temos bastante tempo.

– Quer que eu faça? – perguntei.

– Não, não.

Eva fez nosso pedido para Agneta, que trouxe os cafés em tempo recorde. Ela era muito melhor do que eu pilotando a máquina de café.

– Então, quais são os planos para o dia? – perguntou Eva.

– Vamos até o Castelo Rosenborg, como você sugeriu.

– Ah, perfeito. Os jardins são lindos. No caminho, passem na Rådhuspladsen, a Praça da Prefeitura. É uma construção linda e o relógio mundial é incrível, uma obra de arte. Fica no caminho de vocês, é grátis e muito romântico. Vocês deviam mesmo ir.

O brilho de quem sabia das coisas estava de volta ao olhar dela.

– Certo – falei, olhando para Ben, para ver se ele concordava.

Ele deu de ombros como quem diz "por que não?".

– Já passamos por lá várias vezes. Pode ser legal – disse ele.

– Acho que vocês vão gostar – falou Eva, assentindo de repente daquele seu jeito de coruja sábia.

Antes que me desse conta, já tínhamos terminado o café e era hora de nos despedirmos de Eva outra vez. Na noite anterior, tinha sido muito mais fácil, mas naquele momento éramos só nós três.

Ela insistiu em ficar de pé, apoiada na mesa.

– Muito obrigada por tudo, Eva – agradeci, travando o sorriso no rosto para não desabar.

– Vem cá.

Ela me puxou para um longo abraço maternal. Senti o perfume que ela usava, Pink Molecule, e soube que para sempre eu pensaria nela quando sentisse esse cheiro. Eu a abracei, piscando sem parar.

– Obrigada por tudo – falei olhando para todos os lugares, menos para o rosto dela. – Você foi maravilhosa. Não sei o que eu teria feito sem você.

Ela me deu tapinhas nas costas.

– Você teria se saído bem, mas foi maravilhoso ter vocês aqui todos os dias. Na segunda de manhã vou ficar olhando para aquela mesa e pensando "cadê ela?".

Engoli em seco, tentando desfazer o nó incômodo e idiota na minha garganta.

Eva endireitou a postura e recompôs seu ar naturalmente alegre, apesar de uma fungada discreta.

– Mas eu irei *mesmo* a Londres para rever vocês. Muito em breve, na inauguração da loja – disse ela, e então pôs as mãos nos meus ombros. – Mas você, querida… Você precisa voltar, está bem? Venha me visitar, ou para ficar – sugeriu Eva, os olhos brilhando ao acrescentar: – Ou quem sabe vocês dois.

Lancei um olhar para Ben, e ele piscou para Eva.

– É uma possibilidade – disse ele, o divertimento cintilando nos olhos.

Eu devia saber. Eva não deixava passar nada.

– Eu sabia que vocês fariam um bom par.

Ela sorriu para nós e me deu mais um abraço, sussurrando:

– Ele é ótimo, não tem nada a ver com aquele Josh. Dê uma chance.

E então, falando mais alto, acrescentou:

– E não se esqueçam do meu quarto de hóspedes. Vocês serão sempre bem-vindos.

– É muito gentil da sua parte.

– Estou falando sério, Katie. E se cuide, está bem? Coloque um pouco de *hygge* na sua vida.

Seria ótimo se eu tivesse tempo.

Eva apontou um dedo acusatório para mim.

– Não me venha com esse olhar. Arranje um tempo.

Ergui as mãos em um gesto de "*como você faz isso?*".

– Agora vão – disse ela, me empurrando na direção de Ben e da porta. – Antes que eu comece a chorar.

Um último abraço. Algumas fungadas. Muitas piscadas, e então Ben tomou minha mão e saímos do café pela última vez. Quando olhei para trás, Eva acenava diante da janela e então nos dispensou dizendo outro "andem logo".

Subi na bicicleta e fui cambaleando lentamente até sair de vista, minha visão levemente borrada pelas lágrimas.

A extraordinária Rådhuspladsen, com o prédio e sua enorme torre – àquela altura bem familiar para nós, porque é possível vê-la de vários pontos da cidade, incluindo do Tivoli –, era uma combinação impressionante de austeridade e ornamentação. Feita com tijolos vermelhos resistentes, o prédio da prefeitura tinha uma fileira precisa de janelas interseccionadas por mainéis, contrastando com uma fileira de janelas mais modernas abaixo. Contava também com características arquitetônicas interessantes, como duas janelas semicirculares salientes, encimadas por torretas, e as elaboradas ameias lembravam as do Palazzo de Siena.

Não era a coisa mais linda que eu já tinha visto na vida, mas Eva disse que precisávamos ver por dentro.

Enquanto subíamos os degraus, notei uma jovem coreana, pequena e linda. Seu vestido delicado chamou minha atenção, a saia rodada decorada com florezinhas diáfanas, tremulando como borboletas prestes a alçar voo a qualquer momento. Por cima, ela usava um sobretudo um tom mais escuro que o rosa-claro do vestido.

A escolha pareceu incompatível ali no topo dos degraus, onde ventava bastante, quando ela deu o braço para um homem de terno que puxava a gola como se a camisa estivesse apertada.

Nós os seguimos pelo imenso arco de acesso e entramos em um salão enorme e lindo, com sacadas em toda a parte de cima. Bem em frente à sacada do lado direito, um casal tirava fotos. Notei grupinhos de pessoas, de tamanhos diferentes, movendo-se ao redor de casais. Dois homens em ternos e gravatas combinando. Uma moça de uns 40 e poucos anos usando um lindo vestido-casaco azul-arroxeado com estampa de flores furta-cor na bainha larga.

Ao pé de uma escada encaixada logo abaixo de uma sacada, um jovem louro alto, e muito bonito, com uma camisa listrada, jeans e All Stars de cano alto, segurava uma prancheta direcionando as pessoas para as escadas. De repente me dei conta de que era um cerimonialista!

A mulher de 40 e poucos anos segurava um buquê de rosas brancas, enquanto cumprimentava sobrinhos, sobrinhas e parentes com muitos beijos. À sua volta, as pessoas trocavam abraços e apertos de mão. Todos pareciam tão felizes que era contagiante. Turistas tiravam fotos sem parar dos prédios, das comitivas de casamento e dos vestidos das noivas. A jovem coreana havia tirado o sobretudo para revelar alças delicadas e ombros esguios. Seu futuro marido tinha parado de puxar a gola, mas provavelmente porque estava totalmente embasbacado com a noiva. Ele simplesmente ficou olhando para ela, a ternura transbordando e a boca trêmula como se ele fosse chorar a qualquer instante.

A ternura daquele momento me fez engolir em seco, mas eu não conseguia parar de olhar quando um casal mais velho, os pais dele, veio para abraçá-lo. A mãe segurou a noiva pelos ombros e lhe deu beijos estalados nas duas faces. Não havia sinal dos pais dela ou de qualquer pessoa do seu lado da família, então concluí que estavam na Coreia e que a mãe dela devia estar triste por perder a ocasião. Mas, olhando para sua futura sogra, notei que ela estaria em boas mãos e seria bem cuidada. Estávamos no país do *hygge* no fim das contas. Família. Momentos de aconchego eram importantes.

Senti meus olhos meio turvos, mas fiquei totalmente acabada quando vi os dois homens, em seus ternos combinando, darem um beijo apaixonado ao som de aplausos e gritos de todas as pessoas. As lágrimas desciam pelo meu rosto. Ver tanto amor e alegria era muito animador, um lembrete maravilhoso das coisas mais importantes da vida: amor e família.

Ben enxugou meu rosto e deu um beijo rápido em minha bochecha antes de pegar minha mão sem dizer nada.

Será que eu tinha entendido tudo errado? Ter uma carreira era tão importante assim, ou eu estava perdendo o melhor da vida?

PARTE TRÊS

Londres

Capítulo 26

– Josh me contou que você se saiu bem em Copenhague.

Megan tomou um gole de seu café no copo de papelão da cafeteria. Ela não fazia a menor ideia de como seria muito melhor se fosse saboreado em uma caneca de cerâmica azul bem bonita. Ou como um *kanelsnegle* podia ser uma ótima combinação.

Eu me remexi na cadeira. Estava desconfortável, e não por frescura. As cadeiras de Eva eram confortáveis. Tudo em Copenhague tinha sido confortável.

– Ao que parece o grupo era complicado – disse ela, revirando os olhos. – Ele disse que Avril Baines-Hamilton era uma dondoca.

Minha mandíbula ficou tensa. Megan nem conhecia Avril.

– Mas é claro que a verdadeira prova de fogo será a cobertura da imprensa. É com base nisso que seremos avaliados.

Assenti, mais interessada no raio de sol que entrava enviesado pela janela acima da cabeça dela. Do lado de fora, uma nesga de céu azul-brilhante contrastava com a pasta amarela em cima da mesa dela. As cores de Nyhaven, as construções altas ao longo da zona portuária. Como estaria o clima naquela manhã? Se estivesse igual ao de Londres, glorioso. Incrível para um passeio de barco. Balançando pelos canais, passando pela Casa de Ópera.

Eu olhava desejosa pela janela atrás de Megan, querendo abri-la e deixar entrar o ar fresco.

– Como você avalia a viagem?

Ela batia com a caneta na mesa, cruzando e depois descruzando as pernas.

– Sinceramente.

A paciência de Megan com meus devaneios estava próxima do limite.

– A viagem foi ótima. Todos se deram bem, todos gostaram da experiência.

– É claro que gostaram. Bebendo vinho e jantando em lugares caros sem pagar nada. Aliás, não se esqueça de mandar a prestação de contas para o financeiro.

Os lábios dela se contraíram.

– Estive refletindo sobre a questão da adega. Conrad está sem saída. Se ele não publicar nada interessante, vamos cobrar as despesas com o vinho.

– Acho que você não precisa se preocupar. Conrad é um expert renomado na área de design de mobiliário, sabia? Ele ganhou muito com a viagem.

Sorri. Eu devia mandar um e-mail para ele e descobrir o que tinha pensado a respeito da ideia de dar aulas.

– Sabemos bem. Várias garrafas de Château Neuf du Pape – falou Megan com rispidez. – E não sei como o fato de ele ser um expert em móveis obscuros vai se traduzir em resultados mensuráveis – prosseguiu ela, me encarando fixamente. – Está tudo bem, Kate? Não parece muito atenta esta manhã.

– Desculpe, Megan. Ainda estou um pouco cansada. Foi uma longa semana.

Ela quase não amoleceu.

– Bem, você tem que se inteirar de bastante coisa também. Temos uma reunião com Lars amanhã. Você pode se juntar a nós às dez para apresentar o relatório de planos para a cobertura, ok? Seria bom tirar o dia para fazer o *follow-up* com os jornalistas, certo?

Levantei, cansada, dando ao céu azul lá fora um olhar ávido. Copenhague parecia ter acontecido há muito tempo.

Estar de volta à minha mesa parecia errado. Pela primeira vez na vida, eu não queria estar ali. Queria estar no Varme. Eu não tinha prestado muita atenção ao que Megan dissera, o que também era inédito. Eu queria conversar com Sophie. Ou Avril. Ou Conrad. Ou... ou Ben.

Nossa despedida no Heathrow havia sido acanhada e esquisita, como se nenhum de nós quisesse dar o primeiro passo. De volta à Inglaterra, era como se tivéssemos sido invadidos pelo mundo real e não soubéssemos muito bem se o que acontecia na Dinamarca ficava na Dinamarca.

Tínhamos nos encarado. Nossas malas, uma barreira metafórica e literal entre nós.

– Bom, obrigado por tudo. Foi ótimo – dissera Ben.

– Idem. Obrigada por ter vindo.

Eu sentira os ombros bem tensos.

– Mesmo que não tenha sido escolha sua.

– Mas eu não mudaria nada agora...

A voz de Ben ficara mais grave e o olhar sério tinha feito meu coração disparar.

– Nem eu... Bem, a gente se fala, então. Sobre... as coisas.

– Certo.

Merda. Me lembrando do climão antes de tomarmos direções opostas – ele para West Ealing e eu para Clapham North –, quis dar com a cabeça na mesa e teria realmente feito isso se não fosse chamar a atenção do escritório inteiro. Por que eu não tinha beijado ele? Por que ele não me beijou?

O telefone tocou.

– Estou com sintomas graves de abstinência nessa manhã.

– Sophie! Como você está? Como foi o fim de semana?

Ela bufou.

– O desgraçado cancelou comigo. Eu podia ter ficado em Copenhague com você e Ben. Se bem que acho que ficaria de vela.

O telefone pareceu escorregadio na minha mão suada.

– Kate, ainda está aí?

– Estou. Estou tentando decidir se digo *como você sabia* ou *não sei do que está falando*. Estava tão óbvio assim?

– Não se preocupe. Peguei Ben olhando para você algumas vezes.

– E isso bastou para você deduzir o resto?

– Eu entendo dessas coisas. Além disso, Eva sabia.

– Eva sabe de tudo.

Senti uma comichão. O que ela dissera a respeito de Sophie? Que era com ela que se preocupava mais?

– Enfim, ficou bem óbvio quando ele correu para aproveitar a oportunidade de ficar para trás com você. Então, o que aconteceu? Me conta, me conta, me conta.

– Sophie, você é terrível.

– Eu sei – disse ela, alegre. – Mas preciso de algo para me animar... James é um idiota. Completamente idiota. Sei que no fundo ele é um cara legal porque... Sei lá, quantos caras cuidam da mãe como ele? Mas, sério, o timing da minha sogra é... é uma porcaria. Embora eu tenha tido um fim de semana muito bom. Fui para a casa da Avril.

– Jura?

A descrença ecoou na minha voz. Quer dizer, eu tinha desenvolvido um afeto por Avril ao longo da semana, e ela foi muito mais legal do que eu poderia esperar, mas, mesmo assim, ela não me parecia ser do tipo que marcava uma noite das garotas.

– É, ela queria ajuda para fazer uns doces para levar para o trabalho hoje.

– Avril fez isso? – perguntei, sabendo que isso não era a cara dela.

– Ela tem um plano.

– Certo... – falei, cautelosa.

Isso fazia muito mais sentido, mas Sophie não entregou mais nada.

– Conheci o marido dela. O cara é superlindo... e louco por ela. Juro. E até onde sei ela chegou e nem perdeu tempo. A julgar pelos lugares esquisitos em que encontrei nozes espalhadas pela casa, ela cozinhou para ele na sexta ou no sábado. Sério, o jeito que ele olha para ela faz a gente suspirar.

Sophie deu um suspiro melancólico, e quase pude ver o rosto dela, sonhador e esperançoso.

– Deve ser maravilhoso ser o centro do universo de alguém. A pessoa mais importante da vida do outro.

O rosto de Ben surgiu em minha mente. Aqueles olhos intensos azul-acinzentados fixos nos meus quando ele disse: "Ter um pouco de medo é bom, deixa a gente mais cuidadoso." Será que ele seria cuidadoso comigo?

Às onze, eu já tinha zerado minha caixa de entrada. Falei com Conrad e David e deixei uma mensagem para Avril, enquanto Fiona, Deus a abençoe, já tinha me enviado um e-mail com um planejamento detalhado de posts para as próximas semanas. Restava apenas Ben.

Peguei o telefone. Botei no gancho de novo. Peguei outra vez. Baixei de novo. Fui ao banheiro. Fiz um chá.

Dei uma olhada rápida no Facebook. Twitter. Chequei meus e-mails.

Onze e meia. Eu não podia mais adiar.

– Ben Johnson – disse ele ao atender.

Ao ouvir o som áspero de sua voz, não conseguir evitar.

– Ah, a raposa enlouquecida está de volta. Aqui é Kate Sinclair. Quantos segundos eu tenho?

Ele riu.

– Depende. Vamos andar de montanha-russa? Nos beijar? Ou é uma ligação de negócios?

Apertei o telefone com mais força. Beijar seria bom.

– É uma daquelas de cinco segundos. Estou ligando... não por mim, mas... Sei que isso é um saco, eu mesma não me importo... Por mim... Quer dizer, eu me importo, mas estou ligando porque preciso perguntar... Por causa do trabalho, você sabe... Não tem a ver comigo e... você entendeu?

– Para ser muito sincero...

Ben fez uma pausa, e quase deu para ouvir a risada em sua voz.

– Embora eu saiba que, no meu lugar, muitos não seriam, preciso dizer que essa foi a divagação mais mal articulada que já ouvi em toda a minha vida, mas, estranhamente, eu entendi. Eu entendo. Estou escrevendo uma matéria sobre o *hygge* e Lars nesse exato momento.

– Você está? – guinchei, surpresa.

– Sim, Kate, eu estou.

Ele pareceu um pouco chateado.

– Desculpe, não quis ofender, eu...

– Você não achou mesmo que eu me despencaria para outro país, aproveitaria a hospitalidade muito generosa do cara para depois não escrever nada, certo?

Eu fiz uma pausa, a culpa esmagando minha consciência com seus dedos finos. Não, eu não achei. Ben era um cara legal. Oportunismo não fazia nem um pouco o estilo dele.

– Desculpa, eu não...

– Não sei quando vai sair, mas estou quase terminando. Embora não fosse ser ruim pegar algumas informações a mais.

– Ah, claro. Do que você precisa? – perguntei.

Eu o ouvi fazendo um barulho parecido com "tsc tsc".

– Hum... Não sei se dá para ser pelo telefone.

Sorri.

– Ah, é?

– Aham.

Ele parecia ter pensado bastante sobre o assunto.

– Precisamos nos encontrar.

Visualizei Ben fingindo estar sério enquanto seus olhos me provocavam e me remexi na cadeira, rabiscando no bloco de notas sem prestar atenção.

– Encontrar?

Eu queria prolongar o flerte, estava divertido.

– Definitivamente – disse ele, a voz de repente ficando mais grave. – E logo.

Reparei que estava sorrindo à toa. Meu estômago revirava como se dançasse "Macarena".

– Parece que esse encontro tem que ser presencial, tomando um drinque em uma reunião de trabalho – falei, me sentindo subitamente ousada.

– Quando? Hoje não posso, tenho uma reunião. Mas que tal... amanhã?

Meu coração disparou ao ouvir a animação esperançosa no fim da frase.

– Combinado.

Só mais dois segundos e tínhamos escolhido um local.

Passei o resto do dia com um sorriso bobo, incapaz de me concentrar direito. Às cinco e meia em ponto minha mesa estava mais arrumada do que nunca. Eu tinha limpado até as manchas de café e arrumado o organizador de mesa. Encontrei até dinheiro de troco perdido. O expediente estava oficialmente encerrado, embora, a não ser por uma ida ao dentista uma vez, eu não conseguisse me lembrar de terminar o dia tão cedo. Nunca. Eu tinha trabalhado o máximo que podia no relatório para a reunião com Lars no dia seguinte e estava só esperando Avril retornar o contato. Até o momento, estava tudo indo bem. Eu esperava que ele ficasse feliz com os resultados prometidos.

Capítulo 27

– Kate!
Havia um misto evidente de triunfo e presunção nas palavras de Avril.
– Você. Vai. Me. Amar.
– Eu vou?
Prendi o celular com o ombro enquanto continuava a digitar. Eu estava preparando um relatório de acompanhamento da viagem e Lars viria naquela manhã.
– Descobri o que fazer: transmissões matinais direto da Hjem. O que acha?
– O quê?
– Um programa! Gravado na Hjem. Ao vivo. Comendo doces dinamarqueses. Entrevistando pessoas. Já pedi a Eva para vir, para gravarmos uma demonstração, e combinei uma degustação com Sophie. Conrad vai fazer uma seção falando sobre o design de móveis. Meu produtor amou a ideia. A-M-O-U. Amou.
Quase deixei o celular cair. Era a última coisa que eu esperava. Megan teria um troço.
– Isso é... incrível! Como você conseguiu?
– Ah, sabe como é... – disse ela, e deixou escapar uma risada autodepreciativa. – A verdade é que... eu vou mostrar tudo.
– Como é?
Avril era maravilhosa, mas os espectadores estariam preparados para isso na hora do café da manhã?
– Eu vou mostrar tudo que tenho por dentro, Kate, não meus peitos.

Embora – acrescentou, como se considerasse seriamente a reação dos espectadores – eu ache que os escandinavos têm uma postura bastante saudável em relação à nudez. Talvez a gente devesse seguir o exemplo. – Deu uma risadinha. – Não tenho muita certeza se Christopher ficaria satisfeito.

– Como assim mostrar tudo? – instiguei.

– Tudo sobre a importância do *hygge*... e sobre o que aprendi em Copenhague. Sobre a importância dos detalhes, sobre como coisas pequenas como assar um bolo para alguém, passar tempo juntos, acender velas e criar uma ocasião especial podem ser importantes. Meu produtor nem pestanejou quando eu disse que falaria sobre meu casamento.

– Avril! Mas você não precisa fazer isso.

– Kate, querida, é claro que eu quero muito ajudar você, mas isso também tem a ver com a minha carreira. Estou completamente obstinada. Os espectadores querem calor humano e eu posso dar isso a eles. Antes, eu evitava porque achava que isso me faria parecer fraca. Mas sabe do que mais? É isso que os espectadores querem de verdade. Não tem nada que eles amem mais do que uma celebridade demonstrando um pouco de vulnerabilidade. Isso dá um ótimo programa.

– E o que o seu marido acha disso?

– Ele me apoiou. Ele sabe que é o trabalho que me impulsiona. Não se esqueça de que ele mesmo é um empresário bem-sucedido. Ele me ama, mas também sabe o que é preciso para conseguir o que se quer. Ele está feliz por poder me apoiar nisso – disse ela, a gratidão nítida em sua voz.

– Uau, isso é... Não sei nem o que dizer.

– Não precisa dizer nada. Isso vai me deixar famosa.

– Isso é fantástico!

– Sim, e para Sophie também. Tenho que dar o crédito só um pouquinho, a ela.

– Ouvi dizer que ela foi até a sua casa, que vocês cozinharam juntas...

– Sim. Ela é uma graça. Subornar a equipe de produção com doces dinamarqueses sem dúvida ajudou a emplacar o projeto. O pessoal está pensando em transmitir direto da Hjem todos os dias e...

– Todos os dias?

– Por uma semana, querida. Uma semana inteira.

– O quê? Você vai fazer apresentar o programa direto da Hjem todos os dias durante uma semana?

– Aham!

– Uma semana inteira?

Minha voz guinchava de incredulidade. Ela não podia estar falando sério.

– Kate, eu vou estrangular você em um minuto. Por favor, não me diga que isso vai ser um problema, porque disponibilizar uma unidade de caminhão de externa por menos de uma semana vai ferrar o orçamento do meu produtor.

– Problema nenhum. Não é um problema. De qualquer maneira, formato ou modo, definitivamente não.

Dei uma olhada rápida pela sala, imaginando que as pessoas estivessem me encarando. Aquilo era monumental, enorme, incrível, mas todos estavam alheios àquela informação maravilhosa.

– Isso é maravilhoso. Você é maravilhosa. Não acredito. Você é maravilhosa.

– Sou mesmo – disse Avril, rindo.

– Eu… não sei o que dizer. É sério, Avril. Como você conseguiu isso?

– Voltei com muitas ideias. Divulguei todas. E como tudo que é dinamarquês e o *hygge* estão bem na moda, funcionou. Meu chefe disse que nunca me viu tão entusiasmada. Ele acha que os espectadores vão amar. Na verdade, ele… hã… disse que eu parecia bem… mais em sintonia com os espectadores. É claro que não faço ideia do que ele quer dizer com isso, mas vou aceitar.

Nós duas sabíamos exatamente o que ele quis dizer. Alguma coisa nela tinha mudado para melhor na última semana. Talvez valorizar o que tinha em casa fez com que Avril percebesse que ser bem-sucedida no trabalho não era tão importante quanto ela pensava.

Olhei para as pessoas ocupadas ao meu redor. Não, ninguém estava ciente do que tinha acabado de acontecer ou do gigantesco golpe que eu tinha dado. Talvez eu devesse seguir o exemplo de Avril.

Meu relatório estava pronto e fui com minha papelada até o escritório de Megan. Bati à porta, ninguém atendeu.

– Sabe onde está a Megan? – perguntei para uma das meninas que se sentava ali perto.

– Ela está em reunião.

– Ah, eu tenho uma reunião com ela às dez.

– Ela está em uma desde às nove. Com o cara dinamarquês.

– Lars Wilder?

– Esse mesmo.

– Nove?

– Aham – respondeu ela, levemente impaciente.

Eu me dirigi às escadas, subindo dois degraus por vez. Não dava para perder tempo esperando o elevador. A conversa de ontem. Agora eu tinha entendido. É isso que se ganha por ficar com a cabeça nas nuvens. *Você pode se juntar a nós às dez.*

Sem fôlego e furiosa, saí entrando na sala e encontrei Lars sentado à mesa de reunião com Megan e Josh.

– Ah, Kate. Bom dia – falou Josh. – Sente-se, estávamos terminando de falar sobre nossas propostas de lançamento.

Lancei um olhar furioso para Megan.

Lars se levantou e deu a volta na mesa para me cumprimentar, pegando minhas mãos e as sacudindo, antes de plantar um beijo no meu rosto com uma grande piscadela que mais ninguém viu.

– Kate.

– Lars.

– Como foi o voo de volta? – perguntou ele.

– Ótimo, obrigada.

– Mas saiba que fiquei muito feliz por você não ter conseguido embarcar. Minha mãe podia ter ficado naquele chão gelado por muitas horas até que alguém a encontrasse.

Ele se virou para Josh.

– Tenho uma dívida de gratidão com a Kate. Ela salvou minha mãe.

Lars era um péssimo ator e de repente seu inglês tinha assumido um tom que só piorou a situação. "Ajudou" teria funcionado tão bem quanto "salvou".

Josh se remexeu na cadeira e lançou a mim e Megan o tipo de olhar que dizia *por que eu não fiquei sabendo disso?* Megan logo se intrometeu e disse:

– Ela é muito valiosa para a empresa. Um trunfo imenso.

– Dá para ver – disse Lars, impassível. – E tenho certeza de que vocês a valorizam como uma de suas maiores funcionárias.

– É claro.

– Na Dinamarca, acreditamos em trabalho em equipe. É bom ver que vocês também prezam por isso.

– Agora que Kate está aqui, talvez possamos voltar ao marketing de guerrilha – falou Megan com um sorriso conciliatório.

Marketing de guerrilha? Isso era novidade para mim.

– Então, Lars, como estávamos dizendo – interrompeu Josh. – O plano seria, como parte da campanha de *teaser* pouco antes da inauguração oficial, bombardear a capital com balões.

– Bombardear com balões?

O olhar de Lars se moveu ao redor da mesa antes de parar em mim com uma expressão completamente perplexa. Olhei de volta de olhos arregalados e atônita.

Josh continuou tranquilamente.

– Vai ser uma operação extremamente sofisticada. Já realizamos com sucesso esse tipo de ação de marketing de guerrilha e fomos muito elogiados, recebemos vários prêmios. A ideia aqui é reunir dez mil balões com a bandeira da Dinamarca, que seriam soltos em locais estratégicos pela capital por equipes divididas em uma frota de carros 4 x 4 com a marca da Hjem... Podemos fazer uma promoção cruzada com a marca de carro e criar uma espécie de cena teatral, muito burburinho. Bombardearíamos St. Pancras, King's Cross, Euston, Paddington, Waterloo... todos os pontos principais de embarque em horário comercial, além da Trafalgar Square, do Oxford Circus, do Covent Garden... lugares desse tipo. A ideia é deixar as pessoas se perguntando o que significam os balões. Por que a bandeira da Dinamarca?

– Bombardear? – perguntou Lars, de súbito perdendo seu perfeito domínio do idioma.

– Não é bombardear de fato – respondeu Josh, sorrindo de maneira cativante. – É só um jeito de dizer.

Lars continuou com a testa franzida.

– Os balões. Acho que isso não é muito adequado para o meio ambiente.

– Seriam balões biodegradáveis, é claro – interrompeu Josh. – Chamaria muita atenção.

– Mas o que a bandeira dinamarquesa diz sobre a Hjem? A ideia é dar às pessoas um gostinho do *hygge* e isso não parece muito *hygge*.

Megan, percebendo que estavam perdendo o interesse de Lars, franziu a testa e disse:

– Kate, acredito que você tenha alguma novidade, certo? Como anda o *follow-up* da viagem? Talvez você possa dizer a Lars que tipo de cobertura estamos esperando.

Com um suspiro profundo, comecei a falar:

– A resposta de todos os seis membros do grupo foi fantástica. Eles aproveitaram muito a viagem e todos prometeram matérias ao longo das próximas semanas.

Tive um vislumbre do rosto de Josh, uma daquelas expressões de desprezo e ceticismo que dizem "sim, sim, mas cadê as evidências?".

– Que ótimo, Kate – disse Megan. – Tenho certeza de que você pode enviar um relatório completo para Lars, certo? E, bem, você tem mais alguma coisa? Porque o tempo está correndo e precisamos voltar à campanha de *teaser*.

Eu vi Josh bocejar.

– Perdão – interrompi. – Ainda não acabei.

Lars contorceu os lábios levemente, mas se recostou na cadeira como se estivesse completamente indiferente a questões secundárias e nuances políticas ocorrendo na sala.

– Sophie vai demonstrar como preparar doces dinamarqueses perfeitos.

– Tenho certeza de que isso pode ser contemplado no seu relatório.

– Ela vai demonstrar como preparar doces dinamarqueses perfeitos durante um café da manhã ao vivo no dia da inauguração. Avril vai transmitir o programa diariamente, direto da Hjem, por uma semana.

Esperei a ficha de todo mundo cair. Vi Megan arregalar os olhos e lentamente assentir satisfeita. Josh era a náusea em pessoa.

– Ela vai mandar um esboço da programação da semana.

Recostei na cadeira, as mãos unidas em cima da mesa.

– Isso é excelente – disse Lars.
– É fantástico – falou Megan, me olhando com admiração.
Josh ainda parecia prestes a vomitar.

O bar que Ben tinha sugerido ficava a uma curta distância a pé do escritório, passando por Covent Garden, e cheguei bem na hora, grata por ver que ele já estava lá em uma mesa, absorto com palavras cruzadas e uma garrafa de Corona pela metade em uma das mãos. Fiquei na porta observando Ben mastigar a caneta enquanto estudava as dicas e então erguer a cerveja distraidamente para dar um longo gole. Era maluquice que o fato de vê-lo engolir tenha me causado uma breve palpitação de desejo? Quem iria imaginar que um pomo de adão subindo e descendo pudesse ser sensual ou trazer à tona uma lembrança íntima e pessoal do cheiro e da pele dele naquela noite no Tivoli? Respirei fundo e fiquei olhando para o chão, parada. Ben ergueu o olhar e, nesse momento, meu coração deu uma pequena cambalhota ao ver o sorriso encantador que iluminou o rosto dele na mesma hora.

Eu estava totalmente nervosa quando me aproximei, constrangida pelo dilema de não saber como cumprimentá-lo. Ben, no entanto, tomou a dianteira e me puxou para um abraço, me dando um beijo delicado que deixou meus lábios formigando. Devo ter parecido meio idiota ou confusa, porque o rosto dele se enrugou em um sorriso caloroso e sagaz que me deixou ainda mais desconcertada.

Meu Deus! Eu estava completa e inquestionavelmente apaixonada por Ben Johnson. Em Copenhague, eu meio que vinha me enganando, dizendo que era tudo coisa da minha cabeça, que aquilo não era a vida real, que todo aquele clima divertido de flerte ficaria na Dinamarca, onde pertencia, mas não... Aquela sensação deliciosa de gostar de alguém e essa pessoa claramente gostar de você (e, pelo olhar dele, eu estava confiante de que esse era o caso) era muito maravilhosa.

– Ei, quanto tempo – disse ele, e lá estava aquele brilho caloroso e animado em seus olhos. – Teve um bom dia no trabalho?

– Não foi ruim.

Sorri de volta para ele, uma conversa silenciosa subentendida em nossa troca de olhar.

– Nada mau mesmo. Avril me surpreendeu – contei.

– Ah, é?

– Aham, muito!

– Quer tomar alguma coisa e aí você me conta tudo? O que quer beber?

– Uma dessa seria ótimo.

Indiquei a garrafa de cerveja à sua frente. Ele tinha escolhido bem. O bar não estava muito cheio e o clima era tranquilo, diferentemente do usual cenário frenético do happy hour em Londres.

Enquanto Ben ia até o bar, virei as palavras cruzadas para mim em um gesto insolente.

– Você não está indo muito bem – provoquei quando ele voltou.

Ele deu de ombros, com um sorriso misterioso.

– Eu estava com a cabeça em outro lugar.

Brincando com o porta-copo, consegui arremessá-lo no chão e ele saiu quicando até ir parar embaixo de uma mesa ao lado, o que Ben fez o favor de ignorar. Eu precisava manter a calma, a empolgação estava passando um pouco do limite.

– E aí, o que a Avril tem aprontado? Ela fez as pazes com o marido?

– Pelo que Sophie me contou, eu diria que a resposta para isso é um sonoro sim e, quando nos falamos hoje cedo, achei ela bem feliz.

Contei a ele tudo sobre os planos de transmissões ao vivo.

– As pessoas só falavam disso na agência. Sério, era como se eu, sozinha, tivesse resgatado uma ninhada de gatinhos, cortado todas as cabeças da Hidra e feito chá para todo mundo.

– Hidra?

Ben pareceu bem impressionado e chegou mais perto, inclinando a cabeça na direção da minha. O bar estava enchendo, e o som ambiente começava a ficar mais alto.

– É um ser mitológico – falei, exalando presunção. – Ótimo termo para usar em palavras cruzadas.

– É mesmo. Preciso me lembrar dessa. Então, basicamente, além de ser uma sabichona e entender de mitologia – disse ele erguendo a sobrancelha em provocação e me fazendo rir –, você salvou o dia.

– Sim, pelo menos por hoje. Amanhã já não vão lembrar de nada, mas, com sorte, talvez meus chefes não se esqueçam.

– Alguma novidade sobre a promoção?

Mordi o lábio e entrelacei os dedos no colo.

– Parece que está indo bem… Todos só falam na cobertura de imprensa da viagem…

– Tenho boas notícias. Estou no meio da produção da matéria. Na verdade, a parte arquitetônica é tão fascinante que estou pensando em escrever uma segunda, com foco nos prédios da cidade e nos contrastes entre antigo e moderno. Tem alguns designs incríveis e muitos, como a Casa de Ópera, foram comissionados e construídos em parceria com investidores individuais e corporativos.

– Eu amei aquele passeio – falei, pensando no extraordinário prédio à beira da água e nas lindas cores das construções menores em Nyhaven. – Menos a parte em que Avril bateu a cabeça.

– Foi memorável, preciso admitir. Aposto que você ficou meio perdida depois da viagem.

– Ah, a viagem me fez ver as coisas de uma forma bem diferente. Acabei entrando para um dos maiores corais contemporâneos e eu e Connie fomos até a Ikea em uma noite de quinta-feira. Pegamos tudo que a gente queria e demos uma *hyggificada* no apartamento.

– Existe isso? *Hyggificar?*

– Existe agora. Passamos o último ano lamentando o estado da nossa casa e planejando nos mudar, mas a questão é que a localização é ótima e o aluguel é razoável. A viagem me fez perceber que dá para fazer muitas coisas diferentes se a gente sair da inércia.

Eu estava tagarelando, e o pior: era óbvio que Ben estava se divertindo com isso.

– A gente se acostuma com as coisas, coisas tipo mofo na parede, e convive com elas. Estamos nesse projeto, eu e ela, mas nosso encontro me livrou de mais uma noite pintando paredes.

– Bom, se isso faz de mim um herói, eu aceito.

Ele ergueu os braços para flexionar o bíceps.

– Mas isso não parece mais uma reforma do que *hygge*? – perguntou ele, com um quê de ceticismo.

– Você está no modo jornalista investigativo? Checando duas vezes os fatos? – perguntei. – A coisa toda do aconchego e de se cercar de móveis e acessórios legais que melhoram o humor e fazem a gente dar mais valor ao tempo teve um grande impacto em mim. Me fez pensar sobre a minha casa sob uma perspectiva totalmente diferente.

– Ter os filhos da minha irmã destruindo meu apartamento me fez pensar nele sob uma perspectiva totalmente diferente também. Vou trocar a fechadura – disse ele, rindo. – Mas agora me conta direito: como foi isso de acabar entrando para o coral? Fiquei intrigado.

Eu ri, apesar de ficar um pouquinho decepcionada com o ceticismo e a mudança brusca de assunto.

– É uma dessas coisas que eu sempre quis fazer. Toda semana eu passo pelo pôster do lado de fora do salão da igreja. Ontem à noite, saí mais cedo do trabalho e dei um pulo lá. Para pegar um panfleto.

Parei e ri.

– O quê?

– Uma mulher avoada… uma fofa, mas desatenta, presumiu que eu já fazia parte do grupo e me fez ajudá-la a arrumar umas mesas. Quando me dei conta de que não tinha como sair sem constrangê-la, fiquei e cantei.

– Ainda bem que não estavam praticando nenhuma luta esquisita, certo?

– Que ideia boa, eu sempre gostei da ideia de ser ninja!

– Agora você está me assustando. Você já consegue ser bem intensa sem ser ninja.

E estávamos de volta ao flerte provocante.

– Consigo? – perguntei, em tom de desafio.

– Ah, consegue… – Ben parou um instante antes de acrescentar: – Mas de um jeito bom. Protetor. Você ajuda e apoia as pessoas. Mas foi legal cantar?

Suspirei de prazer.

– Muito. As pessoas eram uns amores, e eu tinha esquecido a animação que a gente sente quando canta, especialmente acompanhada.

Eu não parava de tagarelar, meu Deus! Mas a julgar pelo braço esticado casualmente sobre o encosto da cadeira ao lado, Ben parecia confortável com o meu súbito jorro de informações.

– Eu não fazia nada assim há anos. Quando me mudei para Londres foi tudo tão arrebatador que não fiz mais nada. E foi tão legal estar com pessoas de outras idades e origens.

Focar no trabalho e viver dentro dos limites restritos do mundo da agência tinha intensificado essa sensação de não ser boa o suficiente.

– Eu sinto o mesmo quando jogo futebol. No nosso time tem encanadores, um carregador de malas, um contador, um paisagista, um produtor de filmes e um podólogo. É uma terapia boa para lidar com estresses de trabalho por coisas idiotas. E útil quando sua irmã inunda o banheiro.

– Como ela está? Ela já foi para casa?

– Já, graças a Deus, embora eu ainda esteja tentando colocar meu apartamento em ordem e fazer as pazes com os vizinhos. Ninguém ficou muito satisfeito ao ver a água do banheiro descendo pelo teto, mas, felizmente, todos ficaram tão aliviados com os níveis de barulho voltando ao padrão pré-ocupação infantil que talvez me perdoem.

Estremeci.

– Ai. Isso vai estremecer os prêmios do seu seguro.

– Não vai, não. O marido dela, Rick, vai pagar pelo privilégio de ter passado uma semana sem conflitos domésticos. Estou pensando em me mudar e não avisar nem para ela nem para minha mãe.

– Você não está falando sério – provoquei.

Ele fez uma careta.

– É tentador. Eu juro que a vontade era bater a cabeça dos dois uma na outra. Mas e quanto ao seu pessoal? Já falou com eles?

– Não, eu tenho… adiado. Ando bem ocupada.

– Está ocupada nesse fim de semana?

As palavras saíram de repente, como se ele as estivesse segurando havia um tempo e, agora que tinha tomado a decisão de pronunciá-las, tivessem se apressado a tomar forma.

– Hã… não.

De repente, eu não me importava se ia parecer uma fracassada sem planos ou vida social.

– Vamos jantar sábado à noite? Você gosta de curry? Comida indiana? Tem um restaurante ótimo perto da minha casa.

Agora ele estava tagarelando e era bem fofo.

A conversa fácil de repente travou como se nós dois percebêssemos que aquele era o próximo passo. Senti o ar ficando preso na garganta ao ver o rosto dele quase inexpressivo demais, exceto pela pulsação vibrando no pescoço.

– S-sábado agora?

Por baixo da mesa, enganchei o tornozelo ao redor da minha perna.

– Aham.

Ele se inclinou por cima da mesa e deslizou a mão pelo meu antebraço, me deixando arrepiada.

– Aceita jantar comigo?

O ar todo escapou dos meus pulmões quando falei um pouquinho sem fôlego:

– C-claro que aceito. Isso seria… maravilhoso.

Ele virou minha palma para cima e pousou a mão na minha, disparando um tremor mais evidente e isso o fez sorrir. Um sorriso perigoso. Ben sabia exatamente o efeito que causava em mim, embora, pelos olhos semicerrados, eu não pudesse ter certeza de que ele se sentia afetado como eu.

O celular dele apitou, mas ele não deu atenção.

– Vou reservar uma mesa. O restaurante é bem procurado.

Ben fez uma pausa, prendendo meu olhar com uma intenção fixa.

– Fica no fim da rua onde eu moro.

E lá estava. A questão crítica. A possibilidade.

– Ótimo, maravilha.

Sorrimos, nós dois em uma pequena ilha, alheios a tudo mais ao nosso redor.

– É um pouco… mais… calmo que aqui. Vou reservar a mesa, então. Oito horas, tudo bem?

– Claro, seria ótimo…

O celular dele tocou outra vez.

– Nossa, que inferno, me desculpe. Preciso ler, e sei que é do trabalho e que vão me chamar para voltar.

O rosto dele murchou ao ler a mensagem.

– É… – disse ele, e se virou para mim. – Merda. Eu não queria cancelar com você, por isso vim. Só que sair agora é tão ruim quanto.

– Ei, não se preocupe.

– Não costumo fazer isso, juro, mas estou tentando voltar para a editoria de negócios. Tem um furo de reportagem rolando, eu me ofereci para ajudar. E a porcaria da lei de Murphy está a toda... Preciso voltar.

Ele tocou minha mão, um toque leve como uma pluma, que significou mais do que um aperto cheio.

– Kate... meu trabalho não é exatamente uma prioridade, mas... Ah, sei lá, meio que é... Mas isso é diferente.

Ergui a mão, achando graça ao vê-lo se enrolar com as palavras enquanto pegava o jornal e a jaqueta.

Eu me levantei e disse:

– Eu entendo completamente. A gente se vê no sábado.

– Obrigado por ser tão compreensiva – agradeceu ele, os olhos reluzindo de gratidão.

– É melhor você rezar para não aparecer nada urgente no sábado – falei, dando um sorriso enviesado para ele.

Ele pôs a mão embaixo do meu cotovelo enquanto saíamos do bar.

– Humm, o papel de parede já foi dado como fora de moda. Cortinas são coisa do passado. O sofá está morto.

Ao sairmos na rua cheia, eu me virei para ele com um ar de superioridade.

– Engraçadinho. Pode fazer piada o quanto quiser, eu amo meu trabalho.

Ao dizer isso, percebi que estava dizendo mais por hábito do que por sinceridade.

Muitos beijos depois, pontuados por um número cada vez maior de alertas de mensagem, Ben se afastou com relutância e tocou meus lábios com o polegar.

– Preciso ir.

Embora sábado parecesse muito longe, o olhar melancólico que ele me deu por cima do ombro duraria até lá.

Capítulo 28

– Meu Deus, Poliana está viva e passa bem! – disse Connie, segurando um café preto quando entrei na cozinha.

– Ressaca? – perguntei.

O rosto dela sem dúvida estava meio esverdeado e as olheiras eram visíveis.

– Das brabas – gemeu ela, afundando ainda mais na cadeira nova da cozinha. – Da próxima vez, me lembre de beber margaritas com moderação.

– Já fiz isso antes e você sempre me ignora.

– Bem, então me lembre com mais vontade. Eu devia ter ficado em casa com você ontem, curtindo nossas compras da Ikea. Mas as noites de sexta são feitas para dançar.

– Se você diz... – falei, olhando no rosto pálido dela.

Ela ergueu a nova caneca de café (não uma das minhas), e olhou ao redor, para a cozinha americana e o restante do nosso apartamento, radicalmente transformado.

– Ficou ótimo. Não sei por que não fizemos isso antes.

A Operação *Hygge* tinha sido colocada em prática com força total. Connie foi até o locatário com uma argumentação convincente, alegando que encontrar novos inquilinos era correr um risco alto comparado às duas inquilinas bem confiáveis que ele já tinha. E, pasmem, na mesma semana o cara veio e deu um jeito no mofo da parede e no boiler. E, uma vez que o tinha em suas mãos, Connie acrescentou que os carpetes provavelmente estavam com pulgas. O locatário, que não era bobo nem nada, mandou instalar um novo carpete acinzentado (como determinado por Connie) na quinta-feira.

Juntando nossos recursos e investindo um pouco do dinheiro que estávamos guardando para o depósito de um novo aluguel, nossa ida de carro até a Ikea em Croydon, na van detonada do ex-namorado de Connie, tinha sido um tremendo sucesso.

– A gente mandou bem.

Connie observou o novo sofá em um tom clarinho de azul-acinzentado, cheio de almofadas e uma manta que contrastava lindamente com o mesmo azul-acinzentado clarinho das paredes. A pintura delas, inclusive, havia tomado quase toda a noite de quarta.

– E a luminária faz toda a diferença.

– Espero que Megan nunca se lembre do quanto custou – falei.

A luminária que eu tinha comprado para a reunião inicial com Lars tinha sido largada no almoxarifado. Eu voltara com ela de táxi na sexta-feira e cada centavo do valor da corrida valera a pena.

Com muito esforço físico e algumas comprinhas, tínhamos transformado nosso espaço. Comprei prateleiras e caixas de armazenamento que deram um jeito no meu quarto e o deixaram muito mais charmoso. Não um *boudoir* sensual, mas já dava para levar alguém para casa para passar a noite. Não que eu estivesse planejando isso, é claro. Bem, não... bem, quem sabe...

– Estou me sentindo adulta de verdade. Por que não fizemos isso antes, Kate? Faz a gente se sentir muito melhor.

– *Hygge*.

– Eu queria que você parasse de repetir isso – disse Connie, estremecendo. – Estou prestes a vomitar a qualquer momento, meu estômago está se revirando loucamente.

Ela se levantou e botou a chaleira para esquentar, escorando-se no móvel da cozinha.

– Preciso de mais café ou vou acabar voltando para a cama e perdendo o dia todo. A que horas você vai encontrar seu namorado? Está planejando passar o dia inteiro se arrumando?

Não pude deixar de sorrir.

– O nome dele é Ben.

As borboletas ressurgiram no meu estômago.

– E vou sair seis e meia – disse, olhando as horas no celular. – Ou seja, daqui a sete horas e vinte e seis minutos.

– Minha nossa! Kate está apaixonada?

Fechei os olhos, sentindo o rosto corar.

– Eu gosto muito, muito dele.

– Espera, gosta muito dele ou gosta muito, muito, muuuuito dele?

Connie segurou as mãos em cima do coração, fingindo que ia desmaiar. Tentei ser superior, mas era impossível.

– Você é tão infantil.

– Ah, olha essa sua carinha sorridente – provocou ela, vindo até mim e me cutucando.

– Para com isso! – falei, empurrando a mão dela.

– Foi mal! Vai lá, vai se divertir.

Connie me deu um abraço rápido e acrescentou:

– Esse cara faz bem para você como Josh nunca fez. Ele parecia só deixar você mais estressada.

– Ben é um amor. Ele pode ser...

Contei a ela sobre nosso primeiro encontro, que ela achou muitíssimo romântico.

– O cara – concluiu ela por mim.

– E depois desse comentário, provavelmente a história vai desandar – falei, cruzando os dedos.

– Não – disse Connie, inclinando a cabeça. – Você parece diferente... Acho que pode ter a ver com esse lance do *hygge*.

Nós duas observamos a nova decoração da casa.

– É engraçado, não é? Como toleramos certas coisas na vida. Mas aí quando a gente para e pensa de verdade... e quando resolve agir, a perspectiva muda.

Ela refletiu e me encarou com um olhar de avaliação.

– Está dando uma de terapeuta? – perguntei com cuidado.

– É que você parece meio diferente desde que voltou... Mais...

Connie buscou a palavra certa antes de surgir com:

– Cantante.

– Cantante? Falando assim parece que eu sou a própria Noviça Rebelde.

Com uma risadinha, ela continuou:

– Por favor, uma palhinha! *"The Hills are alive…"*

Mesmo ignorando-a com um revirar de olhos, na mesma hora ouvi as notas e a voz de Julie Andrews na minha cabeça. A canção fez a ponta da minha língua coçar.

– Você entendeu o que eu quis dizer, você tem cantado muito.

– E essa é a grande diferença?

Mesmo curiosa para ouvir o que ela tinha a dizer, fingi indiferença.

– Aham.

Connie cutucou meu ombro, um gesto que para qualquer um pareceria agressivo.

– Você está muito mais positiva. Determinada. Mais alegre. Muito menos pé no chão… e você voltou cedo do trabalho todas as noites essa semana. Bem, cedo para os seus padrões, é claro. E, quando chega em casa, está cheia das ideias, em vez de parecer exausta e ansiosa.

– Talvez eu tenha sido contagiada pelo jeito dinamarquês.

Deixando de lado a coisa de cantar, a vida realmente parecia um pouco mais leve.

– Ou talvez seja o amor?

As palavras pairaram no ar, provocantes e assustadoras. Connie me observava com atenção.

– Não seja boba – falei, como se a negação fosse apagar aquelas palavras, tirando qualquer chance de que chegassem a ser uma possibilidade. – Estamos saindo, eu gosto dele… mas…

– Mas? – indagou ela, claramente sem paciência.

– Nós dois temos nossas vidas, nossas carreiras. E Ben tem uma relação muito próxima com o meu trabalho. Não vou me queimar de novo na agência por causa de uma relação. Olha só o que aconteceu com o Josh… E, além disso, nem eu nem ele temos tempo para algo sério.

– Parece que você está tentando se convencer disso. Deu o quê? Umas sete desculpas? – insistiu Connie. – Se você gosta dele, pode fazer dar certo.

Connie fazia parecer muito fácil. Esfreguei a mão na boca. *Era isso? Será?*

– É complicado.

– Só porque você escolheu complicar. Garota legal conhece garoto legal. Garota gosta do garoto. Garota sai com o garoto. Garota e garoto viram um casal. *Bum*. Simples – disse ela, e logo ergueu um dedo para me impedir de argumentar. – Nem me venha com mais desculpas. Querer é poder.

Ela viu as dúvidas pairando.

– Caramba, Kate, você faz isso no trabalho, faz as coisas acontecerem para você. Por que não faz o mesmo na sua vida pessoal? Você já deixou isso de lado muitas vezes. Pense em você em primeiro lugar, para variar.

A expressão dela se suavizou.

– Certo, acabou o sermão. O que vai usar hoje à noite?

– Não sei.

Eu estava indecisa. Devia causar impacto ou agir tranquilamente?

– Comprou calcinha nova?

– NÃO!

– Ok, vamos ao shopping, então.

– Quem disse que eu vou dormir com ele?

Connie de repente pareceu toda inocente.

– Ninguém. E não é o caso de se você vai ou não, mas sim de se sentir irresistível e saber que você pode ser se quiser.

– Ok. – Eu me levantei com um pulo. – Bom argumento.

E ir ao shopping preencheria de forma agradável as próximas horas.

É impressionante o que um novo sutiã e uma calcinha combinando fazem com a autoconfiança. E, além disso, tudo que podia ser feito durante as duas horas de arrumação para o encontro tinha sido feito sob supervisão de Connie. Importunada era uma palavra muito forte, incentivada talvez fosse mais justo. Ela insistiu para que eu fizesse todo o possível para obter o melhor visual. Fazer a sobrancelhas, depilar as pernas, lavar, secar e passar *baby-liss* no cabelo, uma bela maquiagem finalizada com o spray fixador da Clinique caríssimo da Connie, e ela generosamente me deixou usar seu hidratante corporal Jo Malone. Pelo menos eu estaria com um cheiro delicioso... por todo lugar.

Ben insistiu para nos encontrarmos na estação de metrô e, enquanto eu subia pela escada rolante, me segurei no corrimão emborrachado tentando firmar as pernas meio bambas, convencida de que eu estava criando expectativas demais. Era só um jantar. Só isso. Não se precipite, Kate. Infelizmente, meu corpo não estava entendendo o recado. Durante o trajeto de metrô, eu me vi inquieta, as pernas cruzadas e tensas, um pé balançando o sapato pendurado pelos dedos, e devo ter checado o que havia na minha bolsa umas cinco vezes. Celular. Chaves. Dinheiro. Perfume.

Eu tinha ido com um dos meus vestidos preferidos, um vermelho com um decote Bardot que destacava o colo e os ombros. Salto azul e clutch azul. O look tinha ficado caloroso e sofisticado, bastante harmônico, reservado e ao mesmo tempo insinuando algo mais, graças à exposição de boa parte da pele pelo decote estiloso, em geral coberto com um cardigã de caxemira.

O cabelo estava preso, alguns cachos estratégicos deslizando pelas costas, roçando em minha pele enquanto eu me dirigia à entrada da estação. Ben aguardava encostado em uma parede de ladrilho e, assim que me avistou, os olhos dele se iluminaram, um sorriso lento de aprovação surgindo enquanto ele me olhava de cima a baixo sem pressa. Enquanto seu olhar interessado passeava dos meus sapatos até o decote, depois à nuca e ao rosto, eu sentia a ansiedade se acumular como as bolhas em uma garrafa de champanhe prestes a estourar. Quando cheguei até ele, Ben me puxou sem cerimônia nenhuma e nossas bocas automaticamente se fundiram em um beijo desesperado e rápido, como se tivéssemos esperado tempo demais.

E uau! Zonza de hormônios e desejo, quase perdi a cabeça com aquele beijo. Quando nossos lábios se afastaram, eu me segurei nele, tentando recuperar meu equilíbrio. Era gratificante ver que os olhos dele pareciam tão vidrados quanto os meus e que ele também me segurava com firmeza.

– Oi – cumprimentou ele, a voz rouca me excitando.

Como eu tinha esquecido o quão absurdamente bonito ele era? Estiquei a mão e, quase admirada, toquei o rosto recém-barbeado como se tentasse me familiarizar outra vez.

– Oi.

Sorrimos ao mesmo tempo, alheios às pessoas ao nosso redor. Devíamos estar no meio do caminho, mas nenhum de nós estava pensando com clareza naquele instante.

– Você está…

Ele esticou a mão e enrolou no dedo um cacho de cabelo. Naquele momento, eu soube exatamente por que Connie tinha feito aquele penteado.

– Gostei do cabelo.

O dedo dele deslizou pela pele delicada do meu pescoço, me fazendo estremecer. Meu corpo enviou sinais que foram até a ponta dos pés, evocando tremores em lugares inadequados.

– Obrigada – falei, me inclinando para tocar a linha do maxilar dele com os lábios. – Eu gostei...

Depositei uma trilha de beijos por seu rosto, descendo pelo pescoço. Inalei o cheiro dele, notas almiscaradas e masculinas de loção pós-barba. Inebriante e, de súbito, muito, muito tentador.

Eu corria o risco de ser sequestrada, meus hormônios prestes a assumir o controle total. Mentira. Eles já tinham assumido, e eu já havia me rendido aos desgraçadinhos "determinados a transar". Ou talvez fosse só Ben. Em uma camisa azul-marinho com minúsculos... padrões, flores, coisinhas, sei lá... brancos. O fato é que a camisa caía bem nele, nossa, caía *muito* bem... ombros largos, botões brancos a serem abertos, tórax... Senti a boca seca e quis muito cruzar as pernas para cessar a urgência ardente que tinha se instalado em mim. *Qual era o meu problema?*

Meus dedos queriam descer por aquela camisa e abrir até o último botão. Tirar o tecido estampado pelos ombros dele.

A inspiração cortante de Ben e um "Kate" com a voz rouca me fizeram parar na mesma hora.

Por sorte, o olhar vidrado e ardente nos olhos dele, a mão acariciando meus braços, sugeriam que Ben estava tão excitado e arrebatado quanto eu, só que nele ainda restava um mínimo de sensatez.

– Kate.

Assenti. Restaurante. Jantar. Relutante, me afastei com uma última fungada em seu pescoço, deixando um rastro da minha língua na pele... Ok, ok, isso tinha sido proposital, para deixar um recado.

Nós nos afastamos e nos encaramos com sorrisos pesarosos, com aquele olhar de quem entendeu o que estava rolando. Ben me deu a mão e entrelaçamos os dedos.

– Por aqui – disse ele com um sorrisinho malicioso e impenitente. – Deveríamos ir ao restaurante antes de... antes.

– Aham, deveríamos, sim.

A curta caminhada acalmou os ânimos, e minha pulsação tinha acabado de voltar ao normal quando o garçom puxou uma cadeira de encosto alto, acolchoada e aveludada – quase uma prima distante de um trono da realeza –, e fiquei feliz por ter escolhido um vestido elegante.

Ben pediu uma garrafa de vinho tinto, e o garçom nos deixou com os cardápios.

– Esse lugar é lindo – falei.

Eu estava fascinada pelo roxo-escuro das paredes. No topo, havia uma fileira de elefantes dourados conectados pelas trombas e rabos. As toalhas de mesa tinham bainhas enfeitadas com ·bordados e ·lantejoulas, velas brilhavam como joias dentro de copos coloridos, trazendo um quê da alegria e das cores de Bollywood.

– Espere até provar a comida – sugeriu ele. – Só estive aqui uma vez, no aniversário da minha irmã – explicou, e, depois de uma pausa, acrescentou: – Estava procurando uma boa desculpa para voltar.

– Ah, então eu sou uma desculpa?

Ergui uma sobrancelha imperiosa, apoiando o queixo nas mãos.

Ele chegou para a frente com um sorriso e pegou a minha mão, deslizando os dedos pela parte interna do meu pulso, suave como uma borboleta.

– Um motivo.

Sorri de volta e coloquei a mão para cima, para que descansasse na dele, solta e relaxada.

O garçom voltou, e esperamos ele abrir cuidadosamente a garrafa, oferecer o vinho para Ben experimentar e então nos servir uma taça.

– Saúde.

Brindamos.

– Obrigada por me trazer aqui. É lindo.

Olhei ao redor do restaurante, todas as mesas estavam ocupadas. Na mais próxima, onde havia dois casais mais velhos, um garçom descarregou um carrinho, dispondo um *réchaud* no centro da mesa antes de colocar pratos de arroz dourado, um curry vermelho-escuro e um prato de frango cremoso, além de uma pilha de *Naans* tostados e inflados.

Dei um gemido baixinho de inveja.

– Nossa, que cheiro incrível.

– Não é? É comida Kashmiri. Muito iogurte, cardamomo, cravo e canela. Eles também usam muito açafrão e ghee. É bem saboroso.

– Ben, o guia turístico, agora se transforma em expert gastronômico? – falei, impressionada, mas determinada a provocá-lo.

Ele deu um sorrisinho torto e levantou o cardápio.

– Já tinha lido sobre o assunto.

– E todos sabemos que você adora fatos – falei, me lembrando de tudo que ele dissera sobre o Grovesnor Hotel e seu ávido interesse na Casa de Ópera.

Ele assentiu, um pouquinho tímido.

– É o jornalista que vive em mim. Adoro checar fatos.

– Foi por isso que se tornou jornalista? Para ter permissão para ser curioso?

Ele apertou mais a minha mão.

– Você estava prestes a dizer "enxerido"?

– Quem, eu?

– Acha que eu sou meio nerd? – perguntou ele, um riso aparecendo nos olhos.

– Passou pela minha cabeça. Com um par de óculos, você ficaria um arraso, uma coisa meio Clark Kent.

– Você não me dá uma folga, né? Eu adoro isso – disse ele, gargalhando. – Metade das mulheres que conheço teria dito "não" e flertado comigo. Ou pelo menos dariam a entender que eu sou o Super-Homem.

Ignorando o elogio e a onda de calor que ele causou, usei uma voz sensual e ofegante:

– Por quê? Só porque você é... *lindo*?

– Me relembre por que é mesmo que eu gosto tanto de você?

Ele deu um sorrisinho de lado e entrelaçou ainda mais os dedos nos meus. As palavras aqueceram meu coração.

– Porque eu faço você pisar em ovos e não aceito essas babaquices de aviso de cinco segundos.

Meu tom rouco e caloroso contrastou com as palavras. Eu não conseguia tirar o "gosto tanto de você" da cabeça nem acabar com a vontade de fazer uma dancinha de alegria.

Por sorte, o garçom apareceu, agitou nossos guardanapos e os posicionou em nosso colo. Eu, ao menos, já estava ficando louca de desejo e completamente perturbada.

– Perdão, você pode voltar daqui a pouco?

Peguei depressa um dos cardápios com capa de couro.

Com um aceno de cabeça educado, claramente acostumado a clientes que têm outras coisas em mente além da comida, o garçom se afastou.

– O que você sugere? – perguntei.

– Eu pedi o Rogan Josh na última vez e estava maravilhoso. Talvez eu peça de novo.

– Não, esse não – falei. – Você precisa pedir algo diferente, como Sophie fala, é…

– Bom para expandir o paladar – completou ele, ao mesmo tempo.

– Fico feliz por ela ter estimulado a gente a…

– Estimulado? Você quer dizer intimidado, né?

Então ele ergueu a taça em um brinde silencioso.

– À Srta. Capataz.

– Estimulado – repeti, repreendendo-o. – E não dá para chamar a Sophie assim.

– É verdade.

– Ela é a Pequena Miss Sunshine.

Fiz uma pausa. Sophie não tinha parecido tão alegre na última vez que nos falamos, mas isso era assunto nosso, eu não precisava dividir com Ben.

– Ela foi ótima em nos fazer provar coisas novas, e tenho que admitir que nunca pensei que fosse gostar de arenque.

Ben riu.

– Nem eu. Mas me pergunto se o arenque não é como o retsina. Quando estamos na Grécia, é um vinho maravilhoso. Mas se a gente traz uma garrafa para casa, nem tanto.

– Não diga uma coisa dessas. Eu estava pronta para alugar uma bicicleta em algum momento.

– Sério?

Ben inclinou a cabeça, em um de seus gestos de ceticismo.

– Bom, eu com certeza estava pensando a respeito – admiti.

Ele me deu um sorrisinho de aprovação.

– Quer fazer um passeio qualquer dia desses?

– Estou dentro se você estiver – respondi, olhando bem nos olhos dele.

– A previsão do tempo para o próximo final de semana é boa.

O olhar fixo de Ben disparou de novo a sensação de borbulhas na minha barriga.

– Ah, que alívio. Capa de chuva e calça impermeável estão em falta no meu estoque.

E não era um código de vestimenta que me agradava muito. Pouco atraente, embora, sem querer ser convencida, eu ache que o visual de equipe de resgate não teria desencorajado Ben, a julgar pelos olhares quentes que trocávamos.

O pobre garçom teve que voltar três vezes antes de finalmente estarmos prontos para pedir e ainda assim pedimos às pressas porque não tínhamos decidido. Optamos pelo cordeiro Rogan Josh, Dum Aloo, uma batata ao molho cremoso de iogurte, arroz pilau e um curry chamado Nadroo Yakhni, feito de caule de lótus. Parece que tínhamos, sim, sido contaminados pelo treinamento de Sophie.

– Podemos nunca mais ter outra chance – falei, enquanto o garçom desaparecia com nossos pedidos.

– Tenho certeza de que podemos voltar aqui.

A observação descontraída fez meu estômago gelar de ansiedade.

– Mas, se for horrível, vou culpar você.

Os olhos dele ficaram mais sombrios, a leve ameaça de punição pairando entre nós.

– Cadê seu espírito de aventura? – perguntei.

Eu ergui o queixo com um ar de superioridade e joguei para trás um dos cachos soltos, olhando para ele em um tom desafiador.

– Estou guardando para mais tarde.

O sorriso travesso me deixou em êxtase, e acho que posso ter engolido em seco. Ele era bom nisso. O que de repente fez com que eu me arrependesse de ter lançado o desafio, porque ele tinha aceitado. Mais do que aceitado, Ben tinha declarado guerra, e meu corpo estava prestes a se render sem pensar.

Ben aumentou a vantagem quando a comida chegou, se utilizando de cada truque malicioso que existia no mundo.

Insistiu para que eu experimentasse coisas que me oferecia com o garfo dele e também provando do meu.

Quando ele gemeu diante do sabor do Nadroo, os olhos dele prenderam os meus de modo calculado. Quando um grãozinho de arroz ficou preso no meu queixo, ele usou o dedo para levá-lo até a minha boca, roçando em meus lábios de propósito.

Foram todos os clichês que se pode imaginar e mais um pouco, um tentando superar o outro.

Quando Ben estava me dando o último pedaço de *Naan*, seus dedos se demoraram em minha boca e meu corpo todo borbulhava em fogo baixo. O indicador dele deslizou pelo meu lábio superior, e, agindo por puro instinto e desejo, suguei brevemente a ponta e me deliciei quando ele perdeu o fôlego de choque. Tive que comprimir as coxas. Aquilo era tão torturante para mim quanto para ele.

– Gostariam de dar uma olhada nas sobremesas? – perguntou o garçom.

– Não – dissemos juntos, nossos olhares se encontrando, toda a simulação de sutilezas desaparecendo.

Ben pagou pelo jantar, apesar dos meus protestos. Decidi não insistir. Eu pagaria na próxima. Eu só queria sair logo daqui.

– Podemos ir? Antes que... – interrompeu ele.

Ben ficou de pé e engoliu em seco de repente. Eu ri daquela postura acanhada, tão incomum nele, o movimento do pomo de adão fazendo eu me sentir indecente, lasciva e impetuosa.

Muitas coisas que eu nunca tinha sentido em toda a minha vida. Aquela sensação de empoderamento. De igualdade. De nada a perder.

– Antes que...? – perguntei, minha voz baixando, empolgada diante do poder de agir com tanta insinuação, algo que não era usual.

Ele puxou o ar com força, contornou a mesa e pegou minha mão, fazendo as terminações nervosas no meio das minhas coxas vibrarem. De súbito, fiquei agitada e com calor. Eu o desejava com uma urgência que me deixava sem ar e impaciente.

– Antes que as coisas saiam do controle – murmurou ele roucamente no meu ouvido.

Ele sorriu ao me ver sem ar. Não muito presunçoso, mas confiante e um tanto satisfeito, talvez possessivo. Naquele instante, jurei que ia tirar aquela

expressão do rosto dele... Mais tarde, muito mais tarde. Mas, naquele meio-
-tempo, eu faria Ben pagar.

Saímos apressados do restaurante e, três passos depois, paramos e ele me puxou para seus braços, apoiando o corpo no que eu acho que era uma vitrine de loja.

Fiquei na ponta dos pés e o beijei outra vez, minha língua tocando o contorno de seus lábios, roçando por seu lábio inferior e depois deslizando para o superior. O gemido lento que ele deu valeu cada gota de frustração que eu sentia.

Com um movimento repentino e desesperado, ele me afastou, sua boca indo parar na minha orelha. Suas palavras ofegantes eram sussurradas, quentes em minha pele.

– Kate... Vamos para a minha casa?

Virei a cabeça, nossos olhos se encontraram. Meu coração batia muito forte e rápido, enquanto o momento pairava entre nós; tive certeza de que ele podia escutar ou ao menos senti-lo vibrando no ar.

– Vamos – murmurei em sua boca.

E, assim, ele me deu um beijo devastador que continha notas de gratidão, alívio e desespero, desejo, necessidade e determinação.

– Por aqui.

Ele entrelaçou nossos dedos com força e foi me puxando por entre o mar de pessoas na calçada naquele começo de noite de verão.

Ele errou a fechadura várias vezes, talvez porque desde que havíamos entrado no elevador não tínhamos parado de nos beijar, e uma das mãos dele descia meu zíper, enquanto eu atacava os botões da blusa dele, que já tinha sido arrancada do cós da calça. Todos os sentimentos que fervilharam no restaurante explodiam naquele momento em uma onda mútua de desejo ardente.

Entramos e Ben fechou a porta com um chute, deslizando uma das mãos pela parte de cima do meu vestido e o puxando para baixo em um movimento fluido. Tirei meus sapatos e me desvencilhei do vestido que caiu ao redor dos meus tornozelos. Fui direto para os braços dele, suspirando ao sentir o toque do torso nu na minha pele. Ben beijou toda a extensão do meu maxilar, depois desceu pelo meu pescoço e voltou a subir. Nossas bocas se fundiram de novo e as mãos dele foram descendo até minha bunda, acariciando e me puxando. Senti a ereção oculta pelo tecido da calça, o toque frio do cinto na minha barriga. Enrosquei minhas mãos ao redor de seu pescoço, acariciando o cabelo curto na nuca, meu peito roçando no dele.

As mãos de Ben subiram até os meus seios, depois para minhas costas e, com um movimento preciso e habilidoso, ele soltou o fecho do meu sutiã.

– Você tem prática... – falei, ofegante, ainda em sua boca.

Fiquei sem fôlego ao sentir a mão firme acariciando meu seio, a ponta dos dedos circulando o mamilo.

Gemi com o misto súbito de calor, ansiedade, frustração e desejo que queimava entre minhas pernas, me fazendo pressionar o corpo ao dele com ainda mais força.

– Meu Deus, Katie...

Sua boca desceu pelo meu queixo, seus lábios substituindo os dedos.

Meus joelhos quase cederam ao toque da língua quente ao redor do meu mamilo rijo. Rijo, tão absolutamente rijo, que poderia explodir a qualquer momento. Gemi, a sensação era forte demais para aguentar. Tudo estava indo rápido, mas a sensação era... hummm. E assim ele colocou meu mamilo inteiro na boca... e... hummmm. Sugou e lambeu de um jeito delicioso. As palavras saíram de mim. "Isso... assim. Hummmm, isso, assim..."

Com a cabeça para trás, fora de mim, eu só conseguia sentir o calor da boca dele, sugando e lambendo. Do outro lado, dedos ágeis provocavam e torturavam, enviando pequenas descargas de prazer tão intensas que era quase doloroso. Eu me contorcia ao toque dele, ofegante de desejo.

A necessidade explosiva me excitou e me deixou chocada. Eu queria mais... Minhas mãos correram por sua pele quente e tensa, meus dedos trilhavam os pelos macios que desciam pela barriga. Acariciei a pele na altura da cintura, depois desci, acariciando o tecido da calça por cima da ereção, instigada por seu gemido.

Ben me beijou outra vez e me pressionou contra a parede. Os lábios me exploravam, a língua deslizava para dentro da minha boca com um choque.

Os beijos ficaram mais profundos e obscenos, até que alguma coisa disparou o detonador e passamos para o desespero.

Minhas mãos se livraram com rapidez do cinto e da calça dele. Ben afastou minha calcinha para o lado, deslizou os dedos para dentro de mim enquanto eu segurava seu membro rijo. Suspiros e gemidos encheram o ar à medida que deslizávamos pela parede até o chão. Ben chutou para se livrar da calça e tirou minha calcinha de vez. De repente estávamos nus no piso de madeira frio do corredor, aos beijos, tentando ficar ainda mais próximos.

Ben ofegou, rouco, segurando meu quadril.

– Katie...

Seus dedos eram firmes, pressionavam meus ossos.

– Humm... – gemi, me deleitando com a sensação de pele com pele.

Eu estava totalmente em chamas, e queria ser consumida por elas.

– Preciso pegar...

Ele afastou minhas pernas e foi abrindo caminho com os dedos.

Dei um gemido alto e longo, empurrando minha pélvis de encontro ao toque habilidoso e objetivo.

– Humm, Katie...?

– Aham, por favor, agora...

Ele se colocou entre as minhas pernas e senti a pressão da ponta do pênis. Então abri mais as pernas, ergui o quadril e experimentei sensação de ser preenchida.

– Humm...

Eu respirava com dificuldade, sentindo aquela sensação maravilhosa e viciante. E eu queria mais. Empinei o corpo e Ben aceitou o convite, deslizando para dentro e depois saindo. Céu e inferno, dentro e fora... Eu me agarrei com força às suas costas, tentando fazê-lo ir mais fundo, querendo segurá-lo, sentindo Ben firme dentro de mim.

Meu corpo pulsava ao redor dele enquanto Ben arremetia furiosamente. Desfrutei de cada estocada, sugando o ar com força enquanto tentava segurá-lo, agarrá-lo. Então, num impulso final, Ben soltou um gemido alto e gutural antes de ficar imóvel. Senti meus músculos se retesarem, a sensação de estar chegando lá, ao fim de uma corrida impossível e... O clímax explodiu em ondas e mais ondas de prazer.

Ficamos deitados ali, grudados por uma leve camada de suor, ele ainda em cima e dentro de mim, a cabeça enfiada na curva do meu pescoço. E mesmo deitada no chão frio, eu me sentia mole e sem forças.

Ben gemeu, aconchegando-se em meu pescoço.

– Que loucura! Você quase me matou.

Ele começou a se mexer, causando uma explosão de sensações que se irradiaram pelo corpo.

– Não se mexa. Ainda não.

Ele se acomodou, uma mão preguiçosa deslizando pelo meu seio quando levantou a cabeça e me olhou atordoado.

– Você está bem? – perguntou.

– Hummm – respondi, suspirando.

– Tem certeza de que não quer que eu me mexa? Eu tenho uma cama e tudo mais.

Encontrei energia para dar uma risadinha.

– O que seria tudo mais?

– Você sabe, travesseiros, edredom, colchão.

– Por que não disse antes? – murmurei, me espreguiçando um pouquinho quando o chão duro começou a incomodar.

Ele riu e saiu de mim, ficando de joelhos e me levantando.

– Você nem me deu tempo... – reclamou ele.

– *Eu* não dei tempo?

– Não. Vem, vamos apresentar você ao conforto.

Ele me puxou para perto, as mãos descendo para segurar meu traseiro gelado e me empurrando para trás em direção à porta do lado direito.

Virei a cabeça para ver a cama imaculada, coberta por um edredom de algodão cinza, e comecei a rir.

– Você tem mesmo uma cama e tudo mais. Então por que...?

Apontei com o queixo para o corredor.

– O que você esperava que eu fizesse? Eu não ia estragar o momento – disse ele, me levando em direção à cama e puxando o cobertor.

– É claro que não – concordei, estremecendo de leve.

– Vem cá.

Juntos, nos enfiamos na cama, minha perna escorregando entre as dele, minha cabeça repousando em seu ombro.

– Pensei em vir para cá para comer a sobremesa, tomar um café, mas parece que nos precipitamos um pouquinho.

Enfiei o nariz em seu pescoço, onde minúsculos fios de barba começavam a aparecer.

– Estou sempre a fim de repetir.

A mão de Ben deslizou para baixo, roçando em meu seio.

– Engraçado, eu estava torcendo para você dizer isso.

O cara precisava de umas cortinas com blecaute. Eram sete e meia da manhã e a luz do sol invadia o quarto. Ben estava deitado de costas, um braço jogado acima da cabeça. Examinei seu rosto, a barba por fazer no maxilar quadrado, na cavidade abaixo das maçãs do rosto. Levei um susto ao me dar conta outra vez de como ele era bonito. E isso sem falar do corpo. Estremeci de leve, me lembrando da sensação das pernas másculas contra as minhas, a barriga definida, a pele lisa e tesa dos quadris.

Suspirei e afundei nos travesseiros, sorrindo com o perfume do lençol limpo. Tirei um breve cochilo, mas não consegui pegar no sono outra vez. Era domingo, afinal. Ben parecia muito em paz, e, por mais tentador que fosse acordá-lo com delicadeza, não consegui. Então, saí da cama para explorar a cozinha e preparar um chá para mim.

Não encontrei leite. Conferi as horas no meu relógio, que eu ainda estava usando, e decidi sair para comprar leite e talvez algo para o café da manhã.

Peguei minha bolsa de mão, jogada no corredor, o conteúdo todo espalhado pelo chão desde a véspera, e guardei meus pertences, incluindo o celular, que tinha um monte de notificações na tela. Dei uma rápida olhada para trás pela porta do quarto, vendo a silhueta adormecida de Ben – o cobertor na altura da cintura, uma visão atraente do tórax levemente definido com seus pelos escuros –, e suspirei, tentada a voltar para cama e acordá-lo.

Mas se eu saísse naquele momento para comprar o café, poderíamos ficar na cama até mais tarde. Com esse pensamento feliz, deixei a porta fechada só no trinco e saí. Fiz o mesmo com a porta da entrada do prédio, torcendo para que nenhum vizinho cauteloso a trancasse enquanto eu estivesse fora.

Por sorte, no fim da rua, vi algumas lojinhas. Ali deveria ter uma banca de jornal aberta que vendesse leite.

Ao atravessar a rua, chequei as notificações.

O QUE É ISSO? Olha o Inquirer!

A mensagem de Megan quase me fez parar no meio da rua.

Desbloqueei a tela do celular para ler a mensagem inteira e quase tropecei no meio-fio.

O QUE É ISSO? Olha o Inquirer! Você viu a matéria sobre o hygge? Me liga assim que vir. Megan.

Sorri. Ben tinha dito que a matéria estava pronta, e era evidente que tinha feito um bom trabalho. Fui até a banca de jornal e avistei uma cafeteria. Mudei de ideia em relação ao leite e acabei não comprando. Eu pegaria dois cafés e, com sorte, alguns doces razoavelmente frescos. Peguei um exemplar do *Inquirer*, paguei e me dirigi até a Pump and Grind.

Tinham literalmente acabado de abrir a loja, e um garoto rabugento teve que tirar o cabelo da frente dos olhos para se concentrar em mim enquanto eu fazia o pedido.

– Acabei de ligar, vai demorar um minuto – murmurou ele.

– Eu espero.

Eu me sentei e comecei a folhear o jornal, um sorriso satisfeito no rosto. Um bom resultado. Impressionar Megan era bem difícil. Ben obviamente a tinha surpreendido com a matéria. A *press trip* tinha alcançado seu objetivo. O desgraçado do Josh que engolisse aquela.

A matéria estava no meio do jornal. A assinatura de Ben vinha próxima da manchete.

Hygge ou hype? Felicidade ou futilidade?

Com meu coração acelerando, os nervos subitamente em alerta, li a matéria, esquadrinhando as palavras cada vez mais rápido, destacando as frases mais pertinentes.

Uma moda passageira.

Velas e caxemira.

Uma tentativa de marketing cínica que deseja reproduzir uma psique cultural arraigada no povo dinamarquês e que simplesmente não se traduz no estilo de vida britânico. Um abismo cultural que não pode ser atravessado com aconchego e jovialidade. Uma gambiarra filosófica simplista de felicidade que não vai convencer nosso país, onde profundas disparidades e valores nacionalmente compartilhados moldam o resultado final.

Havia mais, uma página dupla inteira de mais coisas, mas eu já tinha lido o suficiente. Ben zombara do conceito do *hygge*, da ideia de felicidade. Tinha jogado no lixo toda a campanha da Hjem.

Cada palavra dilacerou meu coração.

Levantei, deixei uma nota de 5 libras no balcão e saí, me concentrando em colocar um pé depois do outro, a visão borrada.

Caminhei por um tempinho... Bem mais do que um tempinho, mantendo o celular desligado para interromper o fluxo de mensagens e ligações, para as quais eu nem sequer olhei. Depois de andar por diversas ruas desconhecidas, entrei em uma principal e vi o ponto de referência de Ealing Common. Pela manhã, o local estava tranquilo, ouvia-se apenas o zumbido ocasional de um carro. Perto da entrada, apenas garrafas de vinho vazias, latas de cerveja descartadas e cinzas de carvão, um indício de que o local estaria apinhado outra vez em questão de horas.

Irritada com tudo aquilo, me sentei em um banco e, largando o jornal amassado e minha bolsa ao lado, comecei a recolher as garrafas mais próximas e a jogá-las fora, com raiva. Eu não conseguia pensar direito com toda aquela sujeira ao meu redor, eu precisava de um espaço limpo.

A atividade física de pisar duro e recolher o lixo dos outros de alguma forma me fez sentir bem melhor. Eu fervilhava sob uma enxurrada de emoções: raiva pela negligência das pessoas, irritação com a preguiça delas, impaciência por elas não conseguirem ver aquele erro sozinhas, aborrecimento por ter que resolver um problema que não criei e exasperação por elas presumirem que alguém resolveria por elas... Meus dedos ficaram imóveis ao redor de uma garrafa de cerveja e afundei de volta no banco.

Eu deveria ter visto os sinais. Ben era sempre cético e eu deveria ter percebido. As pessoas só faziam aquele tipo de coisa quando sabiam que sairiam impunes.

A ficha caiu. As peças se encaixaram como em um quebra-cabeça, uma a uma, e eu quase não sabia por onde começar. Empurrei Ben para o final da lista. Eu não conseguia lidar com tanta dor naquele momento.

Eu havia deixado meu pai e meus irmãos se safarem, mesmo sendo preguiçosos e negligentes. Indo sempre ao socorro deles, ajudando com a hipoteca, arrumando tudo para eles, ou seja, havia apenas reforçado aquele comportamento, tornando-o algo aceitável. O que não era nem um pouco, mas eu tinha tanta culpa quanto eles.

Minha mãe não teria achado a menor graça nisso tudo. Ela queria que fôssemos o melhor que pudéssemos. Ela queria que tivéssemos poder de escolha, não que ficássemos presos em empregos sem futuro. Estudar tinha sido a chave para abrir meus horizontes; horizontes esses que eu mesma havia reduzido. Sendo bem franca, meu trabalho tinha começado a definir os limites da minha vida. Ele estava restringindo minhas escolhas.

Eva tinha insinuado isso... *"A gente sempre tem escolha, Katie. E você pode escolher mudar as coisas."*

Ela estava certa. Assim como eu havia limpado aquele pequeno espaço ao meu redor, não restavam desculpas para não arrumar a minha própria vida. Com uma súbita resolução, pulei do banco. Era hora de fazer essas mudanças.

Capítulo 29

Se eu estivesse com a cabeça um pouco mais no lugar, teria estranhado o inconfundível cheiro de frango assado ou a total ausência de sapatos na entrada. Em vez disso, entrei discretamente pela porta da frente, deixando cair no chão minha capa ensopada. Eu ainda estava usando o vestido da noite anterior, mas duvidava que minha família percebesse.

– Pai? – chamei, tirando os sapatos molhados.

Meus pés estavam me matando. Naquela manhã eu já tinha andado por horas quando esbarrei com uma estação de metrô e então, por algum motivo bizarro, decidi que precisava ir para casa.

Felizmente, a bateria do meu celular tinha acabado, um alívio misericordioso dos trilhões de notificações de Megan, Connie e Ben. Eu deletei muitas mensagens dele sem nem sequer me dar ao trabalho de ler.

Não me preocupei em avisar que estava indo. Não que meus irmãos e meu pai fossem se dar ao trabalho de ir me buscar, mas, mesmo assim, um instinto irracional me instigara a vir até Euston.

Eu não fazia ideia do motivo.

– Pai – chamei outra vez, precisando muito que ele estivesse lá.

– Katie?

Como uma tartaruga assustada, meu pai colocou a cabeça para fora da porta da sala, parecendo um tanto ansioso para voltar à segurança do casco.

– Eu não estava... hã... esperando você... meu amor.

Ele se espremeu pelo vão da porta e a deixou parcialmente fechada logo atrás.

– Dá para ver – retruquei, magoada por ele me fazer parecer uma intrusa indesejada.

Então dei uma segunda olhada. O tapete da escada parecia ter sido recém-aspirado.

– Estou sentindo cheiro de comida?

– Ah… não, na verdade não, hã… sim.

Meu pai olhava sem parar pelo vão da porta.

– Calça nova?

Minha voz tinha uma estridência acusatória. Ali estava eu tendo uma crise, e ele usando um jeans novo.

– Talvez.

Com o queixo erguido, sem o bigode grisalho de sempre, ele alisou o jeans escuro, tentando agir casualmente.

– Patrick, com quem você está falando? Você vem desfiar o frango?

A porta foi aberta com força e surgiu uma mulher robusta, belíssima em uma saia cheia de pétalas turquesa, muito charmosa, e com uma blusa combinando perfeitamente sobre o busto magnífico.

Meu pai abriu e fechou a boca, parecendo dolorosamente constrangido. Eu o vi mudar o peso de um pé para o outro, como uma cegonha desgarrada, o rosto ficando tão vermelho quanto um tomate supermaduro.

A mulher passou correndo por ele e me pegou pelos cotovelos, balançando a cabeça resignadamente para ele.

– Oi, querida. Você deve ser a Katie, certo? Eileen. Que prazer em conhecer você… finalmente.

– Olá.

Eileen.

Olhei para meu pai. Desde quando tinha uma Eileen por aqui?

Ela revirou os olhos.

– Ele não te contou nada? Homens… Esses inúteis. Entre, meu bem. Deus do céu, você está ensopada. Entre e vá se secar, embora eu nem saiba por que estou falando isso, já que a casa é sua.

Gostei dela imediatamente por dizer isso.

– Quer comer alguma coisa? Tem bastante comida.

– Seria ótimo, obrigada.

– Pelo menos ofereça uma xícara de chá para a pobrezinha, Patrick – pediu ela, cutucando meu pai, e então se voltou para mim: – Meu bem, você veio andando da estação até aqui? Deve estar cansada... Poxa, por que não telefonou? Um dos seus irmãos poderia ter ido te buscar.

Fiz uma careta.

– Desculpe, meu bem. Que tolice. É claro que não. Eles não raciocinam.

Brandon estava na cozinha... lavando a louça!

– E aí, mana? Não sabia que você vinha.

– Eu decidi de última hora – respondi, fascinada pela espuma nas mãos dele.

Ele deu um sorriso de canto de boca.

– Como está indo o Sith Infiltrator? – perguntei.

– Já finalizei. Um cara entrou em contato pelo site, quer me encontrar – disse ele, e seu rosto se iluminou. – Estou torcendo para que seja um fã e que se anime em comprar.

– Brandon, faça um chá para sua pobre irmã enquanto eu preparo o molho, sim?

De alguma forma, me vi sentada na cozinha com uma xícara de chá enquanto Eileen entregava um monte de talheres e jogos americanos para meu pai e Brandon.

Olhei para as bancadas vazias, o escorredor de aço brilhando, sem manchas, e panos de prato limpos pendurados.

– Não fui eu – disse Eileen, seguindo meu olhar. – Não me importo de vir e fazer uma carne assada para a família, mas tem limite.

Ela piscou para mim antes de continuar.

– E não vou cozinhar em uma cozinha imunda. Aposto que não estava assim na quinta-feira.

Nós duas rimos.

– Então... Como você conheceu meu pai? – quis saber.

– Seu pai foi fazer um orçamento para minha garagem. É claro que o idiota levou semanas, e a essa altura o serviço já tinha sido feito por outro.

Aquilo era a cara do meu pai.

– Só que, apesar de eficientes na hora de dar o orçamento e fingirem que sabiam o que estavam fazendo, executaram um serviço péssimo. Seu pai acabou aparecendo com o orçamento dele e... Me pegou de guarda baixa, eu estava chorando e... Fique sabendo que eu não sou chorona, mas me senti muito idiota por ter sido enrolada por uns amadores. Então seu pai, um coração de ouro, me fez uma xícara de chá.

As bochechas rechonchudas de Eileen revelaram covinhas ao sorrir e ela piscou.

– É, eu sei… Ele sabe preparar chá.

Trocamos um breve sorriso de compreensão.

– Ele se ofereceu para consertar tudo para mim, sem cobrar nada se eu comprasse o material. Ficou claro que era um sujeito bacana… Só precisava de alguém para dar um jeito nele. Em relação a tudo… E, bem, nós começamos a conversar, e conversar, e conversar…

Papai não era muito de falar, então suponho que Eileen tenha ficado com a maior parte da conversa.

– E aqui estamos. Estou muito feliz em conhecer você, Kate. Ele morre de orgulho de você.

Estremeci, pensando no que eu tinha vindo dizer a ele.

– E sei o que você tem feito por ele.

– Você é do tipo que lê mentes? Você me lembra alguém que fazia isso comigo.

– Você é fácil de ler, querida… e é meio que um instinto. Maternal.

Ela pôs uma mão roliça em cima da minha.

– Mas, por favor, não ache que estou querendo substituir sua mãe ou tomar o lugar dela, ok? Seu pai é muito especial para mim, mas não quero causar problemas, nada de crise familiar, por favor. Mas… seu pai precisava de um bom empurrãozinho – acrescentou ela em voz baixa. – E, espero que não fique chateada por eu dizer isso, sei que não cabe a mim, mas os meninos também precisavam. Vou ajudar seu pai no que eu puder, o que para mim é um privilégio, mas os garotos vão ter que se virar. Acho que a nova namorada de John, Stacey, vai botá-lo para trabalhar. E Brandon… Um amor de menino, mas, meu Deus, ele parece incapaz de enxergar as coisas que estão na cara dele. Connie é um amor de menina.

Eu lancei a ela um olhar como quem diz *Como é que é?*

– Quando você conheceu Connie? E por que ela não me falou nada?

– Ela veio na semana passada visitar o pai dela, mas parece que passou um bom tempo ajudando Brandon com o projeto. Disse que cabia ao seu pai contar para você sobre mim.

– Connie e Brandon? – sussurrei, dando uma espiada rápida na sala, onde meu pai e Brandon estavam colocando a mesa.

– Nossa, é mais óbvio do que o sol nascer amanhã. Só que acho que eles não perceberam que a atração é mútua. Então, o que tem em mente, querida?

– Preciso falar com meu pai.

Mas agora eu já não estava mais tão preocupada. A influência de Eileen já tinha meio que preparado o terreno.

Enquanto John e Stacey – a rainha do bronzeado artificial e mulher de negócios perspicaz que ficou enchendo meu saco com ideias de RP durante o almoço – lavavam a louça, eu e meu pai fomos de algum modo incentivados a ir até o jardim. Eileen levava jeito para lidar com essas questões, sem ser muito mandona ou intrometida.

Parei para recolocar uma das peônias de volta à estaca, acariciando as pétalas cor-de-rosa.

– Ela parece muito legal.

– Espero que você não se importe...

– Pai! Por que eu me importaria?

Ele deu de ombros, se curvando para puxar uma erva-daninha.

– Sua mãe...

– Já faz muito tempo, pai. Não quero que você fique sozinho. Acho que, um dia, John vai embora, e creio que Brandon também.

Lancei um olhar para a casa de Connie, do outro lado da cerca. Connie? Brandon? Eu nunca tinha percebido.

– Eileen me faz feliz.

As palavras dele me causaram uma pontada repentina de dor, mas eu afastei todo e qualquer pensamento sobre Ben. Ele não existia. Eu tinha cometido um erro. E eu iria esquecer, com E maiúsculo.

– Eu tenho estado meio sonâmbulo desde que sua mãe se foi. Só passando pelas coisas, contando demais com você. Mas Eileen está me ajeitando... ou eu estou deixando que ela me ajeite.

Meu pai deu um sorriso que se estendeu para os olhos e enrugou seu rosto, o primeiro sorriso de verdade que eu via nele em muito tempo.

– Isso é ótimo, pai. Estou muito feliz por você.

– Eu lhe devo desculpas e muito dinheiro.

Meu pai pôs a mão no bolso e puxou sua velha carteira de couro surrada, os dedos grossos folheando as notas.

– Não, pai, sério, está tudo bem.

Acenei com a mão, dispensando a oferta.

– Não, não está, meu amor. Aqueles dois rapazes deveriam estar fazendo a parte deles. Pagando aluguel. Mas com a ajuda de Eileen eu organizei as finanças. E isso aqui é seu. Toma.

Ele me deu um maço de notas.

– Aceite e não discuta. E tem mais a caminho, ok? Todo o dinheiro que você gastou na hipoteca. É direito seu e assim vai ser.

A tentativa dele de soar como quem estava brigando, parado ali com as pernas arqueadas, todo determinado, deixou meu coração mais leve. Durante muito tempo meu pai tinha exibido um ar de derrota e fraqueza. Peguei as notas.

– Obrigada, pai. Eu agradeço mesmo.

– E eu agradeço os sacrifícios que você fez. Todo o seu trabalho. Por ter salvado a nossa pele mesmo morando em Londres, que é uma cidade tão cara. Eu devia ter percebido antes. Sua mãe morreria de orgulho de você, sabe? Sei que ela falava sobre você aproveitar ao máximo a sua capacidade, mas ela teria sido a primeira a dizer para você fazer algo que a deixe feliz. O que sua mãe realmente queria era que você tivesse escolha. Que pudesse escolher que tipo de trabalho quer, que não ficasse presa em um emprego porque não há mais nada que possa fazer. Não sei se esse seu emprego faz você tão feliz… Dinheiro não é tudo, sabia?

– Obrigada, pai, mas eu gosto mesmo do meu trabalho.

Eu gostava, mas não amava. Não como antes. E estava morrendo de medo do dia seguinte. Uma reunião estratégica. Uma reprimenda severa. Uma análise pós-evento. Meu desempenho seria questionado novamente, só que, dessa vez, eu estaria questionando minha própria capacidade de julgamento.

Papai me deu tapinhas amistosos no ombro.

– Contanto que você esteja feliz.

Dei a ele um sorriso melancólico. Feliz. Eu tinha passado uma semana buscando a felicidade na Dinamarca, e olha até onde aquilo tinha me levado.

Ben havia me enganado. Eu tinha confiado nele e fui traída.

Eu não conseguia acreditar que tinha sido tão idiota. Nem que tinha me apaixonado por ele.

Olhando para trás, havia várias pistas. Ele nunca tinha estado a fim. Mas não precisava ter ido para a cama comigo... Estremeci. Isso eu havia dado de bandeja. O cara não tinha sangue de barata, afinal. A culpa de agir sem pensar era minha. Havia rolado uma atração, e eu respondi a ela. Ele dificilmente recusaria.

Eu tinha mesmo um péssimo gosto para homens. Primeiro Josh, e agora aquilo. Eu era uma completa idiota.

Capítulo 30

– Mas que porra de fracasso total, hein? – rosnou o diretor-geral quando entrei de pernas bambas no escritório dele.

Megan e Josh estavam posicionados ao redor da mesa como generais em um gabinete de guerra.

Não falei nada. O que eu poderia dizer? Eu estava morrendo de ódio por dentro. Eram onze e meia e tinham me deixado esperando por três horas, depois de me intimarem assim que entrei no prédio pela manhã. Eu não achava que seria demitida e previ uma longa análise pós-evento, mas não estava preparada para aquele nível de raiva.

Por instinto, ou talvez por pura autopreservação, apertei o botão de gravação da câmera do meu celular e coloquei o aparelho no bolso da frente da blusa. Para todos os outros na sala ficou parecendo que eu tinha desligado e guardado o aparelho.

– Você claramente deixou essa passar – disse ele, zombando de mim por cima da xícara de café. – Você teve a porra da semana inteira com aquela gente e o resultado foi esse... Que maravilha, hein?

Enrijeci e fechei as mãos. Não tinham sequer pedido para eu sentar. Megan e Josh pareciam desconfortáveis, ele brincando com as teclas do laptop diante de si e Megan girando um de seus anéis.

– Você falou com aquele desgraçado?

– Não – respondi, pensando nas mensagens que deixara sem resposta.

– Eu já esperava por isso. E, para contenção de danos, pensamos em eliminar o intermediário. Como você se mostrou incapaz de lidar com o cara, pedi ao Josh para mandar um e-mail ao editor pedindo uma explicação.

Não que vá adiantar alguma coisa. O estrago já está feito. Johnson deve estar se mijando de tanto rir. Uma semana inteira de graça, com a RP piranha burra, e o cara vai e fode com tudo no final. Com certeza você já sabia de alguma coisa.

Balancei a cabeça, meus lábios comprimidos e bem tensos. Nem Deus sabe o que ele diria se soubesse que eu tinha dormido com Ben.

– Pois devia saber, porra!

Megan e Josh também olhavam acusatoriamente para mim.

– Parece que tomamos a decisão certa – concluiu ele, olhando para Megan e depois de volta para mim. – Ainda falta muita experiência antes de colocarmos você no comando de algo assim outra vez. Não consigo acreditar que tenha sido tão incompetente, mas vamos explicar para Lars que você é iniciante e que, no futuro, vamos colocar um pessoal mais experiente para administrar a conta dele. Felizmente para nós, você já perdeu a conta desde que voltou.

Ele e Josh trocaram um olhar.

– Você ficou íntima demais do cliente, começou a pensar mais neles do que na agência. Não vi uma única ideia decente vinda de você para maximizar as comissões e o lucro em cima desse cliente.

Ele lançou um último olhar furioso para mim antes de se virar para Josh e apontar para a tela de um notebook aberto.

– Aliás, a partir de hoje, você volta a ser gerente de contas sênior.

– O quê? Você não pode fazer isso.

– Acho que posso, sim. Sou seu chefe. Posso fazer o que eu bem entender. Onde estávamos mesmo?

Josh, o traiçoeiro, me deu um sorriso de tristeza nem um pouco sincero antes de dizer:

– Que tal se eu acrescentar aqui…

Ele começou a digitar.

De repente, como se minha fúria tivesse subido uma colina correndo, chegado ao topo e se estabilizado, eu me senti inteiramente calma, vivendo quase uma experiência extracorpórea. Virei de um lado para outro, me lembrando da imitação que Fiona fizera de um Dalek. Exceto que, naquele momento, não havia graça alguma. Consciente da câmera gravando no meu bolso, eu fiz a pergunta de propósito:

– Um segundo. Você acabou de me chamar de piranha burra?

O diretor-geral parou. Parecia que eu tinha batido nele. A boca de Megan despencou, e os dedos de Josh pairaram imóveis sobre o teclado.

– Piranha burra, é isso mesmo? – insisti na questão.

– Chamei, porra!

Uma veia gorda latejou no pescoço dele e o homem sacudiu o pulso para se livrar da mão de alerta de Megan.

– Só estou conferindo se ouvi direito – falei, as coisas se encaixando, uma a uma.

A calma interior cada vez maior que eu sentia era bem surreal e inversamente proporcional à tensão crescente entre eles. Dentro de mim, tudo se acomodou como partículas de poeira que vão flutuando até pousar.

Ele ergueu a mão.

– Claro que você sabia que isso ia acontecer. Você falou com ele essa semana?

– Falei, mas...

– Bem, se você não fazia a menor ideia então é mais incompetente do que eu pensava.

– Além de ser uma piranha burra? – perguntei outra vez.

O diretor-geral revirou os olhos em desdém.

Mantive o contato visual, esperando que ele falasse.

– E daí que eu te chamei de piranha burra? Você ferrou com tudo. É uma piranha burra mesmo. Mas você se saiu bem com as tais transmissões matinais. Continue assim e quem sabe consiga ser promovida para o cargo que almejava antes.

– Acho que não – falei, calmamente, o que contradizia minhas pernas trêmulas. – Na verdade, não é "acho", é com certeza não. É melhor limpar banheiros químicos em Glastonbury do que passar mais um dia aqui. Me demito.

Sentada na cafeteria, eu me sentia bastante orgulhosa. Digna, ainda que imprudente. Antes de esvaziar minha mesa, puxei o celular do bolso, fiz o upload do vídeo e mandei por e-mail para a chefe do RH. Intimidação. Demissão construtiva. Misoginia. Eu não fazia ideia de quantas leis trabalhistas tinham sido infringidas, mas ela ficaria horrorizada e, embora eu não tivesse a intenção de divulgar o vídeo, a agência certamente teria medo de que aquilo viralizasse.

Depois disso, peguei minha bolsa, alguns documentos e deixei o prédio sem dizer uma palavra a ninguém. O choque da adrenalina tinha me levado até ali, mas, naquele momento, tomando um cappuccino grande, comecei a sentir uma pontada de dor de cabeça. O que eu ia fazer agora? Desde que tinha voltado de Copenhague, a ideia de pedir demissão e procurar emprego em uma agência menor tinha passado pela minha cabeça várias vezes, mas eu realmente queria seguir jogando aquele jogo? Eu poderia trabalhar diretamente com algum cliente em vez de voltar para uma agência. Puxei o notebook e comecei a fazer uma lista de opções.

Depois de lotar uma página com anotações, fechei os olhos, ouvi o sibilo da máquina de espresso e no mesmo instante pensei em canela em pau, pratos de cerâmica azul, suportes para bolo com redoma de vidro, mostruários de vidro colorido nas paredes e o rabo de cavalo animado de Eva, balançando enquanto ela andava entre as mesas. Quando abri os olhos, me senti absurdamente deslocada. Mesas de fórmica quebrada. Estofo dralon em tons de verde e ameixa, o mesmo em todas as redes de cafeterias. O mostruário com bolos e biscoitos embalados e caros. No balcão, as mesmas jarras de aço inoxidável com leite e os palitinhos de madeira para mexer a bebida. Não eram nem colheres de verdade. A iluminação estava toda errada. Brilhante demais. Artificial demais. Fria demais. Tudo parecia tão feio e comum. Ninguém da equipe de garçons chamou minha atenção.

Com o coração apertado, desejei muito o aconchego e as cores do Varme. Eu queria sentir o cheiro de doces assando, conversar com as pessoas e sentir que eu importava. Porque ali onde eu estava, eu poderia muito bem ser invisível. Depois que a gente paga pelo café, acabou.

Examinei aquelas fotos padronizadas, em preto e branco, de cidades europeias na década de 1930. Embora houvesse um ar de homenagem ao passado, não havia nada de autêntico ou particularmente convidativo naquele lugar. Era pura conveniência. Um café para viagem. O mais distante possível do *hygge*.

Se aquele lugar fosse meu, o que eu faria? O que Eva faria? Olhei para minhas anotações e me endireitei. Eu tinha ao menos o início de um plano.

A fachada da loja de departamento ainda estava repleta de andaimes, e o som de martelos, furadeiras e um rádio vazava pelas chapas de polietileno que protegiam as portas de entrada. Eu as empurrei e estaquei, paralisada. Lá dentro, sem dúvida não parecia nem um pouco com uma área de construção. O interior já estava bem desenvolvido e era impressionante.

– Katie!

Pendurada pela sacada à minha direita, acenando loucamente, avistei Eva com um capacete de operário amarelo brilhante. O primeiro sorriso verdadeiro em dias iluminou meu rosto ao vê-la enquanto ela descia apressada pela escada rolante.

– Oi! Você veio!

Nós nos abraçamos e ela me deu um sorriso radiante.

– É claro que eu vim. Lars me disse que vocês marcaram uma reunião, mas, depois disso, podemos almoçar e você me conta tudo, que tal? Estou muito curiosa. Quero saber de todas as novidades. Como está o Ben?

Eu tinha sido muito forte. Irritada, furiosa e determinada a apagá-lo da minha cabeça. Tinha sido fácil no celular, nas redes sociais. Era só arrastar o dedo para deletar, bloquear e pronto. Pelos últimos dois dias, desde que saíra do prédio da Machin Agency, eu havia estado ocupada, arquitetando, planejando, me recusando a pensar em Ben.

O departamento de RH não poderia ter sido mais rápido do que foi quando viu o vídeo. Recebi uma carta propondo um acordo com um valor mais do que satisfatório. Um valor que me deixaria tranquila.

A pergunta delicada de Eva trouxe Ben de volta ao primeiro plano e na mesma hora meus olhos se encheram d'água.

– Ele não era quem eu pensei que fosse – falei, engolindo em seco. – E eu prefiro não falar sobre isso... no momento. Ainda tenho a reunião com Lars.

Eva assentiu, entendendo de imediato que eu precisava de todas as formas me manter equilibrada.

– E aqui está ele – disse ela, olhando por cima do meu ombro.

Ali, sentada diante de Lars, de repente senti as palmas das mãos muito úmidas, e tive o ímpeto de ficar enxugando-as na saia do vestido, mas precisava parecer controlada. Eu dependia de me apresentar como corajosa e direta.

– Creio que você já tenha visto a cobertura do *Inquirer*.

Lars assentiu, mas não pareceu terrivelmente preocupado.

– Sinto muito por isso – completei.

Ele ergueu uma das mãos.

– Ora, mas você não é responsável pelo que o Sr. Johnson optou por escrever.

– Bem…

– Você é? Eu não fiquei preocupado com a matéria. Você com certeza conseguiu garantir uma cobertura muito maior do que eu poderia ter esperado, e a peça-chave da viagem era que vocês entendessem o conceito de *hygge*.

Lars sorriu com gentileza.

– E, agora que você está aqui, podemos começar a planejar a inauguração sem essas besteiras de balões, bombardeios etc.

Eu franzi a testa ligeiramente.

– Você sabe que eu não trabalho mais para a Machin Agency, não é?

Ele contraiu os lábios.

– Fiquei sabendo ontem à noite, mas, como você marcou essa reunião para hoje, presumi que fosse me explicar.

– Eu… pedi demissão. Eles acharam que eu poderia ter exercido mais influência sobre a matéria do B… do Sr. Johnson. Não ficaram muito satisfeitos com o tom dele.

– Eles perdem, eu ganho.

Lars abriu uma gaveta em sua mesa e puxou um envelope, deslizando-o na minha direção, seus olhos azuis vibrando.

– Tenho uma proposta para você. Gostaria de oferecer um emprego aqui, Kate. Como assessora de imprensa da Hjem, trabalhando diretamente para mim. Acho que você faria um ótimo trabalho.

Alguns dias antes, eu teria agarrado aquele envelope sem pensar, mas naquele momento… respirei fundo.

– Obrigada, Lars. Essa é uma oferta muito gentil.

– Você ainda nem olhou.

Ele deu uns tapinhas no envelope.

– Não preciso. Quero fazer outra coisa.

Ele franziu a testa, confuso, e, por um momento, me perguntei se eu estava completamente maluca. Acontece que, desde que eu pensara nela pela primeira vez, tinha ficado obcecada com a ideia. Com um ano de salário garantido graças ao acordo, eu poderia tirar um tempo para mim. A conversa com meu pai ficava se repetindo na minha cabeça. Era hora de fazer uma escolha e optar por algo que me fizesse feliz em vez de ficar correndo atrás de promoções, torcendo para que um dia a ambição me recompensasse com um ilusório bilhete dourado para a felicidade.

– Sua paisagista encontrou as flores que ela queria?

– Não.

– Então o anexo ainda está disponível?

– Está, sim.

Sorri.

– Então, se sua mãe estiver disposta, eu gostaria de fazer uma proposta para vocês.

Capítulo 31

Tirei do forno a bandeja com pães de canela dourados, me sentindo muito orgulhosa quando o aroma condimentado preencheu o ar. A fornada daquela manhã era 100% obra minha. Atrás de mim, notei as pessoas comentando sobre o cheiro e me virei para dar um sorrisinho para três clientes aguardando em uma fila.

– Não queimaram não, Katie? – brincou o homem de meia-idade que administrava a gráfica na esquina e que produzia nossos cardápios.

Na semana anterior à inauguração, eu e Eva havíamos distribuído cestas de doces dinamarqueses recém-assados para os lojistas e moradores da vizinhança, o que rapidamente nos garantira uma clientela fiel, alguns dos quais apareciam toda manhã.

– Estão perfeitos, Clive – falei, com um ar de reprovação.

– Vou querer três, então. As meninas no escritório adoram. E um espresso duplo para viagem.

Enquanto eu colocava os três pãezinhos doces em um saquinho de papel, Eva já estava diante da máquina Gaggia cromada e brilhante, de longe o item tecnológico mais caro no café. Ouvi o tinido familiar, a explosão imediata do aroma, o "sshh" quando a água pressurizada atravessou os grãos.

Era engraçado como os sons do café tinham rapidamente se tornado uma parte intrínseca à minha rotina. Ergui a bandeja para não esbarrar em Eva – que encaixava a tampa de plástico branca no copo descartável – e registrei os itens. Éramos como duas dançarinas que sabiam todos os passos para bailar rapidamente na pequena área de atendimento.

Pegando o dinheiro de Clive, fechei a registradora com um clique satisfatório.

– Obrigada, minhas queridas. Até amanhã.

– Tchau, Clive – falamos Eva e eu em coro, e então nos viramos e rimos uma para a outra.

Eu adorava, tanto quanto Eva, ver um cliente satisfeito.

Desde o momento em que, durante um almoço, eu sugerira a ela trazermos o Varme para Londres, nós duas não havíamos parado. Como um tornado em ação, Eva na mesma hora começara a fazer listas.

O que estava fazendo naquele exato momento.

– Essa é a lista de compras da semana que vem? – perguntei.

– Aham. O sanduíche aberto de beterraba, queijo de cabra e nozes ficou bem popular essa semana, precisamos de mais beterraba.

Eu nunca tinha conhecido alguém que gostasse mais de listas do que eu. Ninguém podia nos deter.

– É porque Lars almoça dois deles todos os dias – acrescentou Eva com um toque de orgulho.

Lars vinha todos os dias, sem exceção, pegar o almoço com a gente. Ele foi nosso maior apoiador e, quando sugeri que montássemos um café no anexo vazio, ele imediatamente mandou uma equipe de empreiteiros, eletricistas, encanadores e decoradores para que adaptássemos o espaço às nossas necessidades.

Durante três semanas frenéticas, a sala longa e estreita, com seu telhado com placas de vidro, tinha sido tomada por serragem, sons de martelos, furadeiras, entregas de carregamentos de madeira, azulejos, equipamentos de cozinha e pilhas de papelão e tampas de poliestireno, enquanto uma equipe operava milagres para dar vida ao café. Eu e Eva fomos engolidas por um redemoinho de decisões a serem tomadas. Luzes. Mesas. Pintura da parede. Suprimentos de café. Receitas. Cardápios. Cadeiras.

– É nosso sanduíche mais popular – falei, também orgulhosa.

Apesar da experiência que tinha naquele negócio, Eva ouvira todas as minhas sugestões, incluindo minhas ideias para receitas. Depois da monotonia deprimente que vivenciei naquela cafeteria comum, no dia em que me demitira, eu estava determinada a criar um pequeno paraíso de aconchego. Teria sido mais fácil tentar recriar o Varme, mas Eva insistiu dizendo que aquele lugar era meu e deveria ser a minha interpretação do *hygge*.

Lancei um olhar presunçoso para os três lustres de cobre vintage absurdamente caros. Eles se encaixavam com exatidão.

– Sim, são perfeitos – falou Eva com um sorriso ligeiramente superior. – Está feliz agora?

Ela havia me convencido a comprá-los, ainda que estivessem muitíssimo além do orçamento.

– Ainda bem que eu amo muito você, senão ia achar que está usando o velho *Eu avisei*.

– Quem, eu? – perguntou ela, passando o braço pelos meus ombros, e juntas nos recostamos na esquadra da cozinha. – Jamais, querida.

– Os móveis também são lindos.

O leve estremecimento de Eva me fez sorrir.

– De fato. Mesmo que você tenha me arrastado para aquele canto perigosíssimo da cidade.

– Desculpe. Ele é pai de um dos alunos da Connie, a gente economizou uma grana.

O lote de móveis retrô descontinuados não estava novíssimo, mas o couro castanho surrado ficou bem ao lado das mesinhas de faia, então decidi não perguntar de onde exatamente todos eles tinham vindo. Inventário de hotel antigo funcionava bem para mim. Eram todos bem surrados. Ninguém teria roubado aquilo, teria?

Enfim, eu estava tão satisfeita com a mobília e com a maneira como tinha sido disposta – para criar a sensação de se estar na sala de alguém – que, se tivessem sido roubados, eu teria que fazer vista grossa.

– Minha favorita – falei, olhando na direção da porta da frente – é a estante de livros.

Eu queria que as pessoas entrassem e imediatamente quisessem se sentar e ficar porque parecia confortável e convidativo. Enchi as prateleiras de revistas, livros e alguns jogos de tabuleiros.

– Minha favorita – disse Eva, entrando na brincadeira que, depois de três semanas, ainda era novidade – é a prateleira em forma de caixa para as xícaras de chá.

Eva e eu tínhamos nos divertido muito vasculhando a Portobello Road e o Old Spitalfields Market. Tínhamos encontrado três xícaras de porcelana bem delicada, com padrão floral, e pechinchamos por meia hora para baixá-las a um preço razoável.

– As taças de vinho não? – perguntei.

Olhamos ao mesmo tempo para a coleção de taças cinza-fumê, roxo e azul na parede mais distante.

– Estão em segundo lugar, depois das jarras – disse Eva balançando a cabeça em um gesto familiar, que mostrava que ainda estava pensando nelas.

Hesitamos na hora de comprá-las, as deixamos para trás e depois voltamos mais três vezes antes de finalmente levá-las.

– Bom dia.

Eva e eu demos um pulo, assustadas.

– Vocês ainda estão admirando o trabalho?

– É claro – falou Eva, entrelaçando o braço no meu. – Bom dia, Sophie.

– Oi, Sophie. Bom dia, tudo bem? – falei, me apoiando em Eva.

– Tudo ótimo. Pensei em dar um pulo para avisar a vocês que vou tirar o dia de folga na semana que vem, então com certeza venho ajudar.

Corri e dei um grande abraço nela.

– Ah, que maravilha! Muito obrigada.

– Katie vive preocupada – falou Eva se apressando e lhe dando um beijo em cada face. – Como você está, Sophie, querida?

– Não estou preocupada – respondi, me intrometendo –, só nervosa. Nunca preparei um bufê para 150 pessoas.

– Ah, você está nervosa? – perguntou Sophie, colocando as mãos na cintura. – E eu, que vou fazer uma demonstração de culinária para milhões de pessoas no programa da Avril?

– Escutem aqui, vocês duas. Katie, você nunca administrou um café e está se saindo bem. E, Sophie, tenho certeza de que a demonstração será ótima.

Uma expressão de travessura passou pelo rosto de Eva.

– Porque Avril vai exigir que seja. E nós três vamos deixar tudo pronto, as garçonetes vão assumir e poderemos aproveitar a festa.

Lars tinha nos convidado, ou melhor, insistido para que fizéssemos o bufê da inauguração oficial da Hjem, na semana seguinte, e Eva tinha criado um menu de minidegustação de doces dinamarqueses, que ela, Sophie e eu prepararíamos durante o dia.

Depois de tomar um café, Sophie foi embora quando o movimento do horário do almoço começou. Ainda que as segundas-feiras fossem o dia mais tranquilo, as mesas estavam todas ocupadas. Uma bela jovem loura e uma mulher mais velha, elegante e muito bem-vestida, discutiam sobre o contrato de um livro comendo seus doces, enquanto um jovem casal examinava com cuidado um guia turístico de Londres. Um fluxo constante de pessoas entrava para o almoço. Como Eva não ficaria para sempre por ali, concordamos em manter o cardápio principal pequeno e simples, oferecendo quatro tipos de sanduíche aberto e uma sopa especial do dia com pãezinhos de centeio.

Passava das duas, e aproveitei a calmaria para me sentar um pouco, descansar os pés e atacar um sanduíche de salmão, raiz-forte e cream cheese no pão de centeio, que não demorou a se tornar meu segundo sanduíche favorito. Quando a porta se abriu, automaticamente olhei para cima para ver se Eva poderia precisar da minha ajuda na cozinha.

Meu coração martelou e quase parou quando encontrei os olhos azuis e frios de Ben. Senti a boca seca e engoli o nó na garganta, incapaz de pensar em absolutamente qualquer coisa para dizer. O ar parecia carregado de tensão quando nos encaramos. Houve um breve registro de surpresa antes de seus olhos se estreitarem e ele me lançar um olhar raivoso glacial. *Ele!* Olhando com raiva *para mim*! Como se *ele* tivesse motivo para estar magoado.

Por um momento, achei que ele fosse me ignorar.

– Kate.

Ele assentiu e passou direto por mim, indo até o balcão.

Fiquei muito vermelha. Ele vestia um jeans desbotado e uma blusa azul com botões brancos e, de imediato, uma imagem surgiu na minha cabeça. Eu, lutando com o botão do jeans dele. A sensação da pele dele em minhas mãos. Um calor atravessou meu peito e eu congelei, tentando não me contorcer na cadeira. Eu não queria deixar que ele visse o efeito que tinha sobre mim.

– Eva!

– Ben!

Ah, que ótimo, agora eu tinha que ficar sentada ouvindo os dois exclamando como era maravilhoso se encontrarem. Eu me curvei sobre o meu café me mantendo de costas para Ben. O que ele estava fazendo ali?

Meu cérebro burro e idiota insistia em reviver a cena de nós dois andando até o apartamento dele depois do restaurante. Os beijos quentes. As mãos dele no meu corpo. Deslizando pela minha roupa. O toque por dentro do meu sutiã. Merda! Eu sentia meus mamilos enrijecendo. Traidores desgraçados.

– Sente-se, já levo um *kanelsnegle* para você.

A voz de Eva soou animada e alegre demais. Eu ia matá-la. Naquele momento, me vi arrependida por não ter sido mais sincera com ela. Eu dissera que nem eu nem Ben tínhamos desejado manter contato depois de Copenhague.

Eu me curvei ainda mais em meu assento, mas não funcionou muito. Mesmo com o café vazio, ele estava vindo na minha direção. Minha visão embaçou e fiquei enjoada.

Ben se sentou à minha frente. Quase dava para sentir a fúria emanando dele em ondas.

O ar à nossa volta estava carregado de emoção. Bom, eu não ia reagir como ele esperava. Que direito ele tinha de estar furioso comigo?

– A raposa enlouquecida volta para se vingar, então – falei, incapaz de me controlar. Sentia meu coração disparado.

– O quê? – disse ele com rispidez, em voz baixa e lançando um rápido olhar na direção de Eva, que estava ocupada na cozinha.

– Não sei por que você está tão irritado.

Com coragem, encontrei seu olhar furioso enquanto seus olhos se arregalavam e sua boca se comprimia.

– Ninguém gosta de ser usado.

– Usado? – repeti, me retraindo com o desgosto cortante nas palavras dele.

– Bem, você conseguiu sua matéria, deu um chilique porque não era o que você queria e no mesmo instante me deu um pé na bunda.

Abri a boca.

– Eu... eu...

Ele achava que *eu* o tinha usado!

Como lutadores cercando um ao outro, nos olhamos fixamente. Uma dor aguda rodeou meu coração, como um punho o apertando. Doía estar tão perto dele. Me lembrar de Ben tocando meu rosto. Seus dedos brincando com meus cabelos.

– Recebi o convite para a inauguração. Vi que seu amiguinho Josh está no comando.

Dei de ombros de um jeito insensível. Desde que pedira para sair, eu não havia tido contato com mais ninguém a não ser o RH.

A porta se abriu e um grupo de seis pessoas entrou, seguido por um casal. Eu me levantei rápido e peguei meu avental no encosto da cadeira, colocando-o antes de olhar para Ben.

Ele pareceu absurdamente confuso, os olhos azuis brilhando enquanto ligava os pontos.

Quando me virei para voltar à cozinha, ele me perguntou:

– Você está trabalhando aqui?

Ele olhou para o cardápio em cima da mesa e vi quando entendeu.

– Katie's Kanelsnegles?

– Exato.

Ben achava que eu o tinha usado. Ficara magoado com isso? Ele se importava? Eu não conseguia entender. Não tinha me ocorrido que ele veria as coisas de uma maneira diferente. Naquela loucura toda, eu só havia pensado em mim, mas com certeza ele deveria ter imaginado que eu me sentiria traída pelo artigo. A confusão venceu o orgulho.

– Por quê? – perguntou ele, ficando pálido. – Você não... você não perdeu o emprego por causa da minha matéria, foi?

Com sarcasmo, eu me virei para ele.

– Você está falando da matéria com a qual você me ferrou completamente? Aquela que você sabia que estava prestes a ser publicada, mas, ainda assim, dormiu comigo na noite anterior? Aquela que me fez parecer uma completa idiota na frente dos meus colegas, do meu cliente e das pessoas que estiveram na viagem com a gente? É dessa matéria que você está falando? Aquela que foi publicada e você dormiu comigo mesmo assim?

Ben se levantou e colocou as mãos na mesa, me olhando furioso enquanto falava com rispidez:

– É! Porque é esse tipo de homem que eu sou.

As palavras caíram uma por uma, como pedras, a emoção delas acertando em cheio meu coração.

Lívida demais para ceder um centímetro e determinada a salvar alguma coisa, eu falei:

– Pois fique feliz em saber que eu pedi demissão. Acho que lhe devo um muito obrigada por ter aberto meus olhos.

Com isso, ergui o queixo, encarando-o com firmeza. Eva estava à porta, observando em silêncio, a tristeza em seu olhar.

Soltando um palavrão, Ben recuou, furioso, me encarando até o último instante, quando então se virou e saiu intempestivamente, batendo a porta com uma pancada de fazer a terra tremer. Ignorando os olhos arregalados dos clientes às mesas, Eva se aproximou e colocou a mão no meu ombro. Nós duas ficamos olhando pela janela enquanto ele se afastava.

Nenhuma de nós duas falou, mas eu sabia que estávamos pensando: "O que raios acabou de acontecer aqui?"

Capítulo 32

– Esse local é ótimo – elogiou Dave.

Dave era o diretor de produção de Avril, que abriu uma grande caixa preta na sacada intermediária acima do átrio principal da Hjem, uma das cinco que havia de cada lado da loja.

– Daqui as pessoas podem nos ver dando entrevistas e dá para fazer *takes* aéreos. Vai ficar ótimo na câmera... Não que esse lugar pudesse fazer qualquer coisa que não seja linda. Obrigado pelo café e pelos doces.

– Imagina – falei.

Ele era minha última entrega da manhã e eu precisava voltar para ajudar Eva. Era o dia da inauguração oficial da Hjem e ainda havia muito a fazer. Sophie, Eva e eu estávamos na função desde as seis da manhã, e tínhamos adiantado muita coisa.

Desde a visita de Ben, uma semana antes, eu estava magoada e não conseguia espantar a tristeza arrebatadora, mesmo que, nas últimas semanas, eu tenha me divertido mais do que ao longo de toda a minha vida profissional. Quando eu estava ocupada, me sentia bem, mas, à noite, ficava acordada na cama, sem conseguir dormir, olhando para o escuro e repassando as palavras dele. *Porque é esse tipo de homem que eu sou.*

Durante o dia, eu conseguia me esquecer um pouco dele ao me concentrar nos preparativos da Hjem, vendo-a tomar forma à medida que todo tipo de produto ia ocupando os corredores. Havia uma atmosfera clara e leve na loja. Lars havia concordado que o uniforme da equipe deveria ser camisas polo coloridas, porque talvez algumas coisas precisassem permanecer britânicas.

Ele se comprometeu a vestir todos com camisas polos com a marca da Hjem em tons lindos de azul, vermelho e roxo, desde azul-cobalto, azul-petróleo e um azul brilhante, passando pelo verde em menta, sálvia, ervilha e limão até o roxo, do lilás aos tons mais escuros. O efeito era estiloso e totalmente dinamarquês.

No dia seguinte, a primeira transmissão ao vivo com Avril iria ao ar, e o lugar estava um burburinho com a enorme equipe que aparentemente era necessária para fazer aquilo tudo acontecer.

– Precisa de mais alguma coisa? – perguntei enquanto Dave balançava a cabeça, já ocupado com uma fita adesiva e várias partes de um equipamento.

Deixei ele ali e fui andando com todo cuidado em meio à trilha de cabos que serpenteavam pelo chão por toda a loja. Passei pelo departamento de casa, já repleto de coisas maravilhosas – louças lindas, acessórios de cozinha estilosos e até panos de prato de grife – e também pela área montada para a demonstração culinária de Sophie.

Ela aparecera diversas vezes para ver Eva, praticando e aperfeiçoando suas habilidades de confeitaria. Tagarelando animada, ela ia para lá e para cá pela loja, escolhendo a dedo tigelas, colheres, rolos de massa e pratos das estantes para fazer seu cenário de TV ficar com um visual lindo.

Fiona tinha aparecido na última semana e fotografado cada centímetro do lugar. Ajudei Lars a usar as fotos dela para fazer uma campanha *teaser* para o Twitter, o Instagram, o Pinterest e o Facebook, o que definitivamente estava gerando um burburinho nas redes sociais.

Na verdade, a campanha estava indo melhor do que eu tinha imaginado, uma pena para Josh e seus balões, embora ele ainda fosse oficialmente responsável pelo evento. O importante era que muito da publicidade tinha sido resultado do meu trabalho, e Lars sabia a quem cabia o crédito. A matéria de David seria publicada naquele dia, anunciando a inauguração oficial e um presente especial para os cem primeiros leitores que chegassem lá.

Avril gesticulou com a mão na frente do meu rosto quando dei de cara com ela no final da escada rolante principal.

– Alô, Kate? Tem alguém aí?

– Desculpe, estava longe.

– Eu estava perguntando sobre o *dresscode* da festa.

– Esporte fino. Não se preocupe. Você ainda vai estar mais chique do que qualquer um.

– Não estou preocupada comigo, mas com você. Ainda é sua grande noite, mesmo que aquele babaca do Joseph ache que é dele. Espero que você se faça justiça. Isso aqui não vai servir.

Olhei para baixo, para o vestido de corte reto sem mangas.

– Acho que você deveria usar um daqueles estilistas dinamarqueses do quarto andar – anunciou ela, e percebi que já estava me empurrando naquela direção.

– Estou trabalhando – protestei.

– Não, seu trabalho vai estar terminado até lá. Eva me contou que você chamou uma equipe de garçonetes e que os canapés estarão prontos até as seis da tarde. Então nada mais justo que você use algo da coleção da Hjem. Já falei com Lars e ele concorda. Você precisa representar o lugar adequadamente. Não dá para usar um vestidinho da Marks&Spencer.

– É da Reiss – falei, ultrajada, então percebi que estava sendo enganada. Avril sabia muito bem qual era a etiqueta nas costas do meu vestido.

– Já vi a roupa perfeita – prosseguiu Avril com uma determinação presunçosa. – Poderia ter sido feita especialmente para você.

Parte de mim queria estar incrível na noite da inauguração. Megan e Josh estariam presentes e, é claro, Ben. Não que eu quisesse ficar bonita para ele. Queria parecer indiferente. Eu já sabia exatamente como cumprimentá-lo. Dessa vez, eu estaria preparada. Amistosa, impessoal e um pouco ocupada demais para falar com ele.

Oi, Ben, bom te ver. Desculpe, com licença, preciso ir resolver uma coisa.

Tinha até praticado várias vezes no espelho do banheiro de casa, só para garantir que as palavras saíssem direito, com poucas variações. Minhas favoritas até o momento eram a abordagem levemente surpresa de *Oi, Ben, bom te ver aqui,* a *Oi, Ben,* no tom de "Quem é mesmo você?" e a *Oi, Ben* totalmente metida e falsa como uma estrela dispensando um fã.

Antes que eu me desse conta, Avril tinha me levado para o provador vazio com uma pilha de roupas que eu mesma nunca teria escolhido para mim.

– Achei que você tivesse dito que havia visto a roupa perfeita – protestei enquanto ela me enfiava em um dos cubículos, pendurando várias coisas nos ganchos.

– Eu menti – falou ela, alegre. – Sabia que você arrumaria um monte de desculpas.

Quando saí usando a primeira peça, encontrei Eva sentada em uma pequena cadeira que tinha roubado de uma das vitrines, parecendo ansiosa. Ergui uma sobrancelha questionadora para ela.

– Está tudo bem. Sophie está cuidando de tudo. Estou tirando um intervalo.

Ela e Avril tinham cada uma um café nas mãos e estavam claramente aguardando por um desfile de moda.

– Não, nada a ver com você – falou Avril.

– Não está tão ruim – comentou Eva.

– Está sim, o comprimento está todo errado. Está encurtando as pernas dela, e Kate tem pernas ótimas.

– Ah, sim, agora eu reparei. Tem razão – concordou Eva, antes de acrescentar: – E a cor está desfavorecendo o tom de pele dela.

– Eu estou bem aqui, sabiam?

Tentei fazer um beicinho petulante, mas, com as duas sentadas ali como uma dupla de avós tendenciosas e benevolentes, era difícil ficar irritada, mesmo quando ficavam cochichando entre si. Eram duas pessoas que só queriam o melhor para mim.

Eva sorriu.

– Vista a próxima. Trouxe um café para você. Já faz um tempo desde que ofereci o último, não foi?

Ela piscou.

Eu estava tomando muito café nos últimos dias e ela ficava me enchendo para que eu comesse direito. Desde a visita de Ben, engolir um sanduíche aberto no almoço tinha se tornado uma tarefa árdua.

Tentei mais duas roupas, um terninho preto que me fazia parecer um carregador de caixão – um "não" unânime – e um vestido bege assimétrico, embora Avril tenha insistido em dizer que era um rosa nude. Como eu tinha perdido alguns quilos, o vestido ficou grande. O que foi bom, porque não me sentia nem um pouco eu mesma usando aquilo.

Assim que deslizei pelo macacão de seda azul-claro, eu soube que era ele, a calça pantalona alongava um pouco o comprimento das pernas, e a parte de cima tinha um decote em V na frente e nas costas, além de uma pequena gargantilha de prata. Bonito e delicado, serviu perfeitamente e eu amei.

– Sim. Sim. Sim – disse Avril pulando e me cercando. – É esse.

– Você está linda – elogiou Eva, com um sorriso gentil e zeloso. – Você vai ser a mais linda do baile.

– Não quero ser a mais linda... O foco é a Hjem, todo mundo vai estar de olho na loja.

Avril ergueu uma sobrancelha cética.

– Você sabe que ele vai estar aqui, não sabe?

Olhei com raiva para ela e fechei a porta do cubículo com força.

Depois da correria da hora do almoço, colocamos uma placa de "fechado" na porta e partimos para o trabalho sério. Eu ficara incumbida de cortar o pão de centeio de fermentação natural em rodelas com um cortador de massa, enquanto Sophie passava o recheio de arenque, cebola roxa e endro. Eva fatiava salmão defumado e cortava pequeninas fatias de limão para decorar o pão de cebola, e um cheiro bom emanava do forno, onde minúsculas pimentas malaguetas recheadas de queijo Jarlsberg estavam sendo assadas. Fatias de pão de centeio integral estavam alinhadas em uma bandeja, aguardando a cobertura de presunto e mostarda ácida, e um prato de pepino cortado já estava pronto para acompanhar uma cobertura de carne de caranguejo, maionese, cebolinha e sumo de limão.

Eu estava absorta no trabalho quando ouvi batidas imperiosas na porta fechada. Todas erguemos os olhos. Era Ben. Sophie e Eva olharam para mim.

– O que foi? – perguntei.

Nenhuma das duas parou o que estava fazendo, e ambas baixaram a cabeça.

Soltei um suspiro entediado e fui até a porta, abrindo-a com um puxão forte.

– Esse aqui é o artigo que eu escrevi e mandei para o jornal.

O tom de voz cansado ecoou a decepção em seus olhos enquanto Ben empurrava duas páginas de jornal na minha direção.

Antes que eu pudesse dizer qualquer coisa, ele foi embora.

Eu bati a porta. Homens. Qual era a novidade agora? Olhei para o jornal.

Hygge ou hype? Felicidade ou futilidade?

Quando fui convidado para sair em uma press trip *para Copenhague a fim de saber mais sobre o conceito dinamarquês do* hygge *e o que faz do país um dos mais felizes do mundo, admito que fiquei profundamente cético. Até onde sabia, tratava-se de um artifício que envolvia velas e cobertores de caxemira e, muito provavelmente, uma tentativa de marketing cínica que deseja reproduzir uma psique cultural arraigada no povo dinamarquês e que simplesmente não se traduz no estilo de vida britânico. Um abismo cultural que não pode ser atravessado com aconchego e jovialidade.*

No entanto, o que encontrei foi um estilo de vida que abraça o aconchego, uma sociedade onde o conceito de homogeneidade social está incutido culturalmente, fazendo com que seus cidadãos se sintam iguais e, por isso, felizes em pagar impostos altos para custear educação e saúde para todos.

Vi uma sociedade em que as pessoas encontram prazer na simplicidade de se reunir para compartilhar momentos em vez de julgar uns aos outros, com um foco inconsciente em dedicar tempo à celebração de coisas simples. Descobri que, graças ao hygge, *comemorar um dia chuvoso, priorizar a companhia de pessoas especiais e dar ênfase à união proporciona um estilo de vida mais feliz.*

É claro que as velas e os cobertores de caxemira têm seu lugar, e é por isso que a nova loja de departamentos dinamarquesa Hjem – "casa" em dinamarquês – pode ser algo a ser celebrado...

Minha visão ficou embaçada e não consegui ler mais nada. Olhei pela rua enquanto puxava o ar em um meio soluço, mas Ben já tinha ido embora havia muito tempo. Fechei os olhos, uma lágrima escorrendo enquanto eu sentia meu estômago se contorcer. Fui dominada por um misto de náusea, desgosto e vergonha. Eu nem sequer dera a ele a chance de se explicar. Não é de se admirar que ele tenha se sentido usado. Não é de se admirar que estivesse com raiva.

Desmoronando contra a porta, fui deslizando pelo vidro até o chão e abracei meus joelhos com muita força, como se fosse possível conter a explosão de dor do arrependimento que me assolava, vindo em ondas de desespero. Quando Eva pôs os braços ao meu redor, deixei que os soluços saíssem, as lágrimas escorrendo pelo meu rosto. Senti o leve aroma floral de seu perfume e desabei de vez naquele abraço carinhoso.

Capítulo 33

Depois que Eva e Sophie enxugaram minhas lágrimas e colocaram fatias de pepino nos meus olhos, em uma tentativa de reduzir o inchaço, voltamos ao trabalho. Elas continuavam lançando olhares na minha direção, embora eu insistisse que estava bem. Por sorte, estávamos ocupadas demais para que eu pudesse ruminar o assunto.

O dia voou e, de repente, tudo estava pronto. Garçons e garçonetes apareceram e transportaram todos os canapés pela porta ao lado. As pessoas começavam a chegar e eram recebidas pela equipe da Hjem com seus uniformes coloridos, com taças de prosecco e frutas vermelhas. Para os mais aventureiros, o Schnapps dinamarquês era oferecido em sua tradicional taça de haste curta, embora fosse menos popular que o champanhe.

– Minha nossa, é tão bom ser adulta de vez quando – falou Connie, acenando com a taça para mim e me envolvendo com o outro braço. – Prosecco à vontade, acho que morri e fui para o céu. Talvez eu devesse arrumar um emprego que nem esse.

– O quê? E deixar de lado a jornada de aprendizado, cola em bastão e purpurina? – provoquei, abraçando-a de volta. – Estou muito feliz por você ter vindo.

– Eu não perderia isso aqui – disse ela, erguendo a taça. – Está tudo maravilhoso. Eu amei. Não que eu consiga comprar qualquer coisa que vendam aqui.

– Desconto para funcionários.

– E é por isso que eu amo você.

A empolgação cintilou nos olhos dela.

– E tenho uma novidade maravilhosa. Você nunca vai adivinhar... Brandon recebeu uma oferta de emprego. Hoje. Um emprego de verdade.

– Como assim, um emprego de verdade?

Ele podia administrar o ferro-velho com os pés e lançar facas ao mesmo tempo com as mãos, dada a simplicidade do que lhe era exigido, mas ainda assim era pago para isso, o que constituía um emprego de verdade para mim.

– Pinewood Studios!

– O quê?

– Pinewood Studios. Eles viram o jornal de ontem. Lembra do cara que Brandon achou que pudesse comprar aquele negócio Sith? Bem, no fim das contas não era um comprador. O homem queria entrevistar seu irmão para fazer uma matéria para o jornal. Ele fez a entrevista na última quinta-feira. Então ontem um cara da Pinewood Studios ligou e o convidou para encontrar com eles hoje de manhã. Ofereceram um emprego para ele na hora.

Eu não estava conseguindo entender nada.

– Que matéria?

– Ué, você não viu? – perguntou Connie, confusa. – Mas... achei que você mesma tinha armado isso, com os seus contatos. De que outra maneira alguém teria ficado sabendo dos modelos que ele faz?

– Quando foi isso?

– Aqui.

Ela remexeu na bolsa, procurando o celular, e abriu uma página na internet.

Esquadrinhei a página rapidamente. Havia uma entrevista com meu irmão e então uma matéria inteira falando sobre como o trabalho de modelista era importante para a indústria do cinema, mesmo com o aumento do uso da computação gráfica. O artigo incluía uma foto de Brandon com *aquele negócio Sith* e alguns desenhos bem detalhados e projetos de outros modelos que ele havia construído. Eu olhei o endereço da página.

– Ah – falei, debilmente, um zumbido nos ouvidos.

O barulho de conversa na sala desapareceu. Meu coração deu um pulo esquisito no peito.

– Você viu quem era o cara que foi encontrar o Brandon?

– Vi, ele era...

Ela fez uma cara que, com certeza, julgou ser extremamente dramática, e disse:

– Absurdamente gato!

A impaciência me fez ser rude com ela.

– Connie, essa imitação do Jim Carrey já ficou bem batida.

– Aposto que você ia achar o mesmo se o visse.

Peguei meu celular e vasculhei a galeria de fotos. Encontrei a de Ben na bicicleta do lado de fora do hotel quando as devolvemos.

– Por acaso...

– Ele mesmo – guinchou Connie como um porquinho-da-índia, o que fez algumas cabeças virarem em nossa direção. – Quem é?

Ela arquejou e virou-se para mim de olhos arregalados.

– É ele! Não é? O Sr. Supergostosão.

– Ben – falei baixinho, me sentindo desnorteada.

Tudo que eu achei que soubesse de repente flutuou para longe de mim como um balão que a gente solta sem querer.

Ben tinha feito aquilo. Mesmo depois do nosso encontro na semana anterior. Era como se eu estivesse no meio de um quebra-cabeça e um passo em falso faria tudo ruir. Um cara legal, um babaca. Qual Ben era o verdadeiro?

Franzi a testa, tentando entender um sentido na linha do tempo. Ben tinha entrado em contato com Brandon depois de me ver na segunda.

Isso não fazia sentido, a não ser que Brandon fosse puramente uma história para ele.

Ou será que ele estava tentando me ajudar?

Ansiosa, esquadrinhei as pessoas no salão. Connie tinha sido uma das primeiras a chegar, ainda havia pouca gente.

De repente, ela estava interessadíssima, olhando de um lado para outro.

– Ele vem hoje? Ele está aqui?

– Foi convidado, mas não sei se vem.

Avistei Fiona chegando e falando com Sophie.

– Sophie e Fiona chegaram. Vou apresentar você para algumas pessoas. Elas estavam comigo na viagem.

– Ah, ótimo, vou poder saber mais sobre o supergostosão.

Suspirei e entrelacei o braço no dela para atravessar o salão. É claro que ela já conhecia Sophie, mas se deu superbem com Fiona, que parecia ter superado um pouco sua timidez. Ela nunca seria a Miss Extrovertida, mas agora conseguia olhar as pessoas nos olhos. De repente, vários convidados chegaram ao mesmo tempo, muitos deles jornalistas, exigindo minha atenção. Abandonei Connie com Sophie e Fiona, sabendo que cuidariam bem dela.

Dar uma festa de lançamento era sempre um estresse. Quando as coisas são gratuitas, as pessoas às vezes não aparecem mesmo tendo confirmado presença. Ou recebem convites melhores, ou estão cansadas após um dia de trabalho e simplesmente ficam em casa vendo TV. Ficar pensando quando e se Ben aparecia só me deixou mais ansiosa. Eu tinha passado o dia inteiro planejando táticas para evitá-lo e agora estava desesperada para vê-lo.

Eu não precisava me preocupar com o sucesso da noite. Se isso pudesse ser medido apenas pela quantidade de pessoas, a Hjem tinha atingido a capacidade máxima. O andar de baixo estava lotado e começava a ficar difícil se locomover no meio da multidão. Avistei David e Conrad chegando juntos e abri caminho até eles ao mesmo tempo que Avril.

– Você está linda, Kate – elogiou ela, tocando o tecido da minha roupa.
– Muito bom mesmo.

Então se virou para David com um brilho no olhar e disse:
– Vem comigo, você tem que conhecer meu primo Reece.

Avril arrastou David e ficamos eu e Conrad, que já chamara a atenção de vários jornalistas. Enquanto jogávamos conversa fora, avistei Ben. Ninguém mais tinha o cabelo naquele tom acobreado brilhante. Perdi o ar e congelei, meu coração martelando enquanto eu tentava decidir se ia até ele ou não. O que dizer? Por onde começar?

Quando comecei a abrir caminho, uma mão atarracada me agarrou.
– Kate, querida. Há quanto tempo. Como você está?

Andrew Dawkins me puxou e deu um beijo babado em cada bochecha. Eu me afastei o máximo que podia.
– Andrew.

Ele me deu um sorriso tímido.
– Um evento e tanto. Estou impressionado. Ouvi dizer que você saiu da Machin Agency.

– Sim – respondi, com um sorriso educado e frio. – Estou trabalhando com Lars e a mãe dele.

Se existia alguém que saberia das últimas fofocas, esse alguém era Andrew. Surpresa nenhuma.

– Seria bom ser apresentado ao jovem Lars. Gostaria de fazer um acordo com os fornecedores dele. De cobertores, das velas, das taças… em especial no Natal. Montar um editorial é uma ótima forma de atrair anúncios.

Eu recuei. Aquele cara estava falando sério?

– Jura? Depois do artigo que o *Inquirer* soltou? Não sei se Lars estaria interessado. *Hygge* ou hype? Felicidade ou futilidade?

Os olhinhos suínos de Andrew brilharam com um quê de malícia.

– Muito pelo contrário, Srta. Sinclair. Aquilo foi uma estratégia editorial deliberada. A controvérsia dá muito o que falar atualmente. A matéria viralizou, saiu até no *Huffington Post*. Mais de cinco mil acessos na primeira hora. O *hyggedicularizar* foi bom para nossa circulação, ótimo para os anunciantes, maravilhoso para os acionistas.

– O *hyggedicularizar*?

Eu o encarei e ele entendeu minha perplexidade como incentivo.

– Brilhante, não? De repente todo mundo fica "ah, sim, amamos tudo que é escandinavo", e então o *Inquirer* vem e diz que é um monte de besteira… e todo mundo corre para ler o artigo e discorda.

Seu sorriso falso quase partiu o rostinho horroroso em dois.

– Tudo se resume ao público e à circulação. Não que dê para explicar isso para escritores medíocres. Johnson deu um chilique.

– Ele deu?

Meu coração deu outro pulo no peito, deixando minha pulsação descontrolada.

– Ah, sim. Porque não era o que ele escreveu – disse Dawkins, imitando uma voz esganiçada.

Naquele instante, consegui entender como um cavalo de rodeio se sentia ao ser laçado e atirado no chão de terra. O impacto era tão intenso que a sensação era de ter o peito achatado. Ben realmente não sabia de nada até a matéria sair.

– Como?

Dawkins, evidentemente achando que eu tinha gostado de sua piadinha, a repetiu:

– *Eu não escrevi isso, como vocês ousam mexer no meu texto assim?* Eu disse, Kate. Esses jornalistas acham que concorrem ao Pulitzer e esquecem que tem todo um time por trás deles. Anunciantes, subeditores. Editamos a matéria e ele deu um showzinho. Criou uma confusão absurda.

Dawkins riu, uma risada bufada horrível, que o fez parecer ainda mais baixo, mais atarracado e mais malvado do que antes.

– Mas o retorno da matéria foi sensacional! Esses jornalistas são cheios de frescura em relação ao texto e esquecem que, no fim das contas, eles dependem de nós e de gerarmos receita suficiente para manter o jornal em circulação e pagar o salário deles. Eles...

Eu queria ter visto a cara de Dawkins quando virei as costas e saí andando, tentando me fundir à multidão. Eu só queria me esconder. Queria chorar, gritar e chutar alguma coisa com muita força. Merda, eu devia ter ficado lá, a canela dele teria servido bem.

Não havia mais sinal de Ben, e me perguntei se tinha imaginado que o vira. Eu circulei pelo salão, mantendo os olhos atentos a qualquer sinal dele, mas nada. Verifiquei com a recepcionista na entrada e vi que ele tinha assinado o livro, mas ela não tinha como afirmar que ele não havia ido embora.

Então, de canto de olho, avistei Ben subindo a escada rolante do terceiro piso. Eu me desvencilhei rapidamente de um amigo de Lars e saí meio andando, meio correndo até a escada no meio da loja. Quando cheguei lá, Ben tinha sumido outra vez.

Quando cheguei ao segundo andar, o avistei olhando para baixo, observando a multidão de uma das sacadas do andar seguinte. Subi correndo a escada dos fundos, parando para respirar um pouco no topo, um caçador prestes a encurralar um urso. E eu não fazia a menor ideia se o urso seria bonzinho ou me machucaria. Agora que eu havia encontrado Ben, não fazia ideia do que dizer.

O som da conversa chegava até ali e, com os nervos à flor da pele, andei lentamente sob a iluminação fraca dos mostruários pelo caminho.

Ben estava de costas para mim. Analisei o contorno de seus ombros largos, lembrando-me de me segurar neles na Torre Redonda, da solidez daquele corpo ao meu lado na montanha-russa e do toque suave da nossa pele quando ele tirou meu vestido e ficamos abraçados enquanto ele dava beijos suaves no meu queixo e pescoço. A dor forte no peito se intensificou. Olhei para ele, a esperança e a saudade cada vez maiores.

Eu tinha me apaixonado por Ben... Eu não sabia dizer em que momento, mas ali eu soube e aquela consciência era quase insuportável.

Seria mais fácil ir embora e ficar sem respostas para sempre. Eu nunca teria que encará-lo. Nunca teria que contar a ele e ouvi-lo dizer que não sentia o mesmo.

Em vez disso, engoli em seco e avancei, meu coração batendo com tanta força que me perguntei se ele conseguia ouvir.

Meus sapatos fizeram barulho e eu o vi ficar tenso. Seus músculos se contraíram sob a jaqueta, mas ele não se virou.

Eu quase desisti. Aquilo era quase tão ruim quanto estar prestes a andar em uma montanha-russa.

– N-não sei se você sabe...

Hesitei, o nervosismo deixando minha voz mais rouca e áspera.

– Há mais de 4 mil peças de madeira nas sacadas, esculpidas uma a uma. São madeiras diferentes em cada andar. Jacarandá no mais alto, e, descendo, nogueira, sorbo, bétula, plátano e pinheiro.

A cabeça de Ben se moveu, olhando os diferentes andares que eu tinha mencionado. Pelo menos ele estava ouvindo.

– Cada tábua levou vinte segundos para ser colocada.

Respirei fundo.

– Vinte segundos.

Vi os ombros dele relaxarem e dei um passo à frente, me obrigando a ser corajosa. Eu tinha tudo a perder e tudo a ganhar.

– Tempo suficiente para um beijo.

Ben ainda não tinha se virado. Minha respiração ficou presa nos pulmões, quase queimando, e meu dedos se uniram quando me obriguei a dar os últimos passos para ficar ao lado dele. Vi seu rosto de perfil enquanto ele observava o espaço amplo e aberto. O leve sorriso em seu rosto me deu um pouquinho de coragem.

O silêncio entre nós era pesado e importante. Eu estava enraizada no lugar, mas ele também não cedeu nem um centímetro. Eu ainda via a tensão nos ombros dele.

– Você tem cinco segundos – grunhiu ele, finalmente.

– Em uma ameaça nuclear a gente tem quatro minutos... – falei, um misto de arrependimento e pânico me arrebatando.

– Quatro segundos – repetiu ele com rispidez.

E percebi naquele um segundo o quanto eu o tinha magoado. Eu não tinha confiado nele o suficiente para sequer dar uma chance de se explicar. Eu havia tirado conclusões precipitadas e o colocado no pior lugar possível.

– Obrigada pela matéria com o meu irmão. Isso foi... gentil.

E cuidadoso e incrivelmente generoso. Parecia que, apesar de tudo, nós dois prezávamos muito a família. Ele escrevera aquilo por mim, mas também pelos meus.

– Eu tinha uma história ali.

Com um imperceptível dar de ombros, ele descartou o agradecimento.

– Eu fiz porque tinha uma história ali – insistiu.

– Brandon recebeu uma proposta de emprego por causa da matéria.

– Ótimo.

Ele se inclinou para a frente, descansando os antebraços no parapeito de madeira.

Meu coração oscilou, mas resisti à vontade de tocar Ben. De repente, entendi por que ele tinha achado que eu o abandonara logo depois de dormirmos juntos. Não é de se admirar que tenha pensado que eu só estava interessada no tipo de matéria que arrancaria dele, no sucesso da campanha de relações públicas.

Eu devia ter imaginado que ele jamais escreveria a matéria que tinha sido publicada. Eu presumira rápido demais que a carreira vinha em primeiro lugar para mim e para ele. Desde Copenhague, eu tinha aprendido muito mais sobre mim mesma, minha família e minhas prioridades.

– Eu errei em não falar com você. Eu devia saber que você não faria algo assim.

– É, devia mesmo.

– Eu devia ter confiado em você.

– É, devia.

O longo silêncio depois das palavras dele fez meu coração esfarelar, e eu só queria sair correndo. Dei um passo para trás, pronta para fugir, mas assim que decidi que valia a pena lutar por aquilo, Ben se endireitou e se virou para me encarar, uma expressão séria no rosto.

– Você errou dessa vez, Kate Sinclair.

Seus olhos prenderam os meus, na defensiva, cheios de dor e esperança.

– Eu errei.

Dei um passo à frente.

– Eu não dei chance para você explicar. Eu agi mal…

Prendi o olhar dele, torcendo para que se lembrasse da nossa conversa no Tivoli.

– Eu agi muito mal. Você não era quem eu achei que fosse e isso me fez reagir dessa forma. Acho que eu quis te punir por ter estilhaçado a minha ilusão.

Repeti suas palavras, e Ben, reconhecendo o discurso, contraiu a boca com ironia antes de, de repente, diminuir o espaço entre nós, seus dedos afundando nos meus ombros.

– Kate, você fala demais.

Ele me puxou e baixou a cabeça, a boca roçando na minha no mais suave dos beijos, deixando minhas pernas bambas.

– Só quando estou nervosa – murmurei junto aos lábios dele.

– E você deveria. Eu estava com tanta raiva de você…

Sua boca se moveu pela minha bochecha enquanto ele falava, arrepiando meu corpo inteiro.

– Eu era totalmente contra essa coisa toda de *hygge*. Mas lá na Dinamarca foi como se eu tivesse tido uma epifania louca que me fez mudar completamente de ideia. Eu estava orgulhoso da matéria que escrevi. Não fazia ideia de que publicariam naquele fim de semana nem que editariam completamente o texto. Uma matéria tinha caído e precisaram encaixar outra às pressas. Se eu tivesse tido a chance, teria feito um escândalo. Teria tentado impedir ou ao menos avisaria a você. Mas eu não fazia ideia. Quando você não respondeu minhas mensagens… eu fiquei…

A voz dele falhou e a emoção que transpareceu me fez perder o fôlego.

– Desculpa – falei.

Encostei meus lábios nos dele, as palavras de repente muito inadequadas para expressar minha vergonha. Só me restava colocar tudo que eu sentia em um beijo. Moldei meus lábios aos dele em uma intenção determinada e silenciosa.

Um instante depois, senti que Ben cedia. Ele intensificou o beijo, sua boca parecendo procurar pela resposta certa. Eu estava totalmente alerta, o toque firme enviando um lampejo de calor que ardia em minhas veias. Puxei Ben mais para perto, rezando para que aquilo fosse uma resposta suficiente. O beijo durou pelo menos um minuto e, quando nos afastamos, a respiração irregular dele fez meu pulso disparar.

Ele tinha uma expressão mais suave quando nossos olhos se encontraram.

– Bem – disse ele, sorrindo e segurando minhas mãos –, a parte boa dos erros é que é possível consertá-los. Se bem que você vai precisar se esforçar bastante para compensar esse.

– Eu realmente sinto muito.

Estiquei a mão e segurei seu rosto, sentindo a pele do queixo começando a ficar levemente áspera. Eu sabia que ele precisava da segurança do meu toque.

– Sabe o que mais doeu? – perguntou ele em uma voz baixa e contrita.

Balancei a cabeça em silêncio, um aperto de arrependimento diante daquelas palavras sinceras e penetrantes.

– O fato de que você não tinha percebido que…. E você nunca me deu a chance de dizer que…

Minha respiração parou diante da intensidade incandescente dos olhos dele.

– Que eu tinha me apaixonado por você.

Epílogo

– Anda, Kate, estamos atrasados.

Subimos correndo os degraus de pedra que atravessavam um enorme portal em arco. Na verdade, Ben estava correndo, enquanto eu meio que mancava atrás dele com meus saltos ridículos, a seda do vestido esvoaçando com um farfalhar satisfatório. Tínhamos corrido a extensão quase inteira de Strøget para chegar a tempo.

– Ben, Kate. Chegaram a tempo – disse Eva, sorrindo de orelha a orelha ao pular do banco de madeira para nos cumprimentar. – Eu estava começando a ficar preocupada com vocês. A cerimônia começa em dez minutos.

– Bem a tempo – murmurou ele, dando um sorriso travesso por cima do ombro.

Eu lancei um olhar de reprovação, rezando para que ele não contasse a ela o que de fato tinha nos segurado no hotel. Havíamos chegado tarde na noite anterior, depois de vir direto do trabalho.

As coisas estavam meio caóticas nos últimos tempos, já que Lars planejava abrir uma nova Hjem no norte da Inglaterra e tinha me pedido para montar um segundo café, que Ben e eu estivéramos decorando. Depois de ficarmos pulando entre nossas casas, sem nunca lembrar o que tínhamos deixado onde, decidimos que seria mais fácil morarmos juntos... isso e o fato de que não havíamos passado mais do que duas noites separados desde a inauguração oficial da Hjem.

– Ben, Kate.

Avril apareceu e nos deu um abraço perfumado e animado.

– Ah, como nos velhos tempos, hein? A turma toda reunida de novo. Menos Sophie, que não conseguiu vir. Não é lindo esse lugar?

Ela girou em seu vestido maravilhoso, olhando ao redor da Rådhuspladsen. Lembrei que o grupo não estivera ali durante a *press trip*.

– Alguém já encontrou o David? – perguntei, avistando Conrad e Fiona vindo em nossa direção.

– Não, mas Conrad jura que pegou leve com ele ontem à noite, então, com certeza, ele não vai estar com uma ressaca tão forte – contou Eva.

Avril ergueu uma sobrancelha delicada e bufou:

– E foi por isso mesmo que eu mandei Christopher com eles.

Ela riu e enganchou o braço no do marido. Ele revirou os olhos e disse, balançando a cabeça:

– Culpa do Conrad.

– Nem me fale – murmurei, concordando.

– Está tudo bem – disse Avril, alegre –, eu e Fi encontramos com eles, embora, é claro, eu não estivesse bebendo.

Ela deu tapinhas delicados na barriga, orgulhosa.

– Então não foi exatamente uma despedida de solteiro pra mim, mas acho que David se divertiu bastante... Aliás, aqui está o noivo número um.

Todos nos viramos para ver David vindo em nossa direção, esplêndido em um terno azul de três peças e uma rosa cor-de-rosa na lapela. Nós todos o beijamos, um de cada vez.

– Ei, largue o homem. É minha vez.

Um homem bonito e robusto usando um terno idêntico empurrou Avril para o lado.

– Reece! – gritou ela, jogando os braços ao redor dele. – Você está fabuloso.

– Pois eu deveria estar mesmo, já que você escolheu os ternos.

Ele enfiou o dedo entre a gola e o pescoço, antes de sorrir ao olhar para David.

– Mas ele está muito maravilhoso. Você escolheu bem, prima.

De acordo com Avril, ela não havia ficado nem um pouco surpresa por seu primo Reece ter se dado bem com David. Depois de apresentá-los, ela chegara até a fazer uma matéria sobre relacionamentos com os dois. A carreira de Avril tinha decolado e agora ela era a principal âncora da programação matinal. Ela gostava de atuar como casamenteira e vivia falando sobre ficar de olho em Conrad e uma de suas ex-chefes, Sheila, dizendo que os dois eram feitos um para o outro.

O cerimonialista, o homem bonito com a mesma camisa listrada que eu vira naquele dia com Ben, nos chamou. Conrad verificou mais uma vez se estava com as alianças, um padrinho orgulhoso. Desde que Reece entrara em cena, David convertera o andar de cima de sua casa em um apartamento independente, que Conrad alugava por uma quantia bastante simbólica. Em troca, Conrad fizera uma transformação completa de design no apartamento de David. O resultado apareceu em várias revistas, e, por conta disso, os serviços de Conrad como designer de interiores andavam tão requisitados que ele tinha dificuldade de encaixar projetos em meio aos compromissos como professor e freelancer.

Andamos rumo à pequena escada que levava ao espaço de cima, onde as cerimônias eram realizadas, Avril e eu na retaguarda. Ela parou no primeiro degrau e pegou meu braço, me dando uma examinada rápida.

– Você está ótima, Kate. Muito mais feliz. A vida com Ben combina com você.

– Combina, sim.

Suspirei, incapaz de conter o sorriso bobo.

– Nem acredito que tudo começou aqui em Copenhague. Eu sinceramente achava que Christopher e eu estávamos caminhando para o divórcio e agora olha só para mim. Grávida, bem-sucedida e feliz.

Eu me inclinei e dei um abraço nela.

– Tem sido um bom ano.

– Eu queria que Sophie estivesse aqui.

O rosto de Avril ficou sério.

– Eu também – disse, suspirando e dando o braço a ela. – Espero que ela esteja bem.

– Malditos homens. Ela amava mesmo aquele cara.

– Com sorte ela vai encontrar um cara legal algum dia – falei, mas dei um sorriso triste. – Existem bem poucos, infelizmente.

– É mesmo – concordou Avril, me dando um abraço cheio de alegria. – Agora vamos, temos um casamento para realizar e estou morrendo de fome. Espero que Eva tenha preparado bastante *kanelsnegles* para a recepção.

338

Acho que tenho um pequeno hipopótamo aqui dentro, a julgar pelo tanto que tenho comido nos últimos tempos.

O olhar de Ben cruzou com o meu e sorrimos, um segredinho que fazia meu coração reluzir. Aos seis meses, a barriga de Avril era bem evidente, enquanto a minha, com seis semanas, não era mais do que um grãozinho, um segredo muito estimado entre nós dois. Ele deslizou os dedos pelos meus com um aperto gentil.

– Agora? – perguntou ele.

Assenti. Tínhamos falado mais cedo com David e Reece, ansiosos para não roubar o momento deles.

– Na verdade – disse Ben –, nós...

Ele ergueu nossos dedos entrelaçados.

– Nós gostaríamos de convidar vocês para um casamento também.

David piscou para mim.

– Aaaah! – guinchou Avril. – Quando?

Ben e eu sorrimos um para o outro.

– Estávamos pensando em logo depois desse aqui.

Leia um trecho do próximo livro da autora:
A pequena padaria do Brooklyn

Capítulo 1

– É uma ótima oferta – disse Sophie.

Mas não sem sentir um leve arrependimento por ter que recusar. Um dia ela visitaria Nova York.

– Mas não vejo como ir no momento.

A redatora-chefe de Sophie, Angela, fez uma careta.

– Eu entendo, foi mesmo de última hora. Quero matar a Mel por ter quebrado a perna.

– Acho que ela não fez de propósito – observou Sophie.

– Bem, mas é absurdamente inconveniente. Embora eu tenha gente fazendo fila para substituí-la em Nova York, você é minha melhor redatora de culinária. Você seria genial nesse cargo.

– É muita gentileza da sua parte, Angela.

– Gentileza?

Angela ergueu uma de suas sobrancelhas finíssimas.

– Não é gentileza, Sophie, é sinceridade. Você é uma redatora genial e eu queria...

Ela balançou a cabeça.

– E não ouse repetir isso... que você expandisse seus horizontes.

– Você só diz isso porque está sem saída – provocou Sophie.

– Bem, também tem isso – disse Angela, colocando a caneta na mesa com uma risada autodepreciativa. – Mas pelo menos pense a respeito, está bem? É uma oportunidade incrível. Não é sempre que aparece uma oportunidade de trabalho envolvendo um intercâmbio. Se eu não tivesse os gêmeos, iria na hora.

– E Ella? Acho que adoraria ir – sugeriu Sophie.

Angela inclinou a cabeça.

– Aquela garota tem 29 anos com uma mentalidade de 20, é um desastre total.

– Ela pode não ser tão ruim assim.

Angela ergueu a sobrancelha.

– E eu sei quanto você a ajuda. Acho que ela não sobreviveria sem você.

Sophie deu um sorrisinho torto e atrevido.

– Mais um motivo pelo qual você não pode me mandar para Nova York.

Com uma risada lembrando um latido, Angela fechou seu notebook.

– Nós podemos dar um jeito.

O rosto dela ficou mais sério quando Sophie se levantou para sair.

– É sério, Sophie. Pense no assunto.

Sophie voltou para o escritório principal, onde todos ainda falavam sobre o horrível som de ossos estalando quando Mel pulou de uma mesa no pub no final da despedida "estou indo para Nova York por seis meses". Do outro lado, o balão murcho onde se lia "sentiremos sua falta" ainda balançava acima de uma cadeira. Alguém devia mesmo tirar aquilo dali antes que sua sucessora com um nome bem americano, Brandi Baumgarten, chegasse para se apossar da mesa de Mel.

Coitada, a novata merecia mais do que anéis pegajosos de prosecco e migalhas do biscoitinho favorito de Mel espalhados pela mesa. Pegando uma tesoura, Sophie avançou até o balão e, com um corte satisfatório, tirou-o dali. Ela tinha feito a coisa certa ao recusar a oferta de Angela. A ideia de assumir o posto de Brandi do outro lado do oceano era mais do que uma prospecção aterrorizante. E a pobre mulher estava vindo para Londres, para uma cidade estranha, sozinha. Sophie quase estremeceu. Talvez devesse fazer uns biscoitos para ela, daqueles bem grandes e macios com muito chocolate, para dar as boas-vindas e fazê-la se sentir em casa. E café. Os americanos adoram café. Talvez um pacote completo de boas-vindas à Inglaterra. Explicar Londres de A a Z. Um...

– Terra chamando Sophie. Como se soletra *clafoutis*?

– Desculpe. O que você disse? – perguntou Sophie, furando o balão com a tesoura.

– Boa – disse Ella, a outra redatora de culinária do *CityZen*. – Eu ia fazer isso. Bem, pensei em fazer. Como se soletra *clafoutis*? Nunca me lembro.

Sophie soletrou cada letra e sentou-se em sua mesa, de frente para Ella.

– O que a Angela queria? Algum problema?

Sophie balançou a cabeça, ainda meio perplexa com a sugestão de ir trabalhar na publicação do *CityZen* em Manhattan. Se contasse, ficaria ouvindo Ella falar por horas e horas.

– Como foi o fim de semana? – perguntou Ella, fazendo uma careta. – Ah, pelo amor de Deus, o corretor mudou a palavra. Pode soletrar de novo? Eu fui para aquele lugarzinho francês novo em Stoke Newington. Tem que andar um pouco, mas... Ah, como estava o Le Gavroche no sábado? Ah... não, ele não fez isso?

Sophie se retraiu e conjurou um sorriso animado.

– Infelizmente não fomos lá. A mãe dele estava doente.

– Ah, pelo amor de Deus, essa mulher vive doente.

– Ela não tem culpa – protestou Sophie, ignorando a vozinha interna que concordava com Ella.

Era errado desejar que a Sra. Soames pudesse ficar doente em horas um pouquinho mais convenientes?

– E foi uma emergência dessa vez. Ela teve que ir de ambulância para o hospital. Coitado do James, passou a noite toda na emergência aguardando notícias.

Com uma carranca, Ella falou:

– Você é legal demais. E complacente demais. Ele não merece você.

– Eu não o amaria se ele não fosse legal. Quantos homens você conhece que colocam a família em primeiro lugar?

Ella contraiu os lábios pintados de rosa-claro cintilante. Aparentemente, ela fizera outra incursão ao armário do editorial de beleza.

— Bem, isso é verdade. Greg esqueceu o Dia das Mães, o meu aniversário e o nosso aniversário.

Sophie quis revirar os olhos, mas se conteve. Greg não se lembrava de quase nada além de seus cinco próximos jogos de futebol.

— Você cozinha maravilhosamente bem — falou James, repousando o garfo e a faca.

Sophie assentiu, muito satisfeita com o resultado do curry Massaman, doce e condimentado, apimentado na medida certa, e as batatas nem muito macias, nem muito firmes.

Eles estavam sentados na cozinha espaçosa dela, uma vela em cima da mesa entre os dois. A segunda-feira era seu dia favorito da semana. Era quando podia cozinhar algo especial porque sabia que James teria voltado de um fim de semana inteiro cuidando da mãe. Ele vivia com ela três dias da semana e ficava com Sophie nos outros quatro. Sophie suspeitava que a Sra. Soames não estava tão mal assim, mas gostava de ter o filho em casa. E quem podia culpá-la?

— Eu devia me casar com você um dia.

Ele piscou e pegou a taça de vinho, girando o líquido rubi, inspirando e apreciando o aroma. E deveria apreciar mesmo, pois era um Merlot australiano do qual ela correra atrás depois de ler a recomendação de um *sommelier* e gastado uma pequena fortuna.

— Você deveria mesmo — respondeu ela, o coração martelando desconfortavelmente.

Não era a primeira vez que ele dizia algo assim. E ela pensou no sábado, no Le Gavroche, no segundo aniversário do primeiro encontro deles, quando ela havia esperado que...

— Então, como foi no trabalho hoje?

Isso era algo adorável em James, ele estava sempre interessado.

— Lembra que eu contei que a Mel saiu na sexta? Ela quebrou a perna e agora não pode mais ir para Nova York — contou Sophie, que riu e hesitou antes de acrescentar: — Angela me pediu para ir no lugar dela.

– O quê... para Nova York?

James pareceu assustado.

– Não se preocupe, eu recusei. Eu não vou deixar você.

James sorriu e deu tapinhas de leve na mão dela.

– Se você quisesse mesmo ir, eu não teria me importado.

Ele parou e então levou a mão dela aos lábios.

– Mas eu sentiria muito a sua falta, querida. Seria péssimo ter você tão longe.

Sophie se levantou e o abraçou, feliz por não ter dado muito crédito aos elogios de Angela. Ela adoraria ir até lá um dia. Talvez ela e James pudessem ir juntos. Uma lua de mel, quem sabe?

James se virou e se aninhou no pescoço dela.

– Vamos para a cama cedo? Estou moído. Dirigir da Cornualha até aqui é destruidor.

– Só preciso arrumar as coisas.

Sophie deu uma olhada nos utensílios espalhados pela cozinha, desejando não ter feito tanta bagunça e que James não estivesse sempre tão cansado. Mas ela não podia pedir que a ajudasse, não quando ele tinha dirigido mais de 300 quilômetros.

E ela realmente não podia reclamar. Quantas pessoas da idade dela tinham uma cozinha como aquela? Ou moravam em um apartamento palaciano em Kensington? O pai dela insistira, teria sido rude dizer não. Ela o amava demais, mas isso não queria dizer que ia deixá-lo ajudá-la a conseguir um emprego (falar com alguém do conselho diretor) ou mandá-la para uma escola particular cara (ela já tinha se estabelecido na escola local) e não parecia certo usar o título.

Quando já tinha limpado todas as superfícies, colocado a louça na lava-louças, lavado as taças de vinho e ido para o quarto, James dormia profundamente na cama *king-size* e o cômodo estava às escuras. Ele nunca se lembrava de deixar a luz da cabeceira acesa para ela. Em silêncio, Sophie tirou a roupa e se deitou ao lado dele, se aconchegando, mas sem resposta. O pobre coitado estava exausto. Morto. Ela sorriu e afastou a franja desajeitada da testa dele. Ele era um bom homem. Cuidando da mãe sem reclamar. Sophie fechou os olhos. Ela era tão sortuda. Quem precisava de Nova York?

Atrasada, vejo você lá. É meu dia de folga, mas amo o fato de você ser tão leal. Bjs, Kate.

Sophie sorriu com a mensagem. Kate era ainda pior do que ela, sempre dando um jeito de encontrar as pessoas. E ela podia apostar até o último centavo que a amiga tinha dormido na casa do namorado, Ben, na noite anterior, o motivo verdadeiro para estar atrasada. Os dois ainda estavam em lua de mel, a paixão fervendo, a fase em que não conseguiam ficar sem se tocar. Não que Sophie conseguisse se lembrar de algo assim entre ela e James. O caso deles tinha sido mais leve, um pouso suave no amor, sem o mergulho no precipício. Sophie não tinha muita certeza se sabia lidar com aquele tipo de química sexual feroz. Não fazia em nada seu estilo e parte dela se perguntava se aquelas sensações não eram um pouco egoístas. O amor não devia ser gentil, acolhedor e aconchegante? Algo que crescia com atenção e cuidado. Embora a felicidade e a alegria de Kate fossem de aquecer o coração. E, quando tinha flagrado Ben estreitando os olhos ao observar Kate, Sophie não podia negar que a intensidade do olhar a deixara arrepiada.

Enquanto esperava seu cappuccino, ouvindo o sibilo industrial da máquina de café pilotada por uma das meninas de sábado, ela olhou mais uma vez para os doces dinamarqueses. Não deveria, mas eles pareciam tão saborosos e... É, ok. Era impossível resistir ao pau de canela.

Equilibrando um prato em uma das mãos, a xícara na outra, e tentando manter o ombro reto para que a bolsa não escorregasse e batesse em alguma mesa, Sophie conseguiu abrir caminho por entre as cadeiras vagas até seu lugar favorito no canto, observando a rua cheia.

Infelizmente, a mesa estava ocupada por uma mulher com ar cansado e uma criança pequena que se esgoelava. A menininha de olhos azuis acenava indignada com a colher de plástico para o pote de iogurte que a mãe mantinha longe de seu alcance. Sophie entendeu por que ele estava fora da área de risco: a menininha já tinha conseguido sujar o cabelo todo, e a mãe tentava limpá-la com a mão livre. De onde Sophie estava, parecia mais como uma luta contra um polvo.

Ela se sentou na mesa ao lado, observando a cena com um sorriso gentil, e estava quase se virando quando a moça olhou para cima e lhe deu um olhar indócil, a boca retorcida em puro desgosto.

Sophie bebeu o café quente rápido demais e sentiu a bebida queimando garganta abaixo. Desviou o olhar, chocada pelo ódio feroz que fez com que ela se sentisse quase agredida fisicamente. Sophie respirou bem fundo algumas vezes. A pobre mulher provavelmente só estava muito estressada, não era pessoal. Colocando um sorriso no rosto, ela tomou um gole mais comedido de café e olhou para a mulher, esperando que uma expressão mais amistosa pudesse fazer aquela mãe se sentir melhor.

Opa, ela tinha entendido errado. Na verdade, a maldade no rosto da mulher se intensificara, rugas se formaram ao redor de sua boca como uma noz velha, e ela limpava com raiva o rosto da menina, o guardanapo em sua mão esvoaçando como lençóis ao vento.

Era impossível não sentir o martírio que se passava ali. Sophie hesitou por um momento, mas foi incapaz de ignorar o sofrimento da mulher, que estava claramente muito infeliz.

– Você está bem? – indagou Sophie com um sorriso hesitante, sentindo que tentava argumentar com uma leoa.

– Se eu estou bem? – perguntou a mulher com rispidez.

A menininha começou a choramingar. O rosto da mulher se contraiu, a raiva e a perversidade sendo substituídas pela mais pura infelicidade.

– Ah, Emma, meu amor.

Ela aninhou a menininha, com os dedos pegajosos e tudo, e a abraçou, esfregando suas costas.

– Pronto. Pronto. Desculpa a mamãe.

Sophie sentiu uma ligeira pontada de inveja e uma ínfima contração no útero. Um dia, quem sabe...

A menininha se segurou com firmeza na mãe e parou de chorar, arremessando-se com uma súbita felicidade na direção do pote de iogurte. A mãe sorriu, resignada, e balançou a cabeça.

– Sua danadinha.

Ela deu um beijinho no topo da cabeça de cachinhos delicados como algodão-doce e a colocou no colo, pondo o iogurte na frente delas e oferecendo a colher.

Com um olhar tranquilo e comedido, embora seus olhos estivessem cheios de raiva e desgosto, a mulher encarou Sophie.

– Você perguntou se eu estou bem?

Seus olhos cintilaram com lágrimas que não tinham sido derramadas, a cabeça erguida em um ar de desafio.

– Sim. Precisa de alguma ajuda? Parece um trabalho árduo.

Sophie sorriu para a menininha, que parecia muito mais feliz agora.

– Ela é linda. Embora eu não inveje a bagunça. Quer que eu pegue mais guardanapo ou alguma coisa?

– Linda e minha – disse a mulher, parecendo assustada, passando o braço ao redor da menina em um gesto protetor.

– Sim – falou Sophie, cautelosa.

Não era possível que aquela mulher estivesse achando que ela era uma sequestradora de crianças.

– Embora isso não importe muito para você, não é, Sophie? Compartilhar as coisas.

O tom da mulher soou cansado e Sophie viu seus ombros caírem, uma expressão de dor passando por seu rosto.

O sorriso de Sophie ficou congelado. Algo no tom da mulher sugeria que ela deveria fazer alguma ideia do que estava acontecendo. Como sabia seu nome?

– Eu só estava tentando ajudar.

Sophie já estava arrependia até de ter feito contato visual.

– Você? Ajudar? – zombou a mulher, soltando uma gargalhada amarga. – Eu acho que você já ajudou demais, servindo meu marido.

– O quê?

A mão de Sophie parou no ar, a meio caminho de tomar mais um gole de café. Ela passara a vida toda ouvindo acusações parecidas de sua meia-irmã a respeito da própria mãe.

– Está orgulhosa? A vagabunda rica, com seu apartamento em Kensington e a propriedade do papai em Sussex. Eu pesquisei sobre a sua vida, lady Sophie Benning.

Sophie ficou boquiaberta. Aquela mulher tinha feito o dever de casa. Nenhum dos colegas dela no trabalho fazia a menor ideia. Sophie mantinha o passaporte bem longe de olhos curiosos. Na verdade, Kate tinha

348

sido a única a vê-lo e, na época, fora profissional o bastante para não dizer nada.

– Eu não uso...

Ela protestou automaticamente porque sempre fazia isso, mas a mulher a interrompeu:

– Uma bela vida cheia de conforto. Não é de admirar que James prefira passar metade do tempo com você. Sem roupa pendurada pela casa, sem bebê chorando a noite toda.

Sophie enrijeceu. Quando ela abriu a boca, soube que suas palavras pareciam todos os clichês que vemos em livros.

– James? O que James tem a ver com isso?

– James Soames. Meu marido. Mora em Londres de segunda a quinta, volta para a esposa e a filha em Newbury de sexta a segunda.

As pernas de Sophie pareciam chumbo, como se ela afundasse no assento.

– James vai para a Cornualha. Ele está lá nesse exato momento.

– Não, ele não está, sua piranha burra. Ele está cortando grama no número 47 da Fantail Lane, Newbury, e depois vai construir um balanço para Emma.

Agradecimentos

Gratidão imensa a Charlotte Ledger, dos cabelos claros e que "deveria ter sido uma princesa viking", que foi quem sugeriu Copenhague como destino. Sua paixão e seu entusiasmo por este projeto têm sido gratificantes e ela merece uma pilha de cobertores de caxemira. Sou eternamente grata à genial Broo Doherty, por sua sabedoria, seu apoio e seu jeito fabuloso e versátil (especialmente quando estou tendo um daqueles – sou uma droga nisso – dias).

Um grande obrigada a Katie Young, estrela das relações públicas baseada em Bristol, que, muito gentilmente, compartilhou tudo sobre Copenhague e me conduziu para alguns dos mais belos refúgios da cidade, assim como alguns restaurantes e bares incríveis.

Um agradecimento em especial à adorável Katie Fforde, por seu apoio, incentivo e citações de capa sempre generosos. Se algum dia precisar passar três horas em uma cabine minúscula da rádio BBC, Katie é a pessoa certa com quem fazer isso.

E por fim, mas não menos importante, aos espetaculares veículos de transporte autônomo do Heathrow, que levam você do estacionamento para o Terminal 5 no estilo *Star Wars*. Provavelmente, o melhor começo para uma viagem!

CONHEÇA OS LIVROS DE JULIE CAPLIN

Destinos Românticos
O pequeno café de Copenhague
A pequena padaria do Brooklyn
A pequena confeitaria de Paris
A pequena pousada da Islândia

Para saber mais sobre os títulos e autores da Editora Arqueiro,
visite o nosso site e siga as nossas redes sociais.
Além de informações sobre os próximos lançamentos,
você terá acesso a conteúdos exclusivos
e poderá participar de promoções e sorteios.

editoraarqueiro.com.br